무죄추정 2

무죄추정
PRESUMED
INNOCENT
2

스콧 터로 장편 소설 | 한정아 옮김

황금가지

PRESUMED INNOCENT
by Scott Turow

무죄추정 2

새벽 3시. 자다가 눈을 떴는데 심장이 심하게 두근거리고 식은 땀이 흘러 내가 잠결에도 잠옷을 풀어헤치려 하고 있었다. 나는 몸을 뒤척이며 돌아누웠다. 숨이 가빠지고 베개에 맞댄 귀에서는 심장 뛰는 소리가 천둥벼락 치는 소리처럼 들렸다. 아직도 꿈에서 본 모습이 생생하다. 고통스러워하는 어머니의 얼굴, 죽음이 가까웠을 때의 그 송장 같던 모습, 더 무서운 것은 그 눈에 나타난 형언할 수 없는 공포였다.

　병이 들어 돌아가실 때까지의 그 짧은 기간이 어머니에게는 어른이 된 후 맞은 가장 평화로운 시기였다. 어머니와 아버지는 빵집에서 서로 어깨를 맞부딪치며 일했지만 같이 살지는 않았다. 아버지가 보바 부인이라는 과부와 따로 살림을 차렸기 때문이었다. 아직도 보바 부인이 가게 안으로 당당하게 걸어들어 오던 모습이, 자기 남편이 죽기 전이었는데도 아주 당당하던 그 모습이 기억에 남아 있다. 아버지와의 삶이 두려움의 연속이었던 어머니에게는 아버지가 딴 여자와 살림을 차린 것이 일종의 해방을 준 셈이었다. 갑자기 바깥 세상에 대한 어머니의 관심이 커졌다. 어머니는 라디오 토크쇼의 청취자 참여 프로그램에 정기적으로 전화를 거는 최초의 청취자들 중 한 사람이 되었다. '다른 인종과의 연애에 대해, 마리화나를 합법화하는 문제에 대해, 케네디 살인범은 진짜 누구일까 하는 문제에 대해 어떻게 생각하시나요?' 어머니는 식탁 위에 오래전 신문들과 잡지를 수북이 쌓아 놓고 수첩에 메모를 해가며 내일 프로그램의 주제에 대해 할 말을 미리 준비했다. 아파트나 빵집 밖으로 나가는 것조차 무서워했던 어머니가, 오후에 외출할 일이 있으면 새벽부터 일어나 준비를 하느라고 부산을 떨던 어머니가, 내가 여덟 살이 되고부터는 장 보는 일도 내게 시키고 자신은 집을 떠나려 하지 않던 그 어머니가 다양한 세상 일에 대해 목소리를 높이는 사람이 되었다. 이제까지 내가 알아 왔던 어머니의 모습과는 너무 달라서 나는 이 갑작스러운 변화를 받아들이기가 힘들었다.

유대인 노조 간부의 여섯 째 딸로 태어난 어머니는 스물여덟 살 때 네 살 어린 아버지를 만나 결혼했다. 아버지가 어머니를 택한 것은 지참금 때문이었을 것이다. 그 지참금 덕분에 가게를 열었으니까 말이다. 어머니도 분명 사랑 때문에 결혼한 건 아니었다. 결혼할 당시 어머니는 노처녀였고 대단히 괴짜 같은 성격이라 다른 구혼자도 없었으리라. 내가 본 어머니의 태도는 아주 극단적이고 통제 불능일 때가 많았다. 기분이 최고조에 달해 노래를 흥얼거리다가도 곧 깊은 우울감에 빠져 몇 시간씩 아무 말 없이 생각에 잠기곤 했다. 광적으로 흥분할 때도 적지 않았다. 옷장 서랍을 마구 뒤져 대기도 하고 뭘 찾는지 정신없이 바느질 상자를 뒤지기도 했다. 어머니가 집 밖으로 나가는 일이 거의 없었기 때문에 이모들이 정기적으로 어머니를 보살피러 왔다. 이것은 대단히 용기를 요하는 일이었다. 이모들이 오면 아버지는 쓸데없이 남의 일에 참견하러 왔다고 고함을 질러 댔고 술이라도 마신 날이면 이모를 위협할 뿐만 아니라 실제로 폭력을 휘두르기도 했다. 제일 자주 드나들었던 이모들은 플로 이모와 사라 이모였는데, 둘 다 외할아버지의 기질을 물려받아 용감하고 단호했으며, 마구 짖어 대는 똥개를 대할 때처럼 엄한 표정과 단호한 말로 아버지에게 맞서곤 했다. 이모들은 말로 표현은 안 했지만 양순한 내 어머니 로지와 나를 보호한다는 임무에 있어서는 물러섬이 없었다. 어린 시절을 떠올려 보면 이모들이 항상 내 곁에 있었던 것 같다. 사탕을 사다 준 것도 이모들이었고 머리를 자르러 데리고 나간 것도, 옷을 사다 준 것도 이모들이었다. 너무나 자연스럽게 항상 내 곁에서 나를 보살펴 주었기 때문에 나는 20대가 되고 나서야 이모들이 얼마만큼 내게 큰 친절을 베풀어 주었는지 깨달았다. 그리고 자라면서 세상에는 두 개의 세계가, 어머니가 속한 세계와 이모들과 내가 속한 세계가 있다는 생각을 하게 되었다. 또한 어머니가 정상이 아니라는 생각과 내가 어머니를 사랑하는 것은 순전히 사적인 문제이고, 다른 사람들은 이해할 수 없을 것이며, 이는 나로서도 설명 불가능한 일이라는 생각을 굳혀 갔다.

　지금 어머니가 살아 계신다면 어떤 생각을 할까 걱정이 되는가? 그런 것 같다. 어떤 자식이 안 그렇겠는가? 어머니가 살아서

이 일을 보지 않은 것이 다행이라는 생각이 들 정도다. 어머니는 돌아가시기 전 마지막 몇 달을 우리와 함께 지냈다. 그때도 우리는 시내에서 침실 하나짜리 아파트에 살고 있었지만 바바라는 우리가 어머니를 모셔야 한다고 고집을 피웠다. 어머니는 거실에 있는 소파 겸용 침대에서 주무셨는데 줄곧 누워 지냈다. 아내는 어머니 옆에 딱딱한 나무 의자를 끌어다 놓고 앉아 대부분의 시간을 보냈다. 임종을 앞둔 어머니는 바바라에게 끊임없이 말을 했다. 베개에 누운 어머니의 얼굴은 병으로 많이 야위어 있었고 눈은 작아지고 빛을 잃어 가고 있었다. 바바라는 어머니의 손을 잡고 있었다. 그 둘은 끊임없이 무언가를 속삭이고 있었다. 무슨 말인지 알아들을 수는 없었지만 꽉 잠그지 않은 수도꼭지에서 떨어지는 물소리처럼 끊임없이 속삭이는 소리가 들렸다. 유복한 집안의 딸로 태어난 바바라 번스타인과 정신이 오락가락하며 한없이 부드러워진 내 어머니가 외로움의 강을 건너 서로에게 다가가고 있는 동안 나는 한없는 슬픔에 잠겨 그들을 지켜보고만 있었다. 나는 문간에 서서 그들을 바라보고만 있었다. 내 어머니는 바바라에게 어떤 것도 요구하지 않는 불쌍한 노인이었고 바바라는 어머니 자신을 무시하지 않는 착한 며느리였다. 내가 바바라 대신 어머니 곁에 있을 때면 어머니는 내 손을 잡았다. 나는 어머니를 사랑한다고 자주 말했고 어머니는 아무 말 없이 웃기만 했다. 임종이 다가오자 어머니에게 데메롤(마약 성분이 있는 진통제—옮긴이) 주사를 놔 준 사람도 바바라였다. 아직도 어머니의 유품을 모아 둔 상자에는 주사기 몇 개가 들어 있다. 아주 오래된 얼레와 라디오 출연을 위해 메모할 때 사용했던 금촉 파카 펜과 수첩과 함께 말이다.

나는 더듬거리며 어둠 속을 걸어가 슬리퍼를 찾아 신고 옷장에서 잠옷 가운을 꺼내 걸쳤다. 그러고는 거실로 나와 안락의자에 앉았다. 담배를 다시 피울까 생각 중이다. 담배에 대한 욕구가 생긴 것은 아니지만 이렇게 잠이 달아나 버린 비참한 시간에는 무언가 할 일이 필요하다는 생각이 들기 때문이다.

나는 종종 최악은 무엇인가 혼자 생각해 봤다. 너무나 많은 것들이 사소하게 느껴졌다. 내가 시내를 돌아다닐 때 맞닥뜨린 여자들이 놀라서 나를 쳐다보는 것도 이제 별로 신경이 안 쓰였다. 내 명성이 걱정스럽지도 않고 내가 사는 동안 심지어 내일 내게 걸린 모든 혐의가 풀린다고 하더라도 사람들은 내 이름을 들을 때마다 반사적으로 움찔할 거라는 사실에 대해서도 걱정이 되지 않았다. 무죄 석방이 된다 해도 변호사 일자리를 찾기가 얼마나 어려울까 하는 점도 신경이 안 쓰였다. 그런데도 마음은 끊임없이 우울의 나락으로 가라앉고 잠은 오지 않고 불안과 걱정이 커지기만 하는 것은 어쩔 수가 없었다. 제일 끔찍한 기분이 들 때는 이렇게 한밤중에 잠이 깨서 정신을 차리기 전, 이런 끔찍한 일이 결코 끝이 나지 않고 계속될 거라는 생각이 들 때였다. 스위치를 찾아 어둠 속을 더듬거리는데 도저히 스위치를 찾을 수 없을 것 같은 생각이 들 때처럼 말이다. 더듬거리는 시간이 길어질수록 나를 붙잡고 있는 이성은 서서히 작아지면서 결국에는 알약이 물에 녹아 버리듯 이성은 사라지고 이 끝없는 공포의 어둠만이 나를 집어삼키기 시작했다.

그때가 최악이다. 그때와 냇이 걱정될 때가 최악이다. 이번 일요일에 아내와 나는 스캐전 근처에 있는 오카와카 캠프행 기차에 냇을 태워 보낼 것이고 그 아이는 재판이 진행될 예정인 3주 동안 그곳에 머무를 것이다. 이 생각이 들자 나는 조용히 계단을 올라가 그 아이 방 깜깜한 복도에 가 섰다. 나는 냇의 숨소리가 들릴 때까지 귀 기울이다가 내 숨소리도 그 리듬에 맞춰 죽인 채 조용히 방문을 열고 들어섰다. 냇의 잠든 모습을 보자 기괴한 과학적 관념이 나를 압도했다. 나는 원자와 분자, 피부와 핏줄, 근육과 뼈에 대해 생각했다. 잠시 내 아들을 이런 부분의 총합으로 바라보려고 노력했다. 그러나 헛수고다. 우리는 최종 이해의 영역을 확대할 수가 없다. 나는 냇을 내 감정의 집합체로 생각했다. 내 열정보다 결코 작지 않은, 더 유한하지 않은, 그리고 더 줄어들 수 없는 무언가로 생각했다. 내 아들을 분해할 수는 없다. 냇은 착하고 자는 모습이 아름다운 내 아들이다. 나는 이렇게 힘든 시간에도 이렇게 부드러운 마음을 가질 수 있다는 것에 감사했다. 너무도 감사해서 가슴이 아팠다.

내가 유죄 평결을 받으면 아들과 떨어져 있어야 할 것이다. 라렌 리틀 판사라도 나를 몇 년 동안 감옥에 보낼 수밖에 없을 것이다. 아들의 어린 시절의 나머지 부분을 못 보게 될 것이라고 생각하니 가슴이 무너져 내렸다. 이상하게도 감옥에 가는 것에 대한 두려움은 별로 없었다. 내가 겁나는 건 아들로부터 추방을 당해 그와 떨어져 있어야 한다는 사실이다. 이런 생각만으로도 나는 안절부절 못했다. 앞으로 어떤 일이 벌어질지 모른다는 생각으로 내 자신을 아무리 찔러 대도 앞으로 겪게 될 내 자신의 고생은 별로 걱정이 안 됐다.

하지만 나도 알고 있다. 전에 살인범을 수용하고 있는 러드야드 주 교도소에서 며칠을 보낸 적이 있었다. 증인 심문을 위해 갔었지만 그 살풍경한 모습에 오싹한 기분이 들었다. 검게 칠한 두껍고 육중한 쇠창살 뒤에는 놀랍게도 아직까지 별로 바뀌지 않은 온갖 악당들이 앉아 있었다. 화가 나서 떠들어 대는 흑인들, 술이 달린 빵모자를 말아 쓰고 있는 백인들, 분노가 담긴 날카로운 눈초리로 노려보는 남미계들. 그들은 복도나 버스 정류장에서 마주치면 피하게 되는 사람들, 고등학교에서 앞으로 악당이 될 거라고 장담하며 집어낼 수 있는 그런 사람들이었다. 그들은 항상 자신의 단점을 상처처럼 달고 다니면서 하늘로 쏜 화살이 반드시 땅으로 곤두박질치듯 필연적으로 이곳을 향해 걸어왔다.

이런 사람들에 대해서 따뜻한 감정을 갖기란 불가능에 가깝다. 끔찍한 이야기를 많이 들었다. 그리고 이런 끔찍한 일화들이 내 꿈을 검게 물들이는 잉크라는 것을 알고 있다. 이런 꿈을 계속 꾸는 건 내게는 고문에 가깝다. 나는 그곳에서 한밤중에 칼부림이 일어나기도 하고 샤워장에서 오럴 섹스가 공공연히 자행된다는 사실을 알고 있다. 나는 밤의 성자들 사건 수사 때 이야기를 나눈 적이 있는 조직폭력배들 중 한 명인 마커스 휘틀리에게 일어난 일도 알고 있다. 휘틀리는 교도소에서도 몰래 마약 거래를 하며 누군가를 속였는데 그것이 발각되어 체육실에 눕혀졌고, 양팔을 위로 든 채 양 손에 110킬로그램짜리 바벨이 올려졌다. 이것이 단두대 역할을 하는 동시에 그를 질식시켜 그는 곧 사망했다. 나는 그 교도소 수감자 유형에 대해서도 잘 알고 있다. 수감자들의 16퍼센트가 살인범이고 절반 이상의 사람들이 폭력 범죄로 그곳에 왔다.

음식이 얼마나 형편없는지만이 아니라 한 방에 4명이나 수용하기도 하고 어떤 곳에서는 똥 냄새가 코를 찌른다는 사실도 알고 있었다. 그리고 매달 수감자들이 난동을 피워 간수들조차 교도소 안을 걸어 다니기를 무서워 한다는 것도 알고 있었다. 간수들 이야기도 많이 들었다. 간수들 8명이 신년 파티에서 폭력을 행사한 혐의로 연방 법원에서 유죄 평결을 받은 적이 있었다. 간수들은 죄수들에게 총을 들이대고 그들을 위협했다. 흑인 죄수 12명을 줄지어 세워 놓고 돌아가면서 보도블록과 벽돌로 마구 때리기도 했다.

나 같은 사람이 거기 가면 어떻게 되는지도 잘 알고 있다. 그곳으로 보내는데 내가 일조한 사람들에게 벌어진 일을 들었기 때문이다. 그곳 생각을 할 때 제일 먼저 떠오르는 사람은 마시 루피노였다. 마시는 평범한 중산층으로 공인 회계사였는데 회계사 일을 시작한 초기에 고향 친구들을 위해 도박의 승률을 조작해 준 일이 있었다. 회계사 일이 잘 되자 마시는 더 이상 그런 일을 하지 않기로 결심했지만, 친구들 중 존 콘테라는 사람이 마음대로 그만둘 수는 없다며 그를 협박했다. 그 말은 사실이었다. 마시는 존경받는 공인 회계사이자 학부모회 회장이었고, 두 군데 은행의 이사였으며, 중요한 고객의 회계 장부를 가지고 장난치는 일은 결코 하지 않는 사람이었다. 그러나 오후 세시 삼십분이면 사무실을 나가 조직 폭력배 친구들을 위해 구기 경기의 승률을 조작하고 경마장에서 내일 경기에 나설 경마들의 승률을 조작했다. 꽤 오랜 동안은 별 문제가 없었지만 어느 날 연방 정보국으로 밀고가 들어갔다. 국세청 직원들이 들이닥쳤을 때 도청 장치의 도움을 받아 승률을 조작하고 있던 전산실에는 대여섯 명의 사람들과 함께 마시 루피노가 있었고 판돈으로 300만 달러가 널려 있었다. 연방 수사 요원들은 마시의 자백을 받아내기 위해 위협도 불사했지만 그는 계산에 아주 능했다. 도박 사기, 우편 사기, 불법 도청 및 갈취 등 어떤 혐의로든 유죄 평결을 받아 2년형을 선고받는다고 해도, 존 콘테를 비롯한 친구들이 10분 동안 가할 벌에 비하면 그것은 아무 것도 아니었다. 친구들은 그의 고환을 잘라내 입에 처넣고 씹어 먹게 하고도 남을 사람들이었다. 이럴 것을 뻔히 아는 그로서는 섣불리 자백할 수 없었다.

그래서 조직범죄 전담반의 마이크 타운센드가 나를 찾아왔다. 그는 마시에게 본때를 보여 주고 싶어 했다. 우리는 마시를 본토 에서 기소했고 그는 유죄 평결을 받았다. 그는 자신이 예상하고 있던 연방 교도소가 아닌 곳으로 보내졌다. 그곳은 샐러드 바와 테니스 코트가 있고 대학 과정을 밟고 있는 수감자들에게 회계를 가르칠 수 있으며 석 달에 한 번씩 휴가를 받아 아내와 잠자리를 같이 할 수 있는 그런 교도소가 아니었다. 그곳은 러드야드 교도 소였으며, 우리는 열쇠로 갓난 딸의 눈을 파낸 짐승 같은 놈과 한 방을 쓰도록 그를 밀어 넣었다.

6개월 후 우리는 루피노의 마음이 변했는지 알아보기 위해 러 드야드를 찾았다. 그는 밭에서 괭이로 땅을 파고 있었다. 우리가 인사하자 마시 루피노는 괭이를 세워 거기에 기대서더니 울음을 터뜨렸다. 어른이 그렇게 심하게 우는 것은 처음 봤다. 그는 얼굴 이 붉어질 정도로 온몸을 떨며 울었고 두 눈에서는 수도꼭지에서 물이 떨어지듯 눈물이 주룩주룩 흘러 내렸다. 약간 뚱뚱하고 머리 가 벗겨진 마흔여덟 살의 남자가 어린 아이처럼 펑펑 울어 대고 있었다. 그러나 말은 하지 않으려고 했다. 한마디 하기는 했다.

"이가 하나도 없어요."

그뿐이었다.

교도소 안으로 걸어 들어가는 동안 교도관이 그에게 무슨 일이 있었는지 들려주었다.

수감자 중 드로버라는 덩치 큰 흑인이 루피노를 애인 삼고 싶어 했다. 아무도, 심지어 이탈리아계조차 그의 요구를 거절하지 못했다. 어느 날 밤 드로버가 루피노의 감방으로 들어가 자신의 성기를 꺼내 루피노에게 빨라고 했다. 루피노는 거절했고 드로버는 루피노의 머리를 잡아 철창에 박아 댔다. 그러다 보니 그는 결국 성한 치아가 하나도 남지 않게 되었다. 치아 뿌리가 남아 있거나 조각난 치아는 몇 개 있었지만 성한 치아는 하나도 없었다.

교도관 말에 따르면 교도소장이 원칙을 정해 놓았는데, 그 원칙이란 상처를 꿰매 주고 붕대를 감아 주긴 하겠지만 누가 그랬는지 말을 해야 추가 치료를 받게 해준다는 것이었다. 루피노가 의치라도 박아 넣으려면 누가 그렇게 만들었는지 먼저 실토해야 했다. 하지만 루피노는 말하지 않을 것이다. 무엇이 신상에 이로운지 알고 있기 때문이다. 실토를 할 만큼 어리석은 사람은 아무도 없다.

"말 못 하겠죠."

교도관이 말했다. 그의 말에 따르면 드로버가 웃으면서 자기가 진짜 멋지게 해냈다고, 이제는 자기 성기가 마시의 입속으로 부드럽게 들어갔다 나왔다 한다고, 여러 여자들의 성기 속을 숱하게 드나들어 봤지만 이렇게 기분 좋지는 않았다고 떠들어 대고 있다고 했다. 총에 기대서서 웃으면서 이런 이야기를 들려주는 교도관이 참 대단한 인도주의자라는 생각이 들었다. 그는 범죄에 대가가 따르지 않을 때도 있다고 말했다.

'도망쳐라.' 나는 어둠 속에 앉아 마시 루피노를 떠올리며 생각했다. '도망쳐.' 이런 생각은 항상 급작스럽게 찾아왔다. '도망쳐.' 검사 일을 할 때, 용의자들이 왜 도망가지 않고 남아 재판과 판결과 감옥행을 견뎌 내는지 이해할 수 없었다. 내가 지금 그렇듯이 용의자들 대다수는 도망가지 않고 남았다. 지금 내 수중에는 통장에 있는 돈 1600달러가 전부다. 바바라의 통장에 있는 돈을 훔치면 어디로든 도망쳐 한동안은 충분히 먹고살 수 있겠지만, 그러면 내가 자유를 바라는 유일한 이유인 아들을 볼 수 있는 기회는 잃게 될 것이다. 아들과 함께 브라질이든, 우루과이든, 살인 용의자를 추방하지 않는 어느 나라로든 가서 몇 해를 살 수는 있겠지만, 내 상상의 힘은 너무 약해서, 말도 모르고 기술도 하나 없이 그곳에 가서 어떻게 살 수 있을까 암담할 뿐이다. 클리브랜드나 디트로이트 같은 곳으로 숨어 들어가 딴사람으로 위장해서 아들을 보지 않고 살 수도 있겠지만 그런 건 삶이라고 할 수도 없다. 이 칠흑 같은 어둠 속에 혼자 앉아 내가 간절히 바라는 것은 매일 밤 니어링 버스 정류장에서 내려 집으로 돌아오는 것이다. 인간은 때때로 아주 단순하고, 희한하게도 아주 사소한 것에서 힘을 얻었다. 나는 어둠 속 안락의자에 앉아 몸을 떨며 어디서 담배 냄새가 나는 것 같다고 생각했다.

"국민 대 로자트 K. 사비치!"

리틀 판사의 재판 진행 서기 어니스틴이 외쳤다. 180센티미터가 넘는 큰 키에 엄한 표정을 하고 있는 흑인 여자다. 그녀가 외쳤다.

"공판 시작합니다!"

살인 사건의 1차 공판이 있는 날은 법정에 대단한 긴장감이 감돌았다. 드디어 전투의 아침이 밝은 것이다. 기독교인과 사자가 결투를 벌이던 옛날 로마의 원형 경기장 같은 분위기였다. 방청객이 법정을 가득 메우고 있었다. 기자석 네 줄에도 기자들이 빼곡히 들어앉아 있고 그 맨 앞줄에는 초상화 화가 5명이 앉아 있다. 평소에는 참관하는 일이 드문 판사의 비서와 사무직원들도 법정 뒷벽에 접이용 의자를 갖다 놓고 앉아 있다. 이 준엄한 행사를 위해 무장을 한 경위들이 법정 앞 대리석 기둥들 옆에 서 있다. 어수선하면서도 긴장감이 넘치는 분위기이고 사방에서 수군거리는 소리가 들렸다. 지금 이 법정에서 지루함을 느끼는 사람은 한 명도 없다.

리틀 판사가 법정에 들어서자 모두들 자리에서 일어섰다. 어니스틴이 외쳤다.

"정숙, 정숙, 정숙. 이제 킨들 군 고등 법원이 개정되겠습니다. 라렌 리틀 판사님이 주재하시겠습니다. 곧 재판이 있겠으니 모두들 정숙해 주십시오. 미합중국과 이 신성한 법정에 신의 가호가 있기를."

어니스틴이 봉을 두드리며 말했다. 모두 자리에 앉자 내 사건을 호명했다.

법정 대리인들과 내가 연단 앞으로 나섰다. 내 변호인으로는 스턴과 켐프가 서 있고 검찰 쪽에는 몰토와 니코가 나왔으며 글렌데 닝도 수사관의 자격으로 출석해 검사들과 함께 자리하고 있었다. 나는 대리인들 뒤에 섰다. 연단 위에는 리틀 판사가 앉아 있다. 새 로 이발을 해서 머리를 말끔하게 빗은 모습이었다. 내가 기소되고 두 달이 채 안 된 8월 18일, 드디어 1차 공판이 시작됐다.

"배심원단을 부를 준비가 됐습니까?"

판사가 물었다.

"판사님, 배심원 후보들이 들어오기 전에 몇 가지 문제에 대해 말씀드리고 싶습니다."

켐프가 말했다.

이번 재판에서 켐프는 법률 고문 역할을 할 예정이다. 스턴이 그에게 법 조항 연구의 임무를 맡겼고 따라서 켐프는 법조항과 관 련된 문제를 배심원단이 없는 자리에서 판사와 논의할 것이다. 배 심원단이 자리하고 나면 그는 한 마디도 하지 않을 것이다.

어니스틴이 법정 안에 있는 전화로 대기실에 전화를 걸어 배심 원 소집을 요청했다. 판사와 법정 대리인은 배심원 임무를 위해 소집된 시민들이 이 사건의 배심원을 맡아도 괜찮을지 알아보기 위해 그들에게 질문을 던질 것이다.

"판사님, 판사님께서 검찰에 내리신 증거물 인도 명령에 따라 모든 증거물을 전달받았습니다. 하나만 빼고 말입니다. 아직까지 유리컵을 전달받지 못했습니다."

켐프가 말했다.

스턴이 켐프에게 판사 앞에서 이 문제를 제기하게 시킨 것은 유 리컵에 대한 호기심을 넘어선 다른 이유들이 있기 때문이었다. 검찰이 판사의 명령을 제대로 이행하지 않고 있다는 사실을 리틀 판사에게 알리고 싶은 것이다. 리틀 판사가 화를 내는 것을 보니 효과가 금방 나타났다.

"어떻게 된 겁니까, 딜레이 가르디아 검사?"

니코도 모르는 일인 것 같다. 그가 몰토를 돌아봤다.

"판사님, 오늘 재판이 끝난 다음에 처리하겠습니다."

"좋아요, 오늘 중으로 처리하세요."

리틀 판사가 말했다.

"그리고 몰토 검사에 대한 기피 신청에 대해서는 아직 판결을 내리지 않으셨습니다, 판사님."

켐프가 말했다.

"맞습니다. 지금까지 검찰 측의 반응을 기다리고 있는 중입니다. 자, 딜레이 가르디아 검사?"

몰토와 니코가 서로를 쳐다보며 고개를 끄덕였다. 자기들끼리 사전에 합의한 대로 진행할 모양이다.

"존경하는 재판장님, 우리 검찰은 몰토 검사를 증인으로 부르지 않을 것입니다. 그러므로 그 신청 건에 대해서는 더 이상 논의할 필요가 없다고 생각합니다."

스턴이 한 발 앞으로 나서며 말했다.

"그러면 존경하는 재판장님, 어떤 상황에서든 몰토 검사는 증인으로 소환되지 않을 것이라고, 재판의 전 과정에서 그의 증언이 없을 것이라고 이해해도 되겠습니까?"

"그렇습니다. 처음부터 이 문제를 분명히 짚고 넘어갑시다, 딜레이 가르디아 검사. 나중에 가서 이런 건 예상 못 했다, 저런 것도 예상 못 했다고 하는 말을 듣고 싶지 않으니까 말이죠. 몰토 검사는 이 재판에서 증언하지 않을 것입니다. 맞습니까?"

"맞습니다."

니코가 말했다.

"좋습니다. 몰토 검사가 이 재판에 증인으로 소환되지 말아야 한다는 변호인 측의 검사에 대한 기피 신청을 기각합니다."

어니스틴이 판사에게 배심원 후보들이 복도에 와 있다고 속삭였다.

75명의 배심원 후보들이 들어왔다. 그들 중 12명이 내 나머지 인생의 방향을 결정하게 될 것이다. 그들은 특별할 것 하나 없는 평범한 사람들이다. 소환 결정문이나 서면 질의 답변 같은 절차를 건너뛰고 길거리에서 잡히는 대로 75명을 데리고 와도 아무 문제 없을 것이다. 어니스틴은 16명에게는 배심원단석에 앉으라고 하고 나머지는 검찰 측 방청객석 앞쪽 네 줄에 앉으라고 지시했다. 경위들이 미리 그곳에 앉아 있던 방청객을 밖으로 내보냈고 쫓겨난 방청객들은 불평을 터뜨리면서도 어쩔 수 없이 대기자 줄에 서 있었다.

리틀 판사가 배심원 후보들에게 사건의 개요를 설명하기 시작했다. 그는 판사 생활을 하면서 배심원단이 선정되는 과정을 천 번은 더 지켜보았을 것이다. 배심원 후보들은 이 덩치 크고 잘생기고 재미있고 지적인 흑인 판사를 보자마자 호감을 갖기 시작하는 것 같다. 백인들도 저 사람처럼 되고 싶다는 생각을 하며 호감을 느끼는 것 같다. 재판 과정에서 지금이야말로 리틀 판사가 변호인 측에 유리한 발언을 공공연히 할 수 있는 단계이다. 그는 숙련된 말솜씨로 배심원들에게 연설을 하며 그들이 숨기고 있는 동기들을 예리하게 간파하고 근본적인 원칙을 잊지 말도록 주문했다.

"피고인이 무죄라고 생각하고 있어야 합니다. 무죄. 여기 앉아 있는 동안에는 피고인이 그런 범죄를 저지르지 않았다고 생각해야 합니다. 실례지만 맨 앞줄에 앉아 계신 선생님 성함이 어떻게 되십니까?"

"마할로비치입니다."

"마할로비치 씨, 피고인이 기소된 혐의의 범죄를 저질렀습니까?"

신문을 접어 무릎 위에 올려놓고 앉아 있는 땅딸막한 중년 남자가 어깨를 으쓱해 보였다.

"모르겠습니다, 판사님."

"마할로비치 씨, 집으로 돌아가십시오. 신사 숙녀 여러분, 여러분이 어떻게 생각해야 하는지 다시 한 번 말씀드리겠습니다. 피고인은 결백합니다. 판사인 제가 그렇게 말하고 있습니다. 피고인은 무죄라고 생각하십시오. 여러분은 거기 앉아 계시는 동안 저기 결백한 사람이 앉아 있다고 생각해 주시기를 바랍니다."

리틀 판사는 이런 식의 질의 답변을 계속하며 합리적인 의심과 피고인 측이 가진 묵비권을 넘어서 유죄를 입증해야 하는 검찰 측의 부담에 대해 상세히 설명했다. 마할로비치가 앉았던 옆 자리에는 마르고 백발성성한 노부인이 앉아 있다. 리틀 판사가 그녀에게 말했다.

"부인, 결백한 사람이 일어서서 자신의 결백을 입증해야 한다고 생각하진 않으십니까?"

노부인은 당황한 기색이 역력하다. 마할로비치에게 일어난 일을 지켜보았던 터라 더한 것 같다. 하지만 판사에게 거짓말을 할 수도 없는 노릇이다. 그녀는 블라우스 옷깃을 매만지다가 말문을 열었다.

"그렇게 생각합니다."

그녀가 말했다.

"물론 그러시겠지요. 그리고 피고인도 같은 생각이라고 예상하셔야 합니다. 우리 모두가 그가 무죄라고 생각하고 있으니까요. 하지만 피고인은 자기가 무죄라는 말을 할 필요가 없습니다. 미합중국 헌법이 그렇게 정하고 있습니다. 그 말이 무슨 뜻이냐 하면, 여기 앉아 계신 배심원 여러분도 피고인이 나서서 무죄를 입증해야 한다는 생각을 아예 지워 버려야 한다는 뜻입니다. 피고인과 그의 대리인인 스턴 변호사가 그 헌법상의 권리에 의존하기로 결정할 수도 있으니까 말이죠. 그들에게 신의 가호가 함께 하시기를, 피고인 당신에게도 신의 가호가 함께 하시기를. 헌법을 만든 우리의 조상들은 피고인은 아무런 설명을 할 필요가 없다고 정해 놓았습니다. 당신이 유죄임을 증명해야 하는 책임은 국가에 있습니다. 당신은 원하지 않으면 한 마디도 할 필요가 없습니다. 그리고 여러분 중 누구라도 피고인이 나서서 설명해야 한다는 생각을 갖고 계신다면 피고인은 헌법상의 권리를 누릴 수가 없습니다."

나도 검사로 활동할 때 리틀 판사의 이런 일상적인 절차를 참기 어려워했는데 헬쑥하고 화가 난 표정의 니코와 몰토를 보니 그들도 마찬가지인 것 같다. 판사의 말이 맞다고 아무리 자신을 다독여 봐도 판사가 이렇게 강조해서 설명할 거라고는 생각도 못 했을 것이다. 특히 니코가 타격을 입은 표정이다. 그는 웃음기 하나 없이 긴장된 표정으로 판사의 말을 경청하고 있다. 살이 빠졌고 눈가에는 검은 주름이 새로 생겨 있다. 이런 중차대한 재판을 3주 만에 끝내는 것도 엄청난 부담인데 검찰청을 지휘해야 하는 책임까지 맡고 있으니 그럴 만도 하다. 게다가 자신이 이 일에 얼마나 많은 것을 걸고 있는지 느낄 때마다 굉장히 큰 부담을 느꼈을 것이다. 그는 조명 장치를 손수 들고 걸어 다니며 세상 사람들에게 자기를 봐 달라고 외치고 다닌 것이나 마찬가지였다. 이번 재판에서 지면 검찰청에서도 신임을 잃을 것이다. 볼캐로의 후계자로 낙점을 받으려고 암암리에 노력해 왔는데, 재판에서 지면 그런 수고도 물거품이 될 것이다. 이 재판에서 지면 그는 기소가 되고 재판을 받고 나면 이기건 지건 검사 생활이 끝이라는 사실을 깨달은 나보다 경력 면에서 더 많은 것을 잃을 것이다.

이제 리틀 판사는 대중 매체와의 접촉 문제를 꺼냈다. 그는 배심원 후보들에게 신문 방송에서 읽고 들은 내용에 대해 물었다. 쭈뼛거리는 사람들을 위해서 재판의 시작을 알리는 오늘 자 《트리뷴》 1면에 나온 기사를 예로 보여 줬다. 배심원들은 항상 이 문제에 대해서는 거짓말을 했다. 배심원단에서 빠지고 싶은 사람들은 이 단계에서 방법을 찾아냈다. 하지만 배심원 후보 자격으로 법정에 출두하는 사람들은 대체로 배심원이 되고 싶어 하고 배심원의 자격 박탈 사유를 드러내 놓고 싶어 하지 않았다. 그러나 리틀 판사는 천천히 그들에게서 진실을 이끌어 냈다. 여기 있는 사람들은 거의 모두 이 사건에 대해 들어 알고 있다. 리틀 판사는 배심원 후보들에 대한 질의응답을 시작한 지 20분도 되지 않아, 그런 것은 아무 가치가 없는 정보라고 단언했다.

"어느 누구도 이 사건에 대해서는 어떤 것도 알지 못합니다. 증거에 대해서 아무 말도 듣지 못했기 때문입니다."

그는 이 사건에 대해 대중 매체를 통해 접한 내용을 마음에서 몰아 낼 수 없을 것 같다고 인정한 6명을 집으로 돌려보냈다. 그러나 나는 대중 매체를 이용한 니코의 홍보 공세를 접한 다른 사람들이 이 사건에 대해 어떻게 생각하고 있을지 생각만 해도 불안하다. 어떻게 선입견을 완전히 배제할 수 있겠는가 말이다.

정오가 가까워지자 배심원 후보들의 배경에 대한 질문이 시작됐다. 이 절차는 그날 오후와 둘째 날 아침까지 계속됐다. 리틀 판사가 생각할 수 있는 모든 것을 질문하고 모자란다 싶은 게 있으면 양측 법정 대리인들이 추가로 질문했다. 리틀 판사가 이 사건과 관련된 질문은 허용하지 않아서 대리인들은 이의 제기를 받지 않을 범위 내에서 자유롭게 사생활에 대한 질문을 던졌다. '어떤 TV 프로그램을 보십니까? 어떤 신문을 보십니까? 소속된 단체가 있습니까? 일하는 자녀들이 있습니까? 집에서 경제권을 잡고 있는 사람은 당신입니까, 아니면 배우자입니까?' 이것은 누가 우리 측에 유리한 생각을 가지고 있는가를 알아내는 심리 게임이다. 법정 대리인들을 위해 이런 예상 질문을 마련해 줌으로써 수십만 달러씩 돈을 버는 정신과 의사들도 꽤 있지만, 스턴 같은 변호사는 그들의 도움을 받는 대신 주로 자신의 본능과 경험에 의존했다.

우리에게 유리한 배심원단을 구성하기 위해서는 우리가 어떤 주장을 해야 할지 잘 알고 있어야 했다. 스턴은 내게 아무 말도 하지 않았지만 우리 측에서 증거를 제시할 생각이 없다는 것은 점점 더 분명하게 느껴졌다. 대신 그는 검찰의 증거를 조목조목 반박할 생각인 것 같다. 이전에 그의 지시를 무시하고 내가 보여 준 통제력을 잃은 행동들 때문에 내가 증인석에 서면 이로울 것이 없다고 판단한 것이 분명하다. 물론 증언을 하느냐 마느냐 하는 최종 결정은 내게 달려 있다. 하지만 그는 내 증언 없이도 재판에서 이길 수 있다는 확신을 가질 수 있을 때까지 일을 밀어붙이려고 하는 것 같다. 그는 변론을 준비하면서도 나와 별로 상의를 하지 않았다. 맥을 비롯한 판사 몇 명이 증인석에 나와 내 성품에 대해 증언을 해주기로 했다. 스턴이 내게 이와 비슷한 증언을 해줄 이웃이 있는지 물어본 적도 있다. 하지만 어찌 되었건 그는 합리적인 의혹을 제기하는 것을 변론의 핵심으로 삼으려는 것 같다. 그가 바라는 대로 일이 잘 풀리면 나중에는 실제로 무슨 일이 일어났는지 아무도 확신할 수 없게 될 것이다. 국가는 내 유죄를 증명하는 데 실패할 것이고 그렇게 되면 나는 무죄로 풀려날 것이다. 이것이 우리의 목표라면, 우리에게 필요한 배심원은 법적인 기준을 잘 이해할 수 있을 만큼 지적이고 그 기준을 그대로 적용할 수 있을 만큼 용감한 사람들, 의심스럽다는 이유만으로 유죄 평결을 내리지는 않을 사람들이다. 스턴은 그런 이유 때문에 나이 든 사람들보다는 젊은 사람들을 선호했다. 게다가 젊은 사람들은 이 사건에서 분명히 드러나 보이는 미묘한 남녀 관계에 대한 이해의 폭이 넓을 것이다. 다시 말해 남녀 동료가 성 관계가 아닌 다른 이유로도 여자의 아파트에 드나들 수 있다고 믿는 사람들이 우리에게 유리하다는 것이다. 반면에 스턴은 나이 든 사람들은 내 과거의 경력과 지위와 명성에 대해 보다 높이 평가할 수 있을 것이라고 말했다.

계획이 어떻든 간에 마지막에 남는 것은 직감이다. 배심원 후보들 중에서도 얘기가 통할 것 같은 마음에 드는 사람들과 그렇지 않은 사람들이 직감적으로 구별됐다. 둘째 날 아침 배심원 선택을 시작할 때, 스턴과 켐프와 나는 별 이견이 없었다. 우리는 변호인석에 모여 앉아 4명씩 모여 서 있는 배심원 후보들 중에서 우리가 원하는 사람을 골랐다. 스턴의 요청에 따라 바바라도 가까이 있는 방청석에서 변호인석으로 다가와 선택 과정에 참여했다. 그녀는 내 어깨에 가볍게 손을 올려놓고 있지만 의견은 내놓지 않았다. 푸른색 정장과 그에 잘 어울리는 모자를 쓴 그녀는 우리가 의논하는 동안 슬픔을 잘 참으며 비장하고 엄숙한 느낌으로 곁에 서 있다. 케네디 가의 미망인 같은 모습이다. 아내는 자기가 맡은 역할을 잘 해내고 있다. 배심원단의 배경에 관한 질문이 시작되고 나서 어젯밤 스턴은 바바라에게 법정에서 이런 모습을 보여 줄 것을 부탁했다. 집에 돌아온 바바라가 스턴은 참 예의 바른 사람이라고 칭찬했을 때 나는 그의 의도는 따로 있다고 설명해 주었다. 스턴은 재판 초기부터 내 아내가 여전히 나를 믿고 있다는 것을, 그리고 우리가 현대인답게 여성의 의견을 존중하고 있다는 것을 배심원들에게 보여 주고 싶은 것이다.

변호인 측은 이른바 이유 불요의 기피권(미국의 배심 재판에서는 변호인 측과 검찰 측이 배심원 후보들 중에서 원하지 않는 사람들을 아무 이유 설명 없이 제외시킬 수 있다.──옮긴이)을 이용해 10명의 후보를 아무 이유 설명 없이 배심원단에서 제외시켰다. 검찰은 6명을 제외했다. 기피의 권리를 우리보다 덜 사용했기 때문에 검찰은 배심원단을 원하는 대로 구성할 기회도 우리보다 적어졌다. 니코의 계획은, 당연한 일이겠지만, 우리가 원하는 사람들과는 정반대의 사람들을 배심원단에 앉히는 것이 분명해 보였다. 일반적으로 그는 자기에게 표를 던지는 유권자들 성향의 사람들을, 다시 말해 비교적 나이가 많은 가톨릭 신자들을 찾고 있다. 그래서 미리 계획하지는 않았지만 우리는 즉석에서 이탈리아계는 모두 빼 버렸다.

내가 검사로서 활동할 때 구성된 어떤 배심원단보다도 이번에 구성된 배심원단이 마음에 들었다. 젊은 층이 압도적이고 그들 중 상당수는 독신이다. 약국 관리인으로 일하는 20대 후반의 여성, 중개 사무소에서 회계사로 일하는 젊은 여성, 공장 조립 반장으로 있는 스물여섯 살의 남자, 그와 비슷한 나이로 시내 호텔에서 식당을 하며 컴퓨터 조립 일을 부업으로 하고 있는 남자, 보험 회사에서 회계 감사일을 하는 젊은 흑인 여성. 이밖에도 이혼한 여교사와, 철도 회사 비서, 고등학교 음악 선생으로 일하다 정년퇴직한 남자, 자동차 수리공, 버거킹 연수생, 은퇴한 간호조무사, 모톤즈에서 일하는 화장품 판매원 아가씨 등이 포함되어 있다. 백인이 9명, 흑인이 3명이고 여자가 7명, 남자가 5명이다. 리틀 판사는 또 후보 4명도 정했는데, 이들은 증거 심리에는 참여하지만 정규 배심원 12명 중에서 병이 나거나 다른 이유로 빠지는 사람이 생기지 않는 한 평결을 위한 심의에는 참여할 수 없다.

배심원단 구성이 끝난 1차 공판 이틀째 날 이른 아침, 드디어 내 재판을 시작할 준비가 모두 끝났다.

오후 한시 오십분 우리는 모두진술을 위해 법정으로 돌아왔다. 법정 안은 어제 아침과 같은 분위기였다. 배심원단을 구성하는 동안의 가라앉은 분위기는 사라지고 팽팽한 긴장감이 감돌았다. 재판이 시작된다는 생각에서 오는 흥분감이 뼛속까지 아프게 느껴졌다. 켐프가 나를 법정 밖으로 불러내고 우리는 법정 경위들이 자리를 잡아주지 않아 불평을 쏟아 내고 있는 방청객들에게서 벗어나기 위해 복도 끝으로 걸어갔다. 여기에서는 누가 우리 이야기를 듣고 있을지 모르는 일이다. 제대로 된 기자라면 엿들은 내용을 기사화하지는 않겠지만 엿들은 내용을 검사들에게 고자질하는 사람도 있을 것이다.

"말해 두고 싶은 게 있어요."

켐프가 말을 꺼냈다.

그는 곱슬머리를 5센티미터는 넘게 잘라 냈고 뉴헤이븐에 있는 제이 프레스에서 산 고급스러운 푸른색 줄무늬 양복을 말쑥하게 빼입고 있다. 변호사가 아니라 배우로 나서도 될만큼 잘생겼다. 들은 이야기로는 그룹에서 기타를 칠 때 돈을 많이 벌어 놓은 게 일하지 않아도 편하게 먹고살 수 있을 정도라고 했다. 하지만 그는 사무실에 나와 밤 열한시, 열두시가 되도록 사건 기록을 읽고 메모하고 우리와 회의를 했다.

"당신을 좋아해요."

켐프의 말에 나도 화답했다.

"나도 자넬 좋아해."

"당신이 이기기를 진정으로 바라요. 소송 의뢰인한테 이런 얘기를 하는 건 이번이 처음이지만 당신이 이길 거라고 생각해요."

일을 시작하고 한두 해 동안 의뢰인을 만나 봤자 별로 많지 않았을 것이고, 따라서 이런 말을 믿을 만한 예측으로 보기 어렵지만, 나는 그의 선의에 감동받았다. 나는 그의 어깨를 가볍게 부여잡고 고맙다고 말했다. 물론 그는 내가 무죄라고 생각한다고는 말하지 않았다. 그런 확신을 가질 정도로 어수룩하지는 않다. 게다가 증거라고는 나한테 불리한 것들뿐이지 않은가 말이다. 한밤중에 자고 있는 그를 깨워서 내 무죄에 대해 어떻게 생각하느냐고 물어보면 그는 모르겠다고 대답할 것이 분명했다.

곧 스턴이 나타났다. 들뜬 모습이었다. 짜릿한 흥분으로 활기에 차 있는 것 같다. 와이셔츠는 새하얗고 주름 하나 없어서 목과 맞닿은 부분은 성직자의 로만 칼라처럼 보일 정도였다. 그가 변호사 생활 중 가장 유명한 사건 재판에서 모두진술을 앞두고 있다. 갑자기 질투가 치밀어 올랐다. 나는 지난 몇 달 동안 이 재판을 맡는 것이 얼마나 흥미진진할까를 생각지 못하고 있었다. 충분히 그럴 만도 하다. 하지만 긴장감이 팽팽한 곳에 있자니 예전의 그 흥분감이 되살아났다. 레이먼드와 함께 맡았던 밤의 성자들 사건 재판도, 23명이나 기소한 그 사건도 세간의 이목이 이만큼 집중되지는 않았다. 그런데도 전기가 통하는 전선줄을 잡은 것 마냥 짜릿한 흥분이 느껴져서 재판이 진행되던 그 7주 동안에는 잠도 제대로 이룰 수가 없었다. 오토바이 경주를 할 때나 높은 산 정상에 올랐을 때 느낄 법한 흥분이었다. 갑자기 잃어버린 내 직업이 눈물나게 그리워지며 슬퍼졌다.

"뭐 해요?"

스턴이 내게 물었다.

"사비치 씨가 이길 거라고 생각한다고 말하는 중이었어요."

켐프가 대신 답했다.

스턴은 눈썹을 치켜뜨며 스페인어로 뭐라고 중얼거렸다.

"그런 소리 함부로 입 밖에 내지마. 절대 안 돼."

스턴은 내 손을 잡더니 아주 심각한 얼굴로 나를 바라보며 말했다.

"러스티, 최선을 다할게요."

"알아요."

내가 답했다.

법정 안으로 돌아와 있는데 점심시간 동안 학교에 갔다가 돌아온 바바라가 사람들 속에서 걸어와 나를 껴안았다. 한 팔로는 내 허리를 단단히 감싸 안고 내 뺨에 입을 맞추더니, 손으로 립스틱 자국을 닦았다. 냇과 통화했다고 했다.

"아빠를 사랑한다고 전해 달래. 나도 당신을 사랑해."

바바라가 귀엽게 이 말을 하는데 선의에도 불구하고 어투에서는 뭔가 애매모호함이 느껴졌다. 아내도 최선을 다했다. 지금이야말로 최고의 연기를 보여 줄 때였다.

배심원들이 대기실에서 줄지어 법정 안으로 들어왔다. 앞으로 그들은 배심원석 바로 뒤에 위치한 대기실에서 심의를 하게 될 것이다. 이혼한 여교사는 자리에 앉으며 나를 향해 미소를 지어 보이기까지 했다.

리틀 판사가 모두진술의 목적은 증거에 대한 소개라고 설명했다.

"주장이 아닙니다. 법정 대리인들은 증거가 가질 수 있는 의미를 설명하지 마세요. 실제로 제시할 증거가 어떤 것들인지 있는 그대로 설명만 하면 됩니다."

물론 이 말은 니코에 대한 경고다. 정황 증거만 있는 사건에서는 검찰은 배심원들에게 증거들이 모두 모이면 어떻게 잘 들어맞는지 보여 줄 필요가 있다. 하지만 니코는 이번에는 아주 신중하게 해야 할 것이다. 니코가 리틀 판사에 대해 어떻게 생각하든지 간에 배심원들은 벌써부터 판사를 좋아하기 시작했다. 판사는 꽃향기처럼 매력을 한껏 발산하고 있다. 니코가 판사를 비난하거나 그의 뜻을 거슬러 봤자 좋을 것이 하나도 없었다.

"딜레이 가르디아 검사."

리틀 판사가 부르자 니코가 일어섰다. 날씬하고 꼿꼿하고 기대감에 가득 차 있는 모습이다. 검찰 최고 책임자다운 모습이다.

"모두진술을 시작하겠습니다."

그가 전형적인 말로 진술을 시작했다.

놀랍게도 니코는 처음부터 헤맸다. 나는 어떻게 된 일인지 금방 알아차렸다. 시간 제약과 검찰 지휘의 부담이 준비에 심각한 타격을 입힌 것이다. 미리 한번 훑어보지도 못한 것이 틀림없다. 준비된 원고를 읽지 않고 즉석에서 말을 지어 내기도 하는데, 진술 직전에 있었던 리틀 판사의 경고를 의식해서인 것 같다. 핼쑥한 얼굴에선 불안한 표정이 사라지지 않고 말의 리듬도 타지 못하고 있다. 말하다가 머뭇거리기를 계속했다.

니코의 준비가 충분하지 못함에도 불구하고 나로서는 그의 진술을 듣고 있기가 힘이 들었다. 니코가 평소의 말솜씨와 설득력을 발휘하지 못하고 있지만 그렇다고 요점을 빠뜨리고 있는 것은 아니다. 내가 레이먼드와 리프랜저에게 한 말과 하지 않은 말을 증거로 내세울 때는 내가 우려했듯이 배심원단에게 큰 반향을 불러일으킨 것 같다. 하지만 그는 강조할 부분을 제대로 강조하지 못하고 있었다. 배심원단에게 자신이 먼저 들려주어야 할 것을 거의 말하지 않고 있다. 똑똑한 검사라면 변호인 측의 증거를 자신이 먼저 언급하고 자기의 주장이 변호인 측의 강력한 반격에도 견뎌낼 수 있다는 것을 자신의 입을 통해 보여 줌으로써 변호인 측 증거의 효력을 약화시키려고 노력하기 마련이다. 그러나 니코는 내 경력에 대해 충분한 언급을 하지 않았다. 내가 검찰 지휘 계통에서 제2인자였다는 사실도 빠뜨렸다. 그리고 캐롤린과 나와의 관계를 묘사하면서도 맥가펜 재판 건에 대해서는 아무런 언급이 없다. 스턴이 늘 그렇듯 조용히 일어나 모두진술을 시작하면 니코가 내 경력에 대해 자세한 언급을 하지 않은 것을 의도적인 은폐로 보이게 만들 것이다.

니코의 진술에서 우리의 예상이 빗나간 유일한 부분은 캐롤린과 나와의 관계에 대한 설명이다. 니코가 안고 있는 문제는 나나 스턴이 생각했던 것보다 더 심각한 것이 분명하다. 니코는 캐롤린과 나와의 관계를 입증할 수 있는 증거가 부족할 뿐만 아니라 우리 둘 사이에 어떤 일이 있었는지에 대해 제대로 파악하지 못하고 있었다.

니코가 배심원들에게 말했다.

"피고인인 사비치와 피해자 폴헤무스가 사적인 관계를 맺었으며 그 관계가 여러 달 동안, 즉 살인 사건이 있기 전에 적어도 7,

8개월 동안 지속되었다는 것을 보여 주는 증거가 있습니다. 사비치는 폴헤무스의 아파트에 들락거렸습니다. 폴헤무스가 사비치에게 전화를 했고 사비치도 폴헤무스에게 전화를 했습니다. 두 사람의 관계는 이미 말씀드린 바와 같이 사적인 관계였습니다."

그러고는 잠시 머뭇거리다가 말을 이었다.

"친밀한 관계였습니다. 그러나 두 사람의 관계가 순조롭지는 않았습니다. 그래서 피고인이 대단히 화가 난 것이 분명합니다. 피고인은 극심한 질투심에 사로잡힌 것 같습니다."

리틀 판사가 판사석 의자를 휙 돌려 니코를 정면으로 노려봤다. 니코는 증인과 증거물에 대해 설명만 하라는 판사의 경고를 무시하고 자기주장을 펼치고 있는 것이다. 화가 난 판사가 가끔씩 스턴을 바라보며 왜 이의 제기를 하지 않느냐고 신호를 보냈지만 그는 아무 말이 없었다. 재판 중 중간에 끼어드는 것은 예의에 어긋나는 일이라고 생각하기 때문일 것이다. 게다가 지금 니코는 스턴의 판단으로는 증명할 수 없는 일들에 대해 이야기를 하고 있다.

"사비치는 질투심에 사로잡혔습니다. 폴헤무스가 자기만이 아니라 다른 남자를 만나고 있었기 때문입니다. 폴헤무스는 다른 남자를 만나 새로운 관계를 맺었고 사비치는 이 사실에 분노했습니다."

니코는 또다시 머뭇거리다가 말을 이었다.

"피해자는 레이먼드 호건 검찰 총장과 새로운 관계를 맺었습니다."

이것은 아직까지 세상에 알려지지 않은 사실이다. 니코는 자신과 레이먼드와의 동맹 관계를 생각해서 이 사실을 숨기고 있었던

36

것이 분명하다. 하지만 본성은 어쩔 수 없어서 그는 기자석을 향해 돌아서서 기자들을 바라보며 이 사실을 세상에 알렸다. 법정 안이 웅성거리기 시작하고 자기 예전 동료의 이름이 나오자 리틀 판사는 마침내 자제력을 잃고 만다.

"딜레이 가르디아 검사!"

판사가 벼락같이 호통을 쳤다.

"이미 경고했을 텐데요. 지금 당신은 최후 진술을 하고 있는 게 아닙니다. 사실만을 언급하세요. 그렇지 않으면 중단시키겠습니다. 알겠습니까?"

니코가 판사석을 향했다. 깜짝 놀란 표정이다. 침을 삼키자 목울대가 두드러져 보였다.

"알겠습니다."

질투. 나는 수첩에 이 단어를 적어 켐프에게 건네줬다. 동기 없음과 증명하기 어려운 동기 사이에서 니코는 후자를 선택했다. 현명한 선택일지는 모르지만 그 동기를 증명할 수 있는 사실을 끌어모으자면 힘깨나 들 것이다.

니코의 진술이 끝나자마자 스턴이 일어나 연단으로 향했다. 판사는 휴정을 제안하지만 스턴은 부드럽게 미소를 지으며 괜찮다면 지금 당장 변론을 시작하고 싶다고 말했다. 휴정하는 동안 사람들이 니코의 말을 곱씹어 보아 그 말의 효력이 커지게 하고 싶지 않은 것이다.

스턴이 천천히 연단 주위를 돌다가 서더니 연단 위에 한쪽 팔꿈치를 올려놓았다. 갈색 맞춤 양복을 입고 있는데 아주 잘 어울렸다. 커다란 얼굴은 아직도 어두운 표정이다.

"피고인인 러스티 사비치와 제가 무슨 말을 할 수 있겠습니까? 니코 델라 가르디아 검사가 다른 증거는 없이 두 개의 지문에 대해서만 말을 하면 우리가 무슨 말을 할 수 있겠습니까? 증거라는 것이 추측과 소문과 잔인한 빈정거림만을 보여 주고 있을 때는 무슨 말을 할 수 있겠습니까? 훌륭한 공직자가 정황 증거만을 토대로 재판을 받게 되었을 때, 그리고 곧 여러분이 직접 판단하시게 되겠지만 그 정황 증거라는 것들이 합리적인 의혹이라는 중요한 법적 기준에 미치지 못할 때는 무슨 말을 할 수 있겠습니까? 합리적인 의혹 말입니다."

그가 몸을 돌려 배심원단 쪽으로 서너 걸음 다가섰다.

"검찰은 합리적인 의혹을 넘어 유죄를 입증해야 합니다."

그는 배심원들이 지난 이틀 동안 리틀 판사에게서 들은 내용을 되풀이했다. 그는 처음부터 배심원들 앞에서 권위 있고 학식 있는 재판관과 자신이 같은 생각을 하고 있다는 것을 알렸다. 니코가 벌써부터 리틀 판사에게 혼쭐이 났다는 사실을 고려해 볼 때 효과적인 전술이다. 스턴은 '정황 증거'라는 말을 반복했다. '추측'과 '소문'이라는 말도 했다. 그러고는 나에 대해 말하기 시작했다.

"그러면 피고인인 러스티 사비치는 어떤 사람입니까? 니코 델라 가르디아 검사 말처럼 단순히 검찰청 부장 검사들 중 한 명이 아니었습니다. 수석 부장 검사였습니다. 이 주, 이 킨들 군에서 활동하는 다섯 손가락 안에 드는 가장 훌륭한 법조인들 중 하나였습니다. 이런 사실을 입증할 증거는 얼마든지 있습니다. 그는 법대를 우등으로 졸업했고 《로 리뷰》의 발행인 중 한 명이기도 하며 주 대법원장 밑에서 사무직원으로 일한 경력도 있습니다. 그는 헌신적으로 국민을 위해 일했습니다. 범죄를 예방하고 처벌하기 위해서 최선을 다했습니다."

여기서 스턴은 검사들을 향해 경멸하는 눈초리를 던졌다.

"범죄를 저지르기 위해서가 아니라 말입니다. 신사 숙녀 여러분, 피고인인 러스티 사비치가 법정에 세운 사람들의 이름을 들어 보십시오. 너무도 유명한 범죄자들이라 이 법정에 자주 오지 않는 분들이라도 자주 들어 본 적이 있는 그들의 이름을 들으면, 피고인의 노력에 대해 다시 한 번 고마운 마음이 들 것입니다."

그러고는 거의 5분을 밤의 성자들 사건을 비롯하여 내가 해결한 여러 사건들의 예를 드는데 할애했다. 좀 길다 싶은 시간이지만, 니코 델라 가르디아는 모두진술 때 스턴이 불평 없이 들어주었기 때문에 이의 제기를 할 수도 없는 처지다.

"러스티 사비치는 유고슬라비아 자유 투사의 아들입니다. 나치의 박해를 받은 자유 투사의 아들입니다. 그의 아버지는 1946년 잔혹 행위가 없는 자유의 땅을 찾아 미국으로 건너왔습니다. 그런 그의 아버지 이반 사비치 씨가 지금 살아 있다면 무슨 생각을 할까요?"

말을 해서는 안 되는 것은 물론이고 조금도 표정이나 행동의 변화를 보여 주지 말라는 스턴의 엄명이 없었다면 나는 움찔했을 것이다. 나는 두 손을 가지런히 모으고 앉아 앞을 바라보고 있다. 어떤 경우에라도 침착하고 단호한 모습을 보여야 했다. 불행히도 스턴은 이런 말을 할 것이라는 것을 내게 미리 알리지 않았다. 내가 진술을 하게 되더라도 이런 말은 하지 않을 것이다. 검사들이 충분한 반박 증거를 내밀 수 있는 이런 말은 하지 않을 것이다.

스턴은 당당한 태도로 변론을 계속했다. 미리 계획한 대로의 공적인 말투는 권위를 느끼게 했다. 그는 우리 측이 보여 줄 증거에 대해서는 아무런 설명도 하지 않았다. 내가 진술을 할 것인지에 대해서도 언급이 없다. 대신 그는 검찰 측 증거의 결함에 초점을 맞춘다. 러스티 사비치가 어떤 살인 무기를 휘둘렀다는 직접적인 증거는 전혀 없다. 러스티 사비치가 폭행을 저질렀다는 것을 보여 주는 증거도 전혀 없다.

"그러면 이 정황 증거만이 있는 사건의 초석은 무엇입니까? 니코 델라 가르디아 검사는 피고인과 피해자와의 관계에 대해 배심원 여러분께 많은 이야기를 했습니다. 그러나 그들이 동료였다는 사실에 대해서는, 연인이 아니라 검사로서 대단히 중요한 사건 재판을 함께했다는 사실에 대해서는 언급하지 않았습니다. 그 이야기는 제가 할 수 있도록 남겨 두었습니다. 좋습니다, 그러면 제가 하지요. 이 사실을 증명할 증거도 보여 드리겠습니다. 여러분은 피고인과 피해자의 관계에 대해 증거가 보여 주는 것과 보여 주지 않는 것을 잘 판단하셔야 합니다. 이 정황 증거만 있는 사건 재판에서 니코 델라 가르디아 검사가 합리적인 의혹을 넘어 피고인의 유죄를 입증하기 위해 어디에서 증거를 찾으려고 하는지를 잘 살펴셔야 합니다. 단호하게, 정말 단호하게 말씀드립니다만, 니코 델라 가르디아 검사의 주장이 사실임을 입증할 증거는 어디에도 없습니다. 결단코 그런 증거는 없습니다. 여러분은 검찰의 주장이 사실에 입각한 것이 아니라 끝없는 추측과 소문에 입각한 것임을 아실……"

"변호인."

리틀 판사가 부드러운 목소리로 끼어들었다.

"지금 니코 델라 가르디아 검사와 같은 함정에 빠지고 있는 것 같군요."

스턴이 판사를 향해 돌아서더니 가볍게 목례를 했다.

"대단히 죄송합니다, 존경하는 재판장님. 검사에게서 영감을 얻었던 것 같습니다."

법정 안 곳곳에서 작은 웃음소리가 터져 나왔다. 판사도 웃고 배심원 상당수도 웃었다. 니코를 희생양으로 한 웃음소리다.

스턴이 배심원단을 향해 돌아서더니 혼잣말을 하듯 중얼거렸다.

"이 재판에서는 본질에서 벗어나지 않도록 제가 정신을 단단히 차려야 할 것 같습니다."

그러고는 마지막 씨앗을 뿌렸다. 어떻게 하겠다는 약속이 아니라 몇 마디 말을 씨앗으로 뿌렸다.

"이 재판에서는 '왜'라는 질문을 하지 않을 수 없습니다. 여러분도 '왜'라고 자문해 보시기 바랍니다. 피해자가 왜 살해된 거냐고 물어보라는 것이 아닙니다. 안타깝게도 이 재판에서는 그 질문에 대한 답을 얻을 수 없을 것입니다. 하지만 피고인이 왜 여기 피고인석에 앉아 있는지, 사실이 아닌 혐의로 기소되어 왜 여기 앉아 있는지 물어보십시오. 왜 합리적인 의혹을 넘어서서 유죄를 입증해야 하는, 그렇지만 결코 입증하지 못할, 이런 정황 증거만이 존재하는 재판이 열려야 하는지 물어보십시오."

그가 말을 멈추고는 고개를 약간 갸우뚱거렸다. 답을 알고 있는 것도 같고 그렇지 않은 것도 같다. 그가 부드러운 목소리로 마지막 말을 했다.

"왜죠?"

유리컵은 찾을 수 없었다.

니코는 공판 사흘째 아침 스턴과 켐프와 내가 법정에 도착하자마자 이 사실을 알렸다. 오늘부터 증인 심문이 시작될 것이다.

"어떻게 그런 일이 있을 수 있죠?"

스턴이 물었다.

"미안해요. 처음에는 몰토가 잊어 버렸다고 그러더라고요. 그건 정말이에요. 지금 다들 샅샅이 뒤지고 있으니까 곧 찾을 거예요. 그런데 문제가 있어요."

니코와 스턴이 저쪽으로 걸어가 무언가 이야기를 나눴다. 몰토가 걱정스러운 얼굴로 그들을 지켜봤다. 그는 채찍질을 당한 개처럼 검사석 자기 자리를 떠나려 하지 않고 있다. 이제 보니 몰토의 형색이 형편없었다. 재판 초기인데 저렇게 피곤해 보이다니 너무 이른 것 같다는 생각이 들었다. 피부가 누렇게 떠 있고 어제 입고 나왔던 양복을 또 입고 나왔는데 그 양복도 쉴 틈이 전혀 없었던 것 같다. 몰토가 어젯밤 집에 들어가지 못했다고 해도 놀랍지가 않을 것 같다.

"어떻게 증거물을 잃어버릴 수가 있어요?"

켐프가 내게 물었다

"그런 일은 자주 있어."

내가 대답했다.

맥그래스 홀에 있는 경찰 증거물 보관소에는 주인을 찾지 못한 물건들이 전당포보다 더 많을 것이다. 꼬리표가 떨어져 나간 것들도 있고 고유번호가 거꾸로 적힌 것들도 있다. 나도 증거물 확보가 되지 않은 상태에서 재판을 시작한 경우가 여러 번 있었다. 불행히도 니코의 말이 맞다. 유리컵이 곧 나타날 것이다.

스턴과 니코는 이 문제를 공판이 시작되기 전에 판사에게 미리 알리기로 합의했다. 우리 모두가 판사실로 갈 것이다. 그러면 니코가 공개적으로 망신을 당하지 않아도 될 것이다. 스턴은 이렇게 순순히 작은 친절을 베풀어 검찰청 내에서도 인기가 있었다. 다른 변호사들 같으면 이런 사실을 법정에서 공개적으로 밝히라고 요구해서 니코가 기자들 앞에서 망신을 당하게 할 것이다.

우리 모두는 판사실 밖 비서실에서 기다리고 있다. 리틀 판사의 비서 코린은 판사의 통화가 끝나기를 기다리며 전화기의 대기램프를 주시했다. 코린은 당당하고 가슴이 풍만한 여성으로, 작년 가을 퍼킨스라는 보호 관찰관과 결혼하기 전까지 리틀 판사와 그렇고 그런 사이라고 법원 직원들 입에 오르내리곤 했다. 리틀 판사는 항상 여자들이 좋아하는 남성형으로 인정을 받았다. 그는 10년쯤 전에 이혼을 했는데, 그 후로 꿈의 거리라고 하는 환락가의 바유 불러바드 같은 나이트클럽에서 그가 잭 대니얼을 마시고 있는 것을 봤다는 이야기들이 많이 들렸다.

"들어오시라는데요."

코린이 전화로 판사에게 우리가 기다리고 있다는 것을 알리고 나서 수화기를 내려놓으며 말했다. 켐프와 니코와 몰토가 먼저 들어갔다. 스턴은 나와 잠시 따로 나눌 이야기가 있다고 했다.

들어가서 보니 니코는 벌써 판사에게 문제를 설명하기 시작했다. 그와 켐프는 판사의 책상 앞에 놓인 안락의자에 앉아 있다. 몰토는 약간 떨어진 소파에 앉아 있다. 판사실은 품격이 느껴지는 분위기이다. 한쪽 벽에 있는 책장에는 황금색 겉장의 주 법학 논문들이 꽂혀 있고 소위 자랑거리 벽도 보였다. 판사가 정치인들과, 주로 흑인 정치인들과 찍은 사진들이 많이 걸려 있는데 레이먼드와 함께 찍은 커다란 사진도 보였다.

"존경하는 재판장님. 저는 그 사실은 어젯밤 몰토에게서 처음 들었습니다……."

니코가 말했다.

"어제 몰토가 유리컵이 검찰에 있다고 말한 걸로 기억하는데, 이 문제를 간과하고 있었던 거군요. 몰토, 내 말 잘 들어요."

목깃과 소매는 흰색이고 나머지는 보라색인 와이셔츠 차림으로 책상 뒤에 서 있는 리틀 판사는 판사답게 위엄 있는 모습이었다. 니코가 설명하는 동안 책장 앞을 서성거리던 그는 이제 책상 뒤에 서서 손가락을 들어 몰토를 가리키며 말했다.

"이 재판에서 지금처럼 말도 안 되는 소리가 또 들리면 그땐 당신을 유치장에 처넣을 겁니다. 정말이에요. 거짓말로 나를 속이려고 하지 마세요. 그리고 검찰 총장이 있는 자리에서 밝혀 두고 싶은데, 니코, 이제까진 우리 사이에 별문제 없이 협조해서 일을 잘 해왔는데, 여기 안타까운 역사가 하나 생겼군요."

판사가 고갯짓으로 몰토를 가리키며 말했다.

"판사님 말씀 잘 알았습니다. 진심입니다. 그래서 저도 이 소식을 듣고 나서 걱정을 많이 했습니다. 하지만 이것은 작은 부주의에서 생긴 일이라고 믿습니다."

리틀 판사는 니코를 가엾다는 듯이 눈가로 흘끗 바라봤다. 니코는 움찔거리지 않았다. 연기를 꽤 잘하고 있다. 양손을 무릎위에 가지런히 모아 놓고 애원하는 사람처럼 보이려고 애를 쓰고 있다. 보통은 이런 태도를 보이지 않는데 판사 앞에서 한없이 겸손해 보이려는 노력이 꽤 효과가 있다. 어젯밤 그와 몰토 사이에는 한바탕 난리가 났었을 것이다. 그래서 몰토의 안색이 저렇게 안 좋은 것이다.

그러나 리틀 판사는 쉽게 넘어가려 하지 않았다. 항상 그렇듯이 그는 이 문제에 숨겨진 의미들을 재빨리 간파했다. 검사들은 찾지도 못한 유리컵을 변호인 측에 인도하겠다고 약속해 놓고 한 달 이상이나 질질 끌어온 것이다.

"참 희한한 일 아닙니까?"

판사는 이렇게 말하고 나서 동의를 구하듯 스턴을 바라봤다.

"니코, 내가 그냥 심심해서 이런 명령을 내린 것은 아니거든요. 당신들은 증거물을 마음대로 가지고 놀고 말예요. 그나저나 마지막으로 이 유리컵을 가지고 있었던 사람은 누굽니까?"

"의견이 분분합니다만, 판사님, 경찰이라고 생각합니다."

"그렇겠죠."

리틀 판사가 말했다. 그러고는 혐오스럽다는 표정으로 눈을 돌렸다.

"자, 상황 정리를 하자면 이렇군요. 검찰은 법원 명령을 무시했습니다. 변호인 측은 준비할 기회를 갖지 못했고요. 그리고 니코 당신은 어제 있었던 모두진술에서 이 증거물에 대해 대여섯 번은 더 언급을 했던 것으로 기억합니다. 찾느냐 못 찾느냐는 당신들 문제입니다. 유리컵을 찾을 수 있다는 전제하에, 찾고 나서, 이것이 증거로서 자격이 있는지 어떤지 결정하겠습니다. 자, 재판하러 갑시다."

니코가 당면한 문제는 판사를 화나게 한 것만이 아니었다. 검찰 측은 소위 증거의 순서로서 증인석으로 부를 증인들의 순서를 미리 정해 놓고 준비를 했다. 제일 먼저 증인석에 앉을 사람은 범행 현장을 묘사하기로 되어 있는데 그러자면 유리컵을 언급할 수밖에 없었다.

"내 법정에선 안 됩니다. 안 돼요, 딜레이 가르디아 검사. 아무도 찾지 못한 증거물에 대해서는 증언할 수 없습니다."

판사의 말에 마침내 스턴이 말문을 열었다. 그는 니코가 계획한 대로 일을 진행시키는 데 대해 이의가 없다고 말했다.

"존경하는 재판장님, 검찰이 유리컵을 찾는데 실패하면 그때 가서 그 컵과 관련된 추가적인 증거물에 대해서는 이의를 제기하겠습니다."

물론 지문을 두고 하는 말이다.

"그러나 당분간은 재판을 지연시킬 생각이 없습니다. 존경하는 재판장님께서 허락하신다면 말입니다."

리틀 판사가 어깨를 으쓱해 보였다. 스턴의 말을 받아들이겠다는 뜻이다. 판사 비서실에서 스턴과 내가 따로 이야기를 나눈 것도 이 문제였다. 우리가 이의를 제기하면 니코가 증인을 부를 순서에 차질이 빚어지겠지만 니코의 계획대로 첫 증인이 나와 유리컵이 사라졌다는 사실을 설명하게 된다면, 오히려 그게 더 낫다고 생각했다. 검사와 경찰이 멍청이들로 보이는 것이 더 낫다는 것이다. 또한 첫 증거물부터 사라지고 없다면 배심원들도 한심하게 생각할 것이다. 게다가 나중에 유리컵이 발견된다고 해도 내게는 크게 손해날 것이 없다. 그리고 좀 전에 켐프에게도 말했듯이 경찰청 증거물 보관소 사람들이 결국에는 유리컵을 찾아낼 것이다. 항상 그렇다.

"스턴 변호사에게 증인 출두 순서를 알려 주세요. 그래야 언제 이 문제로 되돌아올지 알 테니까 말입니다."

몰토가 말문을 열었다.

"여기 있습니다, 판사님. 지금 당장 주겠습니다."

그는 무릎 위에 놓아두었던 서류들을 뒤적이더니 종이 한 장을 켐프에게 건넸다.

"그리고 이 사실을 공식 기록에 넣읍시다."

리틀 판사가 말했다.

니코에 대한 벌이다. 결국 그는 이 사실을 공식적인 자리에서 설명하게 생겼다.

법정 안 판사석 앞에서 대리인들이 기자들이 지켜보는 가운데 판사실에서의 회의 내용을 반복하는 동안 나는 증인 출두 순서를 훑어 봤다. 리프랜저가 언제 증언을 할지 알고 싶었다. 빨리 하면, 레온을 찾는 일도 빨리 시작할 수 있다. 스턴의 사립 탐정에게 좀 더 찾아보게 하려고 했지만, 그는 자기가 할 수 있는 일은 아무것도 없다며 거절했다. 증인 명단에도 좋은 소식은 없다. 리프랜저의 증언은 재판 후반부에 있을 예정이었다. 스턴과 나는 그때까지 기다려야 했다.

나는 이렇게 실망하는 와중에도 몰토와 니코가 재판 준비를 철저히 했다는 사실을 깨달았다. 그들은 사건 현장과 물적 증거물 수집에 대한 설명부터 시작해서, 서서히 내가 범인임을 입증하는 방향으로 나아갈 것이다. 그때는 애매모호하긴 하지만 캐롤린과 나와의 관계에 대한 증거가 제시될 것이고, 그러고 나서 의혹을 받고 있는 내 수사 지휘 문제가 대두될 것이며, 끝에 가서는 지문과 카펫 보푸라기, 통화 기록, 니어링의 가정부 할머니, 혈액 검사 결과 등 내가 살인 현장에 있었다는 사실을 보여 주는 증거들이 제시될 것이다. 무고통 구마가이는 마지막 증인으로 나서서 혈액 검사 과정에 대해 전문가로서의 의견을 들려줄 것이다.

아직도 판사석에서 리틀 판사가 니코를 괴롭히고 있다.

"그러면 검찰은 증거물을 찾는 즉시 변호인 측에 통지해야 합니다. 알겠습니까?"

니코가 그러겠다고 약속했다.

이 문제가 정리가 되자 배심원단이 들어오고 니코가 검찰 측 최초 증인인 헤럴드 그리어 형사를 불렀다. 형사가 복도에서 들어와 판사 앞에 서서 증인 선서를 했다.

그리어가 증인석에 앉자마자 왜 니코가 증인 출두 순서를 미리 정한대로 유지하고 싶어 했는지 분명해졌다. 배심원들은 최초 증인에 대해서는 또렷이 기억하는 경향이 있는데, 커다란 덩치의 흑인인 그리어 형사는 달변가이고 침착하며 절도가 있어서 사람들에게 아주 좋은 인상을 줬다. 유리컵이 있건 없건, 그는 유능한 경찰관의 모습을 하고 있다. 경찰청에는 대학 교수를 해도 될 만큼

IQ가 높으면서도 현실에서는 경찰관이 최선의 선택인 그리어 같은 경찰관들이 많이 있다.

몰토가 심문을 시작했다. 형색은 형편없지만 심문 준비는 아주 잘한 것 같다.

"그러면 시신은 어디 있었습니까?"

그리어는 세 번째로 현장에 도착한 경찰관이었다. 캐롤린의 시체는 아침 아홉시 삼십분에 발견되었다. 여덟시에 있는 회의와 아홉시에 출두하기로 되어 있는 법정에 그녀가 나타나지 않아 그녀의 비서가 곧장 아파트 관리인에게 전화를 했다. 몇 달 전에 관리인한테 들은 바로는, 그는 문을 열고 들어가 살펴보기만 했다고 했다. 현장을 보자 경찰을 불러야겠다는 생각이 들었고, 그 다음으로 현장에 도착한 순경들이 그리어 형사를 불렀다.

그리어는 자신이 목격한 현장을 설명하고 자기 지휘 하에 과학수사 대원들이 증거물을 수집한 과정을 설명했다. 그리어는 캐롤린의 몸에서 채취한 조락 V 카펫 보푸라기들을 담은 밀봉된 비닐봉투와 보푸라기가 더 많이 발견된 그녀의 치마를 담은 커다란 비닐 봉투를 알아보고 설명했다. 몰토와 그는 유리컵에 대해서는 슬슬 넘어갔다. 그리어는 바에서 유리컵을 발견했고 과학수사 대원들이 그것을 증거물 봉투에 담아 밀봉하는 것을 보았다고 말했다.

"그러면 유리컵은 지금 어디 있습니까?"

"그걸 찾는데 문제가 있었습니다. 경찰 증거물 보관소에서 곧 발견될 겁니다."

다음으로 몰토는 사라진 피임 도구 문제를 꺼냈다. 그리어는 아파트 안을 철저히 수색해 보았지만 피임 도구는 전혀 발견되지 않았다고 증언했다. 그러고 나서 경찰이 발견한 증거물들을 배심원들 앞에 펼쳐 놓은 가운데 몰토의 증언은 클라이맥스를 향해 치달았다.

"9년간 살인 사건 전담 형사로서 일해 온 경험과 현장 상황을 토대로 할 때, 증인은 그곳에서 어떤 일이 벌어졌다고 생각하십니까?"

몰토가 물었다.

스턴이 배심원단 앞에서 처음으로 이의 제기를 했다.

"존경하는 재판장님. 이것은 가설일 뿐입니다. 전문가의 의견으로 간주될 수 없습니다. 몰토 검사는 증인의 직감에 대해서 묻고 있습니다."

리틀 판사는 큰 손으로 뺨을 어루만지더니 고개를 흔들었다.

"기각합니다."

몰토가 질문을 반복했고, 그리어가 대답했다.

"시체의 모습과 밧줄로 묶인 모양, 싸움의 흔적, 화재 대비 비상 탈출구 위의 창문이 열려 있었던 점, 그리고 처음 현장을 둘러보고 얻은 직감을 종합해 볼 때 저는 폴헤무스 양이 성 폭행을 당하던 중, 혹은 성 폭행의 결과로 살해되었다고 생각했습니다."

"강간 말씀하시는 겁니까?"

몰토가 물었다. 유도 심문으로, 대개의 경우 직접 심문에서 허용이 되지 않지만, 지금 상황에서는 별로 해가 될 것이 없는 질문이다.

"그렇습니다."

그리어가 말했다.

"그러면 현장에 경찰청 소속 사진사들도 있었습니까?"

"그렇습니다."

"그 사람들은 무슨 일을 했습니까?"

"제가 현장 사진을 많이 찍으라고 명령했고 그대로 했습니다."

"증인이 보는 앞에서요?"

몰토는 오늘 아침 검찰이 법정 안으로 끌고 들어온 증거물을 실은 수레에서 내가 4달 전 내 사무실에서 본 적이 있는 사진들을 집어 들었다. 그러고는 하나하나 스턴에게 먼저 보인 후 그리어에게 보여 줬다. 몰토가 심문 준비를 아주 잘했다는 생각이 다시 들었다. 보통 판사는 살인 사건 재판에서는 검찰의 사진 이용을 제한했다. 끔찍한 장면을 담고 있어서 선입견을 줄 수 있기 때문이다. 그러나 몰토는 그리어를 통해 현장 모습 설명을 먼저 듣게 함으로써 우리가 이의 제기를 할 일반적인 명분을 제거해 버렸다. 우리가 분노한 표정으로 앉아 있는 동안 그리어는 끔찍한 사진들을 하나하나 설명하고 지금 보고 있는 사진이 당시의 현장 모습을 담은 사진이 맞다고 증언했다. 몰토가 사진을 건네주자 스턴은 판사석으로 다가가 판사에게도 보라고 요청했다.

"시체 사진 두 장만 허용하겠습니다."

판사가 말했다.

그가 다른 두 장은 빼 버리지만, 몰토가 그리어에 대한 심문을 끝내며 허용된 사진 두 장을 배심원들에게 돌리는 것을 허락했다. 나는 감히 얼굴을 들지 못하고 있지만 배심원석이 쥐 죽은 듯 조용한 걸로 봐서 핏자국과 캐롤린의 비틀린 시체 모습이 검찰 측이 바라는 효과를 내고 있다는 것을 느낄 수 있다. 여교사는 한동안 나를 향해 웃어 보이지 않을 것이다.

"반대 심문하세요."

판사가 말했다.

"몇 가지 문제에 대해 질문하겠습니다."

스턴이 말했다. 그는 그리어를 향해 약간 웃어 보였다. 우리는
이 증인과 맞서 싸우지 않을 것이다.

"유리컵 얘기를 하셨는데요, 증인. 그 유리컵이 지금 어디 있습
니까?"

스턴이 그리어가 증언한 증거물들을 둘러보기 시작했다.

"여기 없습니다."

"죄송합니다만, 유리컵에 대해 증언하셨다고 생각하는데요."

"그랬습니다."

"이런."

스턴이 놀란 표정을 지어 보였다.

"그런데 가지고 있지는 않다는 말씀이십니까?"

"그렇습니다."

"마지막으로 본 게 언제였습니까?"

"현장에서요."

"그 후로는 보지 못했습니까?"

"네."

"찾으려고 노력해 보셨습니까?"

그리어가 증인석에 앉고 나서 처음으로 미소를 지었다.

"물론입니다, 변호사님."

"증인 표정을 보니 애를 많이 쓰신 것 같은데, 맞습니까?"

"그렇습니다."

"그런데도 아직 찾지 못했습니까?"

"그렇습니다."

"그러면 누가 마지막으로 보았을까요?"

"모르겠습니다. 저기 계신 몰토 검사님이 증거물 수령증들을 가지고 계십니다."

"아."

스턴이 몰토 쪽으로 돌아섰다. 몰토는 약간 재미있어 하는 기색이다. 스턴의 연기를 간파하고 재미있어 하는 것이겠지만 배심원들은 왜 그런지 알 수 없을 것이다. 그들에게는 몰토가 오만하게 보일 것이다.

"몰토 검사님이 가지고 계신다고요?"

"그렇습니다."

"일반적으로는 수령증 꼬리표뿐만 아니라 증거물까지 가지고 있겠지요?"

"그렇습니다. 검찰은 꼬리표가 달린 증거물을 받게 됩니다."

"그런데 몰토 검사는 꼬리표는 가지고 있는데 증거물인 유리컵은 가지고 있지 않다는 말씀인가요?"

"그렇습니다."

스턴이 다시 몰토를 향해 고개를 돌렸다. 그러고는 몰토를 바라보며 말했다.

"감사합니다, 증인."

그는 뭔가 잠시 생각하는 표정이더니 다시 증인을 바라봤다.

스턴은 몇 분 동안 증거물 수집의 세부 절차에 대해 질문했다.

그러고는 다이아프램 문제에 이르자 꽤 오래 침묵하며 다음에 나올 말을 주목하게 만들었다.

"피임 기구가 증인이 찾지 못한 유일한 증거물이 아니었네요, 그렇지 않습니까, 증인?"

그리어의 얼굴이 뾰로통해졌다. 그는 호프 다이아몬드나 앤틸리 레이스 손수건도 찾지 못했다. 이 질문에 대해서는 대답할 수 없을 것이다.

"그러니까, 증인, 당신과 당신의 지휘를 받는 형사들이 아파트를 대단히 철저하게 수색하셨지요, 그렇지 않습니까?"

"물론 그랬습니다."

"그런데도 다이아프램뿐만 아니라 다이아프램과 함께 사용하는 피임용 크림이나 젤리나 다른 어떤 물질도 발견하지 못하셨지요, 그렇지 않습니까?"

그리어가 머뭇거렸다. 이 문제에 대해서는 생각해 본 적이 없는 것이다.

"그렇습니다."

마침내 그가 말했다.

니코가 즉시 몰토를 바라봤다. 그들은 우리와 5미터 정도 떨어진 곳에서 배심원석을 향해 앉아 있다. 이제까지는 내 적들을 볼 기회가 없었다. 검사석은 배심원단에게 초점을 맞추게 되어 있다. 니코가 무슨 말인가 속삭였다. 도대체 그런 게 어디 있는 거냐고 묻는 것 같다. 긴장해서 지켜보고 있는 배심원들도 2, 3명 보였다.

나는 자리에 앉으려는 스턴에게 사진들을 보여 달라고 요청했다. 스턴은 자기 지시를 잊었냐는 듯이 나를 노려봤다. 하지만 내가 다시 손을 내밀자 사진 뭉치를 건네줬다. 나는 그중에서 바를 찍은 사진을 찾아 스턴에게 보이며 문제점을 설명했다. 스턴은 고맙다는 표시로 내게 약간 고개를 숙여 보이고는 증인에게로 돌아갔다.

"여기 검찰 증거물 6-G번 사진 보셨지요, 증인?"

"네, 변호사님."

"이 사진은 증인이 증거물 유리컵을 발견한 바를 찍은 것입니다, 그렇죠?"

"그렇습니다."

"여기 유리컵이 있었다면 더 좋았겠지만 어쩔 수 없고요. 유리컵을 발견할 당시에 대해 정확하게 기억하고 계십니까?"

"그렇다고 생각합니다. 그 유리컵은 그 사진에 나와 있는 것과 같은 것이었습니다."

"그렇군요. 증인이 수집한 유리컵은 여기 이 수건 위에 놓인 유리컵들 중에 하나였습니다, 그렇죠?"

스턴은 그리어와 배심원들이 볼 수 있도록 사진을 돌렸다.

"그렇습니다."

"여기 유리컵의 개수를 세어 주시겠습니까?"

그리어는 손가락을 사진 위에 대고 천천히 개수를 센다.

"열두 개입니다."

그가 말했다.

"열두 개요. 그러면 사라진 유리컵까지 합치면 열세 개가 되겠네요, 그렇죠?"

그때서야 그리어도 무슨 말인지 알아차린 것 같다. 그가 고개를 끄덕이며 말했다.

"그렇겠죠."

"홀수로 된 세트란 말씀인가요?"

몰토가 이의 제기를 하지만 판사의 판결보다 그리어의 대답이
먼저 나왔다.

"아마도요."

"그렇군요."

점심 식사를 위해 휴정하는 동안 스턴이 내게 말했다.

"도와줘서 고마워요, 러스티. 하지만 이런 건 막판까지 있지 말
고 미리 알려 줘야 해요. 이런 사실은 중요한 의미를 지닐 수 있으
니까 말이죠."

나는 켐프와 스턴과 함께 법정을 나서며 스턴을 바라봤다.

"그때 처음 생각난 거예요."

내가 대답했다.

검사들에게는 힘겨운 오후가 기다리고 있다. 내가 부장 검사로
활동할 적에도 이렇게 물증의 설득력이 약해서 힘들 때가 종종 있
었다. 그럴 때마다 나는 죽음의 계곡을 걷고 있다고 말하곤 했다.
니코에게 있어서 죽음의 계곡은 나와 캐롤린 사이의 관계를 입증
하는 일이었다. 아마도 그는 충분한 정황 증거를 배심원들에게 내
밀 것이다. 그래서 배심원들이 캐롤린과 나와의 관계를 쉽게 추측
할 수 있게 되기를 바라고 있을 것이다. 몰토와 니코는 처음에는
그리어를 내세워 강하게 밀어붙이고 캐롤린과 나와의 관계를 보
여 주는 증거 제시 부분에 가서는 좀 비틀거리다가 빨리 끝내고,

다른 구체적인 물증을 제시하여 자기네 주장의 신빙성을 높여 가겠다는 계획을 세워 놓은 것 같다. 합리적인 전략이다. 하지만 점심 식사 후 법정으로 돌아오는 모든 법정 대리인들은 오후 공판이 변호인 측에 유리하게 흘러갈 것임을 직감하고 있었다.

검찰 측 두 번째 증인은 내 비서였던 유지니아 마티네즈다. 그녀는 패션쇼에라도 온 것처럼 한껏 멋을 낸 차림이다. 챙이 늘어진 중절모에 달랑거리는 귀걸이를 하고 증인석에 앉았다. 검찰 측에선 니코가 심문에 나서는데 심문은 간단히 끝났다. 유지니아는 15년 동안 검찰청에서 일했다고 증언했다. 지난 4월까지 마지막 2년 동안은 내 밑에서 일했다고 말했다. 작년 9월 혹은 10월의 어느 날 전화벨이 울려서 받는다는 것이 다른 수화기를 집어 들었다고 했다. 그래서 대화의 몇 마디를 듣게 되었는데 폴헤무스 검사와 나의 목소리였다고 했다. 내가 폴헤무스 검사의 집에서 만나자고 이야기하고 있었다고 했다.

"그러면 그 두 사람의 목소리는 어떻게 들렸습니까?"

니코가 물었다.

"존경하는 재판장님 '들리다' 라는 말에 대해 이의를 제기합니다. 개인적인 판단을 요구하는 말이라고 생각합니다."

"인정합니다."

니코가 리틀 판사를 바라보며 말했다.

"판사님, 증인이 자신이 들은 내용을 증언할 수 있는 기회를 주시기 바랍니다."

"들은 내용이지 의견을 말해서는 안 됩니다."

판사석에서 리틀 판사가 유지니아에게 말했다.

"증인, 대화를 들었을 때 당신이 무슨 생각을 했는지 말씀하셔
서는 안 됩니다. 들은 말과 어투에 대해서만 말씀하세요."

"어투가 어땠습니까?"

니코가 물었다.

판사의 지시는 그가 원하던 것과 크게 다르지 않았다. 그러나
유지니아는 이 질문에 대해서는 준비를 하지 못했던 것 같다.

"좋았던 것 같은데요."

그녀가 대답했다.

스턴이 이의 제기를 하지만 기록에서 제외될 만큼 해가 될 대답
이 아니다. 판사가 손을 내저어 대답은 그대로 인정됐다.

니코는 중요한 문제를 두고 힘겨운 사투를 벌이고 있다. 준비하
기가 정말 어려웠으리라는 생각이 다시 들었다.

"친밀한 관계처럼 들렸습니까?"

니코가 물었다.

"이의 있습니다!"

스턴이 벌떡 일어서며 외쳤다. 유도 심문으로 부당한 편견을 줄
수 있다고 이유를 댔다.

리틀 판사가 배심원단 앞에서 다시 니코에게 망신을 줬다. 리틀
판사는 명백히 부적절한 질문이었다고 말하며 기록에서 제외시키
고 배심원들에게는 그 질문은 무시하라고 지시했다. 그러나 니코
가 이의 제기를 받을 것이 뻔한 질문을 한 데에는 딴 의도가 있었
다. 유지니아에게 어떤 신호를 보내려는 것이었다.

니코가 물었다.

"증인이 들었던 말들의 어투에 대해 좀 더 자세히 설명해 주시

겠습니까?"

스턴이 다시 강력하게 이의를 제기했다. 이미 나왔던 질문과 같은 것이고 그 대답도 이미 나왔다고 주장했다.

판사가 검사를 내려다보며 말했다.

"가르디아 검사, 계속 진행하세요."

예상치도 않은 곳에서 니코에게 도움의 손길이 뻗친 것이다.

"사비치 씨가 '내 천사'라고 했어요."

유지니아가 자발적으로 대답했다.

니코는 깜짝 놀란 얼굴로 그녀를 쳐다봤다.

"그렇게 말했어요. 정말로요. 여덟시에 가겠다고 했고 폴헤무스 검사님을 '내 천사'라고 불렀어요."

재판이 시작되고 나서 처음으로 나는 배심원단 앞에서 자제력을 잃고 헉 하는 소리를 냈다. 화가 난 것이 얼굴에 다 드러나고 있는 것이다. 켐프가 내 손 위에 자신의 손을 올려놓았다.

"내 천사라고요! 세상에."

내가 혼잣말로 속삭였다. 스턴이 어깨 너머로 나를 노려봤다.

갑자기 자기가 예상했던 것보다 더 많은 수확을 얻은 니코는 흡족한 표정으로 자리에 앉았다.

"반대 심문하세요."

스턴이 유지니아에게 다가갔다. 그는 증인석에 닿을 때까지 기다리지도 않고 걸어가며 심문을 시작했다. 조금 전 내게 보였던 힐난의 표정을 아직도 유지하고 있다.

"지금은 검찰청에서 누구 밑에서 일하고 계십니까, 증인?"

"지금요?"

"누구의 보고서를 타자를 치고 계십니까? 누구의 전화를 받고 계시죠?"

"몰토 검사님이요."

"이분이요? 여기 이 검사님 말씀이십니까?"

유지니아가 그렇다고 대답했다.

"이 사건 때문에 피고인이 휴가를 내야 했을 때, 몰토 검사가 피고인의 직책을 넘겨받았습니다. 그렇죠?"

"그렇습니다, 변호사님."

"그리고 그 직책은 검찰청에서 영향력이 막강한 고위직 중에 하나입니다. 그렇죠?"

"2인자 자리입니다."

유지니아가 대답했다.

"그리고 몰토 검사는 피고인의 직책을 넘겨받고 나서 이 사건 수사의 총책임을 맡았습니다. 그렇지 않습니까?"

"이의 있습니다!"

"존경하는 재판장님. 저는 여기 숨겨진 편견을 파헤칠 권리가 있습니다. 증인은 자기 상사 앞에서 증언을 하고 있습니다. 증인이 상사의 동기와 의중을 어떻게 헤아리고 있는지 판단하는 것은 중요한 일입니다."

리틀 판사가 미소를 지었다. 스턴이 더 설명을 하고 그의 주장은 받아 들여졌다. 이의 제기는 기각됐다.

속기사가 질문을 다시 읽고 유지니아는 그렇다고 대답했다. 스턴은 모두진술에서 검찰 총장 선거와 이에 따른 지휘부의 변화에 대해서는 지나가는 말로만 언급했다. 권력 대결을 중요 주제로 부각시키는 것은 지금이 처음이다. 그가 모두진술에서 배심원단에게 던졌던, 왜 검사들이 정황 증거만 있는 사건을 억지로 밀어붙이려 하는가라는 질문에 대한 대답이 나오려 하고 있다. 하지만 그가 니코가 아니라 몰토를 대상으로 할 것이라는 것은 전혀 예상하지 못했다.

"그러면 몰토 검사가 사비치에 대한 수사를 진행하면서 증인에게 사비치와 폴헤무스와의 관계에 대해 기억하고 있는 것을 경찰에 진술하라고 요구한 적이 있습니까?"

"네?"

"지난 5월에 톰 글렌데닝 형사에게 조사를 받지 않았습니까?"

법정을 들락날락하고 있던 톰이 마침 경찰복을 입고 검사석에 앉아 있는 것을 본 스턴이 그를 가리키며 물었다.

"받았습니다, 변호사님."

"그러면 이 사건이 아주 중요하다는 것을, 특히 증인의 상관인 몰토 검사에게 아주 중요하다는 것을 아셨겠군요, 그렇죠?"

"그런 것 같습니다."

"그런데 증인, 글렌데닝 형사에게서 사비치와 폴헤무스와의 관계에 대한 질문을 받았을 때는 사비치가 폴헤무스를 '내 천사'라고 불렀다는 말은 하지 않으셨네요, 그렇죠?"

스턴은 차가운 어투로 '내 천사'라는 말을 강조했다. 위증에 대해 분노하고 있는 것처럼 보였다. 한 손에는 글렌데닝의 보고서를 들고 있다.

유지니아는 이제야 자신이 궁지에 몰렸다는 사실을 깨달았다. 어깨를 축 늘어뜨리고 천천히 당혹스러운 표정을 지었다. 변호인 측이 자신이 이전에 한 말을 알고 있으리라고는 생각도 못 했을 것이다.

"그렇습니다, 변호사님."

"증인은 글렌데닝 형사에게 피고인이 어떤 애정 어린 표현을 쓴 것을 기억한다는 말은 하지 않으셨습니다, 그렇죠, 증인?"

"네, 변호사님."

그녀는 뭔가를 생각하는 모습이다. 이런 모습을 백 번도 넘게 봤다. 눈을 감고 있고 어깨를 잔뜩 세우고 있다. 유지니아가 제일 기분이 안 좋을 때 보이는 모습이다.

"그런 말은 하지 않았습니다."

"글렌데닝 형사에게 하지 않으셨다는 말씀이죠?"

"네, 한 적 없습니다."

스턴은 나보다 먼저 유지니아의 의도를 알아차렸다. 그녀는 빠져 나갈 방법을 생각한 것이다. 스턴은 그녀에게로 몇 발짝 다가갔다.

"증인, 피고인이 피해자를 '내 천사'라고 불렀다고 바로 5분전에 진술하지 않으셨나요?"

유지니아가 증인석에서 화난 표정으로 몸을 꼿꼿이 세워 앉았다.

"제가 언제요? 말도 안 돼요."

그녀가 큰 소리로 말했다. 배심원 서너 명이 고개를 돌려 버렸다. 그들 중 버거킹 연수생은 큰 소리로 딸꾹질을 한 번 했다.

스턴이 유지니아를 물끄러미 바라보며 말했다.

"알겠습니다. 그러면, 증인, 요즘 몰토 검사의 전화를 받으실 때도 대화를 엿들으십니까?"

유지니아가 경멸한다는 듯이 눈을 흘기며 말했다.

"아뇨."

"누군지 알기 위해서만 듣고 그 이상은 듣지 않는다는 말씀이시죠, 맞습니까?"

유지니아가 또 궁지에 몰렸다. 그녀는 지금 폭로한 것 이상으로 나와 캐롤린의 통화 내용을 엿들었을 것이다. 그러나 검찰 총장과 수석 부장 검사가 나선 재판에서 자신이 도청을 했다고 인정할 수는 없을 것이다. 행운의 여신이 재빨리 그녀에게서 고개를 돌려 버렸다. 관료 사회에서 뼈가 굵은 유지니아는 그런 행위를 인정하는 것이 자신의 굳건한 철밥통을 폭파할 다이너마이트가 될 것이라는 사실을 너무나 잘 알고 있다.

"그러면 그 아주 잠깐 동안 들은 내용이 전부라는 말씀이십니까?"

"그렇습니다."

"더 들은 것은 없고요?"

"네, 없습니다."

"두 사람의 어투가 '좋았던 것 같은데요.' 라고 말씀하셨습니다. 맞습니까?"

"네, 그렇게 말했습니다, 변호사님."

스턴이 다가가 유지니아 옆에 섰다. 몸무게가 족히 90킬로그램은 나갈 것같이 뚱뚱한 그녀는 오늘처럼 제일 좋은 옷을 입고 있을 때도 그다지 보기 좋아 보이지는 않았다. 옷이 지나치게 화려하고 너무 몸에 딱 달라붙어 뚱뚱한 몸매가 보기 흉하게 다 드러나 보이기 때문이다.

"그러면 그동안의 경험을 토대로 그렇게 대답하셨다는 말씀이십니까?"

스턴은 사무적인 얼굴을 하고 있지만 배심원들 서너 명은 무슨 뜻인지 알아차리고 고개를 숙이고 미소를 지었다. 유지니아도 알아차린 것이 분명하다. 살인범이라도 그녀보다 더 눈빛이 차갑지는 않을 것이다.

스턴은 대답을 기다리지 않았다.

"그러면 피해자의 아파트에서 만나자는 내용의 통화는 작년 9월에 있었던 것이 맞습니까?"

"네, 변호사님."

"증인, 작년 9월에는 피고인과 피해자가 공동 검사로서 재판을 함께 했다는 사실을 기억하십니까?"

유지니아가 잠시 머뭇거리다가 대답했다.

"글쎄요."

"맥가펜 사건 기억 안 나세요? 자기 엄마한테 끔찍한 고문을 당한 남자 아이요? 머리가 바이스에 끼워졌던? 항문이 담배로 지져졌던? 피고인이 이……."

스턴은 마땅한 단어를 찾으려는 듯 잠시 말을 멈췄다가 이었다.

"여자의 유죄 판결을 받아내기 위해 애썼던 일, 기억 안 나십니까?"

"아, 그거요. 기억나요."

"그러면 증인이 몰토 검사에게 조사를 받을 때 맥가펜 사건 재판에 대해서는 기억이 나지 않아 말씀하지 않으셨다고 이해해도 되겠습니까?"

"이의 있습니다."

리틀 판사는 어떻게 할까 망설이고 있다.

"이 질문은 철회하겠습니다."

스턴이 말했다.

하지만 배심원단에게 전하고 싶은 내용은 다 전했다. 몰토 검사는 이제까지 불완전한 진술만을 확보한 것으로 보였다. 사라진 유리컵의 꼬리표도 그가 갖고 있다. 게다가 유지니아가 위증을 하도록 부추기기까지 했다.

"증인, 작년 노동절 즈음해서 킨들 군이 얼마나 더웠는지 기억하십니까?"

유지니아가 눈썹을 치켜떴다. 이미 많이 당한 터라 순순히 협조할 생각인 것 같다.

"이틀 동안 거의 40도 가까이 된 것 같은데요."

"맞습니다."

스턴이 말했다. 그러고는 뜬금없는 질문을 했다.

"검찰청에는 에어컨 시설이 되어 있나요?"

유지니아가 코웃음을 쳤다.

"그걸 에어컨이라고 할 수 있다면요."

법정 안 곳곳에서 웃음이 터져 나왔다. 판사도 웃고 배심원들도 웃고 방청객들도 웃었다. 스턴까지도 미소를 지었다.

"그렇게 덥다면 퇴근 시간이 되자마자 뛰쳐나가려고 하겠죠, 그렇지 않습니까?"

"그렇죠."

"하지만 검사들은 재판이 진행되는 동안에는 퇴근 시간이 되어도 즉시 퇴근은 못 하겠죠, 그렇지 않습니까?"

유지니아가 의심스럽다는 눈초리로 스턴을 노려봤다.

"증인의 경험으로 볼 때, 수석 부장 검사는 일반적으로 저녁 늦게까지 남아 다음 날 있을 재판을 준비하지 않습니까?"

스턴이 물었다.

"그렇죠."

"그러면, 증인, 증인이라면 그렇게 더운 날 저녁에 검찰청 사무실이 아닌 에어컨이 나오는 시원한 곳에서 일하고 싶지 않겠습니까?"

"이의 있습니다."

니코는 스턴이 이 사건과 무관한 질문을 하고 있다고 주장했다.

"계속하세요."

판사가 말했다.

"그렇겠죠."

"피해자의 아파트에 에어컨이 있다는 사실은 모르고 계셨지요, 그렇지 않습니까?"

"네, 몰랐습니다, 변호사님."

"그렇지만 강가에 있는 피해자의 아파트가 니어링에 있는 피고인의 집보다는 검찰청에서 훨씬 더 가깝다는 사실은 알고 계시죠?"

"네, 변호사님."

배심원들이 유지니아에 대해 어떻게 생각하는지는 모르겠지만 다음 증인으로 나선 크래포트닉 부인보다는 좋게 평가할 것이 분

명하다. 크래포트닉 부인이 증언한 몇 분간은 거의 코미디를 보는
듯했다. 크래포트닉 부인은 과부인데 남편이 왜 죽었는지에 대해
서는 말하지 않았지만 남편의 죽음에 그녀가 일조했을 거라는 생
각이 들었다. 그녀는 가슴이 풍만하고 화장을 야하게 했다. 붉은
색 머리는 마구 부풀려 놓아 헝클어진 관목 숲을 보는 것 같고 액
세서리를 주렁주렁 걸치고 있다. 다루기 힘든 인간이다. 그녀는
질문에 대답할 생각은 않고 자기 내키는 대로 수다를 늘어놓았다.
죽은 남편이 사업가였는데 자기 말로는 '주변에 트럭들과 쓰레기
가 즐비하고 엉망진창이었을 때' 강가에 있는 커다란 건물을 사들
였다고 했다. 배심원들이 자기 말이 무슨 말인지 알 거라는 듯 고
개를 끄덕여 가며 말했다. 남편이 직접 그 건물의 개조 공사를 총
지휘했다고도 덧붙였다.

"남편은 보는 눈이 있었어요. 제 말이 무슨 뜻인지 아시죠? 예
전에 그곳에 뭐가 있었는지 아세요? 타이어요. 농담이 아니에요.
디오구아르디 검사님. 타이어가 산같이 쌓여 있었어요. 정말로요.
그 악취는 상상도 못 하실 거예요. 이런 말 하기 뭣하지만 제가 특
별히 결벽증이 있는 사람은 아니거든요. 그런데도 남편 따라 그곳
에 처음 갔을 땐 정말 토할 것 같더라고요."

"증인."

니코가 크래포트닉 부인의 말을 막으려는 것이 이번이 처음이
아니다.

"원래는 배관공이었거든요. 그런데 부동산 보는 눈이 있다는
걸 누가 알았겠어요? 네, 디오구아르디 검사님?"

그녀가 곁눈질로 니코를 보며 말했다.

"성함이 디오구아르디 씨 맞지요?"

"델라 가르디아입니다."

니코가 대답하더니 절망적인 표정으로 몰토를 바라보며 도움을 구했다.

크래포트닉 부인이 서서히 캐롤린에 대한 이야기를 하기 시작했다. 캐롤린은 10년쯤 전에 자기 건물에 세입자로 들어왔다고 했다. 그러다가 건물 개조 붐이 일었을 때, 그 건물이 아파트로 변했고 캐롤린이 하나를 사들였다. 나는 크래포트닉 부인의 진술을 들으면서 켐프에게 쪽지를 썼다.

'야간 법대에 다니는 보호 관찰관이 어디에서 그런 돈이 나서 강가에 있는 건물에 세를 들어 살았을까?'

켐프가 고개를 끄덕였다. 그도 같은 생각을 하고 있었던 것이다. 캐롤린은 10년 가까이 건물 2층에 살았고 크래포트닉 부인은 1층에 살았다. 크래포트닉 씨가 죽었을 때에는 적절한 행동은 아니었지만 꽃을 보내왔다고 했다.

니코는 크래포트닉 부인을 증인석에서 끌어내고 싶어 안달이 났다. 완전히 통제 불능이었다. 그는 캐롤린이 살해된 날 밤 일에 대해서는 물으려고도 하지 않았다. 지금 크래포트닉 부인이 어떤 증언을 하더라도 이미 신뢰도가 땅에 떨어졌기 때문에 배심원단을 설득할 것이라고 기대하기 어렵다.

대신 니코가 간단한 질문을 던졌다.

"증인, 피해자의 아파트 근처에서 보신 적이 있는 사람이 지금 이 법정 안에 있습니까?"

"네, 저분을 본 적이 있어요."

그녀는 달랑거리는 팔찌를 낀 양손을 들어 판사 쪽을 가리켰다.

리틀 판사는 두 손으로 얼굴을 가렸다. 니코는 콧등을 문질렀다. 방청석에서는 숨죽인 웃음소리가 들리더니 곧 커졌다. 자신이 실수했다는 것을 깨달은 크래포트닉 부인은 애처로운 얼굴로 주위를 둘러봤다. 그러고는 검사석에 앉아 있는 몰토를 가리켰다.

"저분도요."

그녀가 말했다.

몰토는 자기 뒤에 누가 있나 뒤를 돌아봐서 상황을 더욱 악화시켰다.

이제는 배심원들까지 웃음을 터뜨렸다.

니코는 증거물을 실은 수레로 걸어가 사진들 속에서 내 모습이 찍힌 사진을 들고 왔다. 크래포트닉 부인은 나를 봤다고 진술한 적이 있었다. 그녀는 사진을 보고는 고개를 들어 내가 앉은 쪽을 바라보며 어깨를 으쓱해 보였다. '글쎄요.' 라고 말하는 것 같다.

"이전에 진술하실 때 4번 사진에 찍힌 남자를 봤다고 하신 것을 기억하십니까?"

니코가 물었다.

이번에는 그녀가 소리를 내어 대답했다.

"글쎄요."

니코가 절망스럽다는 듯 눈을 감자 그녀가 덧붙였다.

"네, 맞아요, 저 사람이라고 말했어요."

니코가 자기 자리로 돌아갔다.

"반대 심문하세요."

"한 가지만 묻겠습니다. 증인, 증인이 소유하신 건물에는 에어컨 시설이 되어 있다고 알고 있는데, 맞습니까?"

스턴이 말했다.

"에어컨이요?"

그녀가 판사를 돌아보며 물었다.

"우리 건물에 에어컨이 있건 말건 무슨 상관이래요?"

리틀 판사가 갑자기 벌떡 일어나 판사석 양 끝에 손을 올려놓더니 1.5미터는 더 높은 곳에서 몸을 기울여 크래포트닉 부인을 내려다봤다.

"증인. 그 질문에 대해서는 네, 아니오로 대답하세요. 다른 말씀을 하시면 법정 모독죄를 묻겠습니다."

그가 조용한 목소리로 말했다.

"네."

크래포트닉 부인이 말했다. 스턴이 리틀을 보며 물었다.

"더 이상의 질문은 없습니다. 존경하는 재판장님, 법정 기록에는 피고인을 봤다는 증언은 없었다고 기록이 되는 것입니까?"

리틀 판사가 고개를 내저으며 말했다.

"법정 기록에는 피고인은 이 법정 안에서 증인이 봤다고 증언하지 않은 소수의 사람들 중에 한 명이었다고 기록될 것입니다."

웃음소리가 끊이지 않고 울려 퍼지는 가운데 판사가 법정을 나갔다. 곧 기자들이 스턴을 에워쌌다. 증인 심문 첫날에 대해 한마디 해 달라고 요구하지만 스턴은 아무런 답변도 하지 않았다. 켐프가 변호인석에 흩어져 있는 증인 진술서와 증거물 목록 같은 서류들을 챙겨 스턴의 커다란 서류 가방에 넣었다. 나도 돕고 있는데 스턴이 내 팔꿈치를 잡아끌어 복도로 나왔다.

"너무 좋아하지 말아요. 오늘 밤 할 일이 산더미니까. 내일 검찰이 레이먼드 호건을 부를 거예요."

이 모든 것이 얼마나 익숙하게 느껴지는지, 나는 검사로 법정에 섰을 때처럼 녹초가 되어 밤늦게 집으로 돌아왔다. 낮 동안 긴장을 해서인지 뼈마디가 다 욱신거리고 아드레날린의 과다 분비 때문인지 근육이 다 흐물흐물해진 것 같다. 몸의 땀구멍은 모두 제대로 닫히지 않는 것 같고 과도한 흥분으로 흘리던 땀은 밤이 되어서도 멈추질 않았다. 셔츠는 땀에 젖은 포장지처럼 몸에 딱 달라붙어 있었다.

법정에 앉아 있는 동안 어떤 순간에는 내가 피고인으로 재판을 받고 있다는 사실을 잊어 버렸다. 검사로서 능동적인 행동을 보이지는 못하지만 주목을 받기는 검사 못지않다. 그리고 사무실로 돌아오면 다시 변호사가 되어 법전을 뒤적이고 메모를 했다. 치열하게 일하는 건 예전이나 지금이나 마찬가지다. 새벽 한시가 가까울 무렵, 버스가 니어링 정류장에 도착하고 어스름한 가로등 불빛 아래 이 조용한 마을의 거리를 걸을 때면 나는 아주 익숙하고 편안한 기분이 됐다. 나는 항구에 닻을 내렸다. 걱정 근심은 잠시 사라지고 평화로웠다. 지난 몇 년간 그래 온 것처럼 나는 현관문에 들어서자마자 옆에 있는 안락의자에 앉아 신발을 벗었다. 이미 잠들어 있을 바바라를 깨우지 않기 위해서다. 집 안은 어둡다. 나는 고요한 가운데 마침내 혼자 있게 된 시간을 이용해 낮 동안의 일을 돌이켜 봤다. 그리고 이 순간, 낮 동안 그녀에 대한 이야기를 너무 많이 들어서인지, 아니면 한순간 그녀와의 좋았던 기억에서 비롯

된 애틋함이 밀려와서인지, 아니면 그녀와 만날 때 이렇게 몰래 집으로 들어오던 일이 무의식 중에 떠올라서인지, 놀랍게도 그녀가 내 눈앞에 나타났다. 내가 낙원을 찾았다고 생각했던 그 한 달 동안 내 앞에 나타나던 그 모습 그대로였다. 머리부터 허리까지 벌거벗은 몸에, 놀라울 정도로 둥글고 풍만한 가슴, 빳빳이 선 딱딱하고 붉은 젖꼭지, 침실에서 뒹굴고 나서 정전기로 부풀어 오른 머리, 무언가 재치 있고 음란하고 자극적인 말을 하기 위해 벌리고 있는 관능적인 입. 나는 너무도 허기지고 외설적이며 강렬한 욕망에 압도를 당해 손가락 하나 까딱할 힘이 없다. 미친 짓이든, 구제 불능이든 상관없다. 나는 어둠 속에서 조용히 그녀의 이름을 불러 봤다. 수치심과 욕망에 사로잡힌 나는 깨지기 직전에 파르르 떨고 있는 크리스털 조각 같다.

"캐롤린."

한심하다. 미쳤다. 내 마음속에 깊이 새겨진 욕망이 놀랍게 느껴졌다. 다시 한 번 할 수만 있다면, 다시 한 번만, 다시 한 번만.

얼마 후 유령이 물러갔다. 그녀가 공기 속으로 사라졌다. 나는 안락의자에 앉아 있다. 등이 뻣뻣하다. 숨을 가쁘게 몰아쉬고 있다. 잠들려면 몇 시간은 더 고생해야 할 것 같다. 나는 거실 찬장에서 술을 찾았다. 이 유령 출현의 의미를 생각해 봐야 했다. 하지만 그럴 수 없다. 모든 것이 지나간 일이라는 생각이 들었다. 조금 전에 느꼈던 욕망만큼이나 현실적이고 견고한 느낌이다. 나는 내 집 거실 안락의자에 앉아 있다. 어쩐 일인지 서류 가방이 옆에 있으면 기분이 한결 나아져서 나는 서류 가방을 무릎 위에 올려놓았다.

그러나 서류 가방의 보호는 완전하지 못했다. 캐롤린의 등장이 내 마음을 온통 뒤흔들어 놓았다. 나는 어둠 속에 앉아 내게 중요한 인물들이 저 멀리 있는 어떤 행성의 위성들처럼 나를 감싸고 돌며 나를 강하게 끌어당기고 있는 것을 느꼈다. 바바라, 냇, 어머니, 아버지. 아, 이 엄청난 사랑과 집착, 그리고 수치심의 힘이라니. 나는 그 힘에 이리저리 흔들리며 때늦은 후회로 마음 아파했다. 나는 필사적으로, 정말 필사적으로 모두에게 약속했다. 내 소중한 사람들 모두와 내 자신과 내가 믿지 않는 신에게, 내가 살아남는다면 더 잘 살겠다고 약속했다. 이제까지보다 더 잘 살아보겠다고 약속했다. 임종 전의 바람만큼이나 진실하고 엄숙하게 약속했다.

나는 술을 마셨다. 그러고는 여기 어둠 속에 앉아 평화가 찾아오기를 기다렸다.

법정 안으로 들어서는 레이먼드 호건의 모습에서 제일 먼저 눈에 들어오는 것은 캐롤린의 장례식에서 입었던 푸른색 서지 정장이다. 몸이 좀 불긴 했지만 공인으로서의 위풍당당함은 그대로였다. 걷는 모습을 보면 여전히 영향력 있는 공인임이 느껴졌다. 그는 증인 선서를 하면서 리틀 판사와 미소를 주고받았다. 그리고 자리에 앉더니 침착한 태도로 주위를 둘러봤다. 먼저 스턴에게 고개를 끄덕여 보이더니 나를 바라보며 아는 체를 했다. 나는 모른 체 가만히 있었다. 눈썹 하나 까딱하기 싫었다. 이 순간 나는 제발 무죄 석방되기를, 자유를 위해서가 아니라 석방된 후 거리에서 나와 처음 마주쳤을 때, 레이먼드의 표정을 보기 위해서 무죄 석방 되기를 간절히 바랐다.

레이먼드의 출두를 기다리는 동안 이곳 법정 안은 평소보다 더 긴장되고 엄숙한 분위기였다. 사백여 명의 사람들이 낮은 목소리로 웅성거리고 있었다. 오늘 보니 기자석이 한 줄 반이나 더 늘어났고 앵커와 논설위원 같은 1급 언론인들의 모습도 꽤 눈에 띄었다. 재판이 시작되자 기자들은 내게 가까이 가지 말라는 스턴의 지시를 놀라울 정도로 잘 따라주었다. 내가 법정 안으로 들어서는 장면을 찍어 놓아 매일 밤 뉴스 시간에 써먹을 수 있게 된 후부터는 바바라와 나는 비교적 편안하게 법정을 드나들 수 있게 되었다. 가끔씩 누군가가, 주로 오래전부터 나와 친분이 있는 기자가 복도에서 나를 불러 세우고 질문을 던지기는 했다. 나는 그럴 때마다 스턴에게 물어보라고 떠넘겼다. 지난주에는 뉴욕에서 왔다는 프리랜서 작가를 만났는데 이 사건에 관한 책을 쓸까 한다고 했다. 그는 책이 나오면 잘 팔릴 거라고 믿고 있었다. 나는 저녁을 사겠다는 그의 초대를 거절했다.

아침 신문만 없으면 언론은 잊고 살 수 있을 것 같다. 뉴스 시청은 예전에 관뒀다. 요약 기사들이 너무 어처구니가 없어 간혹 내게 이로운 엉터리 기사를 접해도 화가 치밀기 때문이었다. 하지만 시내로 들어올 때 마주치는 가판대에서 보게 되는 신문들은 피할 수가 없었다. 두 개의 일간 신문은 이 사건에 대해 누가 더 쓰레기 같은 기사를 많이 싣나 경쟁이라도 하는 것 같았다. 모두진술에서 니코가 폭로한 레이먼드와 캐롤린의 치정 관계는 이틀 동안 선정적인 문구로 헤드라인을 장식했다. 《헤럴드》는 '검찰 총장의 섹스

스캔들'이라는 헤드라인 아래 온갖 추잡스러운 문구의 부제들을 달아놓았다. 배심원단이 이런 헤드라인을 보지 않는 것은 불가능한 일이다. 신문을 읽지 않겠다고 맹세를 했지만 이런 약속을 지키리라고 믿는 법정 대리인은 거의 없었다.

레이먼드 호건이 들어서자 배심원석에서 웅성거리는 소리가 커졌다. 배심원들은 니코를 처음 봤을 때보다 더 흥분한 것 같다. 그때는 배심원 후보들 중 서너 명만이 서로 얼굴을 맞대고 속삭이며 니코 쪽을 향해 고갯짓을 했다. 레이먼드의 후광이 니코보다 더 큰 것 같다. 레이먼드는 여기 모인 대부분의 사람들이 성인이 되면서부터 잘 알고 있던 사람이다. 그는 유명인이다. 하지만 니코는 신인이다. 니코가 모두진술에서 터뜨린 정사 의혹이 관심을 증폭시킨 것 같다. 그러나 몇 주 전에 스턴이 예상했듯이 우리는 이 재판에서 아주 중요한 기로에 도달한 것은 분명하다. 배심원들은 모두 증인석을 향해 의자를 돌려 앉아 있다. 몰토가 직접 심문을 시작하기 위해 연단으로 걸어가자 법정 안이 쥐 죽은 듯 조용해졌다.

"성함을 말씀해 주십시오."

"레이먼드 패트릭 호건 3세입니다."

그가 말했다. 그러면서 리틀 판사를 올려다보며 씩 웃었다. 둘 사이에 오간 농담이 있는 모양이다. 레이먼드가 3세라는 건 처음 알았다. 증인 선서가 있은 후 밝혀지는 사실을 보면 놀라울 때가 종종 있다.

이번에도 몰토는 심문 준비를 잘 해온 것 같다. 레이먼드는 다음엔 뭐가 나올지 알고 있는 것이 분명하고 처음부터 몰토와 손발이 착착 잘 들어맞았다. 그는 손을 맞잡아 무릎 위에 올려놓고 침착한 모습으로 앉아 있다. 솔직함을 비롯한 그의 모든 매력이 한껏 빛을 발하고 있다. 증인 진술이 대단한 일은 아니라는 것을 보여 주려는 듯 굵은 바리톤의 목소리는 음량이 한 단계 내려가 있었다.

몰토는 자기에게 주어진 시간을 최대한 잘 활용하였다. 검찰은 레이먼드로부터 얻어 낼 수 있는 모든 것을 얻어 내 어제의 참패에서 재빨리 회복하려 했다. 우선 레이먼드의 성장 배경부터 시작했다. 그는 이곳에서 태어났고 이스트 엔드에 있는 세인트 바이터 고등학교를 졸업했다. 2년제 대학을 다니는 동안 아버지가 돌아가셨고 그는 경찰이 되었다. 7년 동안 경찰로 근무했으며 야간 법대를 졸업할 때는 경사가 되어 있었다. 나는 레이먼드가 라렌 리틀과 같은 법률 사무소에서 근무한 사실이 나오지 않을까 잠시 걱정했지만 몰토는 그 사실은 슬쩍 비켜갔다. 레이먼드는 그곳은 단지 3명이 파트너로 일하는 변호사 사무소였고 주로 형사 소송을 담당했다고만 말했다. 그리고 16년 동안 변호사 일을 하다가 정계에 입문했다고 했다.

"어떤 선거에서는 이겼고 어떤 선거에서는 지기도 했지요."

레이먼드가 말했다. 그러면서 검사석에 있는 니코를 바라보며 부드럽게 미소를 지었다. 무언가를 적고 있던 니코는 대머리가 된 머리를 치켜들고 환한 미소로 화답했다. 세상에, 저렇게 친한 척하다니. 참 빨리도 친구가 됐다. 배심원들은 두 사람이 과거의 적대 관계를 극복하고 손을 맞잡은 모습에 기뻐하고 있는 것 같다. 내게 미소를 짓던 학교 선생은 둘 사이에 오가는 무언의 교류를 지켜보며 미소를 짓고 있다. 나는 가슴이 철렁 내려앉았다. 오늘은 아주 힘든 하루가 될 것 같다.

"피고인인 러스티 사비치를 아십니까?"

"압니다."

레이먼드가 말했다.

"여기 법정 안에 그가 있습니까?"

"그렇습니다."

"손으로 그를 가리키며 지금 입고 있는 옷을 설명해 주시겠습니까?"

"스턴 변호사 옆에 있군요. 변호인석 두 번째 자리요. 푸른색 바탕에 흰 줄무늬 양복을 입었군요."

이것은 지금 거론되고 있는 사비치가 나라는 사실을 확인하기 위한 형식적인 절차다. 어제 유지니아가 증인석에 불려 나왔을 때는 손으로 나를 가리키는 절차를 거치지 않도록 스턴이 일어나 내 신원을 확인해 주었다. 그러나 지금은 스턴이 조용히 내게 속삭였다.

"일어서요."

나는 일어섰다. 천천히 일어서서 레이먼드 호건을 향했다. 미소를 짓지도 찡그리지도 않지만 마음속의 강렬한 분노가 얼굴에 그대로 드러나 보일 것이다. 내 모습을 보자 손을 들어 나를 가리키는 와중에도 레이먼드의 얼굴에선 웃음기가 가셨다.

"저 사람입니다."

레이먼드가 조용히 말했다.

몰토는 십여 년에 걸친 나와 레이먼드의 관계를 가볍게 훑고 지나갔다. 어찌 됐건 스턴이 반대 심문을 할 때 자세히 살펴볼 것이다. 그리고 나서 몰토는 캐롤린에 대해 물었다. 질문을 듣자마자 레이먼드의 표정이 어두워졌다. 그는 눈을 내리깔아 배심원석 난간을 바라보며 말했다.

"맞습니다. 나도 그녀를 알았죠."

"두 분의 관계를 좀 더 자세히 설명해 주시겠습니까?"

"피해자가 보호 관찰관이었을 때 처음 만났습니다. 그 후로 8년 간은 검찰청에서 부장 검사로 일했고요. 그리고 작년 말 아주 짧은 기간 동안에는 나와 사적인 관계도 있었습니다."

간결하고 무난하다. 그들은 곧 살인 사건으로 넘어갔다. 몰토는 선거 이야기는 꺼내지도 않았지만 레이먼드의 답변 중에 지나가는 이야기로 등장했다.

"그런데 검찰청에서 경찰의 수사를 감독하기도 합니까?"

"중요한 사건인 경우에는 당연히 그렇게 합니다. 그리고 제 판단으로는 이 사건이 그런 경우였습니다. 이렇게 중요한 사건인 경우에는 부장 검사에게 경찰을 지휘하고 합동 수사를 펼치도록 위임합니다."

"이번 사건에서는 누가 그 일을 맡았습니까?"

"간단히 말하자면 사비치와 저는 협의를 통해 사비치가 맡기로 결정했다고 말씀드릴 수 있겠습니다."

처음으로 몰토가 말을 멈췄다. 레이먼드가 스턴과 나를 만난 일 때문인지 약간 뒤로 물러서는 대답을 한 것 같다. 몰토는 이런 일을 예상하지 못했나 보다. 그가 다시 물었다.

"피고인이 어떻게 그 임무를 맡게 되었는지 좀 더 자세히 설명해 주시겠습니까?"

"제가 제안을 했는지, 사비치가 제안을 했는지는 기억이 안 납니다. 그 당시 저는 다른 사람들처럼 혼란스럽고 화가 나 있었습니다. 어쨌든 사비치가 사건을 맡았고 맡게 된 것을 기뻐했습니다. 그건 기억납니다. 전혀 꺼려하지 않았고 열심히 수사하겠다고 약속했습니다."

"그래서 열심히 수사하던가요?"

"제 기준으로는 아니었습니다."

섣부른 단정이라고 이의를 제기할 만 하지만 스턴은 끼어들려 하지 않았다. 턱을 괴고 있던 손가락 하나를 코에 대고 열중해서 쳐다보고만 있다. 메모를 하려고도 하지 않았다. 이제까지 많이 보아 왔지만 법정에서 집중하고 있는 그의 모습은 거의 몽환 상태에 빠진 사람처럼 보였다. 표정 변화는 거의 없이 오고 가는 모든 말을 흡수하고 있다. 함께 레이먼드의 사무실에 갔을 때 느꼈던 거지만 스턴이 사실이나 전략이 아니라 상대방의 인물됨을 파악하려 하고 있다는 생각이 다시 들었다. 지금 스턴은 레이먼드의 인물됨을 파악하려고 하고 있다.

레이먼드는 내 수사 방식에 대해 불평을 늘어놓고 지문과 카펫 보푸라기에 관한 감식 결과를 빨리 받아 내라고 나를 재촉해야 했다는 말도 했다. 그 말을 듣고 있자니 내가 고의로 늑장을 부리고 있었다는 느낌이 들었다. 그러고 나서 레이먼드는 그가 선거에서 패배할 것이라는 것을 우리가 처음 깨달았던 그날 밤, 자기 사무실에서 나와 나눈 이야기를 꺼냈다.

"사비치는 제가 캐롤린 폴헤무스와 친밀한 관계였는지를 물었습니다."

"그래서 뭐라고 대답하셨습니까?"

"사실을 얘기해 줬습니다."

레이먼드가 아주 간단히 대답했다. 별것 아니라는 투다.

"3개월 사귀다가 헤어졌다고 말이죠."

"피고인이 그 말을 듣고 어떤 식으로든 놀라움을 표현하던가요?"

"아니요, 그런 건 전혀 없었습니다."

이제 알겠다. 그들은 내가 레이먼드에게 캐롤린과 관계를 물어보기는 했지만, 내가 이미 그것을 알고 있었다는 사실을 배심원들에게 전달하려고 하는 것이다. 무슨 생각을 하고 있는 것일까? 내가 사실을 알고 나서 격분했다고? 아니면 불만이 누적되어 폭발했다고? 니코가 그랬듯이 그 당시 나와 캐롤린의 관계가 끝나지 않고 있었다고 추측할 경우에는 어떤 가설도 완벽하게 들어맞지 않았다. 하지만 사실이 아닌 이야기를 듣고 있자면 항상 상처를 받기 마련이다. 나는 배심원들 상당수가 나를 지켜보며 검사들의 추측이 진실인가를 읽어 내려 하고 있다는 것을 느꼈다.

"그러면 그 대화 중에 언제라도, 아니면 그전에 언제라도 피고인이 증인에게 자신이 피해자와 사적인 관계라는 사실을 말한 적이 있습니까?"

스턴이 정신이 퍼뜩 드는지 벌떡 일어서며 외쳤다.

"이의 있습니다. 존경하는 재판장님, 피고인과 피해자와의 사적인 관계를 입증할 만한 증거는 아무것도 없습니다."

좋은 전술이다. 검찰의 흐름을 깨고, 배심원들의 마음을 어제의 상태로 돌려놓을 수 있다는 것만으로도 말이다. 하지만 우리가 던지고 있는 이 장애물은 내게도 고통스러운 장애물이 될 수 있다. 내가 증인석에 서서 지난 2주 동안 스턴이 반박해 온 모든 내용이 다 사실이며 캐롤린과 내가 정말로 연인 관계에 있었다고 진술을 하게 된다면, 이런 증거 불충분 문제를 계속 제기할 수 없게 됐다. 이것은 내 증언을 무산시키기 위한 스턴의 많은 은밀한 수단들 중에 하나임이 분명하다.

"글쎄요."

리틀 판사가 말을 끌었다. 그는 의자를 돌려 앉았다.

"증거가 거의 없다고 해야 할 것 같군요."

변호인 측에 유리한 판단이었다.

"이 질문을 기록에서 제외시키지는 않겠습니다만 배심원 여러분께 별도의 지시를 내리겠습니다."

그러더니 그는 배심원단을 향했다.

"신사 숙녀 여러분, 지금 몰토 검사는 추측을 토대로 한 질문을 하고 있습니다. 이 법정에서 제기될 증거를 토대로 그 추측이 사실인지 아닌지 판단하는 것은 배심원 여러분의 몫입니다. 몰토 검사는 사실이라고 주장하지만, 스턴 변호사는 그 추측을 입증할 만한 충분한 증거가 없다고 주장하고 있습니다. 그러니 재판이 끝날 무렵에 여러분이 직접 어느 쪽이 진실인지를 판단하셔야 합니다. 계속하세요, 몰토 검사."

몰토가 질문을 반복하자 레이먼드가 답했다.

"전혀 없습니다."

그의 얼굴에서는 웃음기가 싹 가셔 있었다.

"증인도 그것에 대해서 알고 싶어 하셨을까요?"

"이의 있습니다."

"표현을 바꾸세요, 검사. 증인이 알고 있는 검찰청 관행을 토대로 할 때, 증인은 피고인이 그런 말을 해줄 것이라고 기대하고 있었나요?"

리틀 판사가 검사들에게 이런 도움을 주는 경우는 드물었다. 오래전부터 걱정했듯이 레이먼드가 리틀 판사에게 영향력을 행사하고 있는 것 같다.

판사의 제안대로 질문의 표현이 바뀌어 다시 주어지자 레이먼드는 나를 매장시켜 버렸다.

"당연히 그런 걸 기대했습니다. 그 사실을 알았더라면 사비치에게 수사를 맡기지는 않았을 겁니다. 문제를 해결하기보다는 더 악화시킬 테니까 말이죠. 검찰의 수사는 사적인 이유에 흔들리지 않고 전문적이고 객관적으로 진행되어야 마땅하지 않습니까?"

레이먼드는 불필요한 말까지 덧붙였다. 스턴은 내가 보는 앞에서 얼굴을 찌푸렸다.

이제 레이먼드에 대한 몰토의 심문은 막바지로 접어들었다. 레이먼드의 집무실에서 있었던 회의 이야기가 나왔다. 레이먼드는 맥과 자신이 경고했음에도 불구하고 내가 감정을 폭발시켰다는 사실을 충실하게 전했다.

"사비치가 사무실을 떠날 때의 모습이 어떠했는지 설명해 주시겠습니까?"

"굉장히 흥분한 것 같았습니다. 대단히 화가 나 있었고요. 완전히 평정을 잃은 사람처럼 보였습니다."

몰토는 니코를 흘끗 보더니 직접 심문을 이것으로 마치겠다고
말했다.

리틀 판사는 반대 심문을 하기 전에 휴정을 선언했다. 화장실에
서 소변을 보고 나오는데 니코가 세면대 앞에 서 있다. 그의 머리
카락은 아주 가늘어서 빗질을 할 필요도 없는 것 같다. 그는 손으
로 머리카락을 쓱쓱 문질러 정돈하고 있다. 거울에서 내 모습을
보자 눈이 약간 반짝였다.

"그렇게 형편없는 증인은 아니지?"

그가 물었다. 무슨 의도인지 이해하기 어렵다. 일상적인 잡담인
지 자랑인지 모르겠다. 니코가 감정적으로 평소답지 않다는 느낌
이 계속 들었다. 이 재판에 임하는 모습은 확실히 평소답지 않았
다. 피고인 심문이 있던 날 내게 악수를 청한 것만 봐도 그렇다.
그는 불쾌한 일을 정면으로 맞닥뜨리려 하는 사람이 아니었다. 누
가 자기에게 접근했을 땐 특히 더했다. 그가 다이애나와 이혼한
후에 있었던 일이 기억났다. 다이애나가 딴 남자를 만나며 염문을
뿌리고 다니는 것을 알면서도 그녀가 그 남자에게 차이자 그녀를
자기 집으로 데리고 와 그녀와 몇 주 동안을 함께 있었다. 니코는
내가 망설이고 있는 것을 보자 이렇게 덧붙였다.

"내 말은, 당신도 레이먼드가 그렇게 형편없는 증인은 아니라
고 생각하고 있지 않느냐는 거야."

나는 손을 말렸다. 이제야 알겠다. 니코는 아직도 내가 자기를
좋아해 주기를 바라는 거다. 세상에, 인간은 참 희한한 동물이다.
어쩌면 이런 모습이 니코의 장점인지도 모르겠다. 레이먼드라면
칼날처럼 가차 없을 텐데 말이다. 어쨌든 이렇게 별 의미 없는 시

간에 그에게 날을 세울 필요는 없는 것 같다. 나는 약간 미소를 지어 보이며 그의 별명을 불렀다.

"크래포트닉 부인보다는 나은 것 같은데, 딜레이."

"증인, 피해자 캐롤린 폴헤무스와 사적인 관계였다고 말씀하셨는데요, 맞습니까?"

"그렇습니다."

"그리고 피고인도 그런 관계였다는 사실을 증인한테 미리 알렸어야 했다고 말씀하셨지요?"

"나중에 그런 생각을 했습니다."

레이먼드가 신중하게 덧붙였다. 자기가 질투를 느꼈다는 추측이 나오는 걸 원치 않는 것이다.

"수사가 시작됐을 때 검사로서 내게 알릴 의무가 있었다고 말이죠."

"증인, 피고인과 피해자가 그런 관계였다는 사실을 개인적으로 미리 알고 계셨습니까?"

"바로 그겁니다. 나한테 아무 말도 안 했습니다."

레이먼드가 말했다.

스턴은 이런 대답을 듣는 것이 유쾌하지 않다는 것을 행동으로 보였다. 스턴은 레이먼드를 오래도록 바라봤다. 레이먼드 호건이 나를 공격하고 있다는 사실을 배심원들에게 알리고 싶은 것이다.

"제가 드린 질문에만 대답해 주시기 바랍니다. 두 사람이 그런 관계였다는 것을 개인적으로 미리 알고 계셨습니까?"

"그렇습니다."

"하지만 그런 일은 수사 책임자를 지명할 때 고려하지 않기로 하셨다는 말씀이신가요?"

레이먼드의 입은 움직이는데 잠깐 동안 말은 나오지 않았다.

"죄송합니다, 스턴 변호사. 그런 관계를 개인적으로 미리 알고 있지는 않았습니다."

"감사합니다."

스턴이 증인석 앞을 걸어 다니며 말을 이었다.

"그러나 무언가 밝힐 내용이 있을 때는, 정직한 공무원이라면 자기 상관 앞에서 그런 일을 밝히는 것이 당연하다고 믿는다는 말씀이시죠?"

"그렇습니다."

"알겠습니다."

스턴은 잠깐 동안 레이먼드를 바라봤다. 그는 간결하고 부드럽게 심문하고 있지만 법정 안에 엄청난 반향을 불러일으키고 있다. 그가 끼치는 영향력은 지금 아주 굳은 표정으로 앉아 있는 레이먼드 호건 못지않다. 레이먼드는 상기된 얼굴로 두 손을 맞잡고 앉아 스턴이 다음 공격을 시작하기를 기다리고 있다. 레이먼드가 이 공격을 무사히 넘긴다면 유명세와 능력을 등에 업고 이 지역 최고의 변호사가 될 것이다. 그리고 지금 그를 심문하고 있는 사람이 그의 최대 경쟁자가 될 것이다. 앞으로 피고인이 여러 명인 사건들이 많이 있을 것이고 둘은 공동 변호인으로 나란히 앉아 있게 될 수 있다. 아주 현실적으로 생각하면 스턴에게는 레이먼드와 우호적인 관계를 유지하는 것이 내게 일어나는 어떤 일보다도 훨씬 더 중요하다. 동종 종사자들끼리 잘 어울려야 한다는 것이 변호사

업계의 생존 원칙이다. 그들이 원하는 유일한 적은 검찰이다.

　이런 사실을 잘 아는 나는 스턴에게 신경 쓰지 말고 레이먼드를 잘 대접해도 된다고 말해 준 적이 있었다. 이전에 스턴도 지적했지만 십수 년의 공직 생활을 통해 쌓은 레이먼드의 신임은 너무도 견고해서 어떤 식으로라도 그를 공격해 봤자 승산이 없다. 그러나 지금 스턴의 태도를 보니 레이먼드의 비위를 맞출 생각이 전혀 없는 것 같다. 스턴은 검찰의 직접 심문이 우리에게 대단한 타격을 입혔기 때문에 그냥 넘어갈 수는 없다고 판단한 것 같다. 그렇더라도 이렇게 갑자기 공격을 감행하다니 놀라웠다. 레이먼드도 인정할 수밖에 없는, 내게는 이로운 사실들이 분명히 있다. 예를 들어 검찰청에서의 내 업적 같은 것이 그렇다. 게다가 증인을 공격하기 이전에 얻을 수 있는 것은 다 얻어 내야 한다는 것이 일반적인 생각이다.

　"그러면 증인은 어떤 사실을 밝히는 것과 관련된 이 기준들을 증인 자신에게도 적용하셨습니까?"

　"그러려고 노력했습니다."

　"증인을 위해 일하는 부하 직원에게 적절한 정보를 모두 제공하셨다는 말씀이십니까?"

　"다시 말씀드리지만 스턴 변호사, 그러려고 노력했습니다."

　"그러면 폴헤무스 양 살인 사건은 검찰청에서는 대단히 중요한 사건이었습니까?"

　"정치적인 의미를 고려해 볼 때, 결정적인 사건이었다고 말씀드릴 수 있겠습니다."

　레이먼드는 이 말을 하며 내 쪽을 바라봤다. 눈초리가 매섭다.

"증인 자신이 이 사건을 결정적인 사건이라고 판단했으면서도, 피고인에게 이 사건과 관련하여 혹은 피해자 폴헤무스 양과 관련하여 증인이 가지고 있는 모든 정보를 다 제공하지는 않으셨습니다, 그렇죠?"

"그러려고 노력했습니다."

"그러셨습니까? 담당 검사가 피해자를 살해할 동기가 있는 사람을 파악하기 위해서는 피해자가 맡고 있던 모든 사건에 대해 아는 것이 대단히 중요하지 않았을까요?"

레이먼드는 갑자기 이 질문이 어디로 흘러갈지 알아차린 것 같다. 그는 의자에 깊숙이 기대어 앉았다. 하지만 아직도 물러서려 하지는 않았다.

"그게 유일하게 중요한 일은 아니었습니다."

중대한 실수다. 증인석에 앉으면 법조인들도 별수 없다. 레이먼드는 캐롤린이 맡은 사건들이 중요한 단서가 될 수 있다는 사실을 부인하려 하고 있다. 스턴은 다음 몇 분 동안 레이먼드를 대단히 당혹스럽게 만들었다.

검사들이 자신이 기소하는 사람들로부터의 보복을 두려워하는 일이 자주 있습니까? 그런 보복은 자주 일어납니까? 검사와 경찰이 자기들이 수사하는 사람들로부터 공격을 받고 사지를 절단당하고 심지어 살해까지 당할 수 있다면 효과적인 법 집행은 불가능하지 않을까요? 피해자가 살해됐을 때도, 그녀가 기소했던 예전 피고인이 살인범일지 모른다는 추측이 언론에서 나오지 않았나요?

쏟아지는 질문에 얼이 빠진 레이먼드는 "그렇다."라고 간결하게 대답했다. 스턴의 질문이 이어졌다.

"그러면 피해자가 맡은 사건들이 모두 중요하다는 말씀이신가요? 피해자가 누구를 혹은 무엇을 수사하고 있는지를 아는 것이 중요하다는 말씀이신가요?"

"그렇습니다."

"그런데 그런 사실을 알면서도 증인은 폴헤무스 양 살인 사건 수사가 시작된 후에 피해자의 책상 서랍에서 파일을 꺼내 숨기셨습니다, 그렇지 않습니까?"

"그렇습니다."

"아주 민감한 사안이었죠, 그렇지 않습니까?"

리틀 판사는 의자에 비스듬히 기대 앉아 반대 심문을 관망 중이었다. 그는 대체로 두 유명 인사의 공방을 즐기고 있는 것 같았다. 그런 그가 갑자기 끼어들었다.

"이 사건과 관련이 있나요, 변호인?"

스턴은 잠시 말을 잊은 것 같다.

"존경하는 재판장님, 분명히 이 사건과 관련이 있다고 생각합니다."

"나는 잘 모르겠는데요."

"증인은 검사의 직접 심문에서 증인에게는 중요하다고 판단되는 정보를 피고인이 알리지 않았다고 증언했습니다. 피고인은 이 문제와 관련하여 증인의 기준을 정확하게 파악할 권리가 있습니다."

"증인은 검찰 총장이었습니다, 스턴 변호사. 지금 앞뒤 분간을 못 하고 있군요."

88

판사가 말했다.

예상치 못했던 곳에서 도움의 손길이 뻗쳤다. 니코가 일어섰다.

"우리는 지금 진행되고 있는 변호인의 심문에 아무런 이의가 없습니다, 판사님."

리틀 판사가 니코 쪽을 오래도록 내려다봤다. 몰토가 즉시 니코의 팔을 잡았다. 니코는 직업적 기준에 대한 토론이 계속되면 배심원단이 내 직무 유기에 대해 더 잘 알게 될 것이라고 생각하는 것 같다. 하지만 그가 뭘 잘못 생각하고 있는 것이다. 우선, 레이먼드는 지금 그의 증인이 아니다. 니코가 자리에 앉는 동안 몰토가 흥분해서 속삭이는 걸 보니, 니코는 스턴의 심문이 어디로 흘러가고 있는지 제대로 파악하지 못하고 있는 것 같았다. 그가 B파일에 대해 알고 있기나 한 것인지, 아니면 알고는 있는데 잠깐 잊고 있었던 것인지 모르겠다. 나는 휴정 시간에 스턴에게 건네줄 메모를 했더랬다.

'호건이 B파일에 대해 누구한테 얘기했을까요? 몰토? 니코? 아니면 아무에게도?'

새로운 빛이 비치자 스턴이 재빨리 심문을 계속했다.

"말씀드렸듯이, 이것은 매우 민감한 사안이었습니다, 그렇지 않습니까?"

"그렇습니다."

"이것은 다음과 같은 주장과……."

리틀 판사가 다시 충성스러운 개처럼 끼어들었다.

"검찰청 내부 업무나 수사의 세부 사항은 말씀하실 필요 없습니다, 스턴 변호사. 아시겠지만, 그런 내용은 대배심의 기밀 보호

규칙에 보호를 받고 있으니까요. 이것은 민감한 사안이었다. 그 정도로 해두고 계속 진행하세요."

"물론입니다, 존경하는 재판장님. 기밀을 폭로할 의도는 없었습니다."

"물론 그래야죠."

리틀 판사가 말했다. 그러면서도 못 믿겠다는 표정으로 미소를 지어 보이더니 배심원석 쪽에 놓인 물병을 향해 손을 뻗쳤다.

"계속 진행하세요."

"증인, 사실 이것은 대단히 민감한 사안이어서, 증인은 검찰청 내 다른 누구에게도 알리지 않고 피해자에게 수사를 위임했습니다. 그렇죠?"

"그렇습니다."

스턴은 이런 이야기를 듣지 못한 검찰청 내 간부들의 이름을 재빨리 부르기 시작했다. 맥, 특수부 수석 부장 검사 마이크 돌란, 그리고 서너 명의 이름을 더 호명한 후에, 마지막으로 내 이름을 불렀다. 레이먼드는 각각의 이름이 불릴 때마다 그렇다고 대답했다.

"그리고 증인은 피고인이 피해자의 사무실에서 파일 하나가 사라진 것 같다고 보고하자 그제야 파일을 피고인에게 건네주었습니다, 맞습니까?"

"맞습니다."

스턴은 잠시 법정 안을 둘러보며 이 모든 내용이 모두의 마음속에 제대로 자리 잡기를 기다렸다. 레이먼드의 명예에 얼룩이 생겼다. 배심원들은 귀를 쫑긋 세우고 두 사람을 지켜보고 있다.

"그런데 피해자는 대단한 야심을 가진 여성이었습니다. 그렇지 않습니까?"

"야심을 어떻게 정의하느냐에 따라 다를 수 있다고 생각합니다만."

"피해자는 대중의 주목을 받는 것을 좋아했습니다. 직장에서도 더 높은 직위로 올라가고 싶어 했고요, 그렇지 않습니까?"

"모두 사실입니다."

"피해자가 이 사건을 맡고 싶어 했습니까?"

"내 기억이 맞다면요."

"자, 증인, 증인이 이 사건을, 이 대단히 민감한 사안을 피해자에게 맡긴 것은, 증인과 피해자만이 알고 있는 이 사건을, 피해자가 맡고 싶어 했던 이 사건을 그녀에게 맡긴 것은, 증인과 피해자와의 사적인 관계가 진행되는 동안이었습니다, 맞습니까?"

레이먼드가 의자에서 몸을 뒤척이기 시작했다. 스턴이 조금도 봐 주지 않을 것임을 이제야 알아차린 것이다. 몸을 움츠리는데 쥐구멍이라도 찾아 숨으려는 것처럼 보였다.

"그 사건을 맡길 때가 정확히 언제였는지는 기억이 안 납니다."

"그러면 제가 도와 드리죠."

스턴은 파일을 가져가 레이먼드에게 서류 작성일자를 보여 주고 레이먼드가 검찰의 직접 심문에서 자신이 캐롤린과 사귀던 때가 언제였다고 말했던 내용을 상기시켰다.

그러고 나서 스턴이 결론적으로 다시 물었다.

"그러니까, 증인이 이 대단히 민감한 사건을 피해자에게 맡긴 것은 두 사람 사이의 사적인 관계가 진행되는 동안이었습니다, 그렇죠?"

"그런 것 같군요."

스턴이 잠자코 서서 레이먼드를 바라봤다.

"그렇습니다."

레이먼드가 다시 고쳐 말했다.

"증인이 이 일을 아무에게도 알리지 않은 것은 검찰청 내의 기존 원칙에 위배되는 것이었습니다. 그렇지 않습니까?"

"내가 검찰 총장이었습니다. 규칙에 예외를 둘 경우가 언제인지는 내가 결정했습니다."

레이먼드는 리틀 판사의 암시를 파악한 것이다.

"그래서 피해자에 대해서는 예외를 두셨습니까?"

"그렇습니다."

"증인이 누구와……. 이 질문은 하지 않겠습니다. 일반적으로 그런 사건은 그런 문제에 경험이 많은 검사에게 맡기게 될 것입니다, 그렇지 않습니까?"

"일반적으로 생각할 때는 그렇습니다."

"그런데 이때는 그런 생각을 안 해보셨습니까?"

"그렇습니다."

"그리고 이 일은 증인과 피해자와의 관계가 끝난 후에도 둘만의 비밀로 남아 있었습니다, 맞습니까?"

"맞습니다."

레이먼드가 말했다. 오래간만에 미소를 보였다.

"내 행동은 변하지 않았습니다."

"당혹스러웠기 때문입니까?"

"그런 느낌은 없었습니다."

"그러면 피고인이 피해자가 맡았던 사건들에 대한 정보를 모두 끌어 모으려고 했을 때, 증인이 이전에 피해자의 사무실에 가서 파일을 꺼내와 증인 서랍에 넣어 두었다는 사실이 생각나지 않으셨습니까?"

"그랬던 것 같습니다."

"뭘 숨기려고 했던 것은 아니었다는 말씀이십니까, 증인?"

"그렇습니다."

"당시에는 선거 운동이 한창이었습니다, 그렇죠?"

"그렇습니다."

"힘든 선거운동이었지요?"

"대단히 힘들었습니다."

"당시는 증인의 패색이 짙어가고 있을 때였습니다, 그렇지 않습니까?"

"그렇습니다."

"증인의 경쟁자인 니코 델라 가르디아 씨는 증인이 검찰 총장으로 있을 때 수하에 있던 부장 검사였고 검찰청 내에 친구도 많이 있었습니다, 그렇죠?"

"그렇습니다."

"그런데도 증인, 증인은 이렇게 대단히 힘든 선거 운동의 와중에도 증인이 같이 자던 여검사의 청탁을 들어주어 그녀에게 이 사건을 맡겼다는 사실이 검찰청 내에 있는 니코 델라 가르디아 씨의 친구들 중 한 명의 입을 통해 새어 나가거나 않을까 걱정이 안 되셨습니까?"

"잠깐 그런 걱정을 했던 것도 같습니다. 누가 알겠습니까, 스턴 변호사? 당시는 내게 이상적인 상황이 아니었으니까요."

"이상적인 상황과는 아주 거리가 멀었죠. 다시 한 번 묻겠습니다, 증인. 증인이 부하 직원 한 명과 사적인 관계를 맺고 있었다는 사실을 숨기려고 하지는 않으셨습니까?"

"일반적으로 쉽게 이야기할 수 있는 주제는 아니었습니다."

"물론 아니죠. 법조인답지 않게 보일 수 있으니까요."

"그럴 수 있겠죠. 하지만 그런 것과는 관계가 없는 일이었습니다. 우리 둘 다 성인이었으니까요."

"알겠습니다. 그런 사적인 관계와는 상관없이 증인 자신의 판단이 옳았다고 믿는다, 그런 말씀이시죠?"

"그렇습니다."

스턴은 심문을 하는 동안 점점 레이먼드 쪽으로 다가가고 있었다. 이제 그는 마지막 몇 걸음을 더 걸어가 팔을 뻗쳐 증인석 난간을 잡았다. 이제 그와 레이먼드 사이의 거리는 1미터도 되지 않았다.

"그런데 증인, 증인은 12년 간 증인을 위해 충성스럽게 일해 온 사람의 삶이 위기에 처한 이 법정에 오셔서는, 그에 대해서는 그와 같은 믿음을 가지고 있지 않다고 말씀하시는 겁니까?"

레이먼드와 스턴의 눈이 맞부딪쳤다. 내 자리에서는 레이먼드의 표정이 잘 보이지 않았다. 마침내 레이먼드가 고개를 돌리는데 입을 굳게 다물고 있다. 어쩐지 수줍어하는 표정으로 니코 쪽을 바라보고 있다. 도움을 바라는 것인지, 미안하다는 뜻인지 잘 모르겠다.

"미리 말해 줬으면 좋았을 거라고 생각합니다. 그뿐입니다. 그 편이 그를 위해서도 나았고 나를 위해서도 나았을 것입니다."

배심원들 중 한 명이 "흠." 하는 소리를 냈다. 나는 그 소리를 듣고서도 누군지 쳐다보지 않았다. 다른 배심원들은 모두 바닥을 내려다보고 있었다. 왜 이 일이 이렇게 큰 반향을 불러일으키는지 놀랍기만 하다. 아무것도 변하지 않았다. 지문도, 카펫 보푸라기도, 내 통화 기록도 그대로다. 그러나 지금은 상황이 우리에게 대단히 유리하게 돌아가고 있었다. 몰토와 니코는 타당성의 이상이자 기준의 제정자로서 레이먼드 호건을 이 법정에 불러 세웠다. 그런데 모든 것이 틀어져 버렸다. 스턴은 콜린 맥가펜 변호를 맡았을 때처럼 배심원단에게 전달하고 싶지만 말로는 할 수 없는 메시지를 전달하는데 성공한 것이다. 그래서 어쨌다는 것이냐고 스턴이 묻고 있는 것이다. 사비치와 고인이 친밀한 관계였다는 것이 사실이라고 치자. 현명한 판단이었건 아니었건 간에, 그가 그 사실을 혼자만 알고 있기로 결심했다고 치자. 그런 그의 행동은 레이먼드의 행동과 조금도 다르지 않다. 내가 너무도 부끄러워서 내 과거의 행동을 고백하지 못했다면, 다들 그런 마음을 이해해 줘야 했다. 내가 말한 것과 하지 않은 것 사이의 매듭이 풀어졌다. 살인과 사실 은닉 사이의 연결 고리가 끊어진 것이다.

스턴이 변호인석으로 돌아왔다. 레이먼드는 두세 번 한숨을 쉬더니 손수건을 꺼내 들었다. 스턴은 내 곁을 지나며 내 어깨에 한 손을 올려놓고 나는 그 손을 만졌다. 즉흥적인 몸짓이지만 우리를 주목하고 있던 배심원 한두 명은 감명을 받은 모양이다.

"다른 주제로 넘어갑시다, 증인. 증인은 피고인을 어떻게 만나셨습니까?"

스턴은 다시 증인석을 향해 걸어가고 있고 나는 탁자 밑으로 안 된다고 손짓을 했다. 이 질문은 하지 말라고 부탁한다는 것이 그만 잊고 있었다.

"고시적 이야기를 끄집어 낼 필요는 없는 것 같군요. 법정이 허락한다면 이 질문은 철회하겠습니다. 사실, 존경하는 재판장님, 괜찮으시다면 지금 휴정을 하고 점심 식사를 하는 것이 어떨까 하는 생각이 듭니다."

"아주 좋은 생각입니다."

리틀 판사가 말했다. 그는 레이먼드의 증언을 듣고 나서 눈에 띄게 긴장한 표정이다. 판사석을 떠나기 전에 리틀 판사는 레이먼드를 바라보았지만 그는 꼼짝도 하지 않고 있었다.

"그래, 오늘 아침은 어땠어요?"

스턴이 물었다. 그러고는 양념통을 집으며 말을 이었다.

"콘 윌리 먹어 봐요, 러스티. 아주 간단한 음식이지만 영양가가 높으니까."

스턴은 어제까지는 점심시간에도 늘 재판 준비를 했지만 원해서 그러는 것이 아닌 것만은 분명하다. 문명인은 제때에 식사를 해야 한다고 입버릇처럼 말하는 그는 오늘은 레이먼드고 뭐고 다 잊어버리고 점심이나 먹으러 가자며 자기 단골 식당으로 나를 데려갔다. 식당은 시내에서 가장 높은 건물들 중 하나인 모간 타워 46층에 위치해 있다. 거기 앉아 있으면 강이 굽이쳐 흐르는 것도 내려다보이고 구두 상자들이 끝도 없이 이어져 있는 것 같은 시내 풍경도 잘 보였다. 망원경이 있다면 니어링에 있는 우리집도 볼 수 있을 것 같다.

나는 이번에는 스턴과 좀 더 가까워질 수 있을 거라고 생각했다. 그를 좋아하고 있고, 변호사로서의 그의 능력에 대한 존경심이 이번 일을 겪으면서 점점 더 커졌다. 하지만 우리가 친구가 되었다고는 말할 수 없을 것 같다. 아마도 내가 살인 혐의로 기소된 소송 의뢰인이기 때문일 것이다. 하지만 스턴의 인간에 대한 이해의 폭은 대단히 넓어서 아무리 끔찍한 행동을 한 사람이라도 한 가지 행동만 보고 그 사람에 대한 호감을 거둬들이지는 않을 것이다. 문제가 있다면 스턴의 마음에 자리하고 있는 원칙일 것이다. 그는 직업상 만나는 사람들과 분명한 선을 긋고 있고 누구도 그 선을 넘지 못한 것 같다. 그는 30년째 결혼 생활을 계속하고 있다. 그의 부인 클라라를 한두 번 만난 적도 있다. 세 아이들은 지금 전국에 흩어져 살고 있고 막내딸은 내년에 컬럼비아 법대를 졸업할 예정이다. 생각해 보니 스턴과 친하다고 말하는 사람을 별로 못 본 것 같다. 그는 어떤 모임에서건 유쾌한 사람이자 세련된 입담꾼으로 통했다. 오래전에 장인의 친구 한 분이 스턴이 이디시 말(독일어, 히브리어 등의 혼성 언어로 중부, 동부 유럽의 여러 나라, 미국 등에 사는 유대인들이 씀—옮긴이)로 이야기를 정말 재밌게 잘하더라고 한 말이 기억나는데 그건 나로서는 확인할 수 없는 부분이다. 어쨌든 스턴이 대인 관계에 있어서 엄격한 제한을 두고 있는 것만은 확실하다. 그가 무슨 생각을 하고 있는지, 특히 나에 대해서는 무슨 생각을 하는지 도통 모르겠다.

"오늘 아침 일에 대해서 하고 싶은 말은 딱 두 가지예요."

내가 콘 월리를 먹으며 말했다.

"심문이 아주 잘 진행되었다는 생각이 들고 심문을 아주 즐겁게 잘 들었어요. 반대 심문은 정말 대단했어요."

"뭐 그렇게까지."

스턴은 아주 예의 바른 사람이지만, 다른 소송 변호사들과 마찬가지로 자기 본위가 강하다. 여기로 오는 중에 많은 기자들과 법정 방청객들이 그에게 칭찬의 말을 건넸다. 반대 심문이 절반밖에 진행되지 않았지만 스턴에게서는 벌써 승자의 의기양양함이 엿보였다.

"사실 레이먼드가 자기 무덤을 판 거예요. 재판이 시작되기 전까지는 그가 얼마나 허영심이 많은 사람인지 잘 깨닫지 못하고 있었거든요. 그렇더라도, 이런 여세가 얼마나 오래 갈지는 장담 못해요."

"정말 단단히 망신을 주던데요."

"그랬죠. 나중에 나한테 뭐라고 하겠죠. 하지만 지금으로서는 그런 건 문제가 안 돼요."

"리틀 판사가 그렇게 대놓고 레이먼드를 감싸줄 줄은 몰랐어요. 중립적으로 보이기 위해 뒤로 물러 앉아 있을 거라고 생각했는데."

"리틀 판사는 자기가 누구를 좋아하는지 드러내기를 두려워하는 사람이 아니에요."

종업원이 음식 접시를 내려놓는 동안 스턴은 뒤로 물러 앉아 있으며 말했다.

"다음번 결정적인 기로에서도 잘 되기를 바랄 뿐이에요. 그렇게 낙관적이지는 않지만요."

무슨 말인지 이해가 안 갔다.

"이 재판에서는 아주 중요한 반대 심문이 두 건 있을 거예요, 러스티. 우리는 첫 번째의 절반만 지나왔을 뿐이고요."

"또 한 명은 누구죠? 리프랜저요?"

"아뇨."

스턴이 얼굴을 약간 찌푸리며 말했다. 리프랜저의 증언도 있을 것이라는 생각에 기분이 안 좋아진 것 같다.

"리프랜저 형사가 우리에게 어떤 영향을 미칠지는 두고 봐야 할 일이에요. 불리한 말이 덜 나오기를 바라야죠. 나는 리프랜저가 아니라 구마가이를 생각하고 있었어요."

"구마가이요?"

"아, 그럼요."

"검찰 측 주장의 핵심은 물증이라는 건 물론 알고 있죠? 하지만 니코가 그 증거를 최대한 활용하기 위해서는 전문가를 불러야 해요. 니코가 최후 진술을 위해 배심원단 앞에 서서도 어떻게 이런 일이 일어났는가에 대해 추측만을 이야기할 수는 없잖아요. 전문가의 견해가 그의 가설에 힘을 실어 줘야 해요. 그러니까 당연히 구마가이를 부르겠죠."

스턴은 음식을 맛보며 만족스러운 표정을 짓더니 말을 이었다.

"선생처럼 말을 해서 미안해요. 같은 법조인을 자문하는 데는 익숙지가 않아서 말이죠. 구마가이의 증언이 결정적인 갈림길이 될 거예요. 그가 증언을 잘하면 검찰 측의 주장이 공고해지겠죠.

하지만 그의 증언은 우리에게도 좋은 기회가 될 거예요. 도저히 공략할 수 없어 보이는 물증들, 지문이나 카펫 보푸라기, 그 밖의 다른 증거물이 가진 효력을 약화시킬 수 있는 유일한 기회가 될 테니까요. 구마가이가 흔들리는 모습을 보이게 할 수 있다면 물증도 모두 흔들리게 될 거예요."

"그렇게 할 무슨 방법이라도 있어요?"

"아, 어려운 질문만 골라 하는군요."

스턴은 생각하는 눈치더니 다시 말문을 열었다.

"곧 그 문제에 달려들어야죠."

그는 빵 자르는 칼을 툭툭 치며 고개를 돌려 시내를 내려다보지만 생각은 딴 데 가 있는 것 같다.

"구마가이는 유쾌한 사람이 아니에요. 배심원들도 별로 호감을 느끼지 못할 거예요. 어떻게 다룰지는 그때 가서 방법이 보이겠죠. 그건 그렇고."

스턴이 갑자기 나를 돌아보며 물었다.

"내가 무슨 큰 실수를 저지를 뻔 했던 거죠? 당신과 레이먼드가 어떻게 만났는지 물었을 때 무슨 끔찍한 일이라도 나올 뻔 한 건가요?"

"당신이 유고슬라비아 자유 투사가 연방 교도소에 투옥된 경위를 배심원들에게 들려주고 싶어 하지는 않을 거라고 생각했어요."

"당신 아버지요? 이런 세상에. 러스티, 요 전날 그렇게 즉흥적으로 말을 해서 미안해요. 그 자리에서 그냥 그런 말이 나오더라고요. 이런 일 이해하죠?"

나는 이해한다고 말해 줬다.

"아버지가 감옥에 갔었어요? 어떻게 된 거예요? 레이먼드가 변호를 맡았어요?"

"스티브 멀카히가 맡았어요. 레이먼드는 두 번 정도 멀카히와 함께 법정에 나왔고요. 그때 만나게 됐어요. 레이먼드는 내게 아주 잘해 줬어요. 그때 나는 아주 화가 나 있었죠."

"멀카히가 동업자들 중 하나였어요?"

그 당시에는 멀카히, 리틀, 레이먼드가 공동으로 변호사 사무소를 운영하고 있었다.

"멀카히가 죽은 지 꽤 오래됐죠? 지금 아주 오래전 얘기를 하고 있는 거군요."

"내가 법대에 다니고 있을 때였어요. 멀카히가 지도 교수였어요. 아버지가 처음 소환장을 받았을 때, 내가 그를 찾아갔어요. 정말 너무 당혹스러웠어요. 이런 성격과 몸 상태로는 법조계에 뛰어들 수 없겠다는 생각이 들 정도였어요."

"정말로요? 세상에! 혐의가 뭐였어요?"

"탈세요."

나는 내 앞에 놓인 음식을 처음 집어 먹어봤다.

"아버지는 25년 동안 한 번도 소득 신고를 하지 않았어요."

"25년이라고요? 세상에. 생선 요리 어때요?"

"맛있어요. 좀 들어 볼래요?"

"괜찮다면요. 고마워요. 진짜 친절하군요. 여긴 이 생선 요리를 아주 잘해요."

스턴은 이야기를 계속했다. 그는 은식기들이 놓인 테이블과 모닝코트를 입은 웨이터들 사이에서 아주 침착하고 편안한 모습이다. 그의 휴식처. 25분 후면 이 시에서 가장 유명한 법정 대리인들 중 한 명에 대한 반대 심문을 재개해야 했다. 하지만 모든 대가들이 그렇듯이 그도 자신의 본능에 충실한 것 같다. 열심히 일했으니 편안한 휴식은 당연한 것이다.

식사가 끝나갈 때쯤 나는 오늘 오전에 메모한 것을 스턴에게 보여 줬다.

"아, 맞아요. 아주 좋아요."

그가 말했다.

어떤 문제에 대해서는 제대로 된 반응조차 보이지 않기로 결심한 모양이다.

"당신은 말도 안 되는 혐의로 기소되었는데 당신에게 침착성이 부족한 것처럼 보인다니 말이 되요? 정말 어이가 없어서 다시 말하고 싶지도 않네요."

스턴은 딴 테이블에서 친구를 발견했다. 그보다 나이가 많아 보이는 붉은 머리의 남자였다. 스턴은 잠시 인사를 하기 위해 자리를 떴다. 그동안 나는 법정에서 가져온 수첩을 훑어봤다. 메모한 내용 대부분은 이미 대화 중에 나왔다. 나는 창밖을 바라보며 늘 그렇듯이 절망적인 기분이 되어 아버지를 생각했다. 그 일을 겪으면서 나는 아버지에게 대단히 화가 났다. 내 자신이 당혹스러웠기 때문이기도 했고 아직 초기 단계에 있었지만 병든 어머니를 나 몰라라 해놓고 이제 와서 도움을 청하는 것이 뻔뻔스럽게 느껴졌기 때문이기도 했다. 그러나 멀카히 사무실 밖 비서실에서 아버지를 보자 고통이라는 벌레가 내 마음을 갉아먹기 시작했다. 평소 같으면 청결에 엄청나게 신경을 쓰던 아버지가 정신이 없어서인지 면

도도 하지 않고 나타났다. 턱수염이 자라서 턱을 허옇게 덮고 있었다. 중절모 챙을 손가락에 걸고 빙글빙글 돌리고 있었다. 평소에는 잘 매지 않던 넥타이도 맸는데 매는 솜씨가 아주 서툴러서 옆으로 삐죽 치우쳐 있었고, 셔츠 목 부위에는 때가 보였다. 복장도 어색하고 의자에 앉은 모습도 어색했다. 아버지는 고개를 숙여 자기 발을 바라보고 있었다. 실제보다 훨씬 나이가 들어 보였다. 그리고 굉장히 불안한 표정이었다.

아버지가 그렇게 두려워하는 모습을 본 건 그때가 처음이었던 것 같다. 평소에는 늘 툭하면 화를 냈고 뚱하고 무관심했다. 아버지가 왜 이렇게 변했는지 궁금하지도 않았다. 아버지는 자기가 살아온 일에 대해 내게 거의 말해 주지 않았다. 하지만 아버지의 거의 모든 면이 아버지의 친척과 아버지가 겪었던 일과 관련이 있다는 것은 알고 있었다. 부모님의 총살, 아버지의 도주, 유년의 마지막을 보냈다던 이쪽 혹은 저쪽의 포로수용소들. 포로들은 말고기를 먹었다고 했다. 내가 아홉 살인가 열 살 때 사촌 일리아에게서 들은 얘기였다. 그 이야기를 듣고 나서 거의 일주일 동안 밤마다 악몽을 꿨다. 늙은 말 한 마리가 죽었다. 밤에 쓰러져서 얼어 죽었다. 말은 눈 내린 들판에 사흘이나 그대로 방치되어 있다가, 간수의 허락을 받은 포로들에 의해 수용소 철조망 너머로 끌어 당겨졌다. 그러고는 포로들이 달려들었다. 맨손으로 가죽을 벗기고 살을 뜯어냈다. 요리해서 먹으려고 가져가는 사람들도 있었고 그 자리에서 생고기를 미친 듯이 뜯어 먹는 사람들도 있었다. 아버지는 그 모습을 지켜보았다. 그러고는 미국으로 왔고, 살아남았다. 거의 30년의 세월이 흐른 지금, 변호사 사무소에 앉아 그 과거의 일이 반복될 것을 예상하고 있었다. 그 당시 스물다섯 살이었던 나는 아버지의 삶에 대해서 더 많은 것을 이해하게 되었고 아버지의 상실과 그 기괴한 기억이 내 자신의 일이 되어 버린 것을 느꼈다. 과거 어느 때보다도 뚜렷하게 느껴졌다. 그리고 나는 깊은 슬픔에 빠져 버렸다.

멀카히는 아버지에게 유죄 답변 거래를 권했다. 연방법원 검사는 길어야 1년형 정도 받게 해주겠다고 약속했고 부드러운 성품의 하틀리라는 늙은 판사는 징역 3월을 선고했다. 아버지가 교도소에 있을 때 딱 한 번 면회를 갔다. 가고 싶은 생각은 전혀 없었지만 어머니의 임종이 가까워 있었다.

내가 요즘 어떻게 지내시냐고 묻자 아버지는 처음 보는 면회실이 낯선지 주위를 둘러보며 이쑤시개를 씹고 있었다.

"더 안 좋지 뭐."

아버지는 과거의 거친 성격을 되찾았고 그것이 아버지의 두려움보다 더 나를 화나게 만들었다. 단순 무식한 아버지는 자신의 커다란 불행에서 자긍심을 느끼고 있었다. 아버지 자신뿐만 아니라 나까지도 고통스럽게 만든 일들을 아버지는 업적이라도 되는 것처럼 생각했다. 그런 것이 있지도 않겠지만 투옥이라는 올림픽 경기에 출전한 선수 같았다. 자신이 미국 감옥에서도 살아남았다는 사실을 자랑스러워하는 것 같았다. 내게 고맙다는 말도, 수치스럽게 만들어서, 그리고 어리석은 행동을 해서 미안하다는 말도 전혀 하지 않았다. 자신의 진짜 감옥이 무엇인지 모르고 있었다. 그때 아버지는 삶의 거의 종반에 접어들어 있었다. 그 후로 채 3년을 못 넘기고 돌아가셨다. 그전에 수많은 일을 겪었지만 내가 마침내 아버지를 완전히 포기한 것은 바로 그때였다.

오후의 반대 심문에서는 레이먼드가 우리에게 유리한 증언을 할 수밖에 없는 문제부터 시작했다. 스턴은 지난 3월에 내가 우리 집에서 캐롤린의 집으로 전화를 걸었던 일부터 언급했다. 레이먼드는 캐롤린이 그때 강간 상습범의 기소를 준비하고 있었다는 사실을 즉시 기억해 내고, 공소장 작성을 돕는 것이 수석 부장 검사의 주요 임무들 중 하나이며, 특히 복잡한 사건일 때는 더욱 그러하다고 인정했다. 캐롤린의 재판 일정과 나의 빡빡한 일정을 고려해 볼 때 밤에 전화로 그런 문제를 협의하거나 적어도 다음 번 회의 일정을 잡기 위해 전화를 걸었을 가능성이 높지 않겠냐는 스턴의 추측에 반박을 하지도 않았다.

다음으로 스턴은 선거 다음 수요일에 레이먼드의 집무실에서 있었던 회의로 넘어갔다. 검찰은 캐롤린이 살해되던 날 밤 집에 있었다고 말한 내 진술이 거짓말이며, 그것이 내가 살인범인 증거라고 주장한 바 있는데 스턴은 그 주장을 철저히 반박했다.

스턴은 내 진술이 자발적인 것이었다고 주장했다.

맥두걸 검사가 피고인에게 말하지 말라고 충고했나요? 증인, 증인이 말하지 말라고 했습니까? 강한 어조로 말씀하셨습니까? 입 다물고 있으라고 했습니까? 그런데도 피고인은 굉장히 화를 내면서 그런 말을 했습니다, 그렇죠? 무언가 계산하고 말하는 것 같지는 않았죠? 피고인의 말이 즉흥적으로 나온 것으로 보였습니까?

마침내 스턴은 검사라면 누구나 함부로 말을 내뱉는 것이 얼마나 위험한 일인가를 잘 알고 있을 거라고 말했다. 그 말은 간접적으로 그런 위험을 많이 접해 본 나 같은 사람은 그런 주장을 하지는, 그것도 불같이 화를 내면서 그런 주장을 하지 않았을 거라는 의미를 담고 있다. 스턴은 살인 현장에 있었던 사람은, 검찰이 주장하는 것과 같은 범죄를 저지른 사람은, 그리고 그 사건의 수사 책임을 맡은 사람은 그렇게 쉽게 들통이 날 거짓말을 하지 않았을 것이라고 주장했다. 정말로 현장에 있지 않았고, 돌아가는 상황을 알지 못했던 사람만이 모욕적인 말에 발끈해서 그렇게 진실을 담은 대답을 했을 것이고, 결국 자기 무덤을 자기가 파는 꼴이 되고 말았을 것이라고 말했다. 스턴의 주장을 듣고 있자니 그가 할 최후 변론의 윤곽이 잡히고 나를 증인석에 앉히지 않으려는 이유를 분명히 알 것 같았다. 러스티 사비치는 자신에게 어떤 혐의가 씌워졌는지 알게 된 바로 그날 자발적으로 자신의 알리바이를 설명했다. 이미 사실을 밝혔는데 덧붙일 것이 또 뭐가 있겠는가?

스턴은 배심원단 앞에서 내 신임도를 높여 가기 시작했다. 그는 레이먼드를 데리고 내가 부장 검사로서 이룩한 업적을 두루 둘러보는 여행을 떠났다. 《로 리뷰》의 발행인임을 언급하는 것부터 시작해서 십여 년 동안 내가 승리한 사건들을 샅샅이 훑었다. 마침내 몰토가 이 사건과는 관련 없는 이야기라고 이의를 제기하자, 스턴은 레이먼드가 폴헤무스 사건 수사에 대한 내 판단에 의문을 제기했기 때문에 이런 말을 하는 것이라고 설명했다. 주저하거나 명령에 불복종하는 것으로 비춰졌던 내 태도가 경험 많은 두 검사 간의 의견의 불일치일 수도 있다는 사실을 배심원들이 깨닫기 위해서는 내 경력을 완전히 알고 있을 필요가 있다고 주장했다. 이런 논리는 대단히 타당하게 들려서 리틀 판사가 몰토에게 자리에 앉으라고 지시했다. 그러고는 성 로자트의 시성식이 계속됐다.

마침내 스턴이 물었다.

"그리하여 지금으로부터 2년 전쯤, 당시 수석 부장 검사였던 세 넷 씨가 샌디에이고로 떠나 버리자 증인이 사비치를 수석 부장 검 사로 임명했습니다, 그렇죠?"

"그렇습니다."

"그러면 수석 부장 검사는 증인이 검찰청에서 가장 신임하는 사람이라고 말할 수 있습니까?"

"그렇게 볼 수 있습니다. 사비치가 그 직책에 최적임자라고 생 각했습니다."

"그렇군요. 증인 수하에는 백이십여 명의 부장 검사들이 있었 습니다, 그렇죠?"

"그 정도 될 겁니다."

"그중에는 니코 검사와 몰토 검사도 있었죠?"

"그렇습니다."

"그런데도 사비치를 선택하셨죠?"

"그렇습니다."

고개를 드는 니코의 얼굴에는 지친 표정이 역력하지만 그도 몰토 도 이의를 제기하지는 않았다. 스턴은 보석 감정사처럼 과거의 원 한이라는 주제의 보석을 두드려 보고 또 두드려 봤다. 배심원 2명 이 고개를 끄덕이는 것 같다.

"그리고 증인은 피고인과 10년 넘게 가까이서 일해 온 경험을 토대로 할 때, 그가 범죄를 저지를 거라고는 생각하지 않았고 그의 판단과 성실성에 대해 절대적이고 완전한 믿음을 가지고 있었습니다, 그렇지 않습니까?"

복합적이고 논쟁의 여지가 있지만 합당한 질문이다. 몰토가 이의 제기를 하자 리틀 판사가 말했다.

"계속하세요."

레이먼드는 어떻게 대답해야 할지 생각하는 눈치다.

"그렇습니다."

마침내 레이먼드가 대답했다.

이 대답이 배심원석에 상당한 반향을 불러일으킨 것 같다. 스턴이 왜 처음부터 레이먼드를 공격했는지 이제야 알겠다. 그가 설득시킬 대상은 배심원단이 아니라 레이먼드였던 것이다. 이제 레이먼드에게서는 처음 법정 안으로 들어왔을 때 가졌던 확신이 사라졌다.

"그렇군요. 그러면 피고인이 모든 문제들에 대해서 증인이 원하는 방식으로 자신이 수사를 진행하고 있다는 사실을 확인받기 위해 증인에게 일일이 보고할 필요는 없었겠군요?"

스턴이 물었다. 내가 지문 감식 결과 보고서를 빨리 확보하지 않은 것의 의미를 최소화하려고 노력하고 있다.

"나는 항상 내 밑에서 일하는 사람들에게 어느 정도 재량권을 주었습니다."

"그러면 증인, 피고인이 폴헤무스 양 살인 사건을 수사하면서 증인이 과거에 많은 경우에 있어서, 중대한 문제들까지 포함하여 많은 경우에 있어서 자신의 판단을 믿었다는 사실을 알고 있지 않았을까요?"

"그가 뭘 알고 있었는지는 모르겠지만, 내가 과거에 많은 경우에 있어서 그의 판단을 믿었다는 것은 맞습니다."

스턴은 불쑥 이런 말을 던졌다.

"예를 들어, 증인은 피고인 사비치에게 니코 검사를 해고할 권리를 주었습니다, 그렇죠?"

당연히 니코가 폭발했다. 리틀 판사도 기분이 상한 것 같다. 그는 검찰과 변호인 측에 배심원단이 없는 곳에서 따로 이야기를 나누자고 지시했다. 어떤 판사들은 별도 회의라고 불리는 이런 모임을 배심원석에서 멀리 떨어진, 판사석 한쪽 끝에서 갖기도 하지만, 리틀 판사는 배심원단이 대리인들의 논쟁을 엿들을 수 있는 여지를 완전히 없애기 위해 법정을 떠나 밖에 있는 작은 대기실로 모이라고 했다.

니코, 몰토, 켐프, 스턴, 속기사와 내가 판사를 따라 판사석 뒤에 있는 뒷문으로 나갔다. 모두가 모이기도 전에 스턴에게 화를 내는 판사의 목소리가 들렸다. 마지막 질문은 저속한 공격이었다고 스턴을 힐책했다.

"어떻게 할 겁니까?"

판사가 스턴을 추궁했다.

"과거의 일을 하루하루 되짚어 갈 건가요? 지금 이 법정을 인간성 경합의 장으로 만들려는 겁니까?"

몰토와 니코도 흥분해서 떠들어 댔다. 검사와 피고인 사이의 과거의 원한 관계는 이 사건과는 관련이 없는 일이라고 주장했다. 리틀 판사도 그 주장에 동의하고 있는 것이 분명해 보였다.

"존경하는 재판장님. 우리는 니코 검사가 개인적인 원한 때문에 사비치를 기소했다고 주장하는 것이 아닙니다. 하지만 이 일은 니코 검사가 어떤 경로를 통해, 그리고 어떤 이유로 사비치에 대한 잘못된 믿음을 갖게 되었는지를 보여 준다고 생각합니다."

드러내 놓고 말을 하지는 않았지만 스턴은 이번에도 몰토를 겨냥하고 있다. 그는 처음부터 니코가 아니라 몰토를 표적으로 삼고 있었다. 니코는 이제 킨들 군에서 유명 인사가 되었고 배심원들도 모두 그를 알고 있다. 하지만 몰토는 다르다. 스턴은 몰토를 증인으로 부르지 않겠다는 검찰의 분명한 약속을 어떤 식으로든 이용하려는 것도 같다.

"니코 검사가 잘못된 믿음을 갖게 되었을지도 모르는 이유는 이 재판과 관련이 없습니다, 스턴 변호사. 검찰이 어떤 생각을 하고 있건 그건 배심원단에게 문제가 안 됩니다. 스턴 변호사, 다시 또 이 문제를 거론하진 않으시겠죠."

"존경하는 재판장님. 피고인이 모함을 받았다는 것이 우리 변호인 측의 생각입니다."

스턴이 위엄 있는 말투로 말했다.

나는 모여 선 사람들에게서 한 발짝 물러섰다. 충격적이다. 몇 주 전에 내가 이런 가능성을 제기했을 때 스턴이 너무도 강력하게 반발하는 바람에, 그 후로는 한 번도 이런 생각을 해보지 않았다. 그리고 지금은 모함의 가능성을 제기하지 않고도 일이 잘 풀려 가고 있는 것 같았다. 레이먼드에 대한 검찰의 직접 심문이 우리에게 그렇게 큰 타격이었나? 내 변호인의 생각을 더 이상 이해할 수 없을 것 같다. 방금 전만 해도 나는 그가 아주 민감한 사안에 대해 말로 표현하지 않으면서도 배심원단에게 잘 전달하고 있다고 생각했다. 몰토가 사비치의 자리를 원했다. 그 자리를 얻는데 골몰하다 보니 사건을 억지로 꾸미게 되었고 내게 사적인 원한을 품고 있던 니코는 아직 그런 사실을 깨닫지 못했다. 이것이 인간의 나약함을 잘 파악하고 있는 스턴이 전하고자 했던 무언의 메시지였다. 검찰의 신뢰도를 떨어뜨리고 나를 기소하는 이 엄청난 실수가 어떻게 나왔는가를 보여 주기 위해서 전하고자 했던 메시지였다. 이런 정도라면 배심원들이 쉽게 받아들일 수 있다. 하지만 모함이라니, 이것은 바보들이나 택할 전술이고 스턴 자신이 그런 모험을 할 필요는 없다고 단언했으며 나도 그 말에 동의했다. 그런데 사전 협의 없이 찾아온 갑작스러운 방향 전환에, 그것도 공식적인 자리에서 일어난 방향 전환에 나는 어떤 준비도 되어 있지 않다. 이 복도 회의 내용은 대중에게 공개됐다. 휴정 때면 기자들이 속기사 주위에 모여 회의 내용을 읽어 달라고 요청할 것이다. '변호인, 사비치는 모함의 희생양 주장'이라는 헤드라인이 보이는 것 같다. 세상에, 배심원들은 또 어떻게 생각할까. 스턴은 즉흥적으로 위험한 내기를 걸었다.

한편, 니코는 방 안을 서성이며 코웃음을 쳤다.

"말도 안 돼요."

두세 번 이런 말을 내뱉었다.

리틀 판사가 할 말 없냐는 듯이 몰토를 쳐다봤다.

"말도 안 됩니다."

몰토가 말했다.

"지금 한 말은 공식 기록으로 남을 겁니다. 증거에 대한 답변으로 말이죠. 스턴 변호사가 피고인에 대한 이 재판이 조작되었다는 주장을 입증하려고 노력한다면, 이 원한의 역사는 이 재판과 관련이 있게 될 거고요."

스턴이 이렇게까지 위험을 무릅쓰고 일을 감행한 것도 그 때문이다. 일반적으로 인정받기 어려운 증거를 배심원단 앞에 내놓으려고 말이다.

판사가 말했다.

"스턴 변호사, 지금 당신은 불장난을 하고 있다고 말해 주고 싶군요. 당신의 주장 때문에 앞으로 재판이 어디로 흘러갈지 모르겠지만, 두 가지를 미리 말해 두겠습니다. 우선 당신은 검찰의 대응에 대해 준비를 잘 하셔야 할 겁니다. 왜냐하면 나는 검찰의 대응 폭에 대해 상당한 관용을 베풀 생각이니까요. 그리고 두 번째로, 이 주장에 대한 증거를 바로 내놓아야 합니다. 안 그러면 이 문제와 관련된 반대 심문 내용을 전부 무효 처리하겠습니다. 그것도 배심원단이 보는 앞에서요."

키가 상당히 큰 리틀 판사가 스턴을 내려다보며 말했다. 이쯤 되면, 금지된 선 밖으로 나가려다가 붙잡힌 변호사들의 대다수는 뒤로 물러서서 주장을 철회했다.

스턴이 즉시 대답했다.

"알겠습니다, 존경하는 재판장님. 재판장님께서도 어떻게 된 일인지를 분명히 아시게 될 것입니다. 이 문제와 관련된 증거를 제시하겠습니다."

"좋습니다."

모두들 법정으로 돌아왔다.

"도대체 왜 저래?"

변호인석에 앉으며 내가 켐프에게 물었다. 켐프는 고개를 저었다. 스턴이 그와도 미리 의논하지 않은 것이다.

스턴은 재빨리 니코의 해고 문제를 떠나 사소한 문제들로 넘어갔다. 몇 가지를 생각나는 대로 짚고 넘어가더니 잠시 의논을 하기 위해 변호인석으로 돌아왔다.

"거의 다 했어요."

그가 켐프와 내게 속삭였다.

"하나만 남았는데, 혹시 덧붙일 거 있어요?"

내가 복도에서 왜 그런 말을 했느냐고 물으니까 그는 내 어깨에 손을 올려놓으며 그 문제는 나중에 이야기하자고 했다. 켐프가 달리 덧붙일 내용이 없다고 하자, 그는 다시 증인을 향해 돌아서며 말문을 열었다.

"몇 가지만 더 질문하겠습니다, 증인. 그동안 굉장한 인내심을 보여 주셔서 감사합니다. 증인은 오전에 아주 민감한 사건 파일을 피해자에게 맡겼다고 하셨는데요, 기억하십니까?"

"앞으로 꽤 오랫동안 기억하고 있을 것 같습니다."

레이먼드가 미소를 지으며 대답했다.

"증인, 혹시 몰토 검사가 그 사건과 관련이 있었다는 사실을 알고 계셨습니까?"

니코가 벌떡 일어서며 화가 나서 소리를 질렀다. 리틀 판사도 배심원단 앞에서 처음으로 스턴에게 화난 표정을 지어 보였다.

"변호인, 그 문제에 관해서는 이미 경고했는데요."

"존경하는 재판장님, 이것은 조금 전 별도 회의에서 말씀드렸던 변호인 측의 입장과 관련이 있는 질문입니다."

사건 조작설을 말하는 거다. 스턴은 배심원들이 들어서는 안 되는 복도 회의 내용이 드러나지 않게 모호하게 말했다.

"우리는 이 파일 수사를 계속할 의도가 있고, 우리 차례가 되면 증거를 제시할 것입니다. 아까도 말씀드렸습니다만."

스턴은 사건이 조작되었다는 우리의 주장을 입증하기 위해 B파일을 증거물로 제출할 것이라고 말하고 있다. 나는 그의 주장에 다시 깜짝 놀랐다. 판사는 의자에 깊숙이 앉아 두 손을 머리에 올리고 뺨을 부풀렸다 오므리며 콧김을 내뿜었다.

"그 얘기는 충분히 들었습니다. 이제 그만하세요."

판사가 말했다.

"두 가지만 더 질문하겠습니다."

스턴은 위엄 있는 말투로 말하며, 판사의 대답을 기다리지도 않고 레이먼드를 향해 돌아섰다.

"몰토 검사가 증인에게 그 파일에 대해 물어본 적이 있습니까?"

"제 기억으로는 그렇습니다. 제가 검찰 총장직을 사임한 후에 러스티, 아니 피고인이 폴헤무스 양 사건과 관련하여 수사했던 모든 자료를 몰토 검사가 인계받았습니다."

"그러면 그때 몰토 검사가 그 파일도 받았겠군요?"

"그렇습니다."

"그러면 몰토 검사가 거기 적힌 주장에 대해 무엇을 수사했는지 알고 계십니까?"

"아니요, 모릅니다."

"제가 대답하겠습니다."

갑자기 니코가 자리에서 일어서며 말했다. 인내심이 극에 달한 것이다. 그가 눈을 크게 뜨고 붉게 상기된 표정으로 말을 이었다.

"몰토 검사는 아무런 조치도 취하지 않았습니다. 피고인이 관심을 딴 데 돌리려고 던진 미끼를 덥석 물 만큼 어리석지는 않았습니다."

보통 때 같으면 배심원단 앞에서 이런 식으로 말을 하는 것은 아주 부적절한 행동이다. 하지만 니코는 복도에서 리틀 판사의 스턴에 대한 경고를 듣고 힘을 얻어 그 기회를 십분 활용하기로 한 것 같다. 법정으로 돌아오면서 니코는 몰토와 의논을 했고 니코가 나서서 배심원단 앞에서 몰토를 열정적으로 변호하기로 결정한 것이 분명하다. 스턴은 아무런 이의 제기를 하지 않았다. 대신 천천히 고개를 돌려 몰토를 바라봤다.

스턴이 말했다.

"니코 검사, 그 미끼에 관해서는 곧 모든 것을 알게 될 것입니다. 그리고 희생양에 관해서도요."

스턴은 이 말을 마지막으로 레이먼드에 대한 반대 심문을 끝냈다.

리틀 판사는 이번 주 공판은 이것으로 마치겠다고 선언했다. 금요일에는 다른 사건들과 관련된 신청 사항을 듣기로 되어 있다. 나는 스턴이 새로운 전술에 대해 설명해 주기를 기다리지만 그는 아무 말 없이 서류만 챙겼다. 레이먼드는 법정을 나가다가 우리 앞에 멈춰 서서 스턴과 악수를 했다. 하지만 내게는 다가오지 않고 멀찌감치 돌아서 나갔다.

마침내 스턴이 다가왔다. 손수건으로 얼굴을 닦았다. 한시름 놓은 기색이다. 마지막 부분만 젖혀 두면 레이먼드에 대한 반대 심문은 놀라울 정도로 잘 진행이 되었다.

하지만 나는 너무 걱정이 되어 그에게 축하의 인사를 건네지 못했다.

"도대체 뭐예요? 당신 입으로 그런 주장은 하지 않을 거라고 했잖아요."

"러스티, 마음이 바뀌었어요."

"왜요?"

스턴은 그 남미인의 미소를 지어 보였다. 세상은 알 수 없는 것들 투성이었다.

"직감적으로 그래야 할 것 같아서요."

"그러면 우리가 제시할 증거는 뭐예요?"

"아, 그게 있었군요."

키가 나보다 훨씬 작아 내 어깨에 팔을 두르기가 힘든 그는 내 옷깃을 만지는 것으로 친한 표시를 했다.

"당분간은 당신 혼자 그 걱정을 하게 내버려 둬야 할 것 같군요."

그는 말을 마치더니 돌아서서 걷기 시작했다.

오늘 밤 나는 피곤하다며 스턴과 켐프와 일찍 헤어졌다. 하지만 사실은 약속이 있다. 법정에서 나와 전화를 걸었더니 마침 리오넬 케넬리는 이 근처에 있는 식스 브라더스라는 술집에 있다고 했다. 택시 운전사는 나를 내려주며 이상하다는 눈초리로 쳐다봤다. 백인들이 잘 다니지 않는 곳이라서 그런 것만은 아닌 것 같다. 꿋꿋하게 남미인들과 흑인들 사이에 섞여 살고 있는 백인 가정이 몇 가구 되지만 그들은 줄무늬 양복에 서류 가방을 들고 다니지는 않았다. 즐비하게 늘어선 창고와 공장들 사이에 허름한 판잣집들이 끼어 있다. 길 건너에 소시지 공장이 있는 탓에 택시에서 내리자마자 소시지 양념과 마늘 냄새가 코를 찔렀다. 술집은 이 거리에 있는 다른 건물들과 별로 다르지 않다. 비닐 마룻바닥에 포마이카 테이블이 몇 개 있고 거울 위로 전등이 줄지어 매달려 있는 허름한 선술집이다. 바위에 달려 있는 네온사인이 바에 기다란 그림자를 만들고 있다.

케넬리는 내가 다가가기를 기다리지도 않고 움직이기 시작했다. 나는 그를 따라 테이블 네 개가 놓여 있는 작은 방으로 들어갔다. 그는 여기서는 방해를 받지 않고 조용히 이야기할 수 있을 것이라고 말했다.

"그래, 도대체 무슨 얘기요?"

웃고 있지만 우호적인 말투는 아니었다. 피고인이, 국가의 적이, 살인 혐의를 받고 있는 용의자가 경찰서장을 불러내는 것이 말이나 되냐는 투였다. 경찰 고위 간부가 모습을 드러낼 자리가 아니라는 뜻이다.

"나와 줘서 고마워요, 리오넬."

그가 손을 내저었다. 내가 바로 본론으로 들어가기를 바라고 있다. 여종업원이 고개를 들이밀고 뭘 주문하겠냐고 물었다. 처음에는 마시지 않겠다고 하다가 곧 마음을 바꿔, 스카치 록 위스키를 주문했다. 리오넬은 벌써 위스키 잔을 들고 있다.

"지난 4월에 당신을 찾아갔을 때 물어봤어야 했는데 미처 못 물어본 것 몇 가지에 대해 물어보고 싶어서요."

"뭐에 관해서요?"

"8, 9년 전에 북부 지원에서 일어난 일에 관해서요."

"그 말은?"

긴장하는 빛이 떠올랐다. 내게 끌려 다니고 싶지 않은 거다.

"뇌물 수수 사건 말이에요."

케넬리가 위스키를 들이켰다. 그러면서 뭔가를 생각하는 눈치다.

"당신 지금 엄청난 요주의 인물인 거 아쇼?"

"나도 신문 봐요."

그가 나를 바라보며 물었다.

"이 재판에서 질 것 같죠?"

나는 사실대로 이야기했다.

"아뇨. 스턴은 마술사예요. 배심원 3명이 벌써 그를 저녁 식사에 초대하고 싶어 해요. 얼굴 보면 알 수 있어요. 오늘은 레이먼드를 보기 좋게 때려눕혔어요."

"다들 니코에게는 믿을 만한 부관이 없다고들 해요. 너무 앞서 갔고 몰토가 그의 손을 잡아끌었다고도 하죠. 니코 밑에 똑똑한 인간이 한 명이라도 있었다면, 맥의 말에 설득을 당해 당신에게 사실을 폭로하기 전에, 당신을 조그만 방에 데려다 놓고 당신이 믿는 사람을 들여보내, 당신의 자백을 받아 내면서 당신의 이야기를 몰래 녹음했을 거라고 말해요."

처음에는 술기운인 줄 알았는데 이제 보니 분노다. 리오넬 케넬리는 화가 나 있었다. 이 사건에 대해 많은 이야기를 들으면서 자신이 평소에는 잘 하지 않던 판단 착오라는 실수를 저질렀다는 것을 깨달은 것이다.

"나는 당신이 질지도 모른다고 생각해요. 젠장, 지난번에 왔을 때, 당신이 거기서 유리컵을 만졌다는 건 왜 말 안 했어요?"

"내가 캐롤린을 죽이지 않았다는 말을 듣고 싶어요?"

"제기랄, 그래요."

"나는 그녀를 죽이지 않았어요."

케넬리는 화가 머리끝까지 난 표정으로 나를 노려봤다. 준비된 말처럼 들려서 믿음을 주지 못한 것 같다.

"당신은 정말 이상한 개새끼야."

그가 말했다.

가슴 사이 계곡이 다 드러나 보이는 나풀거리는 옷을 입은 여종업원이 내가 주문한 위스키를 가지고 들어왔다. 그리고 리오넬 케넬리 앞에도 위스키 한 잔을 내려놓았다.

내가 위스키를 홀짝이며 케넬리에게 말했다.

"그러게 말이에요, 나도 그렇게 생각해요. 내 어머니는 장바구니를 들고 시내를 돌아다니는 여자들만큼이나 성격이 괴팍했고요, 내 아버지는 2차 대전 때 죽은 말고기를 먹었다고 그러거든요. 그런 일이 내 두뇌에 영향을 미쳤나 봐요. 내 인생은 정말 기괴한 일들 투성이었어요. 이 일이 있기 전에는 내가 그냥 평범한 사람이라고 생각했어요. 그렇게 되고 싶어 했고 또 그렇게 됐다고 믿었어요. 진짜로요. 그리고 지금까지 이 일을 통해 내가 얻은 거라곤 당신한테 이상한 개새끼라는 말을 들은 것뿐이고, 내 마음에서는 그 말을 한 사람이 아무리 나와 별로 다를 것 없는 이상한 개새 끼이지만, 맞는 말을 했다는 생각이 드는군요. 그런 점에서 당신 에게 감사해요."

나는 내 술잔을 들어 그의 잔에 부딪쳤다.

리오넬이 이런 농담을 즐기는 사람인지 잘 모를 일이다. 그는 잠자코 나를 노려보고 있다.

"왜 날 보자고 했어요, 러스티?"

"벌써 말했잖아요. 그 질문에 대답을 들으려고 왔죠."

케넬리가 한숨을 쉬었다.

"당신 진짜 꼴통이구먼. 질문 하나만이에요, 알았죠? 그리고 여기서 들은 이야기는 여기서 잊어 버려요. 당신과 나만 아는 걸 로 해두자고요. 당신의 헌법상의 권리가 어떻고 하는 개소리는 하 지도 말아요. 날 불러내 검찰 총장에게 맞서는 증언을 하게 만들 겠다는 건 꿈도 꾸지 말고요. 그런 일이 일어나면, 당신이 오늘 밤 이 자리에서 자기가 죽였다고 자백했다고 세상이 믿게 만들 테니 까."

"나도 원칙이란 게 있는 놈이에요."

"간단히 말하자면, 나도 잘 몰라요. 들은 이야기는 좀 있어요. 하지만 직접 눈으로 확인한 건 아니에요. 그 당시엔 그런 일이 많 았어요. 무슨 말인지 알아요? 지금 우린 펠스케가 개판을 치기 전 에 있었던 일을 말하고 있는 거예요."

펠스케는 법원의 보석 집행관이었는데 자기에게 일을 물어다 준 경찰들의 뒷배를 봐 주곤 했다. 보석 관련법이 개정되어 외부 의 보증 없이 피고인이 혐의를 인정만 하면 보석을 허가해 주게 되자, 펠스케와 일부 형사들은 피고인을 도와주면서 뒷돈을 챙겼다. 형사들이 증인을 설득해 법정에 출두하지 않게 하거나 형사들 자신이 증언을 할 때 일부 사실은 빠뜨리거나 하는 식이었다. 펠스케는 어느 날 한 형사에게 그런 일을 같이 하자고 제안했는데 그 형사는 옷깃에 도청 장치를 달고 있었다. 그럽이라는 이름의 그 형사는 이 사실을 연방수사국에 밀고했고 펠스케와 형사 3명이 이 일로 해고되었다. 5년 전 일이었다.

"그 당시에 그곳은 아주 엉망이었어요."

"토미 몰토에 대해서도 들은 적이 있어요?"

"하나만 묻겠다고 했잖아요."

"그 밑에 잔가지들이 있잖아요."

케넬리는 웃지도 않고 술잔만 내려다보고 있다.

"이 일을 하다 보면 '전혀'라는 말은 하지 않는 것이 상책이라는 걸 알게 되요."

케넬리가 웃음을 터뜨렸다.

"당신도 누가 이렇게 될 줄 알았겠어요?"

그가 다시 웃었다. 그는 아직도 자신에게 화가 나 있다. 자기가 지금 옳지 않다고 판단되는 일을 하고 있다고 생각하는 것이다.

"하지만 몰토에 대해서는 전혀 없어요. 그 친구 신학교 출신이 잖아요. 법정에도 묵주를 가지고 다닐 걸요. 그 사람이 뇌물을 받았을 가능성은 전혀 없어요."

"그때 일어난 일에 캐롤린이 관련되어 있었나요?"

그가 고개를 저었다. 아니라고 말하는 것이 아니라 대답을 거부하고 있는 것이다.

"이것 봐요. 난 당신한테 빚진 게 없어요, 러스티, 알겠수? 난 당신이 검사답게 일을 잘한다고 생각했어요. 교외에 살고 있는 사람들이 조폭에 대해서 들어본 적도 없을 때, 당신은 이곳에 와서 아주 열심히 일했죠. 그 점은 높이 평가해요. 당신이 무슨 일을 저질렀건 그건 당신 일이고요. 물론 나하고 한밤중에도 조폭들 잡느라고 많이 뛰어다녔죠. 당신이 더러운 일도 마다하지 않았다는 거 잘 알아요. 하지만 나한테 너무 많은 걸 바라지 말아요. 여기 같이 밥을 먹던 사람들한텐 빚진 게 있을지 몰라도 당신한텐 아니니까."

경찰의 충성심. 그는 죽은 여자에게 일말의 동정심도 없다. 케넬리는 술을 마시더니 문 밖을 내다봤다.

"캐롤린이 몰토와 그렇고 그런 사이였어요? 사적으로 말이에요."

"세상에, 몰토한테 콤플렉스라도 있어요? 하여튼 남자들은 이상한 동물이라니까."

"그냥 몰토가 내 최고의 대안이라고만 해둡시다."

"그건 또 무슨 말이요?"

나는 그 질문에는 대답하지 않겠다는 뜻으로 손을 내저었다.

"내 생각엔 그는 폴헤무스 근처에도 안 가 봤을 거 같은데요. 알잖아요, 그 친구. 둘은 그냥 친구 사이였어요. 직장 동료였고. 가끔씩 그녀가 그 친구 일을 돕기는 했지만요."

케넬리가 술을 한 모금 들이키더니 말을 이었다.

"그 여자가 같이 자던 남자는 따로 있었어요."

"누구요?"

"됐어요. 그만합시다."

"리오넬."

정말 이렇게까지 애원하고 싶지는 않았다. 케넬리는 나를 보려고도 하지 않았다.

"지금 심심풀이로 잡담이나 하고 있는 게 아니에요, 제기랄. 내 인생이 걸린 문제예요."

"흑인이요."

"네?"

"그 흑인이랑 자고 있었어요."

처음에는 무슨 말인지 못 알아듣다가 얼마 후에야 깨달았다.

"라렌 리틀이요?"

"북부 지원에 와 봤으니까 건물 안이 어떻게 생겨 먹었는지 알죠? 모두들 같은 방에서 일하는 것 같았어요. 문은 세 개 있지만 모두 한 사무실로 연결되어 있죠. 보호 관찰관이든 판사든 말이에요. 당시에는 닉 코스텔로가 증언하러 온 형사들을 맡고 있었어요. 판사실은 거기로 열려 있었고요. 판사가 점심때 법정에서 나오면 그녀가 공공연히 판사실로 들어가곤 했어요. 숨길 생각도 하지 않고 드러내 놓고들 그랬어요. 제기랄, 지난번에 날 찾아왔을 때 얘기해 준 걸로 기억하는데. 기억 안 나요? 그 여자가 어떻게 출세했는지 말예요. 레이먼드가 그녀를 고용한 게 믿을 수 없다고 했잖아요. 그녀를 불러들인 건 흑인이었어요. 그 판사 새끼가 말예요. 레이먼드하고 친했잖아요."

"변호사 사무소 공동 대표였죠. 아주 오래전이요."

내가 말했다.

"그럼 말이 되네."

리오넬이 말했다.

그는 혐오스럽다는 표정으로 고개를 저었다.

"캐롤린이 그 일에 관련이 있었는지 어떤지는 말 안 해줄 건가요?"

그가 손을 쳐들며 말했다.

"이제 가야겠어요."

그러고는 한동안 잠자코 있다가 다시 말문을 열었다.

"말했지만, 가끔씩 둘을 돕곤 했죠. 몰토와 판사는 사이가 별로 안 좋았어요. 그런 얘기는 들었죠?"

"많이 들었죠."

"당시에 그 여자는 모두의 연인이었어요. 그 보호 관찰관 말이에요. 때로는 판사에게 한 발 물러서게 하고 때로는 몰토에게 두 걸음 물러서게 했어요. 말하자면 심판 같았어요. 어쩌면 당신 말이 맞는지도 모르죠. 몰토가 그녀를 속으로 엄청나게 좋아했는지도 모르죠. 그래서 판사 앞에 갈 때마다 그렇게 날을 세운 건지도 모르고. 누가 알겠어요, 사람 속을."

내가 얻을 것은 다 얻은 것 같다. 그의 마지막 말은 내게 적선하는 심정으로 던진 말 같다.

"당신 참 좋은 사람이에요, 케넬리."

"좆같은 멍청이죠, 뭘. 내일이면 다들 이 얘기를 떠들어 대겠죠. 우리가 무슨 이야기를 나눴다고 해야 하나요?"

"그런 건 신경 안 써요. 맘대로 하세요. 사실대로 얘기해 줘요. 몰토도 지금쯤이면 내가 무슨 일을 쫓고 있는지 알 거예요. 그 일

124

때문에 내가 이런 곤경에 처했는지도 모르고요."

"정말로 그렇게 생각하는 건 아니죠?"

"모르겠어요. 뭔가 구린 게 있어요."

내가 케넬리에게 말했다.

우리는 주말 내내 재판 준비에 매달렸다. 내게 맡겨진 임무는 검찰 측 증인 심문이 끝난 다음의 절차를 준비하는 일이다. 검찰 측 증인 심문이 끝나면 일상적으로 변호인 측이 무죄 석방 평결 지시 신청을 냈다. 다시 말해 이것은 판사에게 이성적인 배심원단이 유죄 평결을 내릴 만큼 충분한 증거가 없다고 선언하여 재판을 종료시켜 달라고 요청하는 것이다. 이런 절차는 보통 별 소득이 없는 요식 행위에 불과하다. 판사는 변호인 측 신청에 대한 판결을 내리기에 앞서, 검찰이 제출한 증거들을 검찰에 우호적인 시각에서 평가하도록 되어 있다. 예를 들어 리틀 판사는 유지니아의 증언을 합당한 것으로 간주하고 고려해야 했다. 그러나 일단 평결 지시 판결이 나오면 검찰은 항소를 할 수 없다. 따라서 이런 절차를 자신이 바라는 결과를 이끌어 내기 위한 수단으로 이용하는 판사들이 꽤 있는데 리틀 판사는 특히 악명이 높다. 그러므로 우리 측에서 볼 때 승산은 희박하지만 스턴은 최고로 설득력 있는 무죄 석방 평결 지시 신청서를 제출하고 싶어 했다. 내가 할 일은 정황 증거만 있는 재판에서 범행 동기를 입증할 증거가 부족하여 피고인 측이 승리한 사례들을 찾아내는 것이다. 나는 이 일을 위해 도서실에서 많은 시간을 보냈다.

일요일 아침, 우리는 전략 회의를 위해 스턴의 사무실에 모였다. 스턴은 아직도 우리 측 주장에 대해 자세한 설명을 피하고 있었다. 내가 증언을 할 것이냐 하는 문제에 대해서나 우리 측 다른 증인들에 대해서는 아무런 언급도 하지 않았다. 대신 우리는 남은 검찰 측 증인들에 대해 분석했다. 리프랜저는 월요일에 증언을 하기로 되어 있다. 지금부터 검찰 측 주장에는 속도가 붙기 시작할 것이다. 곧 물증들도 제시될 것이다. 카펫 보푸라기와 통화 기록, 그리고 유리컵을 찾았을 경우에는 지문까지도 말이다. 그리고 버스에서 나를 봤다고 진술한 할머니와 구마가이도 증인으로 나올 것이다.

스턴은 그저께 점심 식사를 하면서 했던, 어떤 식으로든 구마가이에 대해 의혹을 불러일으킬 필요가 있다는 말을 다시 한 번 강조했다. 그렇게 하지 못하면, 검찰 측 증인 심문이 끝날 무렵이면 그들의 주장은 엄청난 설득력을 얻을 것이다. 그렇게 되면 우리 측 증인 심문에 대한 전략을 수정할 수밖에 없게 됐다. 스턴이 우리 측 입장에 대해 말을 아끼는 것도 부분적으로는 이 때문이기도 했다. 켐프와 스턴과 나는 머리를 맞대고 구마가이를 공략할 방법을 모색했다. 구마가이를 자주 대해 보았던 스턴은 그가 유쾌하지 못한 인물이라는 데는 나와 의견이 같았다. 배심원단은 구마가이의 말을 믿고 싶어 하지 않을 것이다. 나는 무고통 구마가이에 대해 떠돌던 이야기들을 들려주며 경찰청 인사 기록에는 그의 업무와 관련하여 접수된 불평 민원이 많이 들어 있을지 모르니, 인사 기록을 찾아보는 것이 좋겠다고 제안했다.

"훌륭해요. 검사가 한 명 끼니까 정말 좋구먼."

126

스턴이 말했다.

그는 켐프에게 경찰청 인사 기록 소환장과 지난 4월에 구마가이가 이 일 말고 다른 어떤 일을 하고 있었는지 알아보기 위해 부검실 기록 소환장 초안을 작성하라고 지시했다. 이제까지는 소환을 담당하는 법원 직원들이 검찰에 이 사실을 귀뜸해 주는 경향이 있었고, 따라서 검찰이 우리가 모은 증거물을 미리 알고 전략을 짜거나 그 증거물이 검찰에 유리하다고 판단될 경우에는 자기네가 이용하게 될까 봐 증거물 소환을 되도록 자제하고 있었다. 하지만 이제 검찰 측 증인 심문도 거의 끝나 가고 있는 터라 우리가 나서도 되겠다는 판단이 섰다. 켐프는 수첩을 뒤적여 예전에 적어 놓았던 것들 중에서 혹시 빠진 것은 없나 확인했다. 그는 내가 캐롤린의 아파트에서 찾은 그녀의 수첩에 적혀 있던 의사들에 대해서도 각각 소환장의 초안을 작성했다.

"그리고 전화 회사도 소환하자고 했죠? 당신 집 통화 기록에 대해 백업 파일을 확인하기 위해서 말이에요."

켐프가 내게 말했다.

"그건 신경 쓰지 마."

내가 재빨리 대답했다.

고개를 들지는 않지만 켐프가 놀라서 나를 바라보고 있다는 것을 느낄 수 있다. 하지만 스턴이 때를 놓치지 않고 나를 거들었다.

"소환이 문제 제기에 생산적인 방법이 아니라면 서면에 의한 증언을 검토해 보면 되요."

서면에 의한 증언은 검찰과 변호인 측의 합의하에 증인이 할 증언을 서면으로 받는 것으로, 진술서를 받으면 증인을 법정에 세울 필요가 없어졌다. 스턴은 그 가능성을 언급하면서, 그렇게 하는 게 좋겠다는 확신을 가진 것 같다. 우리는 전화 회사 직원의 증언 뿐만 아니라 과학수사대와 법의학자의 증언도 진술서로 대신하자고 요청할 것이다. 이렇게 함으로써 배심원단은 우리에게 불리한 증거를 많이 듣지 않게 될 것이다. 니코는 우리의 제안이 달갑지는 않겠지만 받아들일 것이다. 검찰로서도 변호인 측 증인에 대한 반대 심문을 하지 않는 것이 좋은 면도 있기 때문이다.

이런 결정을 내린 후, 켐프와 나는 스턴 변호사 사무소의 중앙 회의실이자 도서실로 돌아왔다. 사방 벽에는 바닥부터 천장까지 짙은 갈색 참나무 책장이 들어서 있고, 거기에는 법전과 법률 서적, 잡지들이 빼곡히 꽂혀 있다. 나는 탁자 하나에 자리를 잡고 앉고 켐프는 다른 탁자에 앉았다. 몇 분쯤 지나자 켐프가 나를 보고 있는 것이 느껴지지만 나는 고개를 들지 않았다.

"이해가 안 가요."

마침내 켐프가 말문을 열어, 내가 더는 모른 체하고 있을 수 없게 만들었다.

"통화 기록이 이상하다고 그랬잖아요."

"켐프, 신경 꺼. 거기에 대해서는 나도 줄곧 생각해 봤으니까."

"당신이 그랬잖아요, 통화 기록이 조작됐는지 알아봐야 한다고."

켐프를 바라보니 화난 것 같지는 않고 도통 모르겠다는 표정이다. 카우보이 장화에 캐주얼 정장 재킷을 입고 있는 켐프는 평소답지 않게 불안해 보이고 어려 보였다. 그는 똑똑한 자기가 뭔가 잘못 이해하고 있을 수 있다는 사실을 받아들이지 못하는 것 같다.

"그래, 쳄프, 분명 그렇게 말했어, 됐어? 그 상황에서는 그런 생각이 들었고 지금은 아니야. 알겠어?"

하지만 그는 아무것도 이해하지 못하고 있었다. 그의 눈초리가, 이젠 나를 믿지 못하겠다는 듯한 표정이 자꾸 신경 쓰였다. 나는 수첩을 접고 외투를 걸쳤다. 이제 그만 가 보겠다고 말하러 스턴의 사무실에 들렀더니 스턴은 우리의 신청에 따라 니코가 인계한 분광 사진들과 차트, 캐롤린의 부검 보고서 전문과 같은 서증들을 검토하고 있다. 캐주얼한 스웨터에 면바지를 입고 스탠드의 녹색 불빛 아래 앉아 좋아하는 시가를 물고 있는 그의 모습이 아주 느긋해 보였다.

월요일 아침, 리프랜저가 증인으로 불려 나왔다. 니코는 그와 내가 마주치지 않게 하려고 신경을 쓰는 것 같다. 검사들이 리프랜저와 나란히 복도를 걸어오고 있을 때, 재판 진행서가 어니스틴이 곧 재판이 시작된다고 외쳤다. 리프랜저는 그렇게도 싫어하는 정장 차림인데, 형사가 아니라 범죄자처럼 보였다. 겹으로 짠 직물로 만든 양복에는 천 손가방에 자주 쓰이는 무늬들이 있어서 보기 흉하다. 오리 엉덩이같이 삐죽삐죽하던 머리는 기름을 발라 말끔히 빗어 넘겼다. 어쩌다 보니 리프랜저가 법정 안으로 들어오는 동안 내가 문을 붙잡고 있게 되었는데, 바로 앞에는 니코가 있고 뒤에는 글렌데닝이 따라 들어오고 있는데도 불구하고 리프랜저는 내게 손을 흔들며 윙크를 했다. 나는 그를 다시 보는 것만으로도 힘이 나는 것 같다.

니코는 리프랜저를 잘 다뤘다. 이제까지보다 더 잘하고 있는 것 같다. 그는 사무적으로 심문을 하면서 얻고자 하는 내용만을 딱딱 집어냈다. 그가 리프랜저가 자신에게 우호적인 증인이 아니라는 사실을 잘 알고 있었다. 진실을 말하기야 하겠지만 레이먼드와는 달리 리프랜저가 자신의 발등을 물 기회를 노리고 있다는 사실을 니코는 알고 있는 것이다. 니코는 그에게 그런 기회를 주지 않기 위해 세심하게 신경을 쓰고 있었다. 입장이 바뀌어 리프랜저가 검사였더라도 니코와 똑같은 행동을 했을 것이다. 둘은 감정을 자제하고 간결한 질문과 대답을 주고받았다.

"피고인이 증인에게 자신이 피해자 캐롤린 폴헤무스와 사적인 관계라는 사실을 말한 적이 있습니까?"

"이의 있습니다."

"레이먼드 씨의 경우와 같은 맥락에서입니까, 스턴 변호사?"

판사가 물었다.

"그렇습니다."

"이의를 기각하겠습니다. 신사 숙녀 여러분, 지난주에 제가 추측을 바탕으로 한 질문에 대해서 말씀드린 것을 기억하고 계시리라 생각합니다. 니코 델라 가르디아 검사가 그렇게 말하고 있다고 해서 추측을 사실이라고 생각하지 마십시오. 계속하세요, 검사."

나는 리프랜저가 이 질문에 어떻게 대답할까 궁금했다. 하지만 그는 간단하게 아니라고만 대답했다. 니코는 내가 그런 관계를 암시하지는 않았는지, 아니면 말은 안 했어도 우리 둘 다 그런 사실을 알고 있었던 것은 아니었는지 물어보지 않았다. 사실 적절한 표현을 찾지 못해 물어보지 못했던 것 같다. 니코는 내가 리프랜저에게 캐롤린과 사적인 관계임을 말했는지 물었고 리프랜저는 아니라고 사실대로 대답했다. 우리 사법부의 증인 심문 제도는 증인 심문 관련 규정의 제약 때문에 일반적으로 알려진 사실의 반 정도도 제대로 끌어내지 못하고 있다.

니코는 영국인처럼 딱딱하게 짧은 질문을 던지면서, 내가 리프랜저에게 우리집 통화 기록은 소환 대상에서 제외하라고 지시했다는 사실을 이끌어 냈다. 그리고 리프랜저가 피해자의 아파트에서 발견된 유리컵과 다른 물품들에서 채취한 지문들의 컴퓨터 감식 결과가 빨리 나오도록 재촉하라고 몇 번이고 내게 요청했다는 사실도 이끌어 냈다. 둘이 다른 이야기를 하는 도중에 이런 사실들이 나왔다. 배심원단은 뭔가 석연치 않다는 느낌을 받고 있을 것이 분명했다. 영리하게도 니코는 심문 막바지에 이르러서는 그 석연치 않은 느낌이 무엇 때문인가를 넌지시 암시했다. 리프랜저에게서 필요한 증언은 다 이끌어 낸 그는 우리 둘 사이의 친분과 그로 인한 편견을 보여 줌으로써 우리 측의 반대 심문에 대한 방해 공작을 폈다. 그는 리프랜저와 내가 함께 수사했던 사건들에 대해 물었다.

"그러면 두 사람은 손발이 착착 들어맞는 수사팀이었다고 말해도 괜찮겠습니까?"

"그렇습니다, 검사님."

"그렇게 팀으로 일을 하다 보니 사적인 친분도 쌓였겠지요?"

"당연히 그렇습니다."

"친했나요?"

리프랜저의 눈이 잠시 나를 스치고 지나갔다.

"그런 것 같습니다."

"증인은 피고인을 믿습니까?"

"그렇습니다."

"그러면 피고인도 그 사실을 알고 있나요?"

스턴이 이의를 제기했다. 리프랜저가 내가 알고 있는 사실에 대해서 대답할 수는 없으며 이것은 검찰의 유도 심문이라고 주장했다. 그리고 증인은 이미 우리 둘의 관계에 대해 충분히 설명했다고도 주장했다. 리틀 판사는 모든 점에 있어서 이의 제기를 받아들였다.

"그러면 질문을 이렇게 바꾸겠습니다. 증인, 이 사건 수사가 처음부터 증인에게 맡겨졌습니까?"

"아닙니다, 검사님."

"처음에는 누가 맡았습니까?"

"범죄가 발생한 18번 구역 지서에 근무하는 헤럴드 그리어 형사였습니다."

"헤럴드 그리어 형사는 유능한 수사관입니까?"

"제 판단으로 말입니까?"

니코는 이의 제기를 피하고 리프랜저가 달려드는 것을 막기 위해서 신중하게 말을 골랐다.

"피고인이 헤럴드 그리어 형사의 능력에 대해서 증인에게 의견의 유보를 표현한 적이 있었습니까?"

"아니요, 검사님. 제가 아는 사람들은 모두 헤럴드 그리어를 최고 수준의 형사라고 생각하고 있습니다."

"감사합니다."

니코는 뜻하지 않은 수확에 만족하면서 미소를 지었다.

"그러면 누가 이 사건을 경찰 특수부 소관으로 만들어 증인을 끌어들이기로 결정했는지 아십니까, 증인?"

"이 대답을 원하시는 것 같은데요, 검사님. 사비치 씨가 제게 맡겼습니다. 레이먼드 호건 총장님의 사전 허락을 받았다고 했습니다."

"증인이 알고 있는 범위 내에서요, 증인. 피고인이 경찰 쪽에 친분이 있는 사람이 있습니까?"

리프랜저는 어깨를 으쓱해 보이며 대답했다.

"그런 말은 못 들었는데요."

니코가 방청객들을 의식하며 몇 발작 걸었다.

"그러면, 증인, 킨들 군 경찰 중에서 피고인을 살인 용의자로 볼 가능성이 가장 적은 사람이 바로 리프랜저 형사 당신이라고 말할 수 있겠군요, 그렇지 않습니까?"

이의 제기를 할 만한 질문이다. 스턴은 일어서려다가 말고 의자양 팔걸이에 손을 올려놓은 채로 엉거주춤 멈춰 섰다. 이번에는 그가 왜 이러는지 알겠다. 리프랜저가 주저하는 모습을 보고 니코가 즉흥적인 질문을 함으로써 처음으로 실수를 했다는 사실을 깨달은 것이다. 리프랜저에게 공격할 여지를 주었으니 이제 당하는 수밖에 없다.

"저는 사비치 씨가 그랬을 것이라고는 절대로 생각하지 않습니다."

리프랜저가 분명히 말했다. '절대로'라는 말을 일부로 느리게 강조했다. 배심원들에게 잘 전달이 될 것이다. 니코와 정면으로 맞서지는 않았지만 이 기회를 이용해 리프랜저는 자기 생각을 분명히 밝혔다.

스턴이 반대 심문을 위해 일어섰다. 어젯밤에 우리는 리프랜저에 대한 반대 심문을 하지 않고 넘어가는 문제를 놓고 의논을 했다. 스턴은 반대 심문으로 검찰 측에 이로운 사실들을 다시 강조하고 싶어 하지 않았다. 하지만 직접 심문이 스턴의 예상보다 더 검찰측에 이롭게 진행되었다. 니코는 내가 리프랜저에게 이 사건 수사를 맡긴 이유를 설명하기 위해 우리 둘의 성공적인 수사 사례들을 들었다. 스턴은 그 사례들을 하나하나 되짚어 갔다.

사례들에 대한 이야기가 끝나 갈 때쯤 스턴이 물었다.

"사실, 이 살인 사건 수사가 진행되고 있는 중에도 피고인과 증인은 또 다른 문제에 대해 수사를 하고 있었습니다, 그렇지 않습니까?"

리프랜저의 얼굴에 난감한 기색이 떠올랐다.

"레이먼드 씨의 서랍에 파일이 하나 보관되어 있지 않았……."

스턴이 말을 끝맺기도 전에 니코가 벌떡 일어서며 소리를 질렀다. 리틀 판사도 판결봉을 들어 스턴을 가리켰다.

"변호인, 검찰 측 증인 심문이 진행되는 동안에는 그 파일에 대해 더 이상 듣고 싶지 않다고 아주 여러 차례 말한 걸로 기억하는데요. 레이먼드 호건 씨가 증언하는 동안 너무 많이 들었습니다. 그 일이 반복되는 것은 허용하지 않겠습니다."

"존경하는 재판장님, 이 증거는 우리 변호인 측에 아주 중요한 것입니다. 우리가 증거를 제시할 차례가 되면 이 파일 문제를 계속해서 다룰 예정입니다."

"그렇게 중요한 거라면 변호인 측 증인 심문 때 리프랜저 형사를 다시 세우든가요. 하지만 지금은 다른 질문으로 넘어가라고 충고하겠습니다, 스턴 변호사. 하루 종일 그 얘기만 듣고 있기에는 지금까지 못 들은 이야기가 많은 것 같으니까. 무슨 말인지 아시겠습니까?"

리틀 판사는 판사석 위로 몸을 기울이고 스턴을 노려보며 말했다.

스턴은 가볍게 머리를 숙여 알겠다는 표시를 했다. 나는 그의 판단 착오에 혼란스러워졌다. 배심원단 앞에서 한 대 얻어맞은 것이다. 충분히 예상할 수 있는 일이었는데도 자제를 하지 않아서 말이다. 도대체 그가 무엇을 얻으려고 이러는지 모르겠다. 그 파일과 몰토의 연관성에 대해서는 이미 충분히 암시를 하지 않았는가 말이다. 그런데 왜 자꾸 같은 말을 되풀이하는 것일까? 증거를 제시하겠다고 계속 약속해 놓고 나중에 제시하지 못하면 우리에 대한 배심원들의 신뢰는 땅에 떨어질 것이다. 하지만 B파일 속에 있는 그 편지를, 소문만을 담고 있는 그 편지를 증거라고 내놓을 수는 없다. 스턴이 왜 이렇게 허세를 부리는지 모르겠지만, 내가 이 이야기를 할 때마다 그는 별것 아니라는 듯이 여유만만이었다.

한편 스턴은 변호인석으로 돌아왔다.

"자, 증인, 니코 델라 가르디아 검사가 통화 기록에 대해서 몇 가지 질문을 하셨는데요."

스턴은 서류들을 들어 보였다.

"증인의 증언을 통해 제가 이해한 바로는, 피고인의 집 전화번호 문제를 처음 제기한 것은 바로 증인이었습니다, 그렇지 않습니까?"

"그렇습니다, 변호사님."

"피고인이 제기한 것이 아니고요?"

"아닙니다."

"피고인이 증인에게 먼저 자기 집 통화 기록은 빼라고 지시하지 않았다는 말씀이십니까? 맞습니까?"

"분명히 그렇습니다."

"사실, 피고인은 처음부터 증인에게 폴헤무스 양이 자기에게로 전화를 건 사실을 발견하게 될지도 모른다고 알려 주었습니다, 맞지요?"

"맞습니다. 사비치 씨의 사무실 전화로요."

"그런 이유 때문에 통화 기록을 찾지 말라고 얘기를 했습니다, 그렇죠?"

"그렇습니다, 변호사님."

리프랜저의 대답이 나올 때마다 엄청난 무게가 느껴졌다. 스턴은 반대 심문에 나선 대리인이 자기편에 우호적인 증인을 어떻게 최대한 요리할 수 있는가를 잘 보여 주고 있다. 하지만 모든 것이 너무 뻔해 보였다. 저항이라고는 찾아볼 수 없다. 리프랜저가 미처 스턴이 증언을 하게 내버려 두고 있는 것 같아 보이기까지 했다. 리프랜저는 내 집 통화 기록을 제외하기로 한 것이 자신의 생각이었느냐는 스턴의 질문에 재빨리 그렇다고 대답했다. 리프랜저는 그럴 필요가 없을 것 같다고 생각했고, 대부분의 남자들이 그렇듯이 그런 소환장을 받으면 아내가 화낼 것이라고 말하며, 내가 자신의 제안을 받아들였다고 말했다. 스턴은 서류를 찾기 위해

136

변호인석으로 돌아왔다. 그는 서류의 번호를 확인하며 찾아 들고 리프랜저에게 보이며 이것이 맞느냐고 물었다. 전화 회사에 보낸 소환장 원본이다.

"자, 이 소환장을 작성한 검사가 누구였습니까?"

"러스티, 아니 피고인이었습니다."

"겉장 담당 검사 서명란에 그의 이름이 보입니다, 그렇죠?"

"그렇습니다."

"그리고 이 소환장은 바로 그 기록들을 제출할 것을 요구하고 있습니다, 그렇죠?"

"소환장 내용에 따르면 말씀이십니까?"

"그렇습니다."

"그렇습니다. 그 소환장은 이 기록들의 제출을 요구하고 있습니다."

"소환장에 피고인의 자택 통화 기록은 제외하라는 내용이 있습니까?"

"아니요, 없습니다."

"그러면 증인이건 다른 누구건 피고인의 자택 전화 통화 기록을 살펴보고 싶으면 언제라도 이 소환장에 따라 그 기록들을 받아 볼 수 있겠군요, 그렇지 않습니까?"

"그렇습니다."

"사실, 아, 다음 질문에 대해서는 잘 모르겠으면 대답하지 않으셔도 좋습니다, 몰토 검사와 니코 델라 가르디아 검사가 통화 기록을 원했을 때, 이 소환장을 사용하여 통화 기록을 입수했습니다, 그렇지 않습니까?"

"그랬을 거라고 생각합니다."

"그러면 피고인은 자신이 소환한 증거를 토대로 지금 이 법정에 서 있는 것이네요, 그렇지 않습니까?"

법정 안이 술렁이기 시작했다. 니코가 이의를 제기했다.

"그 질문은 논쟁의 여지가 있습니다."

리틀 판사가 부드럽게 고개를 저었다.

"니코 델라 가르디아 검사, 당신은 피고인의 유죄를 입증하기 위해 피고인이 증거 수집을 방해했다고 주장하고 있습니다. 검찰에게 그럴 권리가 있듯이, 변호인 측도 여기 제출된 증거가 사실은 피고인의 노력을 통해 수집된 것임을 보여 줄 권리가 있습니다. 그들이 당신의 증거에 맞설 다른 방법이 또 있을 것 같지 않은데요. 이의 제기를 기각합니다."

"다시 묻겠습니다."

스턴이 리프랜저 앞에 서서 말했다.

"피고인은 자신이 소환한 증거를 가지고 지금 여기에서 재판을 받고 있는 것입니다, 그렇죠?"

"그렇습니다."

리프랜저가 대답했다. 그리고 자발적으로 이렇게 덧붙였다.

"지문도 마찬가지입니다."

"그렇군요."

스턴이 말했다.

그는 지문 문제로 넘어갔다. 직접 맥그래스 홀을 방문해 루이스 발리스트리에리를 만나 지문 감식 결과를 빨리 넘겨 달라고 재촉한 사람이 바로 사비치이며 사실 사비치는 레이먼드가 선거 운동을 하는 동안 검찰청을 지휘하느라고 눈코 뜰 새 없이 바쁜 와중에도 증거 수집을 위해 최대한의 노력을 기울였다고 주장했다. 그리고 지금 그 증거가 그에게 유죄 평결을 내릴 수단으로 사용되고 있음도 상기시켰다.

"피고인이 증인을 방해했습니까?"

스턴이 물었다.

리프랜저가 의자에서 자세를 고쳐 똑바로 앉았다.

"아닙니다."

"피고인이 증인의 업무 수행을 방해하지 않았습니까?"

"제 판단으로는 아닙니다."

"그렇군요. 증인은 이 증거에 대해 알고 있었다고 해도 오랜 동안 함께 일하면서 쌓아온 신뢰와 애정이 대단히 커서 피고인에 대한 믿음이 흔들리지 않음은 물론이고 그가 살인을 저질렀을 것이라고는 절대로 생각하지 않았을 것이라고 니코 델라 가르디아 검사에게 말했습니다. 제 말이 맞습니까?"

리프랜저가 주저하는 모습을 보니까 스턴이 너무 앞서 가지 않았나하고 두려워졌다. 그러나 곧 리프랜저가 어설프게 극적인 효과를 노리고 있다는 것을 알겠다.

"절대로 그렇게 생각하지 않았을 겁니다."

리프랜저가 스턴의 말을 따라 했다.

이윽고 스턴이 자리에 앉았다. 그러면서 나를 향해 살짝 미소를 지어 보이는데 사실 배심원들 보라고 하는 행동이다. 그럼에도 불구하고, 나는 처음으로 배심원들이 스턴의 심문에 만족스러워하지 않는다는 느낌을 받았다. 설득력이 없다. 스턴의 반대 심문은 내가 리프랜저에게 우리집에서 통화한 사실을, 특히 사건이 있던 날 밤에 통화한 사실을 자발적으로 밝히지 않은 이유를 설명하지 못했다. 내가 배심원단에게 리프랜저보다 훨씬 더 많은 호감을 샀던 그리어와 같이 일하지 않았던 이유도 설명하지 못했다. 레이먼드는 말할 것도 없고 리프랜저까지 통화 기록을 빨리 입수해야 한다고 재촉했을 때, 루이스 발리스트리에리를 찾는 것 말고 내게 다른 대안이 있었는지 없었는지도 보여 주지 못했다. 그리고 리프랜저의 마지막 대답은 내게는 그의 서투른 노력이 감동적이지만 배심원단에게는 별로 설득력이 없었다. 통화 기록과 지문이라는 증거는 여전히 엄청난 설득력을 발휘하고 있다. 스턴이 이끄는 대로 리프랜저가 순순히 따라간 것은 반대 심문에 대한 의혹을 증폭시켰을 뿐이었다. 리프랜저는 사비치의 친구라서 기꺼이 도우려 한다는 것이 너무 빤하게 드러나 보였다. 배심원들이 이 사실을 놓칠 리가 없다. 내가 걱정했던 대로다. 작용 반작용의 법칙은 법정 안에서도 똑같이 적용됐다. 눈에 띄게 나를 도우려는 태도 때문에 리프랜저는 이제까지 내게 가장 큰 타격을 입힌 증인이 되었다.

오후에도 하락세는 계속됐다. 증인 진술서가 준비되어 낭독됐다. 리프랜저의 증언에 뒤이어 나온, 실제 통화 기록 내용은 우리에게 엄청난 타격을 줬다. 니코 자신이 진술서를 낭독했다. 그는 마침내 배심원단의 성향을 완전히 파악한 것 같다. 그들은 지적인 사람들이고 윤색되지 않은 사실 그대로를 원했다. 니코는 단조롭고 조용한 어투로 진술서를 낭독한 후에야, 증거가 제대로 먹혀들었는가를 확인하기 위해 고개를 들었다. 그의 낭독에 관심을 집중하고 있는 배심원들이 어떤 생각을 하고 있는지 아프게 느껴졌다. 이제야 대리인으로 법정에 설 때보다 피고인으로 설 때 훨씬 더 아픔을 절감할 수 있다는 사실을 깨달았다. 몸에서 힘이 다 빠져나간 것 같고 토할 것 같은 기분으로 나는 오후 심문을 가까스로 버텨 냈다.

카펫 보푸라기에 대한 진술은 장황하지만 우리에게 통화 기록과 비슷한 타격을 입혔다. 니코는 증인의 직접 진술을 포기하는데 합의함으로써 이론적으로는 생생한 진술이 가져올 극적인 효과는 놓친 것이 됐다. 하지만 전문가 증인의 진술은 따분하고 설득력이 없는 경향이 있다. 반면에 요약된 진술서의 낭독은 비교적 간결하면서도 우리에게 타격을 미치는 데는 똑같은 효과를 발휘했다. 니코는 진술서를 낭독함으로써 스턴이 그 대단한 방향 유도나 증거물의 설득력에 대한 최소화 능력을 발휘할 수 없게 만들었다. 사실은 고통스러운 침묵 속에 있는 그대로 드러났다. 내 옷들 중에 어떤 것도 현장에서 발견된 섬유와 일치하지 않았다는, 우리에게 유리한 유일한 사실도 쉽게 설명할 수 있다. 그날 밤 내가 입었던 옷은 흉기와 함께 버려졌거나, 아니면 실오라기가 아예 떨어지지 않았거나 둘 중의 하나라고 설명할 수 있다. 단순하면서도 자명한 이런 결론은 법정 안의 분위기를 더욱더 무겁게 가라앉히고 있는 것 같다. 이제 모두들 그렇게 생각하고 있다는 것이 느껴졌다. 법정 안에 고요가, 새로운 깨달음에 따른 장중한 침묵이 찾아들었다. 보통 오후 공판에서 느낄 수 있는 나른한 분위기하고는 거리가 멀다. 배심원들까지 포함하여 법정 안에 있는 사람들 모두가 재판의 방향이 바뀌고 있음을, 원래의 예상대로 흘러가고 있음을 느끼고 있는 것 같다. 검사의 진술서 낭독이 지나치게 긴 면도 있지만, 검찰 측은 재판의 통제권을 다시 잡고 효과적으로 자기네 주장을 펼치고 있었다.

그러나 늘 그렇듯 섣부르고 지나친 열의를 보이는 몰토가 나를 나락에서 끌어올리기 시작했다. 마지막 진술서 낭독이 끝나자 그는 복도 회의를 요청했다.

"무슨 문제입니까?"

모두 모이자 리틀 판사가 물었다.

"판사님, 우리는 지문 감식 전문가를 부를 준비가 끝났습니다. 그런데 한 가지 작은 문제가 있습니다."

켐프가 내게 악동 같은 웃음을 지어 보였다. 소위 작은 문제라는 것이 뭔지는 뻔하다. 유리컵을 찾지 못한 것이다. 켐프의 웃음을 보니 반갑다. 그것은 하루 이상 끌고 있던 우리 사이의 서먹한 분위기를 녹여 주는 첫 신호이고 우리 측 사람들이 오후 내내 별말 없이 침체된 분위기였다는 것을 감안하면, 아주 적절한 때 나와 준 제스처였다. 세시 삼십분에 잠시 휴정하는 동안 나는 화장실에서 스턴과 마주쳤는데 우리는 한 마디도 하지 않았다. 그는 유대계 남미인들이 잘 보이는 어깻짓을 내게 보여 주었지만 눈은 별로 유쾌해 보이지 않았다. '이런 일이 생길 거라고 미리 예상했잖아요.'라고 말하는 것 같았다. 우리가 잘 나가던 때는 이미 끝난 거라고 말하는 것도 같았다.

이제 리틀 판사가 자기 법정 밖 조그만 대기실에서 분통을 터뜨리고 있었다. 그의 눈에는 몰토가 뭐 하나 제대로 하지 못하는 사람으로 보일 것이다.

"지금 철저히 수색을 해봤는데도 그 물건을 찾을 수 없었다고 말하고 있는 겁니까?"

"판사님……."

몰토가 말문을 열었다.

"이건 아주 중요한 사실입니다. 나는 이 사실에 근거해서 판결을 내릴 거예요. 하지만, 그 물건이 언젠가는 나타날 건데, 지금으로선 그것 없이 진행하는 것이 당신들한테 편리할 것 같다고 말하고 있는 거라면, 그런 생각은 아예 하지도 마세요. 지금은 그대로 재판을 진행하고 나중에 가서 증거물을 제출하겠다는 말은 하지 마세요. 알겠습니까?"

니코가 몰토의 팔을 잡아끌었다. 그는 판사에게 하룻밤만 더 여유를 달라고 부탁했다.

"좋습니다. 오늘은 이만 재판을 마치자고 요청하는 것으로 이해해도 됩니까?"

리틀 판사가 말했다.

"네, 판사님."

니코가 씩씩하게 대답했다.

니코는 오늘 거둔 성공 덕분에 힘이 나서 판사의 적대적인 발언에도 낙담하지 않고 판사의 말을 편하게 받아넘길 수 있게 된 것이다. 예전의 그 자신감을 다시 찾은 것 같다.

"존경하는 재판장님. 저는 검찰이 유리컵이 제출되지 않은 상태에서 지문 증거를 내세우며 재판을 진행하도록 법정이 허락하지 않기를 바랍니다. 괜찮으시다면, 이 문제에 대한 답변을 지금 듣고 싶습니다."

스턴이 말했다.

"이해합니다. 이 문제에 대해 준비를 하고 싶으시겠죠, 스턴 변호사. 당신의 주장을 듣게 되기를 기대합니다. 그리고 지금 확실히 말씀드릴 수 있는 건, 내 법정 안에서는 누구라도 증인석에 앉아서 과거에 발견했지만 지금은 사라지고 없는 어떤 증거물에 대해 증언하는 것을 허용하지 않을 것이라는 점입니다."

그는 사나운 눈초리로 잠시 몰토를 노려보더니 말을 이었다.

"그러니까 오늘 가서 준비 잘 하세요. 당신의 말에 귀를 기울이겠습니다. 그리고 니코 델라 가르디아 검사, 내가 당신이라면 팔을 걷어붙이고 직접 증거물 보관소로 가서 찾아보겠소."

"알겠습니다, 존경하는 재판장님."

니코가 예의 바르게 대답했다.

법정으로 돌아가는 동안 스턴이 내게 의미심장한 눈짓을 했다. 묻고 있는 것 같다. 내가 유리컵의 행방을 알고 있다고 생각하는 것 같다. 어쩌면 부풀어 오르는 희망 때문에 이런 표정을 짓고 있는 건지도 몰랐다. 검찰이 지문 증거를 제시하지 못하게 리틀 판사가 계속 막아 주기만 한다면, 우리가 승리할 것이다. 스턴은 희망을 가져야 할지 말아야 할지 확신이 서지 않는 것 같다. 그건 나도 마찬가지다.

"그 증거를 계속 막을 생각일까요?"

변호인석 앞에 서 있는 동안 내가 스턴에게 물었다.

우리는 배심원들이 법정으로 돌아오기를 기다리고 있다. 배심원들이 돌아오면 판사는 오늘은 이만 재판을 마치겠다고 선언할 것이다.

"그 증거는 아주 심각한 문제일 거 같아요. 안 그래요? 오늘 밤에 연구 좀 해야겠어요."

오늘 밤도 켐프와 나는 도서실에 틀어박혀 있어야 할 것 같다. 나는 스턴의 지시를 받아들인다는 뜻으로 고개를 끄덕였다.

그날 밤 아홉시 삼십분쯤, 스턴의 도서실에 앉아 있는데 켐프가 들어오더니 전화가 왔다고 알려 줬다. 그는 내가 주 대법원과 항소 법원 기록에서 복사해 둔 사건 기록들을 검토하기 위해 뒤에 남고, 나는 전화가 있는 접수창구로 갔다. 대기램프 하나가 깜빡이고 있다. 나는 바바라일 거라고 생각했다. 아내는 보통 이때쯤 전화를 걸어 그날 있었던 재판에 대해 물어보고 나는 매일 밤 무심한 듯 자제된 반응을 보이는 아내에게 낮에 있었던 일을 보고했다.

사실 나는 재판이 시작되기 며칠 전부터 가능한 한 아내를 피하려고 애를 써 왔다. 내가 들어가기 전에 먼저 자라고 그랬고 매일 밤 스턴, 켐프와 저녁을 먹으니까 저녁을 차려 놓지 말라고 했다. 아내가 고성능 전등처럼 내 재판에서 나온 증거들에 호기심의 불빛을 비추는 것을 견뎌 낼 자신이 없다. 늦은 밤 둘이 앉아 과거에 내가 기소했던 용의자들을 화제로 떠들어 댔듯이 내 재판에서 일어난 일들을 곱씹어 보고 싶지는 않다. 아내가 내 인생이 달린 재판에서 취해진 전술적인 결정들에 대해 이러쿵저러쿵 하는 소리를 들으면 도저히 견딜 수가 없을 것 같다. 무엇보다도 나는 집에 돌아와서조차 나를 불안하게 만드는 이야기를 또 하고 싶지는 않다. 매일 법정에서 증거들을 놓고 벌어지는 공방을 직접 목격하는 나는 아내가 어떤 결론을 내릴지 이미 알고 있고 지금 상태로는 의혹을 잠재우게 되든지, 확인하게 되든지 그런 공방을 집에서까지 펼칠 여유가 없다.

수화기를 들어 보니 바바라의 목소리가 아니다.

"나 오늘 괜찮았어? 우리가 얼마나 훌륭하게 일을 잘 해냈는지 알았으니까 자네한테 표창이라도 하지 않았어?"

리프랜저가 물었다.

"자네 정말 오늘 훌륭했어."

내가 대답했다.

사실대로 말할 필요는 없다.

"딜레이 개자식. 오늘 아침에 법원에 들어가기 전에 슈미트가 찾아왔더라고. 높으신 분이 가 보래서 왔다면서 내가 증인석에서 개판을 치면, 노스 엔드에서 한밤중에 나 혼자 순찰을 돌게 만들어 주겠다고 그러더라고. 아주 예의 바른 친구지?"

나는 동의의 표시로 코웃음 소리를 냈다. 나 자신도 변호인과 특별한 친분이 있거나 피고인과 같은 고향 출신인 형사들에게 그런 메시지를 전달한 적이 여러 번 있었다. 검사라면 다들 그렇게 했다.

"오늘 밤에 만났으면 좋겠는데. 내가 도와주겠다고 했던 일 때문에 말이야."

레온을 찾는 일 때문이라는 것이다.

"내가 집에까지 태워다 줄까? 거기 좀 더 있을 거야?"

"2시간 정도."

"잘됐군. 난 네시부터 자정까지 근무거든. 커피를 일찍 마시지, 뭐. 열한시 삼십분에 코너 그랜드 앤 킨들 어때? 표지판 안 단 에 어리스 몰고 갈 거야."

우리는 첩보 영화에 나오는 배우들처럼 행동했다. 나는 로비에 서서 기다리고 있다가 에어리스가 나타나자마자 잽싸게 올라타 고, 그는 차를 세운 지 5초도 안 되어 출발했다. 증인 출두가 끝났 으니 직장에서의 압력은 줄어들겠지만 나를 피하는 것이 현명하 다고 말할 사람들은 아직도 많이 있을 것이다. 그가 어찌나 빨리 길모퉁이를 도는지, 차 뒤편이 보슬비로 미끄러워진 인도에 조금 부딪치기까지 했다.

나는 다시 그의 증언을 칭찬했다.

"솔직히 말해 줘서 좋았어."

내가 말했다.

"그렇다면 다행이고."

말을 마친 그가 엄청난 소음을 내고 있는 라디오를 향해 손을 뻗치며 말을 이었다.

"이거 정말 대단해."

그가 라디오를 가리키며 말했다.

"지금 연방수사국 사람들이랑 마약 단속 합동작전을 펼치고 있 거든. 4월에 난리쳤던 걸 만회하기 위해서 말이야. 그런데 이 친구 들 협동심이 개판이라 작전 중이라는 걸 다 까발리고 있어. 용의 자에게 라디오가 있으면 형사들이 뜨는 거 다 알게 될 텐데 라디 오가 없기를 바라야지."

나는 어떻게 된 일이냐고 물었다.

"재밌는 작전인데, 예쁘게 생긴 여자 요원한테 지난번에 머즈 콜비노의 볼리타 게임(100개의 숫자가 적힌 작은 공이 들어 있는 주머니에서 공을 꺼내 숫자를 맞히는 놀이로, 내깃돈을 거는 노름의 일종—옮긴이) 현장에서 압수한 밍크코트를 입혀서 위장 접근을 시켰거든. 상류층 마약 중독자로 위장을 시켜서 니어링에 살고 있는 마약 판매책한테 코카인 10킬로그램을 사게 하려는 거야."

"니어링이면 우리 동네네. 이웃에 클리프 누들맨이라는 남자가 사는데 코가 루돌프 사슴코보다 더 빨갛던데."

우리는 조용히 라디오 소리에 귀를 기울였다. 쫓는 자와 쫓기는 자. 나는 약간 감상적인 기분이 되어 옛날이 그립다는 생각을 했다. 비 때문에 잡음이 많다. 곧 천둥 벼락이 칠 것 같다. 레온 이야기를 먼저 꺼내고 싶지는 않지만 결국 리프랜저에게 어떻게 되어가냐고 물었다.

"아직 시작도 안 했어. 내일 당장 시작할 거야. 문제는 어디부터 찾아야 할지 도통 모르겠다는 거야. 그래서 보자고 한 거야. 뭐 좋은 생각 없어?"

"글쎄. 레온이라는 이름을 가진 놈을 찾는 게 그렇게 어렵지는 않을 것 같은데. 식당 종업원들을 수소문해 봐. 아니면 인테리어 업자나."

"샌프란시스코로 떴을지도 모르잖아. 아니면 에이즈로 죽었거나."

나는 노력해 봤자 헛수고일 거라는 그의 말뜻을 못 알아들은 척했다. 둘 다 잠시 말이 없다. 라디오에서 누군가의 고함 소리가 들렸다.

"뭐 하나 물어봐도 돼?"

얼마 후 그가 물었다.

"이 일이 정말 그렇게 중요한 거야?"

"나한테?"

"응."

"그래."

"왜 그런지 물어봐도 돼? 내 말은 정말 이 새끼가 자네한테 뭔가 줄 수 있을 거라고 생각하는 거야?"

나는 전에 했던 말을 다시 했다.

"뭔가 찾아내고 싶어. 이게 내가 말할 수 있는 최선이야."

"몰토에 대해서?"

"맞아, 몰토에 대해서. 내 판단으로는 몰토와 관련이 있는 것 같아."

저 앞에 버스 터미널이 보였다. 평소에도 황량하기 그지없는 곳인데 비 오는 한밤중에 보니 더하다. 나는 어둠 속에 희미하게 모습을 드러내고 있는 거대한 터미널 건물을 바라봤다. 나에 대한 리프랜저의 믿음이 줄어들고 있다는 생각을 하고 있기 때문인지 바깥 풍경이 더 어둡고 황량하게 느껴졌다. 그가 망설이고 있는 것은 이 일에 따르는 위험 때문이 아니라 나에 대한 믿음이 흔들리고 있기 때문이다. 나는 이 일을 몰토에게로 관심을 돌리는, 그러니까 니코의 표현을 빌자면, 미끼로 사용하고 싶은 것이다. 리프랜저가 망설이고 있는 것이 분명한데도, 내가 우정을 미끼로 그에게 부탁하고 있다는 사실은 내 자신이 지금 얼마나 궁지에 몰려 있는지를 보여 주는 우울한 증거이다.

"전과 기록이라도 찾아보자고. 버만이라는 그 사립 탐정은 경찰청에서 전과 기록조차 빼낼 수 없었다고 그랬거든."

"말했잖아. 경찰이 이 일을 얼마나 주시하고 있는지. 자네를 도와주면 케넬리처럼 큰 코 다칠 거야."

나는 잠시 잠자코 있다.

"그런 소리는 어디서 들었어?"

"경찰서장이 떴는데 사람들 눈에 안 띄었겠어?"

창문에 빗방울이 맺혔다. 대기가 무겁게 내려앉은 것 같다. 어디에나 보는 눈, 듣는 귀가 있다는 게 이제야 실감이 났다.

"케넬리는 뭐래?"

리프랜저가 물었다.

"뭐 별로. 오래전에 캐롤린과 리틀 판사가 한창 염문을 뿌리고 다녔다던데, 자네는 어떻게 생각해?"

"그 여자가 꼬리쳤을 거야. 난 항상 그렇게 생각했어."

"케넬리 말로는, 리틀 판사가 레이먼드한테 부탁해서 캐롤린을 검찰청에 넣어 줬대."

"그거 말 되네."

리프랜저가 말했다.

"나도 그렇게 생각해."

"다른 말은 없었어?"

"더 오래전 얘기도 해줬어. 북부 지원이 아주 더러운 곳이었는데, 몰토는 깨끗했다고 생각한대."

"그 사람 말을 믿어? 몰토에 대해 한 말을?"

"믿고 싶지 않아."

150

"나 같으면 그 인간 입에서 나온, 누가 더럽니 깨끗하니 하는 말은 안 믿을 거야. 뭐 묻은 개가 뭐 묻은 개 나무라는 격이지."

"리오넬하고 무슨 감정 있어?"

"내가 생각하는 경찰상이 아니야."

리프랜저가 간결하게 대답했다.

그동안 우리는 고속도로의 화려한 불빛에서 벗어나 니어링 다리를 건너 어두운 주택가로 들어와 있다.

"난 경찰일 시작할 때부터 그 인간이 어떤 인간인지 알았어."

"난 잘 모르겠던데."

"그렇겠지. 하지만 난 일하는 걸 곁에서 봐 왔잖아. 내가 생각하는 경찰상이 아니야."

나는 더 이상 묻지 않기로 결심했다.

리프랜저가 앞유리창을 통해 밖을 바라봤다. 와이퍼의 그림자가 그의 얼굴 위를 왔다 갔다 했다.

"지금으로부터 3, 4년 전 얘기야."

마침내 그가 입을 열었다.

"그때는 상황이 지금하곤 많이 달랐거든. 그때는 경찰들 모두가 뇌물을 받았어. 알겠어? 모두가 말이야."

리프랜저가 나를 바라봤다. 무슨 말인지 알겠다. 불안한 느낌이 들었다.

"포주, 술집 주인, 누구 할 것 없이 형사들한테 뇌물을 바쳤어. 그때는 이런 일은 얘깃거리도 못 됐지. 다들 그랬으니까. 그러니까 지금 그 인간한테 돌을 던지려는 게 아니야, 알겠어? 그런데 어느 날 밤, 아니 새벽 두세시쯤 된 것 같은데, 내가 순찰을 돌고 있는데, 순찰차 한 대가 전속력으로 달려오더니 갑자기 멈춰 서는 거야. 처음엔 날 보고 선 줄 알았어. 그래서 순찰차 쪽으로 다가갔지. 케넬리였어. 그런데 날 보고 선 게 아니었어. 그때 케넬리는 이미 경사여서 혼자 순찰차를 몰고 다녔거든. 그가 길 건너를 보고 있더라고. 옆 창문 밖으로 말이야. 길 건너엔 창녀가 한 명 서 있었어. 흑인이었어. 딱 달라붙는 짧은 스커트를 위에는 표범 가죽 무늬가 있는 딱 달라붙는 티셔츠를 입고 있었어. 그 인간이 휘파람을 불더군. 개나 말을 부르듯이 말이야. 아주 크게. 그러고는 순찰차를 길가에 세우더니 밖으로 나와서, 길 건너에 있는 여자를 보면서, 손가락으로 이러더라고."

리프랜저는 집게손가락으로 자기 성기를 가리켜 보였다.

"그러고는 씩 웃더라고. 그 여자는 한동안 가만히 서서 그를 바라보고 있고. 그는 계속 이렇게 가리키면서 웃고 있고. 무슨 말인가 하는데 잘 들리지 않았어. 거절하지 마, 뭐 그런 얘기인 것 같았어. 여자가 천천히 길을 건너오더군. 어깨를 축 늘어뜨리고 체념한 모습으로 말이야. 그러니까 케넬리는 순찰차에 앉아서 더 싱글벙글하더라고. 내가 본 건 문에 딱 달라붙어 있는 그 인간 다리하고, 팬티가 발목까지 내려와 있던 것 하고 그가 원하는 일을 해주는 동안 무릎을 꿇고 있던 여자 모습이었어. 그 개자식은 경찰모도 벗지 않고 그 짓을 하더라고."

차가 우리집 안으로 들어섰다. 리프랜저는 차를 세우더니 담배에 불을 붙였다.

"그 인간 내가 생각하는 경찰상이 아니야."

그가 다시 말했다.

그 다음 날, 재판이 시작되고 나서 처음으로 오전 내내 법률 해석을 놓고 치열한 공방이 벌어졌다. 니코는 경찰 증거물 보관소를 6시간이나 샅샅이 뒤졌지만 유리컵을 발견하지 못했다고 했다. 양측은 유리컵에서 나온 지문에 대한 증언이 증거로 채택될 수 있는가 하는 문제를 놓고 미리 의견서를 작성해 왔다. 켐프는 자정이 넘어서 우리 측 의견서를 썼다. 검찰이 새벽 한시가 넘어서까지 증거물 보관소에 있었다는 니코의 말을 들어 보니, 몰토는 우리보다 더 늦게 의견서를 작성한 것 같다. 켐프와 몰토는 재판 중인 대리인이 흔히 그렇듯이 눈에 벌겋게 핏발이 서 있고 지친 기색이 역력하다. 리틀 판사는 양측 의견서를 읽기 위해 판사실로 돌아갔다가 구두 공방을 듣기 위해 법정으로 다시 돌아왔다. 처음에는 니코와 스턴만이 이 문제를 놓고 논쟁에 나섰지만, 둘 다 너무나 자주 자기 보좌관들에게 구원 요청을 하는 바람에 곧 법정 대리인 4명 모두 떠들어 대기 시작했고, 판사는 가끔씩 끼어들어 질문을 하고 큰 소리로 혼잣말을 하기도 했다. 스턴은 어느 때보다도 열정적으로 자기주장을 폈다. 승리를 예감해서인 것도 같고 어제 낭패를 본 일로 마음이 급해져서인 것 같기도 했다. 그는 피고인에게 직접 보지 못한 증거물에 대한 과학적 증언을 받아들이라고 강요하는 것은 근본적으로 부당한 일이라고 계속 강조했다. 니코와 몰토는 번갈아 가며 수집된 증거물의 법적 효력에 대해서는 의문을 제기할 수 없다고 주장했다. 유리컵이 발견되었든, 그렇지 않든 간에, 그리어와 리프랜저, 그리고 과학수사대 책임자인 디커맨의 증언을 종합해 보면, 살인 사건 다음 날 유리컵에서 지문이 채취되었다는 것은 명백한 사실이라고 주장했다.

양측 대리인들 간의 공방이 끝도 없이 계속되는 동안 나는 천국과 지옥 사이를 오갔다. 판사가 마음의 결정을 하지 못한 것이 분명하다. 이런 일은 재판 중에 자주 일어나는데 판사가 어떤 결정을 내리더라도 합법성의 테두리를 벗어나지는 않았다. 판사가 어느 측에 유리한 판결을 내려도 하등 문제가 되지 않았다. 가끔씩 리틀 판사가 경찰의 부주의에 대해 니코와 몰토에게 퍼부어 대는 것을 보면 유리컵과 지문이 증거물 목록에서 제외될 거라는 확신이 들기도 했다. 그러나 검찰은 그렇게 될 경우 자기들이 엄청난 타격을 받을 것임을 솔직하게 인정하면서도 직접 드러내 놓고 말은 안 하지만, 경찰의 부주의를 이유로 세간의 주목을 받고 있는 사건을 없었던 것으로 하게 되는 것은 대단히 부적절한 일임을 암시했다. 결국 이런 암시가 리틀 판사의 마음을 움직였는지, 그는 변호인 측에 불리한 판결을 내렸다.

　"증언을 허락합니다."

　법정 시계가 정오를 가리킨 직후에 판사가 말했다. 그러고는 나중에 이 사건에 대한 항소가 있을 경우, 항소 법원이 자기 판단의 근거를 평가할 수 있도록 공식적인 설명을 덧붙였다.

　"이런 결정을 내리기는 정말 망설여지지만 그 증거물의 중요성을 충분히 고려한 결정임을 말씀드리고 싶습니다. 자연스러운 일이겠지만, 이 법정에서 일어난 몇 가지 일들을 고려해 볼 때……."

　판사가 몰토를 바라봤다.

　"변호인 측이 이 문제에 대해 의혹을 가지게 된 것은 충분히 이해가 갑니다. 변호인 측이 물증을 직접 살펴볼 기회가 없었다는 주장은 사실입니다. 하지만 그 증거물은 이 법정에 제출되지 않을 것입니다. 이것은 경찰 증거물 보관소의 관리 소홀 때문입니다. 경찰 증거물 보관소 직원들은 증거물 및 기록에 대한 관리 소홀 죄로 몇 년의 징역형을 선고받을 수 있을 만큼 중대한 잘못을 저질렀다는 사실을 공식적인 기록으로 남겨 두겠습니다. 이번 경우가 가장 극적인 사례가 되겠지만, 이런 일은 결코 드물지 않다는 사실을 우리 모두가 잘 알고 있습니다. 그리고 바로 그런 사실을 잘 알고 있기 때문에 증언을 허락하지 않을 수 없습니다. 내가 니코 델라 가르디아 검사나 가장 마지막으로 유리컵을 본 사람이었던 것으로 보이는 몰토 검사의 의도에 대해 어떤 판결을 내리고자 하는 것은 아닙니다만……."

리틀 판사가 다시 몰토를 노려봤다. 그리어가 증언할 때 몰토가 마지막으로 봤다고 했나? 기억이 잘 나지 않았다.

"대단히 순수한 의도를 가진 검사들이라고 하더라도 증거물이 자기 손을 떠나고 나서 일어난 일에 대해서는 어쩔 수 없을 것입니다. 물론 어떤 다른 의도가 있을 수도 있을 것입니다. 앞으로 계속 예의 주시하면서 다른 의도가 있다고 판단이 되면, 그날로 이 재판을 끝내겠습니다. 하지만 그건 생각조차 하기 싫을 만큼 불쾌한 일이어서 지금은 그냥 그런 의도는 없을 것이라고 생각하고 있겠습니다. 그러므로 나는 변호인의 이의 제기에도 불구하고 이 증언을 허락할 것이며 이에 대한 나의 의견 보류에 대해서도 기록으로 남겨 두는 바입니다. 그리고 배심원 여러분께는 별도의 지시를 내리겠습니다. 그 지시에 대해서는 점심시간 동안 생각을 좀 더하고 결정하겠습니다. 두시에 공판을 재개하겠습니다."

리틀 판사는 판사석을 떠나다가 말고, 양측 대리인들은 잠시 남아 자신이 작성하게 될 지시문에 대해 의견을 들려 달라고 지시했다. 스턴은 체념한 듯한 표정이다. 우리가 이길 거라고 생각했나 보다. 나중에 이 이야기를 들은 바바라는 리틀 판사의 판결에 대해 분통을 터뜨렸다.

"불공평해. 당신은 그걸 볼 기회조차 없었잖아."

"난 이해해. 그런 판결을 내릴 수밖에 없는 경우가 있겠지."

잘난 척하려는 게 아니다. 이 일을 겪으면서 나는 내 나름의 잣대로 리틀 판사를 평가해 왔다. 이런 경우라면 나라도 그와 같은 판결을 내렸을 것이다.

화장실에 들어갔다가 나오는데 또 니코가 세면대 앞에 서서 손을 씻으며 전등불빛 아래서 고개를 좌우로 돌려 보며 머리 모양을 점검하고 있었다.

"여어, 러스티. 다음 주에는 당신 증언을 듣게 되는 건가?"

그가 물었다.

주 법률에 따르면, 변호인 측은 검찰에게 변호인 측 증인에 대해 정보를 줄 아무런 의무가 없다. 피고인의 증언 여부는 변호인 측이 가장 많이 신경을 쓰는 보안 사항이다. 검찰은 내일 하루 쉬게 될 것이다. 판사가 하루 시간을 갖고 평결 지시 신청에 대해 검토를 할 거라고 가정하면, 우리 측 증인 심문은 다음 월요일부터 시작될 것이다. 그동안 검찰은 우리의 의도에 대해 아무런 정보가 없으면 주말에 반대 심문을 준비해야 할지, 아니면 최후 진술을 준비해야 할지 알 수 없을 것이다. 대개의 경우 갈팡질팡하다가 끝나게 됐다.

"결정이 되면 스턴이 알려 줄 거야."

"당신이 나온다는 것에 10달러 걸겠어."

니코는 의도적으로 내 신경을 건드리려고 했다. 지난주에 여기서 마주쳤을 때보다 훨씬 더 도전적이다. 예전의 교활한 모습으로 돌아와 있었다.

"자네가 이길지도 모르지. 반대 심문 준비는 했어?"

"당연하지. 바바라에 대한 준비는 못 했어. 너무 점잖은 여성이라 함부로 막 할 수도 없고 걱정이 많아."

니코가 또 미끼를 던졌다. 바바라가 증인석에 앉아 내 알리바이를 증언해 줄 것인지 알고 싶은 것이다. 어쩌면 몰토가 내 아내에 대한 반대 심문을 준비한다는 생각에 내가 움찔하지는 않는지 보려는 것도 같다.

"역시 자네는 물렁한 사람이야."

나는 거울 속에 비친 내 모습을 바라봤다. 지난 이틀간의 유리한 판세에 의기양양해진 니코는 물러설 기미를 보이지 않았다.

"날 실망시키지 마, 러스티. 정말로 듣고 싶어서 이러는 거니까. 가끔씩 나도 확신이 안 설 때가 있어. 내가 아는 이 남자가 어떻게 그런 짓을 할 수 있었을까, 이해가 안 갈 때가 있어. 그건 인정해. 가끔씩 그런 생각이 들어."

"니코, 내가 진실을 말해 주더라도 믿고 싶지 않을걸."

"그건 또 무슨 말이야?"

내가 돌아서자 그가 내 팔꿈치를 잡았다.

"정말로, 그건 무슨 말이야? 몰토가 당신을 모함했다는 그 웃기지도 않은 얘기를 하려는 건 아니겠지? 그건 언론용이고, 러스티. 난 딜레이야."

그가 셔츠에 손을 갖다 대며 말을 계속했다.

"그런 걸 정말로 믿고 있는 건 아니지? 말도 안 되는 개소리야. 비공식적으로 하는 말인데, 정말 개소리야. 자, 여기엔 당신과 나 둘뿐이야. 우린 오랜 동료잖아. 듣고 바로 잊어버릴게. 당신 지금 그 개소리를 사실이라고 믿고 있는 거야?"

"유리컵은 어디 있어?"

"아, 그 얘긴 집어치워. 형사들은 뭐든지 질질 흘리고 다니잖아. 잘 알면서."

"몰토가 유지니아를 조종한 것 같았어."

"뭐라고? 몰토가 그 여자한테 '내 천사'라고 말하게 시켰다고 생각하는 거야? 말도 안 돼. 유지니아를 지나치게 흥분시킨 건 사실이야. 몰토한테도 그렇게 말했어, 정말로. 몰토는 이 사건에 집착하고 있어. 알다시피 몰토가 캐롤린을 많이 좋아했잖아. 둘이 아주 친했어. 캐롤린을 제일 친한 친구 중 한 명으로 생각했어. 누나처럼 생각했고 존경했어. 그래서 이 사건에 그렇게 열성을 보이는 거야."

"그 파일 본 적 있어, 니코?"

"레이먼드의 서랍에 있었다던 그거?"

"가서 숙제 좀 해. 혼자서 말이야. 놀라운 사실을 알게 될 거야. 누나와 동생에 대해서."

니코가 미소를 지으며 무슨 말인지 모르겠다는 듯 고개를 저었다. 하지만 니코를 불안하게 한 것만은 분명하다. 나는 이 상황을 즐겼다. 오랜 경험을 통해 그를 다루는 방법을 터득했다. 나는 더이상 말하지 않겠다는 듯이 입을 굳게 다문 채 종이 수건으로 손을 닦았다.

"그러니까 그 일이었군, 맞지? 그게 일급비밀이었군. 몰토가 그 일을 저질렀다, 그게 당신 증언에서 나올 말이군, 맞지?"

"잘해 봐, 딜레이."

나는 조용히 말하며 돌아 서서 이어 말했다.

"미리 힌트 좀 줄게. 질문 하나만 해봐. 당신 말처럼 우리 둘뿐인 여기서. 비공식적으로. 오랜 동료끼리. 여기서 들은 건 여기서 잊어버리고."

나는 돌아서서 그를 바라봤다.

"당신이 그랬어?"

이 질문을 할 거라고 예상했다. 조만간 누구라도 내게 이 질문을 던지게 되어 있었다. 나는 손을 닦은 휴지를 버리며 가능한 한 가장 진실한 태도로 내 안에 있는 진실을 불러냈다.

"아니, 니코."

나는 그의 눈을 똑바로 바라보며 아주 조용한 목소리로 말했다.

"나는 캐롤린을 죽이지 않았어."

그는 내 말을 받아들인 것 같다. 눈동자가 커지며 눈빛이 금방 어두워졌다. 얼굴빛도 바뀌기 시작하는 것 같다.

"아주 잘했어."

마침내 그가 말했다.

"앞으로도 아주 잘할 거야."

그러고는 미소를 지었다.

"그러니까 이게 모두 모함이다, 이거지? 부당하게 기소당한 거다, 그거지?"

"그러니까 잘해 봐, 딜레이."

"그 소리 나올 줄 알았어."

우리는 웃음을 터뜨리며 함께 화장실을 나왔다. 고개를 들어 보니 스턴과 켐프가 나를 보고 있었다. 둘은 화장실 밖 복도에 서서 사립 탐정 버만과 이야기를 나누는 중이었다. 버만은 키가 아주 크고 배가 불룩 나왔으며 요란한 넥타이를 매고 있다. 우리를 본 스턴은 불만스러운 표정을 지었다. 내가 니코와 함께 있는 것을 보고 화가 난 것 같기도 하고 대화 도중에 방해를 받아서 그런 것 같기도 했다. 그는 손을 내저어 켐프와 버만을 물리치더니 법정으로 돌아갔다. 켐프는 버만과 함께 몇 발작 걸어가더니 다시 내게로 돌아왔다. 우리는 니코가 스턴을 따라 법정 안으로 들어가는 모습을 바라봤다.

"오늘 오후에 난 여기 없을 거예요. 일이 생겼어요."

켐프가 슬쩍 말했다.

"좋은 일이야?"

"성공하면 아주 좋은 일이죠."

"비밀인가?"

켐프가 법정 문을 돌아봤다.

"스턴이 지금은 말하지 말랬어요. 헛된 희망을 심어 주면 안 된다고요. 신중하고 싶어 해요. 이해하시죠?"

"잘 이해가 안 가는데."

저만치 떨어져서 서 있던 버만이 켐프에게 이제 가야 한다고 말했다. 켐프가 내 양복 소매를 만졌다.

"제대로만 된다면, 당신이 기뻐할 거예요. 내 말 믿으세요."

나는 내 변호인들의 태도에 혼란스럽고 절망적인 기분이 됐다. 하지만 어쩔 수 없다. 켐프에게 믿음에 인색하라고 가르친 것은 바로 나였다. 검사로서의 회의적인 태도를 가르친 것도, 가장 적절한 판단은 가장 나중에 나온다고 믿게 만든 것도 바로 나였다.

"소환장 덕분에 새로운 상황이 발생했어요."

그가 말했다.

버만이 한시에 누구를 만나기로 했다며 켐프를 재촉했다. 켐프가 돌아섰다.

"내 말 믿으세요."

그는 다시 한 번 이 말을 던지고는 재빨리 걸어갔다.

"신사 숙녀 여러분."

리틀 판사가 배심원단을 향해 지시문을 읽기 시작했다.

"이제 여러분은 지문 감식 전문가인 모리스 디커맨으로부터 특정 유리컵에서 발견된 증거에 대한 증언을 들으실 것입니다. 여러분은 이 증거를 평가할 때, 변호인 측이 이 유리컵을 살펴볼 기회가 없었다는 사실을 반드시 염두에 두셔야 합니다. 합당한 증언이긴 하나, 그 증언에 어느 정도 무게를 두어야 하는가 하는 판단은 여러분에게 달려 있습니다. 변호인 측은 검찰 측이 제시한 증거에 대해 어떤 과학적 설명이 가능한지 직접 알아볼 기회가 없었습니다. 조작 가능성을 알아볼 기회가 없었습니다. 지금 내가 조작이 있었다고 말하는 것이 아닙니다. 변호인 측이 자기 측 전문가에게 의뢰하여 조작 가능성을 알아볼 기회가 없었다고 말하고 있는 것입니다. 실수가 있었는지 알아볼 기회도 없었습니다. 의도적이지 않은 실수라도 실수는 실수입니다. 변호인 측은 다른 전문가에게 유리컵을 보이고 지문이 다른 사람의 것은 아닌지 알아볼 기회조차 갖지 못했습니다. 그러므로 신사 숙녀 여러분, 법률적으로 볼 때 여러분은 이 증언이 끝나고 심의를 하실 때, 증언뿐만 아니라 검찰이 변호인 측에 유리컵을 전달하지 못했다는 사실까지 고려하실 필요가 있습니다. 그리고 여러분에게 어떻게 하라고 말씀드리지는 않겠습니다만, 그 사실 하나만으로도 합리적인 의혹이 제기될 수 있으며 그에 따라 피고인이 무죄 석방될 수 있다는 것을 말씀드리고 싶습니다. 좋습니다. 시작하세요."

연단에 선 몰토는 잠시 판사를 노려봤다. 이제 두 사람 다 표정 관리를 포기한 모양이다. 서로를 증오하고 있다는 사실이 다 드러나 보였다. 한편, 리틀 판사가 내린 지시는 법정 안에 모인 사람들 마음속에 급격히 자리를 잡은 것 같다. 지금 우리는 천군만마를 얻은 기분이다. 판사가 직접 지문 증거의 법적 효력에 의문을 제기했고 무죄 석방이 있을 수 있는 결론이라고 말했다. 형사 재판에서는 실책이 있었다는 암시만으로도 승패의 향방이 바뀔 수 있다.

모리스 디커맨이 증인석에 앉았다. 그는 진정한 전문가이다. 뉴욕 출신으로 각이 진 얼굴에 짙은 뿔테 안경을 낀 그는 지문이 아주 흥미로웠다고 말했다. 과거에 그는 내가 자기 말을 귀 기울여 들어준다는 이유로 나를 좋아했다. 무고통 구마가이가 형편없는 과학자의 전형이라면 모리스는 유능한 과학자의 전형이었다. 공무원에게 필요한 잡다한 능력까지도 두루 갖췄다. 그는 증인석에 앉아 사진과 슬라이드를 이용하여 배심원단에게 지문 감식 과정을 자세히 설명했다. 특정 인물이 특정한 경우에 남기는 기름기의 잔존물인 지문을 어떤 과정을 거쳐 채취하고 감식하는지를 알기 쉽게 설명했다. 지문을 전혀 남기지 않는 사람들도 있지만, 대다수의 사람들은 어떤 경우에는 지문을 남기고 어떤 경우에는 남기지 않았다. 지문이 남는가 남지 않는가의 여부는 땀을 얼마나 흘리느냐에 달렸다. 그러나 일단 지문을 남기면 그 지문은 그 사람의 신원을 밝혀 주는 독특한 증거가 됐다. 지문은 사람마다, 손가락마다 달랐다. 같은 지문이란 있을 수 없다. 모리스는 이런 사실을 쉽고 설득력 있게 설명했다. 그러면서 마지막 5분 동안은 바와 유리컵과 지문 샘플을 찍은 사진들과 내 공무원 인사 기록에 있는 지문의 확대 사진을 비교해 보여 주면서 나를 궁지로 몰아넣었다. 지문 사진에서 비교해 볼 때 딱 들어맞는 부분에는 빨간색 화살표가 그려져 있다. 모리스는 늘 그렇듯이 준비를 잘 해왔다.

스턴은 반대 심문을 시작하기 전에 한동안 유리컵에서 나온 내 지문들 중 하나를 확대한 사진을 자세히 살펴봤다. 그는 그 사진을 모리스에게 들어 보였다.

"이 지문은 4월 1일 몇 시에 남겨진 것입니까, 증인?"

"그건 잘 모르겠습니다."

"그런데 이것이 4월 1일에 남겨졌다고 확신하고 계시는 겁니까?"

"그것도 단정 지을 수 없습니다."

"네?"

스턴은 놀랍다는 듯이 입을 떡 벌렸다.

"그러면 이 지문이 4월 1일경에 남겨졌다고는 확신하실 수 있습니까?"

"아닙니다."

"그러면, 보통 지문은 얼마나 오래갈 수 있습니까?"

"몇 년이요."

디커맨이 말했다.

"네?"

"기름기가 사라지기 전까지 몇 년 동안 남아 있을 수 있습니다."

"증인이 경찰청에 근무하면서 채취한 지문들 중에 가장 오래된 지문은 얼마나 된 것이었습니까?"

"유괴 사건 수사 때 버려진 차의 운전대에서 지문 하나를 채취했는데요, 3년 반 전에 남겨진 것이었습니다."

"3년 반이라고요?"

스턴이 놀랍다는 듯 반문했다. 참 대단한 연기력이다. 레이먼드 호건을 심문할 때와는 달리 전문가에 대한 경의를 표하면서 그의 말에 놀라워하는 순진무구한 문외한의 연기를 잘도 해냈다. 마치 질문과 대답을 주고받으며 이 모든 사실을 하나하나 알아 가고 있다는 듯이 행동했다.

"그러면 이 유리컵의 지문은 사건이 나기 6개월 전 피고인이 맥가펜 사건을 의논하러 피해자의 아파트에 갔을 때 남겼던 것일 수도 있겠네요?"

"피고인이 언제 이 지문을 남겼는지는 말씀드릴 수가 없습니다. 다만 유리컵에서 피고인의 지문 두 개가 나왔다는 사실만 말씀드릴 수 있습니다. 그게 전붑니다."

"그러면 피고인이 어떤 이유로, 예를 들어 물을 한잔 마신다든 가 하는 이유로 그 컵을 만졌고, 그 후에 컵의 안쪽만 씻겨졌다고 가정한다면, 피고인의 지문이 남아 있을 가능성이 있습니까?"

"그렇습니다. 그리고 이론적으로는 유리컵 전체를 물에 담갔더라도 지문이 남아 있을 수 있습니다. 보통 세제와 물이 기름기를 제거하지만, 지문이 남겨진 물건은 세제와 물로 씻어 낸 후에도 지문이 남아 있었고 감식이 가능했다는 사례들이 보고된 바 있습니다."

"설마요."

스턴이 놀랍다는 표정으로 말했다.

"제가 직접 본 것은 아닙니다."

디커맨이 말했다.

"적어도 다른 사람이 유리컵을 만지지 않은 것만은 확실하군요. 다른 사람의 지문은 발견되지 않았으니까 말이죠?"

"그렇지 않습니다."

스턴이 잠시 멍하니 있다가 되물었다.

"네?"

"잠재 지문이 하나 더 있었습니다."

"설마요."

스턴이 다시 혼잣말처럼 말했다. 과장된 분위기가 느껴졌다. 배심원들은 재판 초기에는 그를 잘 몰라서 그가 연기를 하고 있다는 사실을 깨닫지 못했다. 하지만 둘째 주로 접어들면서 그가 의도적으로 과장된 반응이나 몸짓을 보여 주고 있다는 것을 알아차리고 있는 것 같다. 지금 하나하나 알아 가고 있는 것은 당신들이나 나나 마찬가지라는 일종의 연대감을 보여 주려고 한다는 것을 알고 있는 것 같다.

"그러니까 유리컵에 다른 지문이 있었다는 말씀이십니까?"

"그렇습니다."

"그러면 피고인이 몇 개월 전에 그 유리컵을 만졌고, 4월 1일에는 다른 누군가가 만졌다고 생각해 볼 수도 있겠습니까?"

"그렇습니다. 충분히 가능합니다."

"그러나 우리는 아파트 안에 있던 다른 물건들에서도 피고인의 지문이 나왔기 때문에 그날 밤 피고인이 그곳에 있었다고 생각하고 있습니다, 그렇지 않습니까?"

"그렇지 않습니다, 변호사님."

"아니, 당연히 다른 물건들에서도 피고인의 지문이 나왔겠지요. 예를 들어 창문 빗장이 열려 있었는데, 거기에서는 신원을 밝힐 수 있는 지문이 나오지 않았습니까?"

"신원을 밝힐 수 있는 지문이 나온 것은 사실이지만, 피고인의 지문은 아닌 것으로 밝혀졌습니다."

"피고인이 아닌 다른 누군가의 지문이 나왔다는 말씀이십니까?"

"그렇습니다. 그리고 피해자의 것도 아니었습니다."

"제3자가 지문을 남겼다는 말씀이십니까?"

"그렇습니다, 변호사님."

"유리컵에서처럼요?"

"그렇습니다."

스턴은 지문 채취를 했지만 내 지문이 발견되지는 않은 아파트

안의 물건들을 하나하나 짚어 갔다. 뒤집혀진 티 테이블, 살인 도구일 수도 있다는 생각에 지문 채취를 실시했던 벽난로 도구들, 바의 표면, 칵테일 테이블, 창문, 문, 그 외에도 대여섯 곳을 언급했다.

"그러니까 이런 것들 중 어느 곳에서도 피고인의 지문이 나오지 않았다는 말씀이십니까?"

"그렇습니다, 변호사님."

"지금은 사라지고 없는 유리컵에서만 나왔다는 말씀이신가요?"

"그렇습니다."

"그 한 군데에서만요?"

"그렇습니다."

"만일 피고인이 그곳에 있었다면 아파트 안 곳곳에 지문을 남겨 놓았을 텐데요, 그렇지 않습니까?"

"그랬을 수도 있고, 그렇지 않았을 수도 있습니다. 다른 것과는 달리 유리는 흡수력이 대단히 좋습니다."

물론 스턴은 이런 대답이 나올 것을 알고 있었다.

"그러면, 테이블은요? 창문은요?"

스턴이 물었다.

디커맨이 어깨를 으쓱해 보였다. 이런 것을 설명하려고 이 자리에 나온 것이 아니다. 지문 감식 결과를 보여 주고 누구 것인지 밝히기 위해서 나온 것이다. 스턴은 디커맨의 능력 밖의 문제를 자꾸만 끄집어내더니 이제 처음으로 배심원단을 바라봤다. 마치 위안을 얻고 싶은 얼굴이다.

"증인, 피고인이나 피해자의 것이 아닌 제3자의 지문이 모두 몇 개나 나왔습니까?"

"다섯 개입니다. 창문 빗장에서 하나, 창문 유리에서 하나, 술 병들에서 두 개, 그리고 칵테일 테이블에서 하나, 이렇게 다섯 개 입니다."

"그러면 그 지문들이 모두 한 사람의 것입니까?"

"그건 모르겠습니다."

변호인석 주변을 떠나지 않고 있던 스턴은 무슨 뜻인지 잘 모르겠다는 듯이 디커맨 쪽으로 약간 몸을 숙였다.

"네?"

그가 말했다.

"그건 알 수 없습니다. 누구 것인지는 모르겠지만, 컴퓨터 자료를 다 찾아보았는데도 나오지 않는 걸 보면 군 정부가 지문을 채취해 놓은 사람의 것은 아닌 것이 분명합니다. 전과자 기록에도 없고 공무원 인사 기록에도 없었습니다. 그 지문들은 5명의 다른 사람들 것일 수도 있고 한 사람의 것일 수도 있습니다. 청소부나 이웃, 아니면 남자 친구의 것일 수도 있겠죠. 단정 지어 말씀드릴 수는 없습니다."

"이해가 안 가는데요."

스턴은 너무나 잘 이해하고 있으면서도 이렇게 말했다.

"인간은 손가락이 열 개입니다, 변호사님. 문제의 지문 A가 집 게손가락의 지문인지, B는 가운뎃손가락 지문인지 확실히 알 수는 없습니다. 왼손인지 오른손인지도 알 수 없습니다. 대조할 지문 자료 없이는 신원 파악이 불가능합니다."

"그렇군요, 증인······."

스턴이 잠시 말을 멈췄다가 이었다.

"피고인 다음으로 어느 검사가 증인의 업무를 감독했습니까?"

"몰토 검사입니다."

처음으로 디커맨이 몰토를 별로 좋아하지 않는다는 느낌이 들었다.

"그러면 몰토 검사가 증인에게 이 신원이 밝혀지지 않은 지문 다섯 개를 비교해서 같은 손가락에서 나온 지문이 있나 알아보라고 지시했겠군요?"

'아주 좋아.' 나는 속으로 혼잣말을 했다. '훌륭해.' 내가 검사로 활동할 때 항상 간과했던 부분이 이 부분이었다. 나는 피고인에 대해서만 생각했지만 피고인은 당연히 다른 사람을 생각하고 있을 것이다.

"아니요, 변호사님, 그런 지시는 없었습니다."

디커맨의 이 대답에, 부업으로 컴퓨터 조립 일을 한다는 배심원 단석에서 남자가 몸을 돌리며 고개를 내저었다. 나를 보며 '이게 말이 되요?'라고 묻는 것 같다. 어제의 낭패를 많이 만회했다는 사실이 놀랍다. 그 배심원 남자가 옆에 앉은 약국을 운영하는 젊은 여자 배심원에게로 고개를 돌리더니 둘이서 무슨 말인가를 주고받았다.

"그런 건 금방 알아낼 수 있습니다."

디커맨이 말했다.

"그렇군요, 몰토 검사도 이제 기억이 나겠군요."

말을 마친 스턴이 자리에 앉으려다 말고 다시 질문을 던졌다.

"증인, 몰토 검사가 다른 지문들의 대조 작업을 지시하지 않은 이유가 뭐라고 생각하십니까?"

노련한 변호사는 미리 그 대답을 알고 있지 않는 한, '왜'라는 질문은 던지지 않았다. 스턴은 나와 마찬가지로 그 대답을 알고 있는 것이다. 업무 태만이거나, 할 일은 많은데 시간이 없어서이거나, 문제의 초점을 다른 곳에 두어서일 수도 있다. 어떤 대답이건 몰토의 업무 수행 태도에 대해 의문을 제기하기에 충분하다.

"별로 신경을 쓰지 않았던 것 같습니다."

디커맨의 이 대답은 그런 지시를 하지 않은 것이 별로 중요하지 않다는 뜻이지만, 몰토가 진실을 밝히는 데 별로 신경을 쓰지 않았다는 말처럼 들렸다.

스턴은 변호인석 근처에 잠시 그대로 서 있다.

"그렇군요."

그가 말했다.

"그렇군요."

몰토가 연단에 서자, 니어링에서 가정부로 일한다는 메이벨 베아트리체 부인이 호명됐다. 다시 몰토가 심문에 나서는 것을 보니 안심이 됐다. 니코는 서투른 짓을 많이 했지만 이제 제자리를 찾은 것으로 보였다. 반면에 몰토는 아직도 적응을 못 하고 있는 것 같다. 검찰청에는 검사들을 두 부류로 나누는, 일종의 문화적인 경계선이 존재하는데 니코와 나는 어쩔 수 없이 한 그룹에 속해 있었다. 레이먼드는 법대를 졸업한 젊은 검사들 중에서 자기 마음에 드는 엘리트들을 뽑았다. 그들은 수련 기간을 거친 후에 특별

170

수사팀에서 일하게 되었다. 우리는 뒤가 구린 부자들을 뇌물 수수와 사기 혐의로 기소했고 장기간에 걸친 대배심 사건의 수사도 함께했으며 판사들 앞에서는 법률 해석으로, 배심원단 앞에서는 미묘한 뉘앙스의 차이로 설득력을 과시하는 스턴 같은 부류의 변호사들과 재판에서 맞서는 일도 함께했다. 몰토와 니코 델라 가르디아는 주로 일상에서 벌어지는 범죄의 기소를 맡았다. 몰토가 그 특유의 오만과 열정으로 똘똘 뭉치게 된 것도 알고 보면 강력 사건 법정과 지방 법원에서 너무 오래 일을 해왔기 때문이었다. 그동안 피고인 측 변호인들이 저급한 전략과 술책을 가리지 않는 것을 보면서 검사들도 그들을 닮아 가는 것을 너무 오래 봐 왔기 때문이었다. 몰토는 검찰청이 양산해 내는 그런 검사들, 설득과 속임수를 분간하지 못하고 법정 소송을 싸구려 술수들이 난무하는 것으로 생각하는 그런 검사들 중 하나가 되었다. 나는 처음에는 그의 불같은 성미가 검찰 측에 부담으로 작용할 거라고 생각했다. 그러나 이제 보니 자신의 경험에서 탈피하지 못하는 것이 더 큰 문제였다. 몰토는 니코보다 명석하고 날카로운 분석력을 가지고 있으며 준비도 항상 철저히 하지만, 법정 안에 있는 사람들은 모두 그의 열정이 지나치다고 생각했다. 재판에서 이기기 위해서라면 어떤 일이라도 저지를 사람이라고 생각하게 된 것이다. 판사와 몰토 사이에 캐롤린을 두고 어떤 경쟁심이나 질투가 있었는지는 모르겠지만, 몰토의 이런 성향은 두 사람 사이의 적대감을 어느 정도 설명할 수 있을 것 같다.

사실 내가 레온과 B파일에 대해서, 그리고 몰토의 과거에 드리워진 어두운 그림자에 대해서 커다란 호기심을 갖고 있는 것도 이런 몰토의 성향 때문이다. 지난번에 몰토가 캐롤린과 가까운 사이였다고 했던 니코의 말이 내 호기심을 더 자극했다. 캐롤린이 몰토를 어떻게 유혹했는지 누가 알겠는가? 게다가 여기 모인 다른 사람들처럼 나도 몰토에게 뭔가 음흉한 구석이 있다는 생각을 굳히게 되었다. 굳이 자신의 행동을 정당화할 필요도 느끼지 못하는 것 같고 하지 못할 일도 없어 보였다. 스턴이 법정에서 하나의 가설로 제기했던 것이 이제는 사실로 굳어져 가고 있는 것 같다. 켐프가 무엇을 쫓고 있는지 추측할 때도, 몰토가 그 대상이 아닐까 하는 생각이 자꾸 들었다. 스턴이 변호사들이 예전부터 자주 쓰던 검사를 시험대에 올리는 전술을 썼을 때도 몰토는 서투르게 대응했다. 그런 그가 이 니어링의 가정부를 직접 심문하면서 가장 큰 실수를 저질렀다.

베아트리체 부인은 4월의 어느 화요일 밤, 여덟시 버스 안에서 한 백인 남자를 봤다고 말했다. 몇 번째 화요일인지는 모르겠지만 자기가 화요일에는 늦게까지 일하기 때문에 화요일이었던 것이 분명하고, 5월에 버스 터미널에서 지나가는 사람들을 대상으로 탐문 수사를 벌이던 경찰에게 진술할 때 지난달이라고 말했던 것이 기억이 나기 때문에 4월이 맞다고 말했다.

"그러면 증인, 그때 본 사람이 이 법정 안에 있는지 한번 둘러봐 주시겠습니까?"

그녀가 나를 가리켰다.

몰토가 자리에 앉았다.

스턴이 반대 심문을 시작했다. 베아트리체 부인은 그를 대하면서도 걱정스러워하는 기색이 별로 없다. 생기 넘치고 친절해 보이는 얼굴에 꽤 통통해 보이는 할머니였다. 백발 머리는 뒤로 빗어 하나로 묶어 동그랗게 말았고 둥근 금속 테 안경을 쓰고 있다. 스턴이 상냥하게 말했다.

"증인. 증인은 버스 터미널에 일찍 도착하시는 편입니다, 그렇지요?"

물론 스턴은 경찰에 진술한 기록을 보고 이 사실을 알고 있다.

"네, 변호사님. 집주인인 영녀 부인은 매일 밤 버스가 출발하기 15분전에 보내주거든요. 내가 터미널에 가서 신문이랑 베이비 루스 캔디 바를 사서 버스에 올라 자리를 잡고 앉을 수 있도록 말이죠."

"그리고 시내로 들어갈 때 타는 버스하고 시외로 나올 때 타는 버스는 같은 버스죠, 맞습니까, 증인?"

"맞아요, 변호사님."

"버스는 니어링이 종착지라 거기서 다시 되돌아오지요?"

"네, 니어링에서 다시 돌아오는 거 맞아요, 변호사님."

"그리고 증인은 매일 밤 버스가 도착하기 15분전에 터미널에 가시고요?"

"다섯시 사십오분에요. 거의 매일 밤 그래요, 맞아요, 변호사님. 화요일만 빼고요."

"그러면 그때 시내에서 온 버스에서 내린 사람들이 증인 곁을 지나가고 그때 그들의 얼굴을 보시겠군요?"

"아, 그럼요, 변호사님. 다들 피곤한 얼굴들이지요."

"그러면, 증인, 이런 질문은 드리고 싶지 않지만……."

스턴이 경찰 참고인 신문 조서를 다시 바라보더니 말을 이었다.

"증인은 사건이 일어난 그 화요일 밤 버스에서 본 남자가 피고인이라고 말하고 계신 것은 아니네요, 그렇죠?"

별로 잃을 것이 없는 질문이다. 몰토는 직접 심문에서 그녀가 버스에서 본 남자가 나였다는 암시를 남겼다. 그러나 베아트리체 부인은 얼굴을 찌푸리더니 세차게 고개를 저었다.

"그렇습니다, 변호사님, 거기에 대해서 설명하고 싶은데요."

"부탁합니다."

"이 신사분을 본 것은 맞아요."

그녀가 나를 향해 고개를 끄덕이며 말했다.

"몰토 검사님께도 여러 번 그렇게 말했어요. 버스 타러 갈 때 이 남자를 봤다고요. 그리고 어느 화요일 날 밤 버스에 남자가 있었던 것도 기억나요. 왜냐하면 화요일에는 영녀 부인이 일곱시 삼십분이나 되어야 집에 오니까 늦게까지 일하거든요. 그리고 그 남자가 백인이었던 것도 기억해요. 매일 밤 그 시각에 시내로 들어가는 버스에 백인 남자가 타는 경우는 별로 없거든요. 그런데 그 남자가 이 신사분인지 아니면 다른 남자인지는 기억이 안 나요. 낯익은 얼굴이긴 했어요. 이분처럼 말이죠. 하지만 그게 내가 버스 터미널에서 본 사람이기 때문인지, 그날 밤 버스에서 본 사람이기 때문인지는 잘 모르겠어요."

"그날 밤 증인이 본 남자가 피고인이었다는 확신은 없다는 말씀이군요?"

"맞아요. 이분이었는지는 모르겠어요. 이분이었을 수도 있겠죠. 하지만 확실하다고 말씀드릴 수는 없어요."

"이런 사실을 몰토 검사에게 말씀하셨습니까?"

"여러 번이요."

"지금 우리에게 들려주신 것처럼 전부 말씀하셨습니까?"

"아, 그럼요, 변호사님."

스턴은 조용히 힐난하는 눈초리로 몰토를 바라봤다.

공판이 끝나자 스턴은 내게 집에 가라고 했다. 바바라의 어깨를 잡아 내게로 떠밀었다.

"예쁜 아내 데리고 저녁이라도 먹으러 가요. 지원을 잘 해준 상을 줘야죠."

나는 스턴에게 변론에 대한 논의를 시작해야 하지 않겠느냐고 말하지만 스턴은 고개를 흔들었다.

"미안해요, 러스티."

스턴은 자기가 변호사 협회 내의 형사 소송 절차 위원회 위원장 직을 맡고 있는데, 내일 밤 30년 동안 중범죄 담당 판사로 일하다가 은퇴하는 매그누선 판사를 위한 공식 저녁 모임이 있어서 준비를 해야 한다고 했다.

"그리고 한두 시간 켐프와 할 일도 있고요."

그가 지나가는 말투로 덧붙였다.

"켐프가 어디 갔는지 얘기 안 해줄 거예요?"

스턴이 얼굴을 찌푸렸다.

"러스티, 제발, 좀 봐 줘요."

그가 다시 바바라와 내 팔을 잡았다.

"정보가 들어왔어요. 나중에 얘기해 줄게요. 내일 있을 구마가이 심문에 관한 건데, 지금 얘기할 필요는 없을 것 같아요. 완전히 헛다리짚은 것일 수도 있거든요. 당신이 헛된 희망을 갖게 하고 싶지 않아요. 괜한 기대를 하느니 모르고 있는 게 나아요. 그러니 제발, 내 말대로 해요. 그동안 일만 했잖아요. 하룻밤 그냥 쉬어요. 변론에 관해서는 주말에 얘기합시다. 그럴 필요가 생기면 말이죠."

"그럴 필요가 생기면요?"

무슨 말인지 모르겠다. 증인 심문을 하지 않겠다는 것인가? 아니면 이 새로운 정보가 굉장한 폭발력을 가지고 있어서 공판이 중단될 수도 있다는 얘긴가?

"제발."

스턴이 다시 말했다.

그는 우리를 법정 밖으로 이끌고 갔다. 이때 바바라가 끼어들었다. 그녀가 내 손을 잡았다.

우리는 법원 근처에 있는 내가 좋아하는 고풍스러운 독일 식당 라흐트너즈에서 저녁 식사를 했다. 바바라는 오늘 공판이 순탄하게 진행되어 기분이 들뜬 것 같다. 그녀도 어제의 암울한 상황 때문에 울적해 있었던 게 분명했다. 와인 한 병을 주문하더니 와인 병을 따자마자 공판에 대한 질문을 쏟아 냈다. 마침내 나와 단둘이 있게 된 것이 기쁜 것 같다. 그동안 그럴 기회가 없어서 기분이 상했나 보다. 그녀는 그 커다란 눈으로 조용히 나를 바라보며 질문을 쏟아 냈다. 특히 어제 있었던 과학수사대의 서면 진술에 관심이 많은 것 같다.

"왜 직접 증언이 아닌 서면 진술을 택했어?"

그녀는 분석 결과 보고서에 나온 내용을 전부 알려 달라고 했다. 그러고는 구마가이와 내일 그가 할 증언 내용에 대해 자세히 물었다. 내 대답은 늘 그렇듯 간결했다. 그녀의 질문에 짧게 대답하고는 식사나 하자고 했다. 그러면서 불안한 마음을 드러내지 않으려고 노력했다. 늘 그렇듯 바바라의 호기심에 대해 두려운 마음이 들었다. 정말 객관적인 입장에서 갖게 된 호기심일까? 재판 절차와 여러 가지 수수께끼들이 그렇게 흥미로울까? 그런 것들이 내게 미칠 영향보다? 나는 화제를 바꿔 냇에게서 무슨 소식이라도 있었냐고 물었다. 그러나 바바라는 내가 의도적으로 말을 돌리려 한다는 것을 알아챈 것 같다.

"당신, 예전의 모습으로 돌아가고 있는 것 같아."

그녀가 말했다.

"무슨 뜻이야?"

어설프게 피곤한 상황을 피해 보려다가 더 피곤해지는 것 같다.

"옛날처럼 저 멀리 있는 것 같아."

나는 늘 그 자리에 있는데 아내가 불평을 했다. 와인을 마셔서 그런지, 갑자기 화가 솟구쳤다. 지금 내 얼굴은 아버지의 얼굴처럼 어둡고 화난 표정이 되어 있을 것이다. 나는 화가 가라앉을 때까지 기다렸다.

"내가 겪고 있는 일은 쉬운 일이 아니야, 바바라. 견뎌 내려고 애를 쓰고 있는 중이야. 하루하루."

"당신을 돕고 싶어, 러스티. 무슨 짓을 해서라도 말이야."

나는 아무 대답도 하지 않았다. 다시 화가 날 것 같다. 하지만 늘 그렇듯이 분노가 지나간 뒤에는 어둡고 깊은 슬픔의 동굴 속에 혼자 남겨진 느낌이 들었다.

나는 테이블 위로 두 손을 뻗어 그녀의 양손을 끌어 잡았다.

"난 포기하지 않았어. 그걸 알려 주고 싶어. 지금 아주 힘이 들어. 하지만 끝까지 가 볼 거야. 어떤 것도 포기하지 않고 말이지. 나중에 다시 시작하기 위해서라도 가능한 한 많은 것을 붙잡고 싶어. 알겠어?"

그녀는 평소와는 달리 나를 똑바로 쳐다보더니 고개를 끄덕였다.

차를 타고 집으로 가면서 내가 다시 냇 소식을 물으니까 바바라는 캠프 소장으로부터 전화를 여러 통 받았다고 처음으로 털어놓았다. 냇이 매일 밤 두세 번씩 악몽을 꾸고 비명을 지르며 깨곤 한다는 것이다. 소장은 보통은 환경이 바뀌어서 그렇다고 생각하고 아이를 달래지만 냇의 경우는 심각한 문제라고 했다. 단지 집이 그리워서 그런 것만은 아닌 것 같다는 것이다. 내 운명에 대해 걱정이 많은 아이가 부모 곁에서 떨어져 있다 보니 근심 걱정이 더 커진 것이다. 소장은 아이를 집으로 돌려보내는 것이 좋겠다고 했다.

"냇의 목소리는 어떤 것 같아?"

바바라는 점심 식사를 위한 휴정 시간에 냇에게 두 번씩 전화를 했다. 아이와 통화가 가능한 것이 그때뿐이기 때문이다. 그때마다 나는 스턴, 켐프와 이야기를 나누고 있었다.

"괜찮은 것 같았어. 용감해지려고 애를 쓰는 것 같아. 하지만 그것도 문제야. 소장 말이 맞는 것 같아. 집으로 데려오는 게 좋겠어."

나는 기꺼이 동의했다. 이상하게 들릴지 모르지만 아들이 나를 그렇게 걱정해 주는 것에 감동받았다. 하지만 바바라가 이 일을 혼자만 알고 있었다는 사실이 또 신경을 건드렸다. 또 화가 날 것 같다. 나는 이런 일에 화를 내는 건 말도 안 된다고 자신을 다독였다. 걱정거리를 더 안기고 싶지 않아서 그랬을 거다. 그래도 그렇지, 그렇게 아무 눈치도 못 채게 혼자만 알고 있다니.

문을 여는데 전화벨이 울렸다. 놀라운 소식을 전하려고 켐프나스턴이 전화를 했으려니 생각했다. 그러나 받고 보니 리프랜저다. 여전히 자기 이름을 밝히지 않았다.

"그 문제에 대해 뭔가 잡은 것 같아."

레온에 대한 말이다.

"지금 얘기할 수 있어?"

"그건 곤란하고. 내일 밤 딴 약속 잡지 마. 내 퇴근 시간 후에."

"자정이 넘어서?"

"그래. 드라이브 좀 하자고. 그 친구 만나 봐야지."

"찾았어?"

가슴이 두근거리기 시작했다. 놀라웠다. 리프랜저가 레온을 찾아내다니.

"그런 것 같아. 확실한 건 내일 알게 될 거야. 좋아할 일이 또 있어."

수화기 너머로 딴 사람 목소리가 들렸다.

"가 봐야겠어. 내일 밤에 봐."

리프랜저가 웃었다. 그가 웃는 경우는 드물다. 특히 이런 때에는.

"들으면 좋아할 거야."

"구마가이 박사님."

스턴이 조롱하는 듯한 말투로 말문을 열었다. 오후 두시 오분, 오후 심문이 시작되었다. 켐프와 스턴이 재판의 가장 중요한 갈림 길이 될 거라고 말했던 그 반대 심문이었다.

검찰 측 마지막 증인으로 나선 다쓰오 구마가이가 무표정한 얼굴로 스턴을 바라봤다. 이 법정 안에 있는 사람들에게 그는 설명이 필요 없는 사람으로 보였다. 사실을 관찰하는 불편부당한 과학자의 모습이었다. 그는 푸른색 양복 차림에, 숱이 많은 검은 머리를 올백으로 넘겼다. 구마가이가 증인석에 앉은 모습을 본 건 오늘 아침 직접 심문 때가 처음이었다. 예상보다 괜찮은 모습이었다. 의학 전문 용어와 독특한 말투 때문에 속기사는 자꾸만 끼어들어 다시 말해 달라거나 철자를 말해 달라고 요구해야 했다. 하지만 권위가 느껴지는 증언이라는 것은 부인할 수 없다. 타고난 거만함은 증인석에 앉으니 전문가의 자신감으로 보였다. 경력도 훌륭했다. 세 개 대륙에서 공부를 했고 전 세계 유수 학술잡지에 논문을 실었다. 미국 전역에서 살인 사건 부검의로서 증언을 한 경험도 있었다.

구마가이가 권위 있는 전문가임을 보여 주기 위해 검찰이 그의 경력 사항을 장황하게 열거하는 과정에서 이런 사실들이 드러났다. 자신이 보거나 들은 것, 혹은 행동한 것을 증언하는 데 그치는, 소위 우연에 의한 증인과는 달리, 구마가이는 모든 법의학적 증거들을 고려하여 무슨 일이 일어났는지에 대해 자신의 의견을 밝혀야 했다. 그가 출두하기 전에, 법의학자의 분석과 혈액 검사 결과에 관한 몇 건의 진술서 낭독이 있었다. 증인으로 나선 구마가이는 이런 사실들과 자신의 부검 소견을 토대로 사건 정황을 포괄적으로 설명했다. 4월 1일 밤 폴헤무스 양은 성 관계를 가졌고, 쌍방의 합의에 의한 성 관계였던 것이 거의 확실하다는 의견이었다. 이 의견은 피해자의 몸에서 농도 2퍼센트의 논옥시놀 9라는 화학물질과 다양한 젤리 타입의 물질이 나온 것을 토대로 한 것으로, 이것은 피해자가 다이아프램을 사용했다는 것을 보여 주는 증거다. 피해자와 성 관계를 가진 남자는 나와 마찬가지로 A형이다. 질 속에서 정액이 발견된 위치를 가지고 추정해 볼 때 피해자는 성 관계를 가진 직후에 뒤에서 둔기로 얻어맞았다. 피해자의 머리 오른쪽에 둔기로 얻어맞은 상처가 있는 것으로 보아 공격한 사람은 나와 마찬가지로 오른손잡이다. 공격을 받을 당시 그녀의 자세나 살인 무기의 길이를 모르는 상태에서는 공격자의 키는 추정이 불가능했다. 두개골 상처로 보아 피해자는 잠깐이나마 서 있다가 공격을 받았다는 것을 알 수 있다. 이때 다이아프램은 제거된 것이 분명하고 사망한 피해자는 밧줄에 묶였다. 스턴이 아무런 이의 제기를 하지 않는 가운데, 구마가이는 피임약 사용과 문과 창문의 빗장이 벗겨져 있었다는 사실을 종합해 볼 때, 범인은 신원을 숨기기 위해 강간 사건으로 위장했고, 범죄 증거의 수집 방법과 피해자가 검찰청에서 하는 일을 잘 알고 있었던 사람이 분명하다고 믿게 되었다고 증언했다.

구마가이에게서 이런 설명을 다 이끌어 낸 니코는 마지막에 내게도 이런 설명을 했는지 물었다.

"그렇습니다, 검사님. 올해 4월 10일인가 11일에 피고인을 만나 사건에 관해 이야기를 나눴습니다."

"무슨 이야기가 오고 갔는지 말씀해 주시겠습니까?"

"그러니까 피고인은 피해자가 자발적으로 밧줄에 묶인 상태에서 비정상적인 성 행위를 하다가 사고로 죽은 것이 틀림없다고 나를 설득하려고 했습니다."

"그래서 어떻게 대답하셨습니까?"

"그건 말도 안 되는 소리라고 했고 증거를 볼 때 어떤 일이 일어났다고 판단되는지 설명했습니다."

"그러면 피고인에게 사건에 관한 증인의 생각을 설명하고 난 후에 이야기가 더 오고 갔습니까?"

"네. 피고인이 굉장히 화를 냈습니다. 자리에서 일어서서 나를 협박했습니다. 조심하지 않으면 수사 조작 혐의로 기소하겠다고 했습니다. 다른 얘기도 더 있었지만, 근본적으로는 그런 얘기였습니다."

내 양쪽에 앉은 스턴과 켐프는 침착하게, 심지어 미소까지 지으며 그의 증언을 듣고 있다. 둘 다 메모도 하지 않았다. 나는 어쩔 수 없이 가만히 앉아 있기는 하지만 도대체 어찌 된 영문인지 모르겠다.

"구마가이가 실수를 했어요."

오늘 아침 내가 사무실에 도착하자 켐프가 그렇게 말했다.

"큰 실수요."

"얼마나 큰 실수를요?"

내가 물었다.

"굉장히 큰 실수요."

켐프가 답했다.

"엄청난 실수."

나는 고개를 끄덕였다. 구마가이가 아닌 다른 사람이 그랬다면 더 놀랐을 텐데 라는 생각이 들었다.

"뭔지 알고 싶지 않으세요?"

켐프가 물었다.

희한하게도 스턴의 말이 맞다는 생각이 들었다. 자세한 것은 모르고 있는 편이 나았다. 엄청난 실수가 있었다는 말만으로도 나를 깊은 분노의 경계까지 끌고 가기에 충분했다. 미리부터 그 혼돈의 영역으로 들어서고 싶지는 않았다.

내가 켐프에게 말했다.

"나중에 놀라게 해줘. 법정에서 들을게."

이제 나는 기다리고 있다. 구마가이는 침착하고 냉정한 모습으로 증인석에 앉아 있다. 점심시간에 켐프는 구마가이가 오늘 밤 안으로 해고될 거라고 말했다.

"구마가이 박사님."

스턴이 반대 심문을 시작했다.

"증인은 오늘 여기서 전문가로서 증언을 하셨습니다, 맞습니까?"

"그렇습니다, 변호사님."

"증인의 다양한 논문과 학위에 대해 말씀해 주셨습니다, 그렇지요?"

"그런 것을 묻는 질문에 대답했습니다. 맞습니다."

"과거에도 증언을 한 경험이 많다고 말씀하셨습니다, 그렇죠?"

"수백 번입니다."

매번 나오는 구마가이의 간결한 대답에서 적의가 느껴졌다. 그는 똑똑하고 다루기 힘든 증인이 되고 싶은 것이다. 반대 심문을 하는 입장에선 이편이 더 낫다.

"증인, 증인의 전문가로서의 능력에 대해 의문이 제기된 적이 있습니까? 증인이 아는 한 말입니다."

구마가이가 자세를 고쳐 앉았다. 드디어 공격이 시작되었음을 깨달은 것이다.

"아니요, 없습니다, 변호사님."

"증인, 지난 몇 년 동안 수많은 부장 검사들이 증인의 부검의로서의 능력에 대해 불평을 해오지 않았습니까?"

"내가 직접 들은 바는 없습니다."

"그렇군요, 직접 들은 바는 없으시군요. 하지만 경찰청장에게는 그런 불평이 여러 차례 들어갔고 적어도 한 번은 그 불평 신고가 증인의 인사 기록에 기록되기까지 하지 않았습니까?"

"나는 모르는 일입니다."

스턴은 서류를 니코에게 보여 주고 나서 증인석에 앉은 구마가이에게로 가져가 보여 줬다.

"이런 건 본 적이 없습니다."

그가 즉시 말했다.

"경찰 내부 규정상 인사 기록에 어떤 사항이 첨부될 때는 본인에게 통지가 가지 않나요?"

"그럴 수 있겠죠. 하지만 내 기억을 물으셨잖습니까. 내 기억에는 없습니다."

"감사합니다, 증인."

스턴이 구마가이의 손에서 서류를 받아 들었다. 그리고 변호인석 쪽으로 돌아오는 동안 뜬금없는 질문을 던졌다.

"별명이 있으십니까?"

구마가이가 잠시 잠자코 있다. 불평 신고가 인사 기록에 들어가 있다는 사실을 알고 있었다고 인정하는 편이 나았을 거 같다는 생각을 하고 있는 것 같다.

"친구들은 나를 테드라고 부릅니다."

"그거 말고는요?"

"나는 별명을 사용하지 않습니다."

"아뇨, 증인, 증인이 사용하는 별명이 아니라 다른 사람들에게 어떤 별명으로 불리는지 알고 계시냐는 말씀입니다."

"질문을 이해하지 못하겠군요."

"증인을 무고통이라고 부르는 것을 한 번도 들어 본 적이 없으십니까?"

"나한테요?"

"누구한테라도요. 들어 보셨습니까?"

무고통이 다시 몸을 들썩이며 자세를 고쳐 앉았다.

"그럴 수 있겠죠."

"그 별명이 마음에 안 드시나 보네요, 그렇죠?"

"생각하고 싶지도 않습니다."

"몇 년 전 세네트 전직 수석 부장 검사가 증인한테 그런 별명을 지어 줬습니다, 유쾌하지 않은 맥락에서요, 그렇지 않습니까?"

"그런 것도 같군요."

"그때 세네트 검사는 증인 면전에서 증인이 부검을 망쳤다고 불평하면서 증인과 함께 일하면서 고통을 받지 않을 사람은 시체 밖에 없다고, 죽었기 때문에 고통을 못 느낄 거라고 말하지 않았습니까?"

사방에서 천둥 같은 웃음소리가 터져 나왔다. 판사석에 앉아 있는 리틀 판사조차도 킥킥거리며 웃고 있다. 스턴은 처음으로 타고난 예의범절을 포기한 것 같다. 반대 심문이 거의 잔인한 수준에 도달해 있다.

"기억이 안 납니다."

법정 안에 다시 질서가 잡히자 무고통이 냉정한 목소리로 대답했다. 다년간 증언을 한 경험을 통해 그는 불리할 때 어떻게 해야 하는지 잘 알게 된 것이다. 검찰 총장부터 말단 형사에 이르기까지 킨들 군 법조계에 몸담은 사람이라면 누구나 그 이야기를 알고 있다. 세네트는 기꺼이 증인으로 나서서 그 이야기를 들려주겠지만 판사가 이렇게 재판과 별 관계없는 비난을 허용하지 않을 것이다. 무고통은 어깨에 힘을 주어 세우고 앉아 스턴을 바라보며 다음 말이 나오기를 기다리고 있다. 그는 자기의 작은 승리를 만끽하고 있는 것 같다.

"니코 델라 가르디아 검사와 몰토 검사는 증인이 함께 일해 본 검사들 중에서, 그러니까 의견의 불일치가 덜 했던 검사들이죠, 그렇지 않습니까?"

"그렇습니다. 저와 좋은 친구 사이이기도 합니다."

이 점에 있어서는 무고통이 준비를 잘 해온 것 같다. 그는 몰토와 니코의 중요성을 최소화하기 위해 그들과의 친분을 인정하고 있다.

"이 수사가 진행되는 동안 그들 중 누구하고라도 이 수사에 대해 이야기를 나누신 적이 있습니까?"

"가끔 몰토 검사와 이야기를 했습니다."

"얼마나 자주 이야기를 나누셨습니까?"

"계속 연락을 주고받았습니다. 기회 있을 때마다 이야기를 나누고요."

"4월 초 몇 주 동안, 다섯 차례 이상 몰토 검사와 이야기를 나누셨습니까?"

"그럼요. 그런 것 같습니다."

무고통은 위험을 무릅쓰려 하지 않았다. 증거에 대한 소환이 이루어졌다는 것을 알고 있는 것이다. 게다가 그는 우리가 누구의 통화 기록을 입수했는지 알 수 없었다.

"그러면 그때 증인은 이 수사에 대해 자세하게 설명하셨습니까?"

"몰토 검사는 내 친굽니다. 내가 무슨 일을 하고 있는지 물으면 사실 그대로 이야기해 줍니다. 우리는 공개해도 무방한 정보에 대해서만 이야기를 나눴습니다. 대배심 재판의 기밀 사항에 대한 이야기는 전혀 없었습니다."

무고통은 만족스러운 듯 다시 미소를 짓고 있다. 물론 이 대답은 검찰과 사전에 입을 맞췄던 것이다.

"피고인에게 법의학자의 분석 결과를 전달하기 이전에 몰토 검사에게 이 결과를 알려 주셨습니까? 구체적으로 말씀드리면 젤리 타입의 피임약이 검출됐던 정액에 대해서 말입니다."

"무슨 말인지 알겠습니다."

무고통이 퉁명스럽게 답했다. 그는 몰토를 바라봤다. 한 손으로 얼굴을 가리고 있던 몰토는 구마가이가 쳐다보자 손을 떼고 몸을 세워 앉았다.

"그런 것 같습니다."

구마가이의 대답이 끝나기도 전에 리틀 판사가 끼어들었다.

"잠깐만요. 잠깐이면 됩니다. 속기사는 몰토 검사가 증인의 마지막 대답과 관련하여 증인에게 어떤 신호를 보내는 동작을 했다는 사실을 기록해 주세요. 몰토 검사의 행동에 관해서는 나중에 다시 논의를 하겠습니다. 계속하세요, 변호인."

몰토는 벌겋게 달아오른 얼굴로 비틀거리며 일어섰다.

"존경하는 재판장님, 대단히 죄송합니다만, 무슨 말씀이신지 모르겠습니다."

몰토를 보고 있던 나도 리틀 판사가 왜 그러는지 모르겠다. 리틀 판사가 화를 버럭 냈다.

"배심원들은 장님이 아닙니다, 몰토 검사. 나도 마찬가지고요. 계속하세요."

마지막 말은 스턴을 향해 했다. 하지만 너무 화가 나서 그냥 넘어갈 수가 없는지, 의자를 휙 돌려 몰토를 바라보더니 판결봉을 들어 가리키며 말했다.

"경고했죠? 예전에 이미 경고했습니다. 이 재판에 임하는 당신의 태도가 대단히 유감스럽다고요, 몰토 검사. 이 문제에 관해서는 따로 논의를 하겠습니다."

"판사님."

몰토가 절박한 표정으로 말했다.

"앉으세요, 몰토 검사. 스턴 변호사, 계속하세요."

스턴이 변호인석으로 돌아왔다. 나는 스턴에게 내가 본 것을 설명했다. 스턴도 별로 이상한 낌새를 못 챈 것 같다. 하지만 좋은 기회를 놓치진 않았다. 그가 점잔 빼는 말투로 다시 물었다.

"증인, 증인은 몰토 검사와 수시로 정보를 주고받았다고 말해도 괜찮겠습니까?"

이 질문에 주로 기자석 쪽에서 킬킬거리는 웃음소리가 터져 나왔다. 구마가이는 경멸하는 표정으로 눈을 깜박거리기만 할 뿐, 아무런 대답도 하지 않았다.

"증인, 증인은 킨들 군 검시관이 되고 싶다는 야망을 갖고 계시죠, 그렇지 않습니까?"

"그렇습니다, 검시관이 되고 싶습니다."

자포자기했는지 그가 별 망설임 없이 대답했다.

"지금 러셀 박사님이 잘 하고 계시지만 2, 3년 후면 은퇴하십니다. 그러면 내가 그 자리를 맡을 수도 있다고 생각합니다."

"그때 검찰 총장의 추천이 있다면 도움이 되겠죠, 그렇지 않습니까?"

"그건 뭐 아무도 모르는 일이지만 해가 될 것은 없겠죠."

구마가이가 미소를 지으며 대답했다.

인정하기 싫지만 니코가 존경스럽다. 자기 측 증인인 구마가이 박사에게 선거 운동 기간 중에 있었던 일에 대해 솔직히 답변하도록 잘도 구슬려 놓았으니 말이다. 니코는 몰토의 실수를 만회하기 위해서는 솔직할 필요가 있다고 판단한 것이 분명하다. 그리고 그 판단은 옳았다. 조금 전 판사가 몰토를 비난하는 일만 없었더라도 그 전술은 더 잘 먹혀들어 갔을 것이다.

"지난 4월 이전에 검시관이 될 가능성을 놓고 몰토 검사와 이야 기를 나누신 적이 있습니까, 증인?"

"그럼요. 말씀드렸다시피, 몰토 검사와 나는 좋은 친구 사이입니다. 나는 내가 뭘 하고 싶은지 얘기하고 몰토 검사도 자기가 뭘 하고 싶은지 이야기하죠. 언제나 그렇습니다. 4월, 5월, 6월, 계속 이야기를 나눴습니다."

"그러면 지난 4월에 법의학 분석실의 보고서를 받기 이전에도 이 수사에 관해서 자주 이야기를 나누셨습니까?"

"그렇습니다."

"그런데 그 보고서는 증인이 피해자인 폴헤무스 양의 시체를 부검하던 중 채취한 정액에 관한 내용이었습니다, 맞습니까?"

"맞습니다."

"그리고 그 정액은 피고인의 혈액형과 동일한 것으로 밝혀졌고 피해자가 피임을 위해 사용한 다이아프램과 동일한 화학 물질을 함유하고 있었습니다, 맞습니까?"

"맞습니다."

"그리고 그 정액 속에 이 피임 약품이 존재한다는 것이 증인의 소견에서 아주 중요한 의미를 가지고 있습니다, 맞습니까?"

"모든 사실들이 다 중요합니다, 변호사님."

"그렇지만 증인은 우리가 이 비극적인 사건이 강간을 위장한 것이라고 믿기를 바라고 있기 때문에 그 사실은 특별히 중요한 의미를 갖습니다, 그렇지 않습니까?"

"그냥 내 소견을 말씀드리는 것뿐이지, 무엇을 믿으라고 강요하는 것은 아닙니다."

"하지만 피고인이 이 사건을 강간으로 위장하려 했다는 것이 증인 소견의 요점이 아닙니까, 그렇죠?"

"그렇게 말씀하시니까 그런 것도 같군요."

"아니, 그게 증인이 주장하시는 요점이 아닙니까? 증인과 몰토 검사, 니코 델라 가르디아 검사가 말이죠. 이분들 앞에서 우리 툭 까놓고 말해 봅시다."

스턴이 배심원석을 가리켰다.

"이 사건이 강간을 위장한 살인이었다는 것이 증인의 소견입니다. 그렇게 위장한 것은 범인이 검찰의 수사 방식과 피해자의 업무에 대해 잘 알고 있다는 것을 암시하고 있다고 하셨습니다, 맞지요?"

"네, 직접 심문 때 그렇게 말했습니다."

"그리고 그런 견해들을 종합해 볼 때 피고인이 범인이라고 생각하신 것 아닙니까, 그렇죠?"

"그렇게 말씀하시니 그런 것 같군요."

구마가이가 미소를 지으며 대답했다. 스턴이 자기 의뢰인에게 불리한 견해를 입에 담는 것이 믿어지지 않는다는 표정이었다. 하지만 스턴은 구마가이가 감히 직접적으로 표현하지 못하는 말을 스스럼없이 내뱉으며 계속 이 문제를 물고 늘어졌다. 그리고 구마가이는 남의 불행을 즐기는 천성을 유감없이 발휘하고 있었다.

"그리고 이런 추론은 증인이 법의학 분석실에 보낸 정액 샘플에서 정충을 죽이는 젤리 타입의 피임약 성분이 검출되었다는 사실에 근거한 것입니다, 그렇지 않습니까?"

"그렇다고 할 수 있습니다."

"그렇다고 할 수 있는 것이 아니라, 그런 것 아닙니까?"

"그렇습니다."

"그러므로 이 정액 샘플과 피임약 성분의 검출은 증인의 소견에서 중요한 의미를 가지고 있는 것이죠?"

스턴이 조금 전의 주장으로 되돌아왔다. 이번에는 구마가이도 인정을 했다. 그는 어깨를 으쓱해 보이더니 맞다고 대답했다.

"그러면 증인, 피해자의 아파트에서 피임약이 전혀 발견되지 않았다는 사실에 대해서는 전문가로서 어떻게 설명하시겠습니까? 그리어 형사가 했던 증언에 대해서 알고 계시죠?"

"나는 과학적 증거에 대해 내 소견을 말할 뿐입니다. 증인 진술서 따위는 읽지 않습니다."

"하지만 그 증언에 대해서 알고 계시죠?"

"들었습니다."

"그러면 증인은 전문가로서 본인의 견해가 피해자의 소지품들 중에서 발견되지 않은 물질의 존재에 근거한 것이라는 사실에 대해서 걱정이 안 되십니까?"

"걱정이 안 되냐고요?"

"그렇습니다."

"그런 걱정 따위는 하지 않습니다. 나는 과학적 증거에 대한 소견만을 말할 뿐입니다."

스턴이 구마가이를 물끄러미 바라봤다.

"피임약이 어딘가에 있었겠죠, 변호사님. 여자들이 이런 걸 어디다 숨겨 두는지는 잘 모르겠지만요. 정액 샘플에서 피임약 성분이 검출된 것은 사실입니다. 검사 결과가 그렇게 나왔습니다."

"그렇군요."

"변호사님도 그런 내용의 서면 진술에 동의했잖습니까."

"증인이 보낸 정액 샘플에서 피임약 성분이 검출되었다는 거요? 맞습니다. 증인, 그 진술에 동의했습니다."

스턴은 법정 안을 천천히 걸어 다녔다. 구마가이가 놓친 것이 무엇인지 아직도 감이 안 잡혔다. 구마가이가 서면 진술에 대해 언급하기 전까지만 해도 나는 사실은 정액 속에 피임약 성분이 없었는데 분석 결과가 잘못된 것이라고 생각했다.

"그런데, 증인, 증인은 부검 당시에는 피임약 성분에 대해 아무런 언급도 하지 않으셨습니다. 그렇지 않습니까?"

"기억이 안 납니다."

"그럼 다시 한 번 잘 생각해 보십시오. 피해자와 마지막으로 성관계를 한 남자가 생식 불능이라는 것이 증인의 초기 견해가 아니었습니까?"

"기억이 안 납니다."

"그렇습니까? 증인은 리프랜저 형사에게 범인이 죽은 정자를 생산해 내는 병을 앓고 있는 것 같다고 말씀하셨습니다. 그렇지 않습니까? 리프랜저 형사가 이미 배심원단 앞에서 그렇게 증언했습니다. 그를 다시 부르는 게 큰 문제가 안 될 것 같은데요. 다시 한 번 잘 생각해 보십시오, 증인, 그렇게 말씀하시지 않으셨습니까?"

"아마도요. 아주 초기 단계의 의견을 말했던 것 같군요."

"좋습니다. 증인의 아주 초기 단계의 의견이었군요. 그때는 그런 의견을 내셨던 것이 맞지요?"

"그런 것 같습니다."

"그러면 어떤 이유로 그런 의견을 갖게 되었는지 기억하고 계십니까?"

"아뇨."

"사실 증인은 부검일로부터 며칠만 지나더라도 부검 결과를 기억해 내기가 어려울 것입니다. 그렇지 않습니까?"

"보통은 그렇습니다."

"일주일에 부검을 몇 건이나 하십니까, 증인?"

"한두 건 정도요. 어떤 땐 열 건이 될 수도 있습니다. 상황에 따라 달라집니다."

"캐롤린 폴헤무스의 사망 시기를 전후하여 한 달 동안 부검을 몇 건이나 하셨는지 기억하십니까?"

"기억 안 납니다, 변호사님."

"열여덟 건이었습니다. 놀랍지 않으십니까?"

"그랬던 것 같군요."

"그 정도라면, 특정한 부검에서 나온 구체적인 사항을 잊어버리기가 쉬울 것 같은데요, 그렇지 않습니까?"

"맞습니다."

"하지만 리프랜저 형사에게 말씀하셨을 때에는 그런 세부적인 결과들이 나오고 얼마 지나지 않은 때라서 분명히 기억하고 계셨을 겁니다, 그렇지 않습니까?"

"그랬겠죠."

"그리고 그때 리프랜저 형사에게 살인범이 생식 불능이라고 생각한다고 말씀하셨습니다, 그렇죠?"

"이제야 기억이 나네요. 그렇게 말했던 것 같습니다."

"자, 그러면, 이제야 기억이 나신다는 그 부검 결과들을, 조금 전에 말씀하신 아주 초기 단계의 견해에 도달하게 만든 그 부검 결과들을 검토해 볼까요?"

스턴은 재빨리 부검 결과들을 읊어 내려갔다.

"사후 경직과 혈액 응고, 소화 효소의 상태를 보아 사망 시각이 추정되었다. 음문에서 멀리 떨어진 질 뒤편에서 정액이 주로 검출된 것은 피해자가 성 관계를 가진 후 서 있었던 시간이 별로 없었다는 사실을 보여 주는 것이고, 따라서 성 관계 직후에 공격을 받고 사망했다는 뜻이다. 그리고 피임약을 사용하지 않았다는 것을 전제로 할 때 보통은 성 관계 후 10시간에서 12시간이 지날 때까지 살아 있는 정충이 검출되기 마련인데, 피해자의 나팔관에서는 살아 있는 정충이 단 한 마리도 검출되지 않았다……. 그리고 이런 현상들을, 특히 정충이 모두 죽어 있는 것을 설명하기 위해서, 증인은 범인이 생식 불능이라고 결론을 지으셨습니다. 처음에는 피임약을 사용했을 거라는 생각이 들지 않으셨습니까?"

"그렇습니다."

"이제 와 돌이켜 보니, 피임약 사용과 같은 너무나 분명한 가능성을 놓친 것이 정말 바보 같았다는 생각이 드시겠군요?"

"가끔 실수를 합니다."

구마가이가 손을 휘저으며 대답했다.

"그렇습니까?"

스턴이 검찰 측 증인으로 나선 전문가를 바라보며 말했다.

"얼마나 자주 하십니까?"

구마가이는 아무 대답도 하지 않았다. 자신의 실수를 깨달은 것이다.

"변호사님, 나는 어떤 피임 도구도 발견하지 못했습니다. 다이아프램 같은 것도 없었고요. 그래서 당연히 피임을 했을 거라는 생각을 못 한 거죠."

"그렇지만, 증인, 증인 정도의 명성을 누리는 전문가라면 그렇게 쉽게 잘못된 결론을 내려서는 안 되는 것 아닐까요?"

구마가이가 미소를 지었다. 자신이 비난을 받고 있다는 것을 알고 있다.

"사실 하나하나가 다 중요합니다. 범인에 대해 알아내는 데는 말이죠."

그가 말했다.

"하지만 증인이 리프랜저 형사에게 초기 견해를 말씀하셨을 때, 리프랜저 형사를 속이려고 했던 것은 아니었죠, 그렇지 않습니까?"

"아, 그럼요. 속이다뇨."

구마가이가 고개를 설레설레 흔들었다. 이런 말이 나올 것을 알고 있었던 것 같다.

"증인, 그 당시 증인은 피임 도구가 사용되지 않았다고 굳게 믿고 있어서 피임약이 사용되었을 거라는 생각은 아예 하지도 않으셨던 것이죠, 그렇지 않습니까?"

"이것 보세요, 변호사님, 나는 어떤 소견을 가졌을 뿐이고 분석 결과가 나온 다음에 견해가 바뀌었을 뿐입니다. 리프랜저 형사는 초기 견해를 들은 것뿐이고요."

"다른 가능성을 생각해 봅시다. 예를 들어, 증인, 자신이 아이를 낳을 수 없다는 사실을 알고 있는 여성이라면 특별히 피임을 하지는 않았겠죠, 그렇지 않습니까?"

"그렇겠죠. 하지만 피해자에겐 자식이 있습니다."

"그건 알고 있습니다. 하지만 피해자라는 특정 경우는 지금 생각하지 마시고요. 제가 말씀드린 일반적인 경우에 대해서 생각해 주시기 바랍니다. 자신이 임신을 할 수 없다는 사실을 아는 여성이 피임을 한다는 것은 비상식적인 일일 것입니다, 그렇지 않습니까?"

"그렇죠, 비상식적이죠."

구마가이가 동의했다. 그러나 대답이 점점 더 느려졌다. 눈을 둥그렇게 뜨고 있는 모습을 보니 스턴이 왜 이런 말을 하는지 감을 못 잡고 있는 것 같다.

"말도 안 되죠?"

"그렇죠."

"증인은 부검의로서 그런 여성이 다이아프램이나 다른 피임약을 사용할 수도 있는, 다른 어떤 이유를 추측해 낼 수 있습니까?"

"지금 폐경기 여성에 대한 이야기를 하고 있는 건 아니죠?"

"물론 아닙니다. 자신이 임신할 수 없다는 사실을 알고 있는 가임기 여성에 대한 이야기를 하고 있는 것입니다."

"그럼, 아무런 이유가 없습니다. 의학적으로는 아무런 이유가 없습니다. 어떤 이유도 생각할 수 없겠는데요."

스턴이 리틀 판사를 올려다보며 말했다.

"존경하는 재판장님, 속기사가 마지막 다섯 개의 질문과 대답에 표시를 해놓도록 지시해 주시겠습니까? 나중에 필요하다면 다시 읽을 수 있도록 말입니다."

구마가이는 천천히 법정 안을 둘러봤다. 판사와 속기사를 바라보더니 검찰석에 눈길이 머문다. 그는 얼굴을 찌푸리고 있었다. 정확하게 어떤 것인지는 모르겠지만 함정이 만들어진 것만은 확실했다. 모두들 알고 있었다. 속기사는 속기 기록에 클립을 꽂았다.

"증인, 증인은 전문가로서 피해자 캐롤린 폴헤무스가 자신이 임신할 수 없다는 사실을 알았다는 견해를 갖고 계시지는 않습니까?"

구마가이가 스턴을 바라봤다. 그러고는 증인석 앞에 놓인 마이크 쪽으로 몸을 기울였다.

"아뇨."

"그렇게 서둘러서 대답하지 마시고요, 증인. 그 당시 한 달 동안 부검을 열여덟 건이나 하셨습니다. 부검 기록을 살펴보시는 것이 좋지 않겠습니까?"

"피해자는 피임 도구를 사용했습니다. 변호사님도 그런 서면 진술에 동의하셨고요."

"네, 맞습니다. 증인이 보낸 정액 샘플에 대한 검사 결과에 동의한 것은 인정합니다."

스턴이 변호인석으로 돌아왔다. 켐프는 벌써 스턴이 원하는 서류를 들고 있다. 스턴은 사본 한 부를 검찰석에 전해 주고 원본은 구마가이에게 건넸다.

"증인이 피해자 폴헤무스 양을 부검할 때 작성한 기록입니다, 맞습니까, 증인?"

구마가이가 보고서를 뒤적였다.

"내 서명이 있군요. 맞습니다."

"클립이 꽂혀 있는 페이지의 짧은 문단을 큰 소리로 읽어 주시겠습니까?"

스턴이 니코 쪽을 보며 말을 이었다.

"2페이지입니다, 검사님."

구마가이가 안경을 바꿔 썼다.

"나팔관은 따로 분리되어 있고 묶여 있음. 털이 난 가장자리는 정상으로 보임."

구마가이는 자신이 읽은 페이지를 노려봤다. 다시 보고서를 들춰 마지막 장을 확인했다. 그러고는 얼굴을 심하게 찌푸리며 고개를 저었다.

"사실이 아닙니다."

구마가이가 말했다.

"증인 자신의 부검 기록이 사실이 아니라고요? 부검을 하면서 이런 내용을 받아 적게 하셨습니다, 그렇지 않습니까? 증인, 증인은 지금 부검 현장에서 실수를 하셨다고 말씀하시는 겁니까?"

"사실이 아닙니다."

스턴이 다른 서류를 가지러 변호인석으로 돌아왔다. 이제야 무슨 일인지 알겠다. 나는 그가 켐프에게서 서류를 받아 드는 것을 바라보며 속삭였다.

"캐롤린 폴헤무스의 나팔관이 묶여 있었다는 거예요?"

스턴이 아니라 켐프가 고개를 끄덕였다.

몇 초 동안 머릿속이 텅 빈 것 같았다. 희한하게도 법정 안에 나 혼자 있는 것 같은 느낌이 들었다. 아주 중요한 연결 고리가 끊어졌다. 한순간 데자뷰 현상을 겪고 있는 것 같다. 이유는 모르겠다. 법정 안에서 일어나는 일들이 아주 멀게 느껴졌다. 머릿속이 뒤죽박죽인데도 구마가이가 지금 엄청난 타격을 입고 있다는 것은 알겠다. 그는 폴헤무스의 나팔관이 분리되어 임신을 할 수 없을 거라는 가능성을 두세 번 더 부인했다. 스턴은 다른 증거를 제시할 테니 다시 한 번 생각해 보라며 구마가이에게 6년 6개월 전 캐롤린이 임신 중절 수술을 받은 후에 나팔관을 분리해 묶는 수술을 받았던 웨스트엔드의 산부인과 의사의 진료 기록을 건네줬다. 어제 오후 켐프가 만났던 사람이 바로 이 의사였던 것이다.

"다시 한 번 묻겠습니다, 증인. 그 진료 기록을 보고 전문가로서의 소견을 바꾸시겠습니까?"

구마가이는 대답을 하지 않았다.

"증인, 이제는 피해자가 자신이 임신할 수 없다는 사실을 알고 있었다고 생각하십니까?"

"그렇습니다."

구마가이가 서류에서 눈을 떼며 대답했다. 나는 혼란스러운 와중에도 그가 안됐다는 생각이 들었다. 그는 멍한 표정으로 스턴이나 배심원단이 아니라 몰토와 니코를 향해 말했다.

"잊었습니다."

"증인, 피해자 캐롤린 폴헤무스가 4월 1일 밤 피임약을 사용했다고 믿는 것은 불합리한 일이 아닐까요?"

구마가이는 아무 대답도 하지 않았다.

"그렇게 믿는 것은 비상식적이지 않겠습니까?"

구마가이는 여전히 말이 없다.

"피해자가 피임을 했을지도 모르는 다른 이유는 아는 바가 없다고 하셨습니다. 그렇지요?"

구마가이가 고개를 들었다. 뭔가 생각을 하고 있는 것인지, 아니면 수치심으로 멍해진 상태로 가만히 있는 것인지 모르겠다. 그는 증인석의 경사진 난간을 붙잡고 있었다. 여전히 아무 대답도 하지 못했다.

"속기사에게 조금 전 제가 한 질문들과 증인의 대답을 다시 읽어 달라고 할까요?"

구마가이가 고개를 저었다.

"피해자가 4월 1일 밤 피임약을 사용하지 않았다는 것이 분명하지 않습니까, 증인? 전문가로서 그렇게 생각하지 않으십니까? 부검의로서 피해자의 아파트에서 피임약이 전혀 발견되지 않았던 분명한 이유가 그거라고 생각하시지 않으십니까?"

구마가이가 한숨을 쉬는 것 같았다.

"변호사님의 질문에는 대답을 할 수가 없습니다."

그가 애써 위엄 있는 말투로 말했다.

"그러면, 이 질문에 대답을 해주시죠, 증인. 이런 여러 가지 사실들을 종합해 볼 때, 증인이 법의학 분석실로 보낸 정액 샘플은 피해자 캐롤린 폴헤무스의 몸에서 채취한 것이 아니라는 사실이 분명하지 않습니까?"

구마가이가 자세를 고쳐 앉으며 코에 걸린 안경을 다시 세운다.

"나는 부검 절차를 준수했습니다."

"증인, 증인은 지금 배심원들 앞에서 증인이 이 정액 샘플을 채취하고 표시를 해서 실험실로 보낸 것을 분명히 기억한다고 말씀하고 계시는 겁니까?"

"그건 아닙니다."

"다시 한 번 묻겠습니다. 피임약 성분을 함유하고 있는 이 정액 샘플은, 피고인의 혈액형과 같은 이 정액 샘플은 피해자의 사체에서 채취한 것이 아니었을 가능성이 있지 않을까요?"

구마가이가 고개를 저었다. 그러나 스턴의 말을 부정하고 있는 것은 아니었다. 어찌 된 영문인지 모르겠다는 뜻이다.

"증인, 그럴 가능성이 있지 않을까요?"

"네, 그럴 가능성이 있습니다."

법정 한쪽에 자리한 배심원단석에서 한 남자가 "세상에"라고 내뱉는 소리가 들렸다.

"그리고 그 정액 샘플은 증인이 몰토 검사와 정기적으로 의견을 교환하던 시기에 보내졌습니다. 그렇지요?"

이 말에 오랜만에 구마가이의 눈에서 불꽃이 튄다. 의자에 자세를 바로 하고 앉더니 날카로운 어조로 항변했다.

"지금 나를 비난하시는 겁니까?"

스턴은 잠시 침묵하더니 말문을 열었다.

"이 재판에서 아무런 증거 없는 비난은 이미 충분히 제기되었습니다."

그러고는 자리에 앉기 전에 그만 내려가도 된다는 듯 증인을 바라보며 고개를 끄덕였다.

"감사합니다, 증인."

스턴이 덧붙였다.

공판이 끝난 후, 켐프와 나는 스턴의 회의실에 모여 스턴의 비서와 사립 탐정 버만, 아르바이트로 일하는 법대생 2명으로 이루어진 소규모의 관객들 앞에서 구마가이의 반대 심문을 재현해 보였다. 켐프는 샴페인 한 병을 가져왔고 누군가가 라디오를 틀어놓았다. 켐프는 혼자서 스턴과 구마가이 역할을 모두 훌륭하게 연기했다. 그는 강경한 어조로 스턴이 던진 충격적인 질문들을 재현하더니 곧 의자에 앉아 발을 동동 구르며 목이 졸리는 시늉을 했다. 이 모습에 한바탕 웃음을 터뜨리고 있는데 스턴이 들어왔다. 턱시도 차림이었다. 아니 더 정확하게 말하자면 턱시도를 입으며 들어온 것 같다. 줄무늬 양복바지에 빳빳하게 다린 예장용 와이셔츠를 입고 있고 목에는 빨간색 나비넥타이를 걸고 있다. 방 안 광경을 본 그의 얼굴이 창백해졌다. 분노가 폭발하는 것을 가까스로 참고 있는 것 같다.

"부적절한 행동이야. 대단히 부적절한 행동이야. 아직 재판 중이라고. 자축할 때가 아니란 말이야. 법정에서 우리가 만족하고 있다는 낌새를 풍기면 안 돼. 배심원들은 그런 걸 금방 알아차린다고. 그리고 대단히 싫어하지. 이제 자리를 치워 주겠나. 내 의뢰인과 이야기를 나누고 싶어."

스턴이 켐프를 바라보며 말했다.

스턴이 몸을 돌려 사무실로 들어가고 내가 그 뒤를 따랐다. 사무실은 부드럽고 여성적인 분위기가 풍겼다. 인테리어에 스턴의 아내 클라라의 입김이 들어간 게 아닐까 싶다. 사방이 크림색 일색이다. 창문에는 크림색 커튼이 드리워져 있고 하이티산 면직물 천을 씌운 소파가 앉으라고 유혹하고 있는 것 같다. 스턴의 책상 양쪽 모퉁이에는 육중한 크리스털 재떨이가 놓여 있다.

"켐프 잘못이 아니라 내 잘못이에요."

내가 방 안으로 들어서며 말했다.

"고마워요. 하지만 지금으로선 어떤 판단을 내릴 책임이 당신에게 있는 건 아니에요, 켐프에게 있지. 아까 그 일은 전적으로 부적절한 행동이었어요."

"정말 멋진 승리였잖아요. 켐프도 수고 많이 했고요. 승리를 자축하는 중이었어요. 켐프는 당신 의뢰인의 기분을 풀어 주려고 노력했을 뿐이에요."

"켐프를 옹호할 필요는 없어요. 그는 일급 변호사고 나도 그의 능력을 높이 사고 있으니까. 어쩌면 내가 문제인지도 모르죠. 재판이 종반을 향해 가면 난 항상 긴장이 되거든요."

"오늘은 그냥 즐겨요, 스턴. 오늘 당신처럼 반대 심문을 멋지게 해내는 변호사는 드물어요. 특히 검찰 측 증인으로 나선 전문가를 상대로 말이죠."

"그건 그렇죠."

스턴이 빙그레 미소를 지었다.

"그런 엄청난 실수를 하다니."

그는 신음 소리를 내며 고개를 저었다.

"하지만 다 지나간 일이에요. 이제 당신이 끈질기게 요구한 일에 대해서 이야기를 나누고 싶군요. 변론 문제 말이에요. 시간이 더 있으면 좋겠는데, 벌써 몇 달 전에 매그누선 판사를 위한 오늘 저녁 모임에 참석하겠다고 약속해 놨거든요. 니코도 올 테니까, 시간이 부족한 건 둘 다 똑같을 테니 특별히 나만 손해 보는 건 아니지만요."

자신의 유머가 괜찮았다는 생각이 드는지 그가 미소를 지었다.

"변론과 관련해서 최종 결정은 항상 의뢰인이 내려 줘야 해요. 원한다면 충고를 해줄게요. 그렇지 않으면 마음대로 결정해요. 군말 없이 결정에 따를 테니까."

내가 예상했듯이 스턴은 일이 진행되어 가는 상황을 다 지켜본 후에 내게 결정권을 주는 것이다. 그가 어떤 충고를 할지 알 것 같았다.

"변론을 할 기회가 있을 것 같아요?"

"그러니까 리틀 판사가 당장 내일 우리 쪽에 이로운 평결을 지시할 거라고 생각하느냐고 묻는 거예요?"

"당신 생각에 그럴 수 있을 것 같아요?"

"그런 일이 일어나면 놀라 자빠질 것 같은데요."

그가 재떨이에서 시가를 집어 들었다.

"현실적으로 볼 때 내 대답은 '아니다'예요."

"나를 범인으로 모는 증거들 중에 뭐가 남아 있죠?"

"러스티, 내가 당신에게 강의를 할 필요는 없을 것 같은데요. 하지만 지금 이 단계에서 나온 증거들은 모두 검찰 측에 유리한 것들이라는 사실을 잊지 말아요. 구마가이의 증언도 지금은 검찰에 아주 큰 타격으로 보일지 모르지만 궁극적으로는 검찰 측에 이로운 것이라는 점을 명심해요. 그러니까 당신의 질문에 대한 내 대답은, 증거들은 어떤 관점에서 보더라도 당신을 범인으로 몰고 있다는 거예요. 현장에서 당신의 지문이 나왔지요. 당신 집에 있는 것과 똑같은 카펫 보푸라기도 나왔어요. 통화 기록도 당신이 피해자와 연락을 하고 있었다는 사실을 보여 주고 있고요. 그리고 당신은 이런 일들을 모두 숨기고 있었어요.

좀 더 현실적으로 생각해 보면, 이렇게 중요한 재판에서 배심원단이 가지는 결정권자로서의 역할을 빼앗고 싶어 하는 판사는 한 명도 없을 거예요. 검찰 측 수사에 대해 비판을 이끌어 내고, 좀 더 나아가 사건이 공정하게 수사되지 않았다고 생각한다는 것을 넌지시 드러내 보일 수는 있겠죠. 나도 검찰이 내세운 증거가 아주 미약하다고 생각해요. 판사도 마찬가지일 거예요. 하지만 당신을 풀어 주는 일은 배심원단에게 맡기고 싶어 할 것이 분명해요. 어떤 이유에서든 배심원단이 당신에게 유죄 평결을 내리면, 재판이 끝나고 나서 판사가 평결 결과에 상관없이 석방을 요청하는 신청을 받아들일 수는 있겠죠. 이 사건에서는 그쪽이 훨씬 더 가능성이 있을 것 같아요."

합당한 주장이었다. 하지만 나는 그가 다른 말을 해주기를 바라고 있었다.

"그래서 변론 문제를 상의하자는 거예요. 변론을 시작하면 증거 자료들을 제출해야 해요. 우선 당신 주장대로 바바라가 대학에 있었다는 사실을 입증할 필요가 있어요. 그녀가 여덟시가 조금 넘은 시각에 학교에서 컴퓨터를 사용했다는 사실을 입증하기 위해 컴퓨터 로그인 기록을 제출할 거예요. 그리고 4월 1일 밤 당신이 시내로 갔다는 사실을 입증할 증거가 없다는 사실을 보여 주기 위해 렌터카 회사와 택시 회사에도 연락을 해봐야겠죠. 물론 오늘 나왔던 산부인과 의사의 진료 기록도 제출할 거고요. 기타 등등의 자료들도 나오는 대로 제출해야죠. 이런 것들은 별문제 없을 것 같은데 증인석에 누구를 세워야 하는가는 문제예요."

"누굴 부를 생각을 하고 있어요?"

"당신의 인물됨을 입증해 줄 증인들이요. 바바라는 물론이고."

"바바라가 증언하는 걸 원치 않아요."

내가 즉시 끼어들었다.

"바바라는 매력적인 여성이에요, 러스티. 배심원단에는 남자들이 5명이나 있고요. 그녀는 당신의 알리바이를 아주 설득력 있게 증명해 줄 수 있을 거예요. 기꺼이 그렇게 할 거고요."

"내가 증언을 하는 동안 아내가 맨 앞줄에 앉아서 미소를 짓고 있으면, 아내가 내 알리바이를 입증하고 있다는 사실을 배심원단도 알게 될 것 아니에요. 아내가 직접 증인으로 나서서 이리저리 씹힐 필요는 없을 것 같아요."

스턴이 신음 소리를 냈다. 내가 그의 계획에 딴지를 걸고 나선 것이다.

"내가 증언하는 것을 바라지 않죠, 그렇죠, 스턴?"

그는 처음에는 아무 대답도 하지 않았다. 대신 셔츠 주름에서 시가 재를 털어 냈다.

"나와 캐롤린의 관계 때문에 망설이는 거예요? 내가 우리 관계를 부인하지 않을 거라는 걸 알기 때문에?"

"그래요, 그럴 거라고 생각해요, 러스티. 그리고 그건 별로 환

영할 만한 일이 아니에요. 검찰에 엄청난 힘을 실어 줄 거라고 생각해요. 아주 시기적절한 때에 말이죠. 솔직히 말해서 바바라를 증인으로 내세우는 건 위험을 무릅쓰는 행동이에요. 바바라에 대한 반대 심문에서도 같은 이야기가 나올 수 있으니까 말이에요. 사생활보호법에 따르면 그녀에게 당신이 캐롤린과의 관계에 대해서 인정했는지 질문을 할 수 없게 되어 있지만 그것도 두고 봐야 알겠죠. 전반적으로 볼 때 그렇게 위험을 무릅쓸 가치가 있을 것 같진 않네요."

스턴은 별로 대단한 일이 아니라는 말투로 내 생각이 맞았다는 것을, 바바라를 증인으로 세울 필요가 없음을 인정했다.

"하지만 이런 문제들이 폭로될 수 있다는 것 때문에 당신을 증인석에 앉히는 것을 망설이는 건 아니에요."

스턴이 자리에서 일어서며 말했다. 기지개를 켜지만, 실은 나쁜 소식을 전할 때면 늘 그렇듯 그는 지금 내 옆자리로 와서 앉고 싶은 것이다. 그는 책상 뒤 흰색 자작나무 책장 위에 놓인 클라라와 아이들의 사진이 담긴 액자를 고쳐 놓더니 슬그머니 내 옆에 와서 앉았다.

"러스티, 기본적으로 나는 피고인을 증인으로 부르는 것을 선호하는 편이에요. 피고인의 침묵을 죄를 인정하는 것으로 받아들여서는 안 된다고 판사가 아무리 자주, 아무리 강하게 지시를 해도 배심원들이 그대로 따르기는 불가능하죠. 배심원들은 피고인이 직접 자기 혐의를 부인하는 것을 듣고 싶어 해요. 피고인이 공개석상 발언에 익숙한 사람일 경우에는 특히 더 하죠. 하지만 이번 경우에는 당신이 증언을 하는 것에 반대해요. 당신도 알다시피 증언을 잘하는 사람들은 두 부류로 나뉘죠. 진실을 말하는 사람들과 거짓말을 아주 잘하는 사람들이요. 당신은 기본적으로 진실을 말하는 사람들 부류에 속하니까, 증인석에 앉으면 당신 자신을 위해 증언을 잘할 거예요. 게다가 그동안의 경험으로 배심원단을 효과적으로 설득하는 방법도 잘 알고 있을 테니까요. 당신이 증인석에 앉아 알고 있는 내용을 전부 증언하면 정말 설득력 있게 잘 해낼 것이고 무죄 방면이 될 수 있을 거예요. 또 당연히 그래야 하고요."

그가 잠시 나를 바라보는데 꿰뚫어 보는 듯한 표정이다. 내 무죄를 믿는다는 뜻인지, 검찰 측 주장이 설득력이 약하다는 말을 또 하는 것인지 확실히는 모르겠지만, 아무래도 전자 같은 생각이 들어 놀랍고 기분이 좋아졌다. 물론 나를 위로하기 위해 입에 발린 말을 한 것일 수도 있다.

"하지만 지난 몇 달 동안 당신을 관찰한 바로는 당신이 알고 있는 것을 전부 증언하지는 않을 거라는 확신이 들어요. 어떤 문제들은 혼자만의 비밀로 남겨 둘 거예요. 물론 지금 와서 그게 뭔지 꼬치꼬치 캐묻고 싶지는 않아요. 진심이에요. 의뢰인들 중에는 설득해서 진실을 모두 밝혀내야 할 의뢰인들도 있고, 모르는 체 덮어 두는 편이 나은 사람들도 있어요. 그냥 넘어가는 것이 최선일 경우가 있지요. 지금 내 느낌이 그래요. 당신은 심사숙고해서 선택을 하겠지요. 하지만 진실의 일부는 비밀로 간직하겠다는 결심을 하고 증인석에 앉는 사람은 숲 속에 사는 세발 달린 짐승과 같아요. 게다가 당신은 거짓말을 잘하는 사람이 아니잖아요. 만약에 니코가 우연히 이런 것을 감지해 내면 상황은 당신에게 아주 안 좋게 돌아갈 거예요."

긴 듯한 침묵의 시간이 흘렀다.

"이 재판을 있는 그대로 평가해야 해요. 아직까지는 우리 쪽에 상황이 불리하게 돌아간 적은 없어요. 아니, 한 번 있었죠. 하지만 파괴력을 그대로 간직하고 있는 증거는 하나도 없어요. 게다가 오늘 오후에 우리는 검찰에게 쉽게 회복할 수 없는 타격을 입혔죠. 당신이 증언하지 말아야 한다는 것이 전문가로서 내가 내릴 수 있는 최선의 판단이에요. 당신이 승리할 가능성이 어느 정도이든 간에, 그리고 오늘 일을 고려해 볼 때 앞으로 그 가능성은 더 높아질 것이 확실하지만, 그래도 당신이 증인석에 앉지 않는 것이 제일 좋을 것 같아요.

내가 하고 싶은 말은 다 했어요. 다시 한 번 말하지만 최종 결정은 당신이 내려야 해요. 난 당신의 대리인일 뿐이니까. 그리고 당신이 증언을 하기로 결정을 하면, 당신이 무슨 말을 하든지 간에 확신을 가지고 자신감 있게 당신의 증언을 이끌어 낼게요. 오늘 밤 안으로 당장 어떤 결정을 내릴 필요는 없어요. 지금 이런 말을 한 건 당신이 내 생각을 염두에 두고 잘 생각해 보기를 바라기 때문이에요."

얼마 후 스턴은 넥타이를 매고 문 뒤 옷걸이에 걸어 두었던 턱시도를 입고 사무실을 나갔다. 나는 그의 사무실에 남아 있다. 그가 한 말 때문에 정신이 번쩍 나는 것 같다. 우리가 이렇게 허심탄회하게 이야기를 나눈 것은 이번이 처음인 것 같다. 그동안 속내를 드러내지 않고 있던 사람이 이렇게 솔직하게 털어놓으니 아무리 친절하고 부드러운 표현을 썼더라도, 당혹스럽다.

나는 이런 생각을 하며 샴페인을 한 잔 더 하기 위해 흐느적거리듯 밖으로 걸어 나갔다. 켐프의 작은 사무실에는 아직도 불이 켜져 있었다. 그는 책상 앞에 앉아 서류를 읽고 있다. 벽에 붙은 파일 캐비닛 위에는 커다란 포스터 한 장이 붙어 있는데, 역동적인 빨간색 바탕의 포스터에는 반짝이는 스팽글을 단 재킷을 입은 젊은이의 모습이 찍혀 있었다. 기타를 치고 있는데, 움직이는 모습을 담은 사진이라 그의 머리가 민들레가 바람에 날리는 것처럼 세차게 날리고 있다. '갈락틱스'라는 그가 속했던 이쪽 끝에서 저쪽 끝에 닿을 만큼 큰 글씨로 씌어져 있다. 이 방에 들어오는 사람들 중에 그 모습이 10년 전 켐프의 모습이라는 것을 알아보는 사람은 별로 없을 것 같다.

"상관한테 혼나게 만들어서 미안해."

내가 말했다.

그가 의자를 가리켰다.

"젠장, 다 내 잘못인 걸요. 내가 본 사람들 중에 가장 엄격한 사람일 거예요."

"그리고 가장 훌륭한 변호사고."

"그렇죠? 오늘 같은 일을 본 적이 있어요?"

"전혀."

내가 그에게 말했다.

"12년 동안 한 번도. 당신들 그거 언제부터 준비한 거야?"

"일요일 밤에 스턴이 부검 보고서를 읽다가 발견했어요. 산부인과 진료 기록은 어제 입수했고요. 재밌는 거 하나 알려 줄까요? 스턴은 그게 실수였다고 생각했어요. 구마가이가 뭐든지 일을 제대로 못 해낸다고 생각한 거죠. 분석 보고서를 받아보고는 그것만 생각했지 자기가 부검 때 했던 말은 까맣게 잊은 거라고요. 하지만 난 그렇게 생각 안 해요."

"그러면? 자네는 어떻게 생각하는데?"

"당신이 계획적으로 말려들었다고 생각해요."

"흠."

나는 잠시 뜸을 들이다가 말했다.

"그런 생각은 자네보다 내가 훨씬 오래전부터 해왔을걸."

"난 그렇게 믿었어요. 거의 줄곧."

그가 통화 기록을 생각하고 있는 것 같지만 드러내 놓고 말을 하지는 않았다.

"누가 그런 짓을 했을까요?"

나는 잠시 아무 말도 하지 않았다.

"알았다면 내 변호인들한테 말을 안 했겠어?"

"몰토가 그랬을 것 같지는 않아요?"

"그럴 수도 있겠지. 그럴 수도 있을 거야."

"그래서 얻어지는 게 뭘까요? 당신이 그 파일에 접근하는 것을 막는 것? 뭐랬죠? B파일이었나?"

"그래, B파일."

"그 파일이 당신한테 넘어간다면 그걸 문제 삼지 않으리라고 장담을 못 하겠군요."

"그렇지. 그래서 지금 내가 어떤 입장이 되었는지 봐. 자네 같으면 수석 부장 검사의 말을 믿겠나, 살인 혐의를 받고 있는 피고인의 말을 믿겠나? 몰토는 우리가 어느 정도 알고 있는지 몰라.

그냥 누구라도 그 파일을 건드리지 못하게 막고 싶은 거겠지."

"굉장하네요, 안 그래요? 희한하지 않아요?"

"그게 내가 모함 가능성을 확신하지 못하는 한 가지 이유야."

"다른 이유는요?"

나는 고개를 저었다.

"오늘 밤에 더 알게 되겠지."

"오늘 밤에 뭐하는데요?"

내가 다시 고개를 저었다. 리프랜저를 위해서라도 함부로 말을 해서는 안 됐다. 우리 둘만 아는 일이어야 했다.

"오늘 밤은 자습 시간인가요?"

"그렇지."

내가 말했다.

"조심하세요. 니코에게 이로운 일은 하지 말아요."

"걱정 마. 내가 무슨 일을 하는지 잘 알고 있으니까."

나는 자리에서 일어섰다. 마지막 말은 최근 들어 내가 한 말들 중에 가장 신빙성이 적은 말이다. 나는 켐프에게 작별을 고하고 샴페인을 찾으러 다시 홀로 나왔다.

자정이 넘은 시각, 리프랜저는 산타클로스나 숲 속에서 나타나는 악마처럼 갑자기 우리 집 벨을 눌렀다. 바바라가 잠옷 바람으로 문을 여는데, 그는 평소와는 달리 활기차고 유쾌한 모습이었다. 그를 기다리는 동안, 잠을 자고 싶은 생각이 사라졌다. 대신, 오늘 하루 동안 일어난 일들이 주마등처럼 스쳐 가면서 몇 달 만에 처음으로 막연한 희망 이상의 기대로 가슴이 부풀어 오르는 것을 느꼈다. 감고 있는 눈썹이 빛에 반응하여 파르르 떨리는 것 같다. 마음속 어딘가에서 내가 풀려날 것이라는 믿음이 다시 솟아올랐다. 나는 이런 감미로운 기분으로 실로 오래간만에 아내와 유쾌한 시간을 보냈다. 우리는 몇 시간 동안 커피를 마시면서 구마가이의 몰락과 냇이 금요일에 돌아오는 일, 그리고 새로 시작될 삶에 대해 이야기를 나눴다.

"지금 이상한 소문이 돌고 있어."

리프랜저가 우리 둘을 향해 말했다.

"맥그래스 홀을 나오다가 형사 한 명을 만났는데, 방금 전에 글렌데닝에게서 들었다면서 이상한 이야기를 하더라고. 니코가 공소를 취소할 생각을 하고 있는데, 몰토는 그 이야기를 듣고 발을 동동 구르고 소리를 지르면서 새로운 뭔가를 생각해 내겠다고 했대. 믿을 만한 소문일까?"

"그럴 수 있겠지."

니코가 공소 취소를 생각하고 있다는 말이 나오자, 바바라가 내 팔을 잡았다.

"오늘 법정에서 도대체 무슨 일이 있었던 거야?"

리프랜저가 물었다.

구마가이의 반대 심문 이야기를 시작하는데, 그건 이미 들었다고 말했다.

"그건 들었어. 그런데, 어떻게 그런 일이 있을 수 있어? 말했지? 그 사이코가 나한테 범인은 공포탄을 쏘는 남자라고 했다고. 법정에서 그가 몇 번이나 부인을 했든, 그런 건 신경 안 써. 구마

214

가이는 이제 끝장이야. 경찰청에선 다들 그가 늦어도 다음 주까지는 직위 해제가 될 거라고들 그러던데."

켐프가 예상했던 대로다. 구마가이가 안됐다는 생각이 다시 들었다.

바바라가 현관문 밖까지 따라 나와 우리를 배웅했다.

"조심해."

리프랜저와 나는 경찰 표지판이 없는 에어리스 안에 잠시 가만히 앉아 있다. 나는 카페인이 들은 걸로 커피를 한 주전자 더 끓였고 바바라는 우리가 길을 나서기 전에 리프랜저에게 그 커피를 따라 주었다. 그는 차 안에 앉아서 커피를 홀짝이고 있다.

"그래, 지금 어디 가는 거야?"

내가 물었다.

"맞춰 봐."

물론 다른 사람 집을 방문하기에는 늦은 시각이다. 하지만 오랫동안 경찰들과 함께 일을 해 온 나는 누군가를 찾으려면 모두들 집에 들어와 있는 한밤중이 가장 좋다는 것을 알았다.

"레온에 대해서 추측하고 있는 걸 말해 봐."

리프랜저가 말했다.

"글쎄, 잘 모르겠는데. 편지 내용을 보면 잃고 싶지 않은 직장이 있는 것 같고. 돈을 많이 벌고 싶어 하는 것도 같고. 하지만 아주 위험한 생활을 하는 것 같고. 잘 모르겠어. 식당이나 술집 사장 아닐까? 동성 애인이 몇 명 있는 것 같고. 어느 정도 존경받을 만한 위치에 있는 사람일 것 같은데. 극장 주인일지도 모르지. 어때? 비슷하게 맞는 것 같아?"

"아니, 전혀. 백인일 것 같아?"

"그럴 것 같은데. 꽤 잘사는 백인. 직업이 뭐든 말이야."

"틀렸어."

리프랜저가 말했다.

"아니야?"

리프랜저가 웃고 있다.

"젠장. 스무고개는 그만하고. 말해 봐, 뭐야?"

"밤의 성자들파 조직원이야."

리프랜저가 말했다.

"설마."

"맞다니까 그러네. 조폭들 사이에서 꽤 알아주는 놈이야. 지금은 부두목쯤 되는 것 같고. 단지 건물에서 두 층을 책임지고 있대. 거기서 오래 살았더라고. 그 인간은 시민의 숲에서 백인 남자들 성기를 빨다가 걸려도 형사들이 눈감아 줄 거라고 생각했던 게 분명해. 그런 놈이래. 모졸레스키한테 정보원이 한 명 있는데, 게이고 고등학교 선생이라나. 그 인간이 레온에 대해서 정보를 계속 물어다 줬나 봐. 그놈하고 레온하고 몰래 못된 짓을 하고 돌아다녔나 보더라고. 그놈이 레온의 사부였던 것 같아. 에디 뭐라던데. 십중팔구는 그놈이 편지를 쓴 걸 거야."

"개새끼, 그래 우리 지금 어디 가는 거야? 그레이스 거리?"

"맞아, 거기."

리프랜저가 말했다.

그레이스 거리라는 말을 들으니 마음이 진정되는 것 같다. 전에 리오넬 케넬리와 함께 몇 번 그곳을 찾은 적이 있었다. 이른 새벽,

서너시쯤이었다. 백인에게 가장 안전한 시각.

"레온한테 전화를 했어."

리프랜저가 말했다.

"꽤 잘사는 친구더라고. 전화도 있고. 그리고 전화도 자기 이름으로 되어 있던데 그 버만이라는 친구는 도대체 뭘 했대? 1시간쯤 전에, 신문 구독 신청이 들어와 전화를 했다면서 레온 웰스 있냐고 물었더니, 별 의심 없이 자기가 레온 웰스라던데."

밤의 성자. 차가 도심을 향해 달려가는 동안 나는 생각에 잠겼다.

"밤의 성자."

내가 큰 소리로 중얼거렸다.

나는 부장 검사 4년차였을 때 그레이스 거리 단지를 잘 알게 되었다. 그때 나는 레이먼드 호건의 총애를 받는 검사들 그룹에 속해 있었고 레이먼드는 내게 밤의 성자들파에 대한 대규모 소탕 작전을 맡겼다. 이 최대 폭력 조직 소탕 작전은 레이먼드가 첫 재선의 주요 공약으로 내걸었던 거였다. 그에게 있어 이 작전은 재선의 사활이 걸린 문제였다. 킨들 군에서 흑인 폭력배들은 암적인 존재로 악명이 높았고 소탕에 성공하면 레이먼드는 유약한 이미지에서 완전히 벗어날 수 있다. 밤의 성자들파 수사는 내가 처음으로 언론의 주목을 받게 된 계기가 되었다. 사건이 종료되기까지 거의 4년이 걸렸다. 레이먼드가 다시 재선에 나설 때까지 우리는 147명의 조직원들을 잡아넣었다. 언론은 레이먼드 호건이 거둔 전대미문의 업적이라고 떠들어 댔지만 아직도 700명 이상이 잡히지 않고 돌아다니면서 못된 짓을 계속하고 있다는 사실에 대해서는 함구했다.

밤의 성자들파의 탄생 신화는 사회학자들에게 좋은 논문거리가 될 것이다. 처음에는 노스엔드를 주 무대로 활동하는 시시껄렁한 불량배들이 모여 밤의 무법자들이라는 작은 조직으로 시작했다. 우두머리는 멜빈 화이트라는 흑인이었는데 얼굴은 꽤 봐 줄만한데, 한쪽 눈이 시력을 잃어 희멀건하고 눈알이 마음대로 굴러다녔다. 이를 상쇄하려는 생각에선지 반대쪽 귀에 10센티미터나 되는 달랑거리는 터키석 귀걸이를 달고 있었다. 머리는 고르곤(그리스 신화에 나오는 머리가 뱀이어서 보는 사람은 무서워 돌이 되어 버렸다는 세 자매 중의 하나. 특히 페르세우스에게 살해된 메두사——옮긴이)처럼 사방으로 뻗쳐 있는데, 손질 안 된 래스터패리언(에티오피아 황제 라스타파리를 신으로 숭배하는 자메이카 흑인——옮긴이)의 머리 같았다. 원래 멜빈은 좀도둑이었다. 그는 자동차 휠캡, 소총, 우편물, 자동판매기의 잔돈, 각종 자동차나 오토바이 등을 닥치는 대로 훔쳤다. 어느 날 밤 멜빈과 친구 3명이 주유소 계산대를 털다가 주인에게 발각되자 그들은 아랍인 주인 남자를 죽였다. 그들은 과실치사 혐의를 인정했고 그때까지 주 청소년 보호소를 들락거린 경험만 있던 멜빈은 처음으로 러드야드 교도소로 가게 되었으며 그곳에서 추종자들을 만나게 되었다. 4년 후 멜빈은 띠달린 긴 아랍 옷을 입고 손에는 성구함을 들고 나타나 이제 자기는 밤의 성자들과 악마들 조직의 지도자이며 하루칸이라는 새 이름을 갖게 되었다고 공언했다. 20명쯤 되는 추종자들도 그와 같은 옷을 입고 한 지역에 모여, 이른바 지역 사회 봉사 활동을 시작했다. 멜빈은 아슈람(힌두교의 은둔지——옮긴이)이라고 부르는 버려진 아파트 건물에 추종자들을 살게 했다. 그는 평일 저녁과 주말이면 확성기에 대고 설교를 했다. 그리고 낮에는 도둑질을 가르쳤다.

처음에는 우편물 절도에 주력했다. 우체국에 조직원들을 많이 심어 두었던 덕분이었다. 그들은 수표와 행사 입장권뿐만 아니라 계좌 정보까지 훔쳐내 시중 은행에서 위폐를 진짜 돈으로 바꾸곤 했다. 하루칸은 소위 앞을 내다보는 능력이 있어 자본주의 기업의 생리를 속속들이 파악해서 이용할 줄 알았고 수익은 주로 노스엔드에서 헐값에 나온 부동산을 사들이는 방법으로 재투자했다. 결국 전 지역이 밤의 성자들 수중으로 떨어지게 되었다. 그들은 고급 승용차를 몰고 다니며 라디오를 크게 틀어 놓고 경적을 함부로 울려 대곤 했다. 그 지역에 사는 젊은 아가씨들을 사창가에 강제로 팔아넘겼고 청년들을 조직원으로 끌어 들였다. 어느 정도 세월이 흐르자 하루칸은 정계 인사로 떠올랐다. 성자들은 주말이면 가난한 사람들에게 무료 급식을 실시했다.

조직이 자리가 잡히자, 멜빈은 마약 사업에 뛰어들었다. 조직이 소유한 건물들이 제조 공장이 되었다. 조직원 2명이 M-16 소총을 들고 보초를 서고 화학을 전공한 조직원들은 키니네와 젖당으로 헤로인을 만들었다. 다른 한쪽에서는 몸에 있는 구멍에 마약을 숨겨 빼내 갈 것을 방지하기 위해 실오라기 하나 걸치지 않은 여자들이 작은 동전 주머니를 만들고 거기에 헤로인을 넣어 밀봉을 했다. 밤의 성자들이 장악한 지역에서는 고급 헤로인이 가판대에서 버젓이 팔려 나갔다. 교외 지역에 사는 백인 청소년들이 차를 몰고 와 주차장에 대고 헤로인을 사 갔다. 주말이면 그런 차들로 교통이 마비가 될 지경이어서 띠를 댄 긴 옷에 두건을 쓴 조직원이 호루라기를 들고 서서 교통정리를 해야 할 정도였다. 신문 기자들이 이 일을 기사화하려고 한 적이 한두 번 정도 있었지만 경찰이 막았다. 밤의 성자들 조직으로부터 뇌물을 받고 있는 경찰들이 적지 않았고 경찰 본부에서는 이런 사실을 눈감아 주었으며 뇌물을 받지 않은 경찰들은 보복을 두려워했다. 밤의 성자들은 살인을 마다하지 않았다. 총으로 쏘고 목을 조르고 칼로 찔러 댔다. 물론 마약 판매를 둘러싸고 일어나는 시비 끝에 살인을 하는 경우가 대부분이었지만 자기 차의 장식을 보고 비웃거나 길거리에서 어깨가 스쳤다는 사소한 이유로 살인을 하는 경우도 적지 않았다. 그들은 이 도시의 여섯 개 블록을 장악해서 도시를 마약 무풍지대로 만들어 놓았고, 그런 지역을 우리는 그레이스 거리 단지라고 불렀다.

그곳이 스탠퍼드 대학 기숙사와 같은 설계도로 만들어졌다는 이야기를 여러 번 들은 적이 있지만 실상은 별로 닮은 점이 없다. 아파트 뒤편에 있는 작은 발코니들은 자살을 시도하는 사람들과 어린 아기들과 술 취한 사람들과 떠밀린 사람들이 떨어지는 것을 막기 위해 가시철사로 막아 놓았다. 처음 5년 동안에는 이런 사람들의 추락사가 비일비재했다. 발코니로 나가는 유리문들은 대부분 베니어판 문으로 바뀌었고 발코니에는 빨래와 쓰레기통, 조직의 구호가 적힌 현수막, 폐타이어, 자동차 부품, 그리고 겨울이면 추운 곳에 내다 놓아야 할 여러 가지 물건들이 주렁주렁 걸려 있었다. 어떤 사회학자도 이 콘크리트 건물 세 곳에서의 삶이 일반인들이 알고 있는 삶과 얼마나 거리가 먼지 제대로 표현할 수 없을 것이다. 리오넬 케넬리는 입버릇처럼 그곳이 주일학교가 아니라고 했다. 그리고 그 말은 맞는 말이었다. 또한 그곳은 역설이나 광적인 인종주의를 들어 어설프게 설명할 수 있는 곳도 아니었다. 그곳은 전쟁터였다. 베트남 전쟁에 참전했다가 돌아온 사람들이 설명하는 것과 비슷했다. 그곳은 미래가 없는 땅이었다. 인과 관계가 통하지 않는 곳이었다. 오직 분노와 피, 불과 물만이 존재하는 곳이었다. 그곳에는 내일이 없었다. 내 증인들이 그곳에서의 일상을 두서없이 지껄여 대는 것을 들으면, 그곳 사람들이 다 같이 환각 상태에 빠져 있는 것 같다는 생각을 하곤 했다. 조직에서 벗어나 기독교로 개종하고 내 증인이 되어 준 모간 호벌리에게서 들은 이야기가 생각났다. 어느 날 아침 그는 문밖에서 나는 총소리에 잠이 깼다. 무슨 일인가 싶어 문을 열어 보니 조직원 2명이 캘빈 총으로 총질을 해대고 있었다. 내가 그래서 어떻게 했느냐고 묻자 모간은 이렇게 대답했다.

"다시 들어와 잤죠. 내 일이 아닌데요, 뭘. 얼굴 위에 베개를 올려놓고 그냥 자 버렸어요."

사실 4년 동안의 수사가 성공을 거둔 것은 순전히 모간 호벌리 덕분이었다. 스턴이 십여 차례나 배심원단 앞에서 자랑스레 떠들어 대었던 조직폭력배 소탕의 성공 신화는 모간을 만난 덕분에 가능했다. 밤의 성자들파와 같은 조직도 완전한 철옹성은 아니었다. 조직원들 중에는 경찰이나 연방수사국을 위해 스파이 역할을 하는 사람들이 섞여 있었다. 그러나 멜빈은 아주 똑똑한 인간이어서 그들 중 몇 명을 협박해 이중 스파이 역할을 하게 했다. 우리는 정보원을 통해 입수한 정보가 사실인지 아닌지 확신할 수 없었다.

한 가지 일을 놓고도 두세 가지 다른 이야기가 들어오기 마련이었다.

하지만 모간 호벌리는 진짜였다. 그는 의심을 받지 않는 핵심 조직원이었다. 그가 원해서라기보다는 조직이 그를 가까이 두고 싶어 해서였다. 모간 호벌리하면 모르는 사람이 없었다. 그는 선천적으로 음악이나 승마, 높이뛰기에 재능을 가지고 태어난 사람들처럼 멋졌다. 어떤 옷을 입어도 잘 어울렸고 몸짓은 아주 유연했다. 아름답다기보다는 침착했고 잘생겼다기보다는 호감이 간다고 할 수 있었다. 초연하다거나 마법사 같은 매력이 있는 건 아니지만 사람의 마음을 움직이게 하는 힘이 있어서, 나도 그를 대할 때면 내 아들을 대할 때와 같은 사랑과 연민을 느끼게 되곤 했다. 모간은 어느 날 아침 하나님의 목소리가 자기에게 하루칸이 하는 일은 악한 일이라고 말했다고 했다. 그 소리를 듣자마자 그는 은밀하게 주 경찰을 찾아 정보원을 자청했다. 그는 몸에 은밀히 녹음기를 부착한 상태로 조직 두목급들이 모이는 회의에 참가했다. 그는 조직 수뇌부의 전화번호를 우리에게 넘겼고 우리는 전화국의 전화 이용 상황 기록 장치를 이용하여 도청을 했다. 모간 호벌리가 우리를 돕기 시작한지 70일이 지나자, 재판에 필요한 증거 자료들을 충분히 확보하게 되었고, 그렇게 시작된 재판은 2년 이상 계속되었다.

당연한 일인지 모르지만 그는 불행한 종말을 맞았다. 흔히들 말하는 것처럼 착한 사람은 결코 복을 받지 못하는 것 같다. 모간을 찾았다고 알려 준 사람은 케넬리였다. 시민의 숲 관할 지서에서 전화가 왔는데 불길한 목소리였다고 했다. 내가 현장에 도착했을 때는 여느 살인 현장처럼 형사들과 응급 의료진들과 기자들의 모습이 보였다. 누구도 옆 사람과 이야기를 하고 싶어 하지 않는 눈치였고 누구도 시체 곁에 가까이 가고 싶어 하지 않았다. 다들 사방에 흩어져 서성거리고 있었다. 모간이 어디 있는지 알 수 없었다. 먼저 도착해 있던 케넬리는 잠바 호주머니에 양손을 찔러 넣은 채로 서서 내게 그 특유의 음울한 표정을 지어 보였다.

"우리가 이렇게 만든 거요."

그는 눈짓으로 시체가 있는 쪽을 가리켜 보였다.

모간 호벌리는 익사했다. 부검의인 러셀이 그렇게 판단했다. 구마가이가 아니라 러셀이 그는 공중변소의 똥구덩이 속에 빠져 죽은 거라고 결론을 지었다. 정말 그랬다. 그의 몸은 거꾸로 뒤집힌 채 머리와 부러진 두 어깨는 나무 변기 속에 쑤셔 박혀 있었다. 이미 사후 경직이 시작되어 두 다리는 허수아비처럼 쫙 벌려진 상태였고, 초라한 면바지와 올이 풀린 나일론 양말과 낡은 면 운동화가 참을 수 없을 정도로 비참한 분위기를 풍기고 있었다. 바지와 양말 사이로 드러난 피부는 보랏빛으로 변해 있었다. 11월인데도 파리 한두 마리가 윙윙거리며 날고 있었고 한여름이 아닌데도 코를 찌르는 듯한 악취가 풍겨 나오고 있었다. 나는 그 작은 나무 변소에 서서 모간 호벌리의 기괴한 유머를 생각했고 앞으로 에테르 냄새를 맡으면 그를 떠올릴 것 같다는 생각을 했다. 그때부터 나는 천사와 귀신에 대한 믿음을 완전히 버렸다. 어떤 악의 세력도 건드릴 수 없는 사람이 있다면, 그건 모간 호벌리라고 생각했던 믿음이 완전히 빗나갔기 때문이었다.

아직 8월이라 밤 기온이 21도 가까이 되는데도 리프랜저는 추워 보였다. 무표정하다거나 냉혹한 표정이라는 뜻이 아니라 말 그대로 추워 보였다. 어깨를 모아 세우고 잠바 지퍼를 끝까지 올려 입었다. 그를 잘 아는 나는 이것이 두려움은 아니지만 불안해 한다는 표시라는 것을 알아차렸다. 이곳에 와 본 경험이 나보다 적은 그로서는 그럴 만도 하다.

"기분이 어때, 찰리 챈(1936년 베를린 올림픽 당시 미국 수영팀 선수로 출전한 중국계 미국인. 적대국 스파이들의 협박과 납치 소동을 극복하고 수영 부분에서 우승을 차지함—옮긴이)?"

콘크리트 계단을 오르며 내가 물었다.

"이런 거 맘에 안 들어, 대장. 우우우, 정말 싫어."

그가 말했다.

그레이스 거리 단지에서는 계단이 건물의 주된 출입구이다. 엘리베이터는 거의 작동을 안 하고 하고 있을 때라도 타는 사람이 거의 없다. 행여 탔다가 조폭을 만나게 되면 무슨 일이 벌어질지 장담할 수 없기 때문이다. 대신 모든 거래는 이 계단에서 이루어졌다. 마약 거래도 이곳에서 이루어지고 술도 여기에서 마시고 사랑도 여기에서 나눴다. 지금은 새벽 3시가 다 되어 가는 시각인데도 이 수직 모양의 갠지스 강은 완전히 비어 있지 않다. 4층 근처에서는 청년 2명이 가방에서 뭔가를 꺼내 마시더니 계단통에 머리를 젖히고 서 있는 젊은 여자를 희롱하고 있다.

"안녕, 친구?"

그들이 우리보다 앞서 올라가고 있던 흑인 남자에게 말을 걸었다. 그러나 리프랜저와 내게는 아무 말도 건네지 않고 거들먹거리는 표정으로 우리를 노려보기만 했다. 리프랜저는 천천히 계단을 오르며 경찰 배지를 흔들어 보였다. 일반 백인 남자로 오인되고 싶지 않은 것이다.

계단이 끝나는 8층에 다다르자 리프랜저는 손가락을 입에 대고 조용히 하라는 시늉을 하더니 철로 된 방화문을 조용히 끌어당겼다. 나는 그를 따라 복도로 들어섰다. 단지 내에 있는 건물의 여느 복도나 다름없는 풍경이 우리를 맞이했다. 침입자를 막기 위해 환하게 불이 켜져 있고 구석구석마다 쓰레기가 쌓여 있고 악취를 풍겼다. 복도 중간쯤 가니까 석고로 만든 사람의 머리 모양 조각상이 놓여 있었다. 리오넬 케넬리의 부하 한 명이 멜빈 화이트에게 총을 쏜 것도 바로 이런 복도에서였다. 1차 공소장을 법원에 제출한 그날 밤이었다. 용의자 체포를 감독하기 위해 현장에 갔는데 총성이 들린 지 20분이 지나서야 형사들이 나를 들여보내 주었다. 그때쯤 이미 구급차가 도착해 있었고 나는 응급 의료진들과 함께 올라갔다. 수술을 받은 멜빈은 겨우 목숨을 구해 러드야드로 돌아갈 수 있었다. 그러나 현장에서 보았을 땐 살아날 가망이 별로 없어 보였다. 복도 한가운데 누워 있었고 곁에는 그의 자동 소총이 놓여 있었다. 그는 신음 소리라고 할 수도 없는 소리를 겨우겨우 내뱉고 있었고 팔을 모으고 있는 가슴에는 피가 흥건했다. 손이 찢어져 핏줄이 튀어나와 있었다. 그리고 그 옆에는 모간 호벌리의 남동생 스테플턴 호벌리가 서 있었다. 그는 모간이 살해된 후로 우리를 위해 정탐 활동을 해오고 있었다. 스테플턴은 두 손으로 자기 성기를 잡고 멜빈 화이트의 얼굴 위로 오줌을 갈기고 있었고 형사들 여러 명이 벽에 기대어 서서 그 모습을 지켜보고 있었다.

"이 친구도 익사하면 어쩌죠?"

의료진 중 한 명이 내게 농담을 던졌다.

리프랜저가 문을 두드렸다.

"문 열어, 레온! 일어나! 경찰이야. 자, 빨리 문 열어, 친구. 얘기 좀 하자고."

그러고는 기다렸다. 건물에 감청 장치가 달린 것도 아닐 텐데 더 조용해진 것 같다. 리프랜저는 손바닥으로 다시 문을 두드렸다. 이런 철문은 발로 차서 열 수 없었다.

리프랜저가 고개를 저었다. 바로 그 순간 갑자기 아주 조용히, 그리고 아주 천천히 문이 열렸다. 방 안은 칠흑같이 깜깜하다. 빛이라곤 찾아볼 수 없다. 갑자기 아드레날린이 솟구쳤다. 이런 현상이 왜 일어났는지 이유를 대라면 찰칵 하는 작은 금속성을 들었기 때문이라는 말밖에 할 말이 없다. 그러나 그 소리를 듣기도 전에 이미 마음속에서 경고음이 울려 대기 시작했다. 위험이 마치 냄새나 산들바람이라도 되는 것처럼 즉각적으로 느껴졌다. 총을 장전하는 소리를 듣는 순간, 나는 복도의 밝은 불빛을 뒤로 하고 서 있는 우리가 완벽한 표적임을 깨달았다. 이렇게 의식은 또렷한데도 손가락 하나 까딱할 수가 없다. 하지만 리프랜저는 즉시 행동을 취했다.

"개새끼."

그가 내 쪽을 향해 몸을 엎드리며 내 한 발을 걸어 넘어뜨리면서 중얼거렸다. 나는 넘어지며 한 팔꿈치로 몸을 대고 뒹군다. 우리는 문을 사이에 두고 납작 엎드려 서로를 노려보았다. 리프랜저는 두 손으로 권총을 꼭 붙잡았다.

리프랜저가 눈을 감더니 목청껏 외쳤다.

"레온, 난 경찰이야! 이 남자도 경찰이고! 열 셀 때까지 안 나오면 상부에 보고할 거야. 그러면 네 놈이 신음 소리를 내뱉기도 전에 네 놈 몸을 날려 버릴걸. 자 이제 시작한다!"

리프랜저는 몸을 일으켜 무릎을 꿇더니 등을 벽에 바짝 기댔다. 그러면서 턱으로 내게도 자기처럼 하라고 시늉을 해보였다.

"하나!"

그가 외쳤다.

"친구."

방 안의 남자가 말했다.

"당신들이 경찰인지 아닌지 내가 어떻게 알아, 응? 어떻게 아냐고."

리프랜저가 잠바 속주머니에서 경찰 배지와 신분증을 꺼내더니 문 쪽으로 손만 내밀어 건넸다.

"둘!"

리프랜저가 외쳤다. 뒤로 물러서며 불이 켜진 비상구 표지판을 가리켰다. 조만간 그곳을 향해 뛰어야 할 것 같다.

"셋!"

"친구, 불을 켤게. 됐어? 됐냐고. 하지만 밖으로 나가진 않을 거야."

"넷!"

"알았어, 알았어, 알았다고."

총이 타일 위로 날아오더니 복도에 툭 하고 떨어졌다. 육중한 검은 물체. 처음에는 쥐가 뛰어나온 줄 알았다. 방 안에서 불이 켜졌다.

"이리 나와, 레온. 무릎으로 기어 나와."

리프랜저가 외쳤다.

"젠장."

"빨리!"

"제기랄."

그는 양팔을 들고 무릎으로 기어 나왔다. 재빠른 동작이 익살스럽다. 하여튼 '형사들은 너무 심각하다니까' 하고 말하는 것 같다.

리프랜저는 그의 등을 툭툭 치며 고개를 끄덕였다. 이제 셋 다 일어섰다. 리프랜저가 그에게서 신분증과 배지를 재빨리 빼앗아 들었다. 레온은 검정색 민소매 티셔츠에 팬티만 입고 붉은색 머리띠를 하고 있었다. 자는 걸 깨운 것 같다. 반들반들한 피부에 덩치가 커다란 남자였다.

"난 경찰 특수부 소속 리프랜저 형사야. 들어가서 이야기 좀 하고 싶은데."

"그럼 이 사람은 누구요?"

"내 원수 같은 친구야."

리프랜저가 권총을 든 채로 레온의 등을 떠밀었다.

"자, 들어가자고."

레온이 먼저 들어갔다. 리프랜저는 총을 얼굴 위로 든 채 문가에 서서 복도 양쪽을 살피더니 방 안을 노려봤다. 그리고는 안으로 들어가 사방을 살피더니 곧 문밖으로 고개를 내밀고 내게 들어오라고 손짓했다. 그는 등 뒤 잠바 속에 있는 권총 주머니에 권총을 꽂았다.

"어이, 친구, 우리 신문에 나올 뻔했어."

내가 처음으로 말을 꺼냈다.

"저 친구가 총을 쐈어도 자네가 내 목숨을 살려 주었을 것 같은데."

리프랜저가 별 한심한 소리 다 들어 본다는 듯 얼굴을 찌푸렸다.

"총을 쐈으면 내가 자네 발을 걸어 엎드리게 하기도 전에 자네는 이미 죽은 목숨이었어."

방 안에서 레온이 우리를 기다리고 있었다. 커다란 주방 한 개에 방이 두 개 있는 아파트다. 다른 사람의 인기척은 없고 그는 거실 바닥에 놓인 매트리스 위에 앉아 있었다. 어느새 바지를 입었다. 발치에는 플라스틱 알람시계와 재떨이가 놓여 있었다.

"몇 가지 물어보고 싶은 게 있어. 협조만 잘해 주면 5분 이내에 사라져 줄게."

리프랜저가 말했다.

"세상에, 여보슈, 형사님들. 지금 몇 신줄 아쇼? 새벽 세시요. 나 좀 그냥 내버려 두쇼. 할 말 있으면 찰리 데이비스에게 해요. 내 변호사니까. 난 무지 피곤하니까 잠 좀 잡시다."

그가 벽에 몸을 기대더니 눈을 감았다.

"변호사는 필요 없어, 레온."

레온이 눈을 감은 채로 웃음을 터뜨렸다. 전에도 이런 말을 들어봤나 보다.

"자네한텐 면책을 받을 권리가 있어."

리프랜저가 그에게 말했다.

"이분은 검사셔. 그렇죠?"

레온은 눈을 뜨고 내가 고개를 끄덕이는 것을 봤다.

"봤지? 자네한텐 면책을 받을 권리가 있어."

"772~5868. 찰리 데이비스 전화번호유."

"레온. 8, 9년 전쯤에 자네가 처한 문제를 해결하려고 부장 검사 한 명에게 1500달러를 뇌물로 준 적이 있지? 기억나?"

"이건 또 무슨 소리유? 새벽 세시에 쳐들어 와선 그런 같잖은 질문을 하다니. 내가 바보로 보여요? 좆같은 바보 새낀 줄 아슈? 백인 형사 나리가 묻는 그런 개 같은 질문에 대답할 줄 알아요? 정신 차려요, 형사 나리. 가보슈. 잠 좀 잡시다."

그가 다시 눈을 감았다.

리프랜저가 코웃음을 쳤다. 리프랜저가 다시 총을 꺼내려는 것 같아 막으려는데, 레온에게로 천천히 걸어갔다. 침대 머리맡으로 가더니 몸을 구부렸다. 그가 다가오는 모습을 보고 있던 레온은 리프랜저가 몸을 구부리자 다시 눈을 감았다. 리프랜저가 집게손가락으로 레온의 팔을 쿡쿡 찔렀다. 그러고는 나를 가리켰다.

"저분이 누군 줄 알아? 그 유명한 러스티 사비치 검사님이야."

레온이 눈을 떴다. 밤의 성자들파 조직원들을 모조리 잡아넣은 검사가 자기 거실에 와 있다니 믿어지지 않는다는 눈치다.

"개소리 마슈."

레온이 말했다.

"신분증 좀 보여 줘."

리프랜저가 말했다.

이런 일을 예상하지 못했던 나는 주섬주섬 잠바 주머니를 뒤지기 시작했다. 그러면서 보니 복도에 엎드릴 때 묻은 먼지로 잠바 앞쪽이 시커멓다. 주머니에선 몇 달 전에 리프랜저가 입수한 레온의 법정 기록 서류들과 수첩, 지갑 등이 나왔다. 그러고 나서 가장자리가 너덜너덜해진 신분증이 나왔다. 그것을 리프랜저에게 건네주자 그가 다시 레온에게 건넸다.

"러스티 사비치 검사님이셔."

리프랜저가 다시 말했다.

"그래서요?"

레온이 물었다.

"레온."

리프랜저가 이어 말했다.

"자네 친구들 중에 이 검사님한테 돈을 먹은 친구들이 몇 명이나 될 것 같아? 스물다섯? 서른다섯? 정보를 건네는 대가로 검사님한테 돈을 받은 조직원들이 몇 명이나 될 것 같냐고. 자고 싶으면 자, 레온. 러스티 사비치 검사님은 내일 아침에 바로 전화를 걸면 되니까. 자네 친구들한테 자네가 시민의 숲에서 무슨 짓을 했는지 다 불어 버릴 테니까. 백인 남자들 성기를 빨아 댔던 것 다 불어 버릴 테니까. 누가 언제 어디서 무슨 짓을 했는지 하나도 빠짐없이 다 말이야. 레온 웰스라는 두목이 호모였다는 거, 무슨 짓거리를 하고 돌아다녔다는 거 다들 알게 해줄 거야. 알았어? 개소리 말라고? 개소리 아냐, 친구. 스테플턴 호벌리가 하루칸의 얼굴에 오줌을 갈기게 했던 것도 바로 이분이셔. 그 얘긴 들었지, 응? 5분만 시간을 내줘. 진실을 얘기해 주면 조용히 나가 줄게. 몇 가지 알고 싶은 게 있어. 그뿐이야."

레온은 손가락 하나 까딱 않은 채 눈만 둥그렇게 뜨고 리프랜저의 말을 듣고 있다. 허세 부리기를 포기한 것 같다.

"좋아요, 그런다고 칩시다. 하지만 다음 주에 또 무언가가 알고 싶어지면 새벽 세시에 쳐들어 와서 또 이 난리를 칠 거 아뇨."

"무언가 더 필요한 것이 있을지 어떨지 지금 당장 알려 줄게. 자네가 우리 질문에 대답을 다 해준 다음에 말이야."

레온이 몰토를 지목하면, 법정에 나와 증언을 해줄 필요가 생길 것이다. 하지만 노련한 리프랜저는 그런 걸 벌써부터 알려 줄 생각은 없다.

"그러니까 잡소리 집어치우고 묻는 말에 대답이나 해, 레온. 첫 번째 질문은 이거야. 그 사건을 무마하기 위해서 1500달러를 줬어, 안 줬어?"

레온이 툴툴거리며 일어나 앉았다.

"에디, 좆같은 새끼. 이미 다 알고 있고만, 뭐 하러 날 찾아와서 귀찮게 하는 거요?"

그가 말했다.

"레온. 묻는 말에 대답이나 해."

리프랜저가 조용히 말했다.

"맞수다, 형사 나리. 1500달러 줬어요."

내 심장 박동이 거세졌다. 쿵쾅 쿵쾅. 내려다보면 셔츠 가슴 주머니 쪽이 들썩거리는 것이 보일 것 같았다.

내가 처음으로 끼어들었다.

"그 여자도 관계가 있었나? 캐롤린 말야. 보호 관찰관."

레온이 웃음을 터뜨렸다.

"그래요, 검사님. 그렇다고 할 수 있죠."

"무슨 소리야?"

"이봐요, 검사 양반."

레온이 말했다.

"다 알면서 왜 그러쇼? 다 그 여자가 시킨 일이에요. 나 보고 그
렇게 걱정할 필요 없다고, 일을 잘 처리해 주겠다고 합디다. 아무
일 없게 잘 처리해 주겠다고 말이요. 그런 일을 골백번도 더 해본
것 같던데요. 돈을 어떻게 가져오고 어디로 가서 어떻게 하라고
자세히 일러 줍디다. 아주 무서운 여자였어요. 듣고 있어요?"

"그래."

나도 리프랜저처럼 몸을 구부리고 앉았다.

"그러면 뇌물을 건네줄 때 그 여자도 거기 있었어?"

"그럼요. 바로 거기 앉아 있습디다. 아주 냉정한 얼굴로요. '안
녕하세요. 거기 앉아요.' 그러던데요. 그러고 나서 얼마 후에 남자
가 들어오더니 말을 하더라고요."

"그 남자는 자네 뒤에 있었어?"

"그래요. 내가 들어가니까 그 여자가 일러 주더라고요. 뒤를 돌
아보지 말고 남자가 시키는 대로 하라고요."

"그러면 그 남자가 자기 책상 속에 돈을 넣으라고 했어?"

"아뇨, 검사 양반. 내가 앉아 있던 그 책상 맨 위 서랍에 돈을
넣으라고 합디다."

"내 말이 그 말이야. 그게 그 남자 책상 아냐?"

"맞아요."

"그러니까 그 남자에게 돈을 주었군, 그렇지?"

리프랜저가 물었다.

"그 부장 검사한테."

"아뇨, 형사 양반. 내가 바본 줄 아슈? 별 볼일 없는 부장 검사 나부랭이한테 뇌물을 먹이게? 돈만 꿀꺽 삼키고 자기는 안 받았다고 오리발 내밀면 어떡해요? 그런 얘기 많이 들었수다."

리프랜저가 나를 바라봤다. 무슨 소린지 모르는 눈치였다. 하지만 나는 알아차렸다. 이제야, 마침내, 어떻게 된 일인지 알겠다. 세상에, 이렇게 아둔하다니.

"그러면 누구한테 준 거야?"

리프랜저가 물었다.

레온이 얼굴을 찌푸렸다. 형사한테 확실하지도 않은 일을 말하고 싶지 않은 것이다. 내가 대신 대답했다.

"판사한테. 판사한테 뇌물을 준 거야. 맞지?"

레온이 고개를 끄덕였다.

"흑인이었어요. 내 뒤에 서 있던 남자도 그 사람이었수. 법정에서 목소리를 들으니까 알겠던데요."

레온이 손가락을 튕기며 이름을 생각해 내려고 했다. 하지만 그렇게 애쓸 필요가 없다. 공소 취소 결정문에 이름이 나와 있으니까 말이다. 나는 주머니에서 그 서류를 꺼냈다. 지난 두 달 동안 수십 번도 더 본 판사의 서명이 보였다. 리틀 판사가 행하는 일들이 다 독특하듯이 필체도 참 독특하다.

"도대체 어떻게 된 거야?"

리프랜저가 물었다. 새벽 다섯시가 가까운 시각, 우리는 강가에 있는 24시간 영업하는 간이식당에 앉아 있었다. 이곳은 전국적인 체인망을 가진 도넛 가게가 생기기 전부터 도넛으로 유명했다.

"리틀 판사가 그 여자랑 사귀면서 뇌물을 받아 여자한테 쏟아 부은 거야?"

리프랜저는 취해 있었다. 그는 여기 오는 길에 야간 술집에 들러 브랜디 한 병을 사오더니 콜라처럼 벌컥벌컥 들이켰다. 아직도 레온의 아파트 문 앞에서 있었던 일촉즉발의 위기를 마음에서 떨쳐 내지 못한 것 같다.

"제기랄, 가끔씩 이 짓도 못 해먹겠다는 생각이 들 때가 있어."

술을 들이켜며 리프랜저가 말했다.

나는 고개를 저어 그의 질문에 대한 대답을 대신했다. 나도 모르겠다. 레온을 만나고 나서 확실해진 것은 지난주에 케넬리를 만났을 때 그가 말하기를 꺼려했던 일이 바로 이 일이라는 것이다. 리틀 판사가 뇌물을 받았다는 것. 그 당시 형사들이 화가 난 것도 이 때문이었다. 판사도 똑같이 뇌물을 받고 있었다는 것 말이다.

"그럼, 몰토는 어떻게 된 거야?"

리프랜저가 물었다.

"몰토도 관련이 있어?"

"그건 아닌 것 같아. 라렌 리틀이 삼각관계에 있었을 것 같지는 않은데. 니코 말에 따르면 몰토는 항상 캐롤린을 존경했어. 그녀가 공소 취소를 요구했고 그는 그대로 했던 것 같아. 딴 남자들이 그랬듯이 캐롤린에 대해 뜨거운 열정을 품고 있었던 것 같아."

물론 독실한 가톨릭 신자답게 그 열정을 마음속 깊이 억누르고 있었을 것이다. 충분히 말이 됐다. 마음에 품은 열정. 몰토라는 엔진을 계속 최고 속력으로 가동시킬 충분한 연료가 됐다.

우리는 한 시간 가깝게 이야기를 나눴다. 마침내 아침을 먹을 때가 되어 둘 다 달걀 요리를 주문했다. 이제 강 위로 해가 떠올라 강물은 장밋빛으로 물들고 있다.

나는 갑자기 어떤 생각이 떠올라 웃음을 터뜨렸다. 계속해서 웃음이 터져 나오는 걸 어쩔 수가 없다. 한번 웃기 시작하면 주체를 못하는 사춘기 소년 같았다. 말도 안 되는 생각이고 전혀 웃기는 일도 아니지만 어쩔 수가 없다. 아주 길고 파란만장한 하루를 보내서 그런가 보다.

"왜 그래?"

리프랜저가 물었다.

"그렇게 오랫동안 자네하고 일을 해왔는데도 오늘 처음 알았어."

"뭘?"

나는 다시 웃기 시작했다. 한참을 웃고 나서야 겨우 대답을 했다.

"자네 총을 가지고 다닌다는 걸 한 번도 생각 못 했어."

내가 잠옷 차림으로 침대 한쪽으로 올라가자 바바라가 돌아누웠다.

"지금 일어나는 거야?"

그녀가 실눈을 뜨고 시계를 바라봤다. 여섯시 삼십분.

"아직 이르지 않아?"

"이제 자려고."

내가 말했다.

그녀가 팔꿈치에 얼굴을 기대고 나를 보았지만, 나는 별로 이야기할 게 없다는 뜻으로 손을 내저었다. 잠이 올 것 같지는 않았는데 잠이 들었다. 꿈속에서 감옥에 있는 아버지를 봤다.

바바라가 마지막 순간까지 기다렸다가 깨우는 바람에 우리는 황급히 집을 나섰다. 다리 위에 차들이 꽉 막혀 있어서 공판이 시작되고 나서야 법원에 도착했다. 켐프와 검사 둘이 판사 앞에 서 있다. 니코가 판사에게 말을 하고 있다. 뚱한 표정인 걸 보니 뭔가 기분 안 좋은 일이 있는 모양이었다.

나는 스턴 곁에 자리를 잡고 앉았다. 바바라가 미리 전화를 걸어 늦을 거라고 알려 놓았지만 이유를 밝히지는 않았다. 나는 앉자마자 스턴에게 몸이 아파서 늦은 것은 아니라고 둘 다 건강은 괜찮다고 속삭였다. 이윽고 스턴이 지금 상황을 설명했다.

"검찰이 막판 궁지에 몰렸나 봐요. 나중에 판사가 휴정을 하면 자세히 얘기해 줄게요. 몰토를 증인으로 부르고 싶어 해요."

나도 니코가 그 얘기를 하는 걸 거라고 생각했다. 그가 판사를 설득하는 말을 끝내자 판사는 그를 내려다보며 단호하게 말했다.

"안 됩니다."

"존경하는 재판장님……."

"니코 델라 가르디아 검사, 이 문제에 대해서는 공판 첫날 이야기가 끝난 걸로 아는데요. 몰토 검사를 증인으로 부르지 않기로 말이죠."

"판사님, 그때는 몰랐는데……."

"니코 델라 가르디아 검사, 내가 몰토 검사의 증언을 허락하면 지금 당장 재판 무효를 선언해야 합니다. 이 사건이 항소심으로 올라가면, 꼭 그렇다는 것이 아니라 만약에 올라간다면, 이 사건을 바로 되돌려 보낼 테니까 말이죠. 공판 첫날 스턴 변호사가 몰토 검사의 증인 출두 가능성에 대해 문제를 제기했을 때, 검찰 측은 몰토 검사를 증인으로 부르는 일은 절대로 없을 거라고 했습니다. 그러니까 그대로 가겠습니다."

"판사님, 변호인 측이 계속 이 음모론을 들고 나오면, 우리에게 어느 정도 관용을 베푸시겠다고 약속하셨습니다. 판사님이 그렇게 말씀하셨습니다."

"그래서 당신들이 배심원단 앞에 서서 전적으로 부적절한 진술을 하는 것을 눈감아 줬습니다. 레이먼드 호건 씨가 증인석에 앉았을 때 있었던 일을 기억하시죠? 스턴 변호사가 몰토 검사의 증언 문제를 제기했을 때, 그의 전문가적인 직관력을 좀 더 신뢰했어야 했다는 생각이 드는군요. 그때는 검찰의 주요 증거가 몰토 검사가 본 것을 마지막으로 사라질 거라고는 생각하지 못했습니다. 몰토 검사와 부검의가 증거 혹은 증언을 조작할 거라고는 생각하지 못했습니다. 분명히 말합니다만, 어제 일을 그렇게 해석하는 것이 합당하게 느껴지는군요. 몰토 검사의 거취 문제는 아직도 생각 중입니다. 몰토 검사가 증인석에 앉아 문제를 악화시키는 일은 내 법정에서 절대로 일어나지 않을 것입니다. 자, 또 뭐가 문제죠?"

니코는 잠시 고개를 숙이고 아무 말이 없다. 그러다가 고개를 들더니 양복 윗도리의 옷매무새를 바로잡았다.

"판사님, 새로운 증인을 부르겠습니다."

"누굽니까?"

"피고인의 정신과 의사인 마일즈 로빈슨 박사입니다. 우리의 최초 증인 명단에는 들어 있었지만 최종 명단에서는 빠져 있었습니다. 하지만 상황이 바뀐 것을 어젯밤에 스턴 변호사에게 통지했습니다."

나는 긴장이 되어 몸을 움찔했다. 스턴은 내가 더 경솔한 행동을 보일까봐 팔을 붙들었다.

"이건 또 뭐예요?"

내가 속삭였다.

"좀 있다가 이야기할 생각이었어요."

스턴이 조용히 말했다.

"의사하고 이야기를 나눴어요. 검사들이 왜 저러는지에 대해서는 좀 있다가 내 생각을 들려줄게요."

"그런데 뭐가 문젭니까?"

리틀 판사가 물었다.

"스턴 변호사가 충분한 시간적 여유를 주지 않고 그 증인을 부르는 것에 반대하는 겁니까?"

스턴이 일어섰다.

"아닙니다, 존경하는 재판장님. 그 증인을 부르는 것에는 반대합니다만, 그런 이유 때문은 아닙니다."

"반대하는 이유를 설명해 주세요. 스턴 변호사."

"존경하는 재판장님, 우리가 반대하는 이유는 두 가지입니다.

첫째, 정신과 상담에 대한 시각이 아무리 개화되었다고 하더라도 수치스러운 일로 생각하는 사람들이 여전히 많습니다. 그러므로 이 증언은 피고인에 대해 심각한 편견을 줄 수 있습니다. 두 번째로 더 중요한 것은, 제 판단으로는 로빈슨 박사 심문에 몰토 검사가 나설 것 같은데, 몰토 검사가 환자의 개인 정보 보호권에 위배되는 사항을 물어볼 것으로 예상되기 때문입니다."

"알겠습니다."

리틀 판사가 다시 말했다.

"그러면 증인 소환을 거부하시겠습니까?"

스턴이 나를 내려다봤다. 무언가 하고 싶은 말이 있는 눈치였다. 내게로 몸을 기울이더니, 곧 몸을 바로 하고 섰다. 지금은 시기가 적절치 않다고 판단한 모양이다.

"존경하는 재판장님, 제 발언이 판사님을 불쾌하게 해드렸다면 사과드리겠습니다. 하지만 제 의뢰인의 입장을 분명하게 밝힐 필요가 있다고 생각했습니다. 판사님, 저는 이 증인을 부르는 검찰의 의도에 대해 의문을 가지고 있습니다. 의사가, 특히 정신과 의사가 치료를 위해 환자와 나눈 대화 내용을 증언하는 것을 금지하는 법 규정들을 포기할 만한 사실적 근거가 없다고 생각합니다. 저는 검찰이 변호인 측이 증언 거부 신청을 내고 법정이 이를 허락할 것이라고 예상하고 이 증인 소환 신청을 하는 것이라고 믿습니다. 만일 그렇게 되면, 재판이 우리 모두가 예상하는 결과로 끝날 경우, 검찰에게 변명거리가 생길 테니까 말입니다."

니코는 화가 나서 연단에서 발을 굴렀다. 자신과 몰토가 판사를 조종하려 한다는 스턴의 암시에 분노한 것이다.

"아닙니다. 그 발언은 인정할 수 없습니다! 말도 안 되는 주장입니다!"

니코는 몸을 휙 돌려 쿵쾅거리며 검사석으로 걸어가더니 스턴을 노려보며 물을 벌컥벌컥 들이켠다.

리틀 판사는 꽤 오랫동안 말이 없었다. 그가 말문을 열었을 땐, 스턴의 암시에 대해서는 아무런 언급도 하지 않았다.

"니코 델라 가르디아 검사, 환자의 개인 정보 보호법 조항을 포기할 수 있는 근거가 무엇이라고 생각하십니까?"

니코와 몰토가 이야기를 나눴다.

"존경하는 재판장님, 로빈슨 박사는 피고인이 정신과 상담을 받은 것이 서너 차례에 불과하다는 사실을 증언할 것입니다. 결과적으로 상담 때 피고인이 한 진술은 치료를 위한 것이 아니며, 따라서 그 법 조항의 적용을 받지 않는다고 생각합니다."

내 인내심도 극에 달했다. 나는 숨죽여서 한 마디 내뱉었다.

"좆같은 소리 하고 있네."

판사가 내 말을 들었는지 내 쪽을 바라봤다.

"잘 들으세요. 이제까지는 재판이 검찰 측에 유리하게 진행되지는 않았습니다. 그건 어떤 멍청이라도 알 것이고 여기 모인 사람 누구도 멍청이가 아닙니다. 하지만 니코 델라 가르디아 검사, 만일 내가 당신들이 개인 정보 보호법 따위는 신경 쓰지 않고 마음대로 어떤 증언이라도 이끌어 내도록 내버려 둘 거라고 생각한다면, 다시 생각하세요. 그럴 수도 없고 그렇게 하지도 않을 것입니다. 이 증언을 금지하지는 않겠습니다. 그리고 스턴 변호사의 견해에 대해서 어떤 언급도 하지 않겠습니다. 스턴 변호사의 생각이 옳은지 그른지 모르겠으니까요. 질문이 나올 때마다 법 조항에 위배되는지 아닌지를 판결하는 것이 적절할 것 같다는 생각이 드는군요. 이 증인을 배심원단 앞에 세우고 싶다면 그렇게 하세요. 하지만 분명히 말씀드리지만 위험 부담은 감수해야 할 겁니다. 이미 검사 한 명이 유감스러운 행동을 보였습니다. 그런데 그가 배심원단 앞에서 사생활 보호법에 위배되는 내용을 이끌어 내려 한다면, 더 이상 참고 있지는 않겠습니다. 로빈슨 박사와 허용되는 질문 범위에 대해서 이야기를 나누셨습니까?"

"로빈슨 박사는 우리와의 면담을 거절했습니다."

"그거 적절한 처신이군요. 원하는 대로 하세요, 니코 델라 가르디아 검사. 하지만 이 증인에게서 얻어 낼 것이 많아야 할 겁니다. 배심원들이 어떤 생각을 하고 있을지 상상이 가니까요."

리틀 판사가 말했다.

니코는 잠시 의논할 시간을 달라고 했다. 그와 몰토는 법정 구석으로 걸어가 이야기를 나눴다. 몰토는 흥분해 있다. 얼굴은 벌겋게 달아올라 있고 손을 마구 휘저으며 열변을 토했다. 이야기가 끝난 후 니코가 그대로 진행하겠다고 선언하는데도 나는 놀라지 않았다.

그리하여 배심원들이 돌아오고 마일즈 로빈슨이 증인석에 앉았다. 그는 60대 중반의 호리호리한 노신사로 백발을 아주 짧게 깎은 모습이다. 예전 같으면 흑백 혼혈아로 불렸을 것 같다. 피부가 나보다 더 하얗지만 흑인이다. 오래전 그가 한 정신병자의 재판에 증인으로 소환되었을 때 그를 잠깐 본 적이 있다. 기억 상실에 대한 최고의 전문가로 증언대에 섰다. 그는 이곳 대학교 의과대학의 정교수이며 정신병학과 공동 학과장직을 맡고 있다. 내게 문제가 생기자 그가 제일 먼저 떠올랐다.

"피고인 러스티 사비치를 아십니까?"

로빈슨이 자기 이름과 병원 주소, 직업을 진술하자마자 몰토가 물었다.

로빈슨 박사가 판사에게로 고개를 돌렸다.

"이 질문에 대답해야 합니까, 존경하는 재판장님?"

판사가 몸을 기울이며 친절한 어투로 말했다.

"증인, 저기 있는 스턴 변호사가……."

리틀 판사가 손으로 가리키며 말했다.

"피고인을 대변하고 있습니다. 증인이 대답할 의무가 있다고 생각되지 않는 질문에 대해서는 스턴 변호사가 이의를 제기할 것입니다. 그렇지 않은 경우에는 주어진 질문에 대답하셔야 합니다. 걱정하지 마세요. 스턴 변호사는 최고의 자격을 갖춘 변호사니까요."

"스턴 변호사와 이야기를 나눈 적이 있습니다."

로빈슨이 말했다.

"아주 잘하셨습니다. 그러면 질문을 다시 읽어 주세요."

리틀 판사가 속기사에게 지시했다.

"그렇습니다."

질문이 다시 낭독되자 로빈슨이 말했다.

"어떻게 아십니까?"

"제 환자였습니다."

"몇 번 만나셨습니까?"

"어젯밤에 진료 기록을 확인해 봤더니 다섯 번이었습니다."

"언제부터 언제까지죠?"

"올해 2월부터 4월까지입니다. 4월 3일이 마지막이었습니다."

"4월 3일이요?"

몰토가 되물으며 배심원석을 바라보지만 배심원들은 그의 눈길을 피하고 있다. 하지만 그는 내 마지막 상담이 살인 사건이 나고 이틀 후였다는 사실에 주의를 환기시키려 하고 있다.

"그렇습니다, 검사님."

"피고인이 피해자인 캐롤린 폴헤무스 양에 대해 말한 적이 있습니까?"

의사의 환자 개인정보보호 조항은 대화 내용을 보호하지 행동은 해당되지 않았다. 지금까지는 몰토가 로빈슨에게 내가 말한 내용을 물어 보지는 않았다. 하지만 이 질문에 스턴이 조용히 일어섰다.

"이의 있습니다."

그가 말했다.

"인정합니다."

판사가 단호하게 말했다. 그는 가슴 위로 팔짱을 끼고 몰토를 노려보고 있다. 검찰의 의도에 대한 스턴의 생각에 동의하고 있는 것이 분명하다. 그리고 그는 타협안을 찾은 것 같다. 로빈슨을 증인석에 앉게는 하지만 변호인 측의 이의 제기는 모두 인정하기로 말이다.

"존경하는 재판장님, 지금 내리신 판결의 근거가 무엇인지 여

쥐 봐도 되겠습니까?"

몰토가 물었다. 한번 붙어 보겠다는 듯 판사석을 올려다보고 있다. 서로 증오하고 있는 것이 확연히 드러나 보였다. 두 사람 사이에 쌓인 원한을 파헤치자면 고고학적 기술이 필요할 것 같다. 원한의 일부는 캐롤린과 관계가 있을 것이다. 몰토는 원시인같이 질투심을 감추지 못하고 있었다. 북부 지원에 있을 때에도 리틀 판사가 캐롤린과 그렇고 그런 사이였다는 것을 알았을까? 어젯밤에 나는 그것이 궁금해 잠을 이룰 수 없었다. 그때는 누가 누구에 대해서 무엇을 알고 있었을까? 그리고 리틀 판사는 지금 몰토가 어느 정도나 알고 있다고 생각할까? 얽히고설킨 거미줄. 어찌 됐든 지금 두 사람 사이의 반목은 나와는 아무런 상관이 없다는 것만큼은 확실했다.

"몰토 검사, 내 판결의 근거는 이미 알고 있을 텐데요. 배심원단이 들어오기 전에 논의했잖습니까. 지금 이 증인 심문은 환자와 의사와의 관계에 대한 것이므로 어떤 대화도 환자의 개인 정보 보호법의 보호를 받습니다. 배심원단 앞에서 내 판결의 근거에 대해 다시 한 번 질문을 하면, 당장 심문을 중지시키겠습니다. 계속하세요."

"증인, 피고인이 상담을 중단한 것이 맞습니까?"

"그렇습니다."

"치료가 중단된 것입니까?"

"그렇습니다."

"판사님, 지금 대화 내용은 정보 보호법에 저촉되지 않을 것 같은데요."

"지금 검사는 법정을 모욕하고 있습니다. 경고합니다. 심문 계속하세요."

몰토가 니코를 바라보더니 폭탄 발언을 했다. 자기 무기고를 살펴보다가 핵폭탄을 집어 든 것 같다.

"피고인이 피해자 캐롤린 폴헤무스를 죽였다고 말한 적이 있습니까?"

갑자기 법정 안 곳곳에서 놀라 헐떡이는 소리가 들렸다. 니코가 조금 전 연단에서 발을 구르며 화낸 이유를 이제야 알겠다. 이 질문에 대한 대답을 듣기 위해서 로빈슨을 증인으로 세운 것이다. 내가 캐롤린과 잤는가 하는 따위의 사소한 문제를 묻기 위해서가 아니었다. 밑져야 본전이라는 심정으로 찔러 보는 것이다. 하지만 판사는 불같이 화를 냈다.

"그만. 그만! 그만 됐어요, 몰토 검사. 그만하세요. 다른 질문들이 정보 보호법의 보호를 받는데, 그 질문은 아닐 것 같습니까?"

판사가 고함을 지질렀다. 내가 스턴에게 괜찮다고 속삭였다.

"안 돼요."

그가 반대했지만 나는 주장을 굽히지 않았다.

"돼요."

그러고는 그의 팔꿈치를 잡아 밀어 일어서게 했다. 그의 목소리에서 평소와는 달리 주저하는 기색이 느껴졌다.

"존경하는 재판장님, 우리는 지금 그 질문에 이의 제기를 하지 않겠습니다."

리틀 판사는 분노 때문에, 몰토는 혼란 때문에 즉각적으로 대답을 하지 못했다. 얼마 후 둘이 거의 동시에 어떻게 된 일인지 깨달은 모양이다.

몰토가 말했다.

"방금 한 질문은 철회하겠습니다."

하지만 판사는 일이 어떻게 돌아가는지 알고 있다.

"아뇨, 몰토 검사. 배심원단 앞에서 엄청난 편견을 갖게 하는 질문을 해 놓고 곧바로 철회하는 행동은 용납할 수 없습니다. 속기사는 검사의 철회 신청을 무시하세요. 스턴 변호사, 정보 보호법상의 권리를 포기하시겠습니까?"

스턴이 목소리를 가다듬더니 말했다.

"존경하는 재판장님, 조금 전 검사의 질문은 분명히 정보 보호법의 보호를 받는 내용을 물어보고 있습니다. 하지만 저는 그 법 조항에 저촉되지 않는 범위 내에서 그 질문에 대한 대답이 나올 수 있을 것으로 판단합니다."

"알겠습니다. 변호인의 말이 맞는 것 같군요. 정 그러시다면. 자, 모험을 할 준비가 되셨습니까?"

스턴은 잠시 나를 바라보더니, 분명하게 대답했다.

"네, 존경하는 재판장님."

"자, 그러면 대답을 들어봅시다. 어떤 질문이었는지는 모두들 알고 있겠지만 속기사, 몰토 검사의 마지막 질문을 다시 한 번 읽어 주세요."

속기사가 속기 테이프를 들고 일어섰다. 그러고는 단조로운 목소리로 질문을 읽었다.

"몰토 검사의 질문입니다. '피고인이 피해자 캐롤린 폴헤무스를 죽였다고 말한 적이 있습니까?'"

판사가 손을 들어 보이자 속기사는 다시 자리에 앉아 대답을 받아 적을 준비를 했다. 그러자 판사가 증인에게 고개를 끄덕여 보였다.

"그 질문에 대한 대답은 '아니오' 입니다. 사비치 씨가 내게 그런 말을 한 적은 한 번도 없습니다."

로빈슨이 마음의 준비를 한 듯 침착한 어투로 대답했다.

법정 안이 술렁이기 시작하는데 지금까지와는 달리 안도감이 느껴지는 분위기였다. 배심원들이 고개를 끄덕였다. 학교 선생은 나를 향해 미소를 지어 보였다.

하지만 쉽게 물러설 몰토가 아니다.

"증인이 어떤 식으로든 폴헤무스 양 살인 사건에 관해 말을 한 적이 있습니까?"

"그 질문과 피고인과 증인과의 대화에 관한 모든 추가 질문에 대해 이의를 제기합니다."

"인정합니다. 지금 질문과 추가 질문에 대한 이의 제기를 받아들입니다. 심문을 계속 진행하면 법에 저촉되거나 이 재판과 관련이 없는 내용이 나올 것으로 판단되므로 검사의 증인 심문은 이것으로 끝내겠습니다. 증인, 가져도 좋습니다."

"존경하는 재판장님!"

몰토가 소리쳤다. 그러나 니코가 즉시 그의 팔을 잡았다. 그는 몰토를 끌고 연단을 내려오며 무슨 말인가를 주고받았다. 그의 기분을 풀어 주려는 듯 니코가 고개를 끄덕이지만 몰토의 분노에 동감하지 않는다는 것을 보여 주는 단호함이 느껴졌다.

판사는 몰토를 무시하고 니코만 바라봤다.

"니코 델라 가르디아 검사, 검찰 측 증인 심문은 끝난 겁니까?"

니코가 대답했다.

"그렇습니다, 판사님. 킨들 군민을 대표한 검찰 측 증인 심문은 이것으로 마치겠습니다."

이제 리틀 판사가 주말 휴정을 선언하며 배심원단을 해산하고 평결 지시 신청에 대한 양측의 의견을 듣겠다고 일정을 설명할 차례다. 그가 배심원단을 향해 고개를 돌리며 말문을 열었다.

"신사 숙녀 여러분, 여느 경우라면 지금 여러분에게 주말 동안의 해산을 명령할 것입니다. 그러나 이번에는 그렇게 하지 않겠습니다. 이 재판에서 여러분의 배심원 임무는 이제 모두 끝이 났습니다."

처음에는 무슨 말인지 이해가 가지 않았다. 하지만 켐프와 스턴이 나를 끌어안자 무슨 일이 일어났는지 알아차렸다. 재판이 끝난 것이다. 판사는 연설을 계속했다. 배심원들에게 원하면 좀 더 머물러 있어도 좋다고 말했다. 나는 눈물을 흘렸다. 잠시 탁자 위에 엎드려 눈물을 흘렸다. 그러다가 고개를 들고 나를 석방한다는 리틀 판사의 판결에 귀를 기울였다.

판사가 배심원단에게 연설을 계속하고 있다.

"나는 지난 24시간 동안 이 재판에 대해 심사숙고해 봤습니다. 일반적으로 재판이 이쯤 되면 피고인 측 변호인이 무죄 석방 평결 신청을 제기합니다. 그렇더라도 판사는 신청을 기각하고 재판을 계속하기로 결정하는 경우가 많습니다. 대부분의 재판에서는 합리적인 배심원단이 피고인이 유죄라고 결정할 만큼 충분한 증거가 있습니다. 당연히 그래야 하고요. 상식적인 사람이라면 어느 누구라도 합리적인 의혹을 넘어 피고인이 유죄라고 결론지을 수 있을 만큼 충분한 증거 없이 피고인을 법정에 세워서는 안 됩니다. 정의가 실현되기 위해서는 충분한 증거가 필요합니다. 그런데 나는 이 재판에서는 정의가 실현되지 못했다고 생각합니다. 물론 나는 검사들이 의혹을 가지고 있다는 사실을 이해합니다. 심지어 어제 일이 있기 전까지만 해도 그런 의혹에는 충분한 근거가 있다고 말했을지도 모르겠습니다. 하지만 지금으로선 그런 확신이 없습니다. 나는 여러분이 이처럼 대단히 부적절한 증거를 바탕으로 심의를 하게 할 수가 없습니다. 그것은 여러분에게, 그리고 무엇보다도 피고인에게 부당한 일이 될 것입니다. 어느 누구도 이와 같은 증거를 근거로 법정에 세워져서는 안 됩니다. 기회가 있었다면 여러분이 무죄 평결을 내렸을 것이라는 데 대해서는 조금도 의심하지 않습니다. 하지만 피고인이 더 이상 이런 끔찍한 일을 견뎌 내야 할 이유가 전혀 없습니다. 이 사건에서는 동기를 보여 주는 증거와 심지어 피고인과 피해자 간의 친밀한 관계를 입증할 만한 구체적인 증거가 하나도 없습니다. 어제 일이 있은 후, 나는 캐롤린 폴헤무스가 살해되던 날 밤 피고인이 피해자와 육체적인 관계를 가졌다고 믿게 만들 수 있는 확실한 증거가 전혀 없다고 판단했습니다. 이미 살펴보았듯이, 피고인이 캐롤린 폴헤무스를 살해했다는 직접적인 증거도 전혀 없습니다. 물론 그날 밤 피고인이 그곳에 있었을지도 모르는 일입니다. 검찰은 그렇게 추측하고 있고 그들에게는 그런 추측을 할 권리가 있습니다. 검사들이 그 유리컵을 찾아냈더라면 나도 그런 생각을 했을지도 모릅니다. 그러나 지금은 여러 가지 정황을 고려해 볼 때, 이 재판을 계속할 필요가 없는 것으로 판단됩니다."

"존경하는 재판장님."

니코가 일어서며 외쳤다.

"니코 델라 가르디아 검사, 당신이 지금 절박한 심정이라는 건 이해하지만 지금 내가 말하고 있는 중이니까 끝까지 들으세요."

"존경하는 재판장님……."

"몰토 검사에 대해서도 몇 마디 하겠습니다."

"판사님, 저는 이 사건 공소를 취소하고 싶습니다."

리틀 판사가 깜짝 놀라 고개를 뒤로 젖혔다. 법정 안은 조금 전보다 더 술렁이기 시작했다. 뒤돌아보지 않아도 벌써 기자들이 전화기로 달려가고 있다는 것을 알겠다. TV방송국 기자들은 카메라 차량을 불러 댈 것이다. 아무도 이런 일은 예상하지 못했을 터라 카메라 차량을 대기시켜 놓지 않고 있었다. 리틀 판사는 판결봉을 치며 정숙하라고 지시했다. 그러더니 큰 손을 펼쳐 니코에게 계속하라고 손짓을 했다.

"판사님, 한두 가지만 말씀드리고 싶습니다. 우선, 이 재판이 일종의 모함이나 사기라고 생각하기 시작한 사람들이 많은 것 같습니다. 저는 그런 주장에 동의하지 않습니다. 검찰의 명예를 걸고 그런 주장을 부인하고 싶습니다. 저는 검찰의 공소 제기가 정당했다고 믿습니다."

"그런데도 공소 취소 신청을 하시는 겁니까, 니코 델라 가르디아 검사?"

"그렇습니다, 판사님. 오늘 아침에 이 법정으로 올 때만 해도 저는 판사님이 재판을 계속 진행시키시기를 바랐습니다. 일부 판사님들은 그렇게 하실 거라고 생각합니다. 저는 그렇게 하는 것이 옳은 일이라고 믿습니다. 하지만 그렇게 하지 않는 판사님들도 있습니다. 그리고 판사님은 그렇게 하지 않기로 결심하신 것이 분명해 보이므로……"

"분명 그렇습니다."

"변호인 측에서는 판사님의 이 결정이 적절한 법적인 판단이었나에 대해 어떤 의혹도 가지고 있지 않을 것입니다. 하지만 저는 판사님의 결정에 동의하지 않습니다. 분명히 말씀드립니다만 우리는 동의하지 않습니다. 그러나 제가 판사님이 법을 무시하고 있다고 생각하고 있는 것처럼 보여서는 안 된다고 생각됩니다. 그리고 누구라도 제가 변명거리를 찾고 있다고 생각하기를 원치 않습니다."

이 말을 하면서 니코는 어깨 너머로 스턴 쪽을 흘끗 바라봤다.

"이런 이유들로 저는 판사님의 판결을 받아들이고 공소 취소 신청을 하고 싶습니다."

"신청을 받아들입니다."

리틀 판사가 일어섰다.

"사비치 씨, 당신을 석방합니다. 이제까지 일어난 일에 대해서는 대단히 유감으로 생각합니다. 당신이 자유의 몸이 되는 것을 보는 기쁨조차도 정의라는 명분 하에 일어난 이 불명예스러운 일을 만회할 수는 없을 것입니다. 당신에게 하나님의 가호가 함께하시기를 기원합니다."

그가 판결봉을 두드렸다.

"공소 취소 신청을 받아들입니다."

252

그가 판결을 내리더니 법정을 떠났다.

대혼란. 아내. 변호사들. 기자들. 알지 못하는 방청객들. 모두들 나를 안으려고 난리다. 바바라가 제일 먼저 나를 끌어안았다. 내 몸을 감싸 안은 팔의 단호한 힘, 내게 밀착된 그녀의 가슴과 골반을 느끼자 놀랍게도 욕정이 솟구쳤다. 어쩌면 이것은 내 삶이 다시 시작됐다는 신호일지 모르겠다.

"정말 잘됐어."

바바라가 내게 입을 맞추더니 말했다.

"정말 잘됐어, 러스티."

그러더니 몸을 돌려 스턴을 끌어안았다.

오늘 나는 딱 한 번만 이용하겠다고 생각한, 난방실을 통과하는 비상구를 이용하기로 결심했다. 기자들의 북새통을 견뎌 낼 수 없을 것 같다. 나는 로비 끝에서 바바라와 스턴, 켐프를 데리고 홀연히 사라졌다. 그렇지만 물론 사람들에게서 완전히 벗어날 수는 없다. 스턴의 변호사 사무실에 도착하자 또 한 무리의 사람들이 나를 기다리고 있다. 우리는 별다른 언급을 하지 않고 위층으로 올라갔다. 언제 준비했는지 회의실에는 만찬이 차려져 있지만 먹을 겨를이 없다. 전화벨이 계속 울려 댔다. 비서들이 드나들며 지금 기자들이 현관 홀로 쳐들어 와 난리라고 보고했다. 굶주린 괴물을 모른 체 할 수는 없다. 스턴에게서 이 영광의 순간을 빼앗아서도 안 됐다. 그는 충분한 자격이 있다. 이 유명한 사건에서 경제적으로나 직업적인 면에서 커다란 성공을 거두었으니 스턴의 앞길은

탄탄대로일 것이다. 이제 그는 전국적인 명성을 누리는 변호사가
된 것이다.

그래서 우리는 샌드위치를 먹는 둥 마는 둥 하고 로비로 내려와
어깨를 밀치며 고함을 쳐 대는 기자들과 마이크와 녹음기와 십여
개의 태양처럼 내 주위를 감싸고 있는 휘황찬란한 조명 장치들 앞
에 섰다. 스턴이 먼저 말을 하고 내가 그 뒤를 이었다.

"지금 이 상황에서는, 특히 이런 일이 있고 난 지 얼마 안 된 지
금으로서는 어느 누구도 말을 제대로 할 수 없을 것 같습니다. 저
는 이 일이 끝이 나서 대단히 안도하고 있습니다. 도대체 어떻게
해서 이런 일이 일어난 것인지는 결코 이해할 수 없을 것 같습니
다. 저는 이 지구상에 존재하는 최고의 변호사의 도움을 받은 것
을 매우 감사하게 생각합니다."

나는 니코 델라 가르디아에 대한 질문은 피했다. 아직도 마음의
결정을 보지 못한 상태였다. 그가 단지 자기 할 일을 했을 뿐이라
는 생각이 크게 자리하고 있었다. 아무도 리틀 판사에 대해서는
물어보지 않았고 나도 그의 이름을 입 밖에 내지 않았다. 그에게
감사하는 마음이 들기는 하지만 어젯밤 일이 있은 후에는 그를 칭
송하는 말을 입에 담을 수가 없었다.

위층으로 돌아오자 요 전날 밤 켐프가 땄던 것과 똑같은 샴페인
이 준비되어 있다. 스턴이 승리를 예감하고 준비한 것일까, 아니
면 항상 이렇게 비치해 놓는 걸까? 사무실로도 방문객이 줄을 이
었다. 나는 켐프와 스턴과 함께 서서 건배를 했다. 스턴의 아내 클
라라도 와 있다. 맥도 도착했다. 그녀는 휠체어에 앉아 나를 끌어
안으며 눈물을 흘렸다.

"꼭 이렇게 될 거라고 굳게 믿고 있었어."

바바라가 다가오더니 먼저 가겠다고, 내일을 하루 앞당겨 돌아오게 하고 싶다고 했다. 어쩌면 캠프 소장이 스캐전과 이곳을 오가는 비행기에 자리를 하나 마련해 줄 수 있을 것이다. 그러려면 여기저기 전화할 데도 많을 것이다. 아내를 로비까지 바래다 줬다. 아내가 다시 나를 끌어안으며 말했다.

"정말 다행이야. 일이 이렇게 끝나서 정말 정말 기뻐."

그러나 우리 사이에는 어찌할 수 없는 슬픔이 남아 있었다. 지금으로서는 아내가 무슨 생각을 하고 있는지 잘 모르겠다. 하지만 이 엄청난 안도와 기쁨과 감사의 순간에도 우리 사이에 풀리지 않은 앙금이 남아 있다는 것을 아내도 알고 있을 것이다. 이 모든 일을 겪고 나서도, 용서와 화해를 향해 나아가기 위해서는 아직도 험난한 여정이 남아 있음을 우리 둘 다 알고 있다.

사람들이 스턴의 사무실로 속속 들어왔다. 경찰관들도 많이 보이고, 스턴과 나를 축하하기 위해 찾아온 변호사들도 많았다. 낯선 사람들 속에 있자니 어쩐지 불편하다. 처음에 느꼈던 희열은 사라진 지 오래고 왠지 모르게 우울했다. 처음에는 피곤하고 자기 연민이 몰려와서 그렇겠거니 생각했다. 그러나 우울은 땅속에서 스며 나오는 석유처럼 천천히 온몸으로 번져 가고 있다. 아무래도 시간을 갖고 생각을 좀 해봐야 할 것 같다. 그래서 조용히 자리를 떴다. 먼저 가겠다는 말도 하지 않고 화장실에 가는 것처럼 슬쩍 빠져 나왔다. 그러고는 거리로 나섰다. 늦은 오후, 그림자가 길어져 있고 강에서는 후덥지근한 바람이 불어왔다.

벌써 석간신문들이 가판대에 놓여 있다. 《트리뷴》에는 '판사,

사비치 석방'이라는 헤드라인이 1면의 반을 차지하고 있었다. '검찰을 치욕이라 비난'이라는 부제도 눈에 띄었다. 나는 25센트를 내고 신문을 샀다.

라렌 리틀 킨들 군 대법원 판사는 킨들 군 검찰청 전직 수석 부장 검사 로자트 K. 사비치의 살인 혐의에 대한 공소를 취소하며, 이 사건을 '정의라는 명분 하에 일어난 불명예스러운 일'이라고 맹렬히 비난했다. 이로서 8일간에 걸친 사비치 사건 재판이 모두 끝났다. 리틀 판사는 니코 델라 가르디아 킨들 군 검찰 총장이 공소를 제기한 재판을 맹렬히 비난하며 니코 델라 가르디아의 정적이었던 사비치를 살인범으로 몬 증거들 중 일부는 검찰에 의해 조작된 것이라고 믿는다고도 말했다.

두 신문 다 이런 식이다. 니코에게 비난이 쏟아지고 있었다. 과거의 정적에 대한 사건 조작. 흥미진진한 기삿거리다. 곧 전국에 알려질 것이다. 니코는 앞으로 오랫동안 사람들의 입방아에 오르내릴 것이다. 흑백논리에 사로잡혀 있는 언론은 니코가 마지막에 자진해서 공소를 취소하는 호의를 베풀었다는 사실에 대해서는 아무런 언급이 없었다.

강가로 갔다. 오늘따라 이상하게도 도시가 조용하다. 강가에 새로 문을 연 식당이 보였다. 실외에 테이블을 내다 놓았다. 나는 거기서 맥주 두 병과 샌드위치를 주문했다. 지나가는 사람들의 시선을 피하기 위해 신문 스포츠란을 들어 얼굴을 가리고 멍한 상태로 시간을 보냈다. 여섯시가 다 되갈 무렵, 집에 전화를 걸어 보지만 받지 않았다. 바바라가 공항으로 가고 있는 것이었으면 좋겠다. 어서 집에 가서 아들을 만나고 싶다. 그러나 그전에 들를 데가 한 군데 있었다.

스턴의 사무실 건물로 돌아가니 현관문은 열려 있지만 건물 안은 거의 비어 있었다. 한 사람의 목소리만 들리는데 무슨 말인지 모르겠지만 목소리로 보아 스턴이 틀림없었다. 그 소리를 따라 스턴의 사무실로 들어갔다. 복도에서 듣자니 다른 소송에 대해 이야기를 나누는 것 같았다. 이런 게 변호사의 생활이구나 싶다. 오늘 아침 스턴은 이제까지 맡은 사건들 중 가장 유명한 사건 재판에서 승리했다. 그런데 오늘 밤 그는 다시 일을 하고 있는 것이다. 통화를 하고 있는 스턴 앞에는 서류 가방이 열려진 채 놓여 있다. 석간 신문 두 개가 소파에 던져져 있다.

"네, 그래요, 방금 러스티가 돌아왔군요. 네. 내일 아침 열시까지. 알았어요."

그가 수화기를 내려놓았다.

"소송 의뢰인이에요. 그래, 돌아왔군요."

"몰래 빠져나가서 미안해요."

스턴이 손을 들었다. 그런 말 말라는 뜻이다.

"하지만 다시 당신을 보고 싶어졌어요."

"그럴 수 있어요."

스턴이 말했다.

"의뢰인들 중에 이번처럼 아주 긴장된 재판을 끝내고 나서는 며칠이고, 심지어 몇 주 동안이나 계속 나를 찾아오는 사람들이 있어요. 다 끝났다는 게 믿어지지 않는 거죠."

"바로 그거예요. 한 대 피워도 되요?"

스턴이 자주 권했던 시가를 하나 집어 들었다. 내가 시가 상자를 들고 있는 동안 그도 한 대 집어 들었다. 변호사와 의뢰인이 나란히 시가를 피웠다.

"고맙다는 말을 하고 싶었어요."

스턴은 아까처럼 손을 들어 그런 말 말라는 시늉을 했다. 나는 그의 변론이 아주 훌륭했고 그가 어떤 말을 하려는 것인지 짐작하기가 아주 어려웠다고 말했다. 내가 아는 최고의 변호사라는 말도 했다. 이 칭찬은 따뜻한 우유에 몸을 담근 것처럼 그를 부드럽게 감싸 안는 것 같다. 하지만 그는 칭찬을 듣고서도 살짝 미소를 지으며 시가를 약간 기울이기만 했다. 감사하다는 뜻으로 보이는 그만의 예의 바른 대답이었다.

"그리고 이런저런 생각을 하다 보니, 오늘 법정에서 무슨 일이 일어난 건지 알고 싶어졌어요."

"오늘요? 당신이 중대한 혐의를 벗고 풀려났잖아요."

스턴이 말했다.

"아니, 아니, 그런 게 아니라. 어떻게 된 영문이냐는 거죠. 당신은 어제 리틀 판사가 이 재판을 끝까지 끌고 갈 거라고 했잖아요. 그런데 오늘 그는 나를 무죄 석방했어요. 우리 쪽에서 그런 신청을 하지도 않았는데 말예요."

"러스티, 나는 그냥 판사의 생각을 추측해 봤을 뿐이에요. 판사의 의중을 정확하게 짚어 낼 능력을 가진 변호사가 있다고 생각해요? 리틀 판사는 당신이 결정적인 증거도 없이 배심원단의 평결

258

을 받게 하지 않기로 결정한 거예요. 그렇게 하면 부담감 때문에 자신이 생각하는 정의에서 점점 더 멀어질 거라고 생각했나 보죠. 우리는 그의 통찰력과 용기에 감사해야 해요."

"어젯밤에는 검찰 측 증거가 배심원단의 평결까지 갈 만큼 충분하다고 했잖아요."

"러스티. 나는 천성적으로 회의론자예요. 내 성향에 대해서까지 고민하게 할 생각은 아니겠죠. 내가 승리를 예상했는데 결과가 다르게 나왔다면, 당신이 이런 의문을 갖는 걸 이해하겠어요. 하지만 지금 이러는 건 이해가 안 가는군요."

"그래요?"

"우리 둘 다 검찰 측 주장이 초반부터 그다지 설득력이 없었고 갈수록 설득력이 떨어졌다는 건 알고 있었잖아요. 우리에게 이로운 판결도 있었고요, 증인석에 나와서 주장을 번복하는 증인들도 있었죠. 우리에게 유리하게 풀린 반대 심문도 있었고요. 증거물 중 하나는 사라졌고 또 다른 하나는 완전히 잘못 짚은 거였고요. 그래서 검찰 쪽이 패한 거예요. 이런 일은 전에도 많이 봐 왔잖아요. 그리고 오늘은 상황이 검찰 쪽에 더 안 좋게 돌아갔죠. 오늘 아침에 있었던 로빈슨 박사의 증언을 생각해 봐요. 그건 정말 대단한 효과가 있었어요."

"정말로 그렇게 생각해요? 그에게 내가 캐롤린을 죽였다는 말은 하지 않았어요. 그렇다고 뭐가 달라져요? 나는 법조인이에요. 검사라고요. 누구에게라도 그런 고백을 할 만큼 어리석지는 않죠."

"하지만 살인 사건이 나고 이틀 후에 정신과 의사를 찾은 것 하며 비밀이 보장되는 이 가장 친밀한 순간에도 자신이 어떤 범죄를 저질렀다고 고백하지 않은 것은요, 러스티, 아주 중대한 증거예요. 검찰이 실수로 이끌어 낸 아주 중요한 증거라고요. 이 사실을 미리 알았다면, 어젯밤에 그런 예상은 하지도 않았을 거예요."

스턴이 약간 얼굴을 찌푸리며 눈을 돌렸다.

"이렇게 급작스러운 변화가 찾아왔을 때, 이상한 반응을 보이는 사람들을 종종 본 적이 있어요, 러스티. 일어난 일들에 대한 기억 때문에 판단력이 흐려져서는 안 돼요."

아주 외교적인 발언이었다. 네가 그녀를 죽였다는 사실이 검사로서의 판단력에 영향력을 미치게 하지는 말아라. 대단히 온건한 표현이기는 하지만, 나를 배반하는 스턴의 말이 대단히 그답지 않아서, 내 추측이 맞다는 확신이 들었다.

"나는 십여 년 동안 법정을 들락거린 사람이에요, 스턴. 분명히 뭔가 이상해요."

스턴이 미소를 지으며 시가를 끄더니 두 손을 맞잡았다.

"이상한 거 아무것도 없어요. 당신에게 씌워진 혐의가 모두 벗겨졌어요. 우리 시스템이 그런 식으로 작동하고 있는 거예요. 집으로, 아내의 품으로 돌아가요. 냇은 돌아왔어요? 정말 감동적인 재회가 되겠군요."

나는 말을 돌리려는 그의 노력을 무시했다.

"스턴, 도대체 무엇 때문에 일이 이렇게 된 거예요?"

"증거요. 당신의 변호사요. 그리고 검사들이요. 판사도 잘 알고 있는 당신의 선한 성품 때문에요. 러스티, 내가 당신에게 다른 어떤 말을 해줄 수 있다고 생각해요?"

"내가 알고 있는 것을 당신도 알고 있다고 생각하는데요."

내가 말했다.

"그게 뭔데요, 러스티?"

"B파일이요. 리틀 판사와 캐롤린의 관계요. 캐롤린이 리틀 판사에게 뇌물을 받게 도와준 사실이요."

스턴은 좀처럼 충격이라는 감정을 드러내지 않는 사람이다. 세상 돌아가는 일을 잘 알고 있다는 자신감이 아주 커서 어떤 일에도 놀라움을 드러낼 만큼 커다란 영향을 받지 않았다. 그러나 지금 그의 얼굴에는 긴장하는 빛이 역력하다. 그는 입을 지그시 다물더니, 재떨이에 놓인 시가를 뒤적이며 물끄러미 바라보다가, 이윽고 고개를 들어 나를 바라봤다.

"러스티, 당신은 정말 힘든 일을 잘 견뎌 냈어요. 이건 진심이에요. 난 당신의 친구예요. 하지만 동시에 당신의 변호인이기도 하죠. 변호사요. 당신의 비밀은 지켜주죠. 하지만 내 비밀을 당신에게 말하진 않아요."

"나만 알고 있을게요, 스턴. 약속해요. 지난 몇 달 동안 참 많은 일을 겪었어요. 그리고 어젯밤 당신도 말했듯이, 나는 비밀을 아주 잘 지키는 사람이에요. 그냥 이상하게도 꼭 진실을 알아야겠다는 생각이 들어서 그래요. 어떻게 된 일인지 완전히 이해할 수 있으면 그것으로 족해요."

나는 기다렸다. 얼마 후 스턴이 자리에서 일어섰다.

"무슨 말인지 알겠어요. 지금 당신은 판사가 순수한 마음에서 오늘 같은 결정을 내린 것은 아닐 거라고 걱정하는 거군요."

"그렇게 걱정할 이유가 충분히 있다고 생각 안 해요?"

"아뇨, 난 그렇게 생각하지 않아요."

스턴은 흰 누비천으로 된 소파 팔걸이에 걸터앉았다. 그러고는 넥타이를 느슨하게 푼다.

"러스티, 내가 알고 있는 걸 얘기해 줄게요. 어떻게 알게 됐는지는 묻지 말아요. 나를 찾아오는 의뢰인들이 많은 건 알죠? 사람들은 걱정거리가 생기면 변호사한테 상담하러 오잖아요. 그 정도만 알고 있어요. 그리고 오늘 밤 우리가 나눈 이야기는 둘 다 다시는 입 밖에 내서는 안 돼요. 분명히 말하지만, 나는 이런 일들을 한 번도 입 밖에 내본 적이 없어요. 알겠어요?"

"그래요."

"당신은 리틀 판사의 성품을 의심하고 있군요. 러스티, 미안하지만, 잠깐 철학적인 얘기부터 할게요. 인간의 잘못이 전부 성격 결함의 결과라고는 할 수 없어요. 환경도 중요하죠. 구닥다리 표현을 쓰자면, 유혹이요. 난 변호사 생활을 시작하면서부터 리틀 판사를 알았는데, 장담하지만, 그때 그는 제정신이 아니었어요. 이혼 때문에 그런 것 같아요. 술을 엄청나게 마셨죠. 노름을 한다는 얘기도 들렸어요. 그리고 아름답고 야심만만한 여자와 부적절한 관계를 갖게 됐죠. 그러고는 직업적으로 큰 타격을 입었죠. 판사로서 엄청난 명성과 부를 누리던 최절정의 시기에 후미진 곳으로 밀려났어요. 그때부터 혼란스러운 사생활을 정리하려고 애를 썼지만, 정치적인 보복에 희생되어 외곽으로 밀려난 후 시시한 사건들을 맡아야 했죠. 판사가 될 때 가졌던 꿈하고는 너무나 거리가 먼 사건들을 맡아야 했어요. 하지만 그는 유능하고 정신력이 대단한 사람이에요. 몇 년 동안이나 교통 법규 위반 건이나 술집에서 벌어진 시비, 시민의 숲에서 일어나는 성 폭행 사건들같이 사법부에서 보잘것없이 여겨지는 사건들 재판을 맡았어요. 이런 사건들의 결말은 항상 같아요. 피고인들이 풀려나는 거죠. 어떤 식으로 풀려 나느냐만 다른데 공소가 취소되느냐, 공판 전 협의를 통해서냐, 재판 후 보호관찰이라는 형식이냐 그런거죠. 어떤 식이든 피고인은 집으로 돌아가는 거예요. 게다가 리틀 판사는 뇌물을 주고받는 것이 공공연한 비밀이던 환경에 있었어요. 보석집행관 이든 경찰이든 보호 관찰관이든 변호사든 모두들 썩을 대로 썩어 빠진 곳에 말이에요. 북부 지원은 불법 뇌물 수수의 온상이었어 요. 러스티, 리틀 판사가 북부 지원에서 뇌물을 받아먹은 최초의 판사였다고 생각해요?"

"대신 변명할 거 없어요."

내가 말했다. 내 말에 화가 난 듯 스턴의 표정이 굳어졌다.

"그런 거 아니에요."

그가 강경한 어조로 말했다.

"전혀요. 지금 말하고 있는 행동을 눈감아 준다는 뜻은 결코 아 니에요. 그런 행동 때문에 공직 사회가 흔들리고 있는 거예요. 그 런 문제가 확실한 증거와 함께 기소가 되고 내가 판사로 그 재판 을 맡는다면 아주 긴 형량을 선고할 거예요. 무기 징역을 선고할 지도 모르죠. 내 성향이나 선호도하고는 상관없이 말예요.

하지만 이미 지나간 일이에요. 아주 오래전에 말이죠. 장담하지 만 리틀 판사는 대법원에서 자기 명성을 더럽히느니 차라리 죽음 을 택할 거예요. 농담 아니에요. 진심으로 그렇게 생각하고 있고 이런 생각이 단순히 변호사가 판사를 우러러보는 마음에서 나온 것만은 아니고요."

"스턴, 검사로서의 내 경험에 비추어 보면, 사람들이 한때 약간 타락했다가 다시 정신 차리는 일은 없어요. 부패는 퇴행성 질병이에요."

"하지만 이건 오래전에 있었던 일일 뿐이에요. 러스티."

"완전히 끝난 일이라고 자신할 수 있어요?"

"그럼요."

"그럼 그 얘기로 넘어가서, 어떻게 끝난 거예요?"

"러스티, 내가 사학자가 아니라는 사실을 기억해요. 난 그냥 특정 개인들로부터, 그들 입장에서 보는 이야기를 들은 것뿐이에요."

"어떻게 끝난 거예요, 스턴?"

그는 소파 팔걸이에 앉아 나를 내려다봤다. 무릎에 손을 가지런히 모으고 있다. 얼굴에서는 웃음기라곤 찾아볼 수가 없다. 비밀 보장은 스턴의 직업상 핵심적인 의무이다. 그에게 이런 일은 매우 사적이고 신성한 문제다.

그가 마침내 입을 열었다.

"레이먼드 호건이 이 일을 알게 되어 당장 그만두라고 요구한 것으로 알고 있어요. 32구역 경찰서 형사들이 증거를 모으기 시작했죠. 이 사실을 알고 있던 다른 사람들은 북부 지원을 수사하기 시작하면 리틀 판사 외에도 많은 사람들의 부패 행위가 드러날 거라고 대단히 걱정을 했고요. 사실 나도 이렇게 걱정하던 사람들 한두 명으로부터 이런 이야기를 듣게 된 거예요. 그들은 수사에 대해 검찰 총장에게 알려 두는 편이 낫겠다고 결론을 내렸어요."

스턴은 잠시 말을 멈췄다가 이었다. 희미하게 미소를 짓고 있다.

"아마도 그들의 변호사가 그렇게 충고한 것 같아요. 레이먼드가 오랜 친구에게 위기 상황을 알리고 어떻게든 그만두게 하는 것이 낫겠다는 계산이 섰나 보죠. 일이 그렇게 된 거예요. 다시 한번 강조하지만 지금 내가 하고 있는 추측이 맞는지 어떤지도 확신할 수 없어요. 당신도 알다시피, 난 이런 이야기를 나누는 게 굉장히 불편해요. 그리고 이 정보가 확실한 건지 확인하려고 애를 쓴적도 없고요."

이 일의 중심에 레이먼드가 있을 거라는 것을 왜 짐작하지 못했을까? 나는 잠시 아무 말도 하지 않았다. 이 느낌은 무엇일까? 실망인 것도 같고 비웃음인 것도 같은 이 느낌.

"나는요? 한때는 레이먼드 호건과 라렌 리틀을 영웅이라고 생각했어요."

"그럴 만하죠. 훌륭한 일을 많이 했잖아요, 러스티, 많이요."

"그런데 몰토는 어떻게 된 거예요? 그 사람에 대해서는 뭐 들은 것 없어요?"

스턴이 아니라는 표시로 고개를 저었다.

"내가 아는 한 그는 별다른 의심을 하지 않은 것 같아요. 그런일이 실제로 일어나리라고는 믿을 수 없었던 거죠. 다른 사람들이 하는 이야기를 듣기야 들었겠지만 믿지는 않았던 거죠. 그는 캐롤린의 마법에 걸려 있었어요. 캐롤린의 충견이었죠. 그녀가 그를 조종할 수 있었던 게 확실해요. 남미에서, 요즘은 어떻게 됐는지 모르겠지만, 젊었을 때 살았던 남미에서, 캐롤린 같은 여자들을,

여름 265

자신의 성적 매력을 적극적으로 이용해서 원하는 바를 얻어 내는 여자들을 많이 봤어요. 요즘 같으면, 그런 완곡하고 진부한 방법으로 권력을 얻으려는 여자들이 크게 효과를 못 볼 거예요. 그런 일은 더 사악하게 보이고요. 하지만 캐롤린은 대단히 용의주도했어요."

"천의 얼굴을 가진 여자였지요."

내가 말했다.

아, 캐롤린. 갑자기 참을 수 없는 슬픔이 밀려왔다. 당신에게서 무엇을 원했던 것일까? 무슨 이유 때문인지 스턴이 그녀를 제대로 이해하지 못했다는 생각이 들었다. 어쩌면 내가 겪은 시련과 오늘 있었던 놀라운 결말 때문인지 모르겠다. 어쩌면 이번 주가 킨들 군에 대사면의 주라서 누구도 비난해서는 안 된다는 생각이 들기 때문인지 모르겠다. 어쩌면 아직도 그녀에 대한 집착이 남아 있기 때문인지 모르겠다. 이유야 어떻든, 그 모든 일을 겪고 난 지금, 시가 연기가 자욱한 부드러운 소파에 앉아 있는 지금, 아직도 내게는 그녀에 대한 동정심이 남아 있다. 어쩌면 내가 캐롤린을 완전히 잘못 보았을 가능성도 있다. 어쩌면 그녀는 일부 장기가 없는 상태로 태어나는 아기들처럼 기형으로 태어난 것인지도 몰랐다. 감정을 느끼는 부분이 빠져 있거나 점진적으로 작아지는 병에 걸려 있었던 것인지도 몰랐다. 그녀는 내가 보았던 많은 상처받은 사람들과 닮았다. 그녀의 심장에서는 시냅스와 감각 기관들이 제대로 작동하고 있었지만 자기 연민에의 욕구가 과부하를 일으켰을 것이다. 그녀의 고통, 그녀의 고통! 그녀는 자기 거미줄에 걸린 거미였다. 결국에는 그녀만의 특이한 방식으로 고통을 맛보

266

았을 것이다. 분명히 그것은 우연한 사고가 아니었다. 그런 일이 일어난 원인에 대해서만 막연히 추측할 수 있을 뿐 왜 그렇게 잔인한 사람이 되었는지는 모르겠다. 그러나 그녀에게는 분명히 일종의 학대 성향과 오랫동안 기능해 온 잔인함이 자리하고 있었고 그녀가 거기에서 탈출하려고 애를 썼던 것은 분명하다. 새로운 모습으로 다시 태어나려고 애를 썼다. 그녀는 남의 이목의 대상이 되는 역할을 다 맡았다. 유명인의 정부였고 그녀 자신이 유명인이었으며 대의명분을 위해 애쓰는 사람이기도 했다. 또한 걷잡을 수 없는 정열의 여인이었으며, 추악하고 난폭한 충동을 억제하지 못하는, 자신보다 못한 유형의 인간들을 통제하고 벌주는 영리하고 완강한 여검사이기도 했다. 그러나 어떤 가면도 그녀를 바꿔 놓을 수는 없었다. 유전적으로 타고난 학대 성향은 더 큰 학대를 낳았다. 어떻게 그렇게 잔인한 사람이 되었는지는 모르겠지만, 그녀는 자기 환각과 정당화의 힘을 빌려 자기 안에 남아 있는 고통을 세상에 되돌려 주었다.

"그래, 이제 만족해요?"

스턴이 물었다.

"리틀 판사에 대해서요?"

"그것 말고 또 뭐가 있어요?"

내가 잠시 생각에 빠져 침묵하는 것을 리틀 판사에 대해 생각하고 있다고 스턴이 잘못 이해한 것이 틀림없다.

"아뇨, 별로 만족 못 해요, 스턴. 그는 이 재판을 맡지 말았어야 했어요. 자신에게 떨어진 순간, 즉시 사양했어야 했어요."

"그럴지도 모르죠, 러스티. 하지만 다시 한 번 말하지만 리틀 판사는 이 재판이 시작됐을 때, 그 B파일이라는 것이 당신 변호의 핵심 요소가 되리라고는 꿈에도 생각 못 했을 거예요."

"하지만 당신은 알고 있었잖아요."

"나요?"

스턴은 시가 연기를 향해 손을 내젓더니 내가 알아들을 수 없는 스페인어로 뭐라고 혼잣말을 했다.

"나도 불만의 대상이에요? 설마 내가 처음부터 그 파일에 초점을 맞출 계획이었다고 생각하는 건 아니겠죠? 그렇더라도, 러스티, 리틀 판사에게 재판을 사양하라고 이의 제기를 했을 것 같아요? 어떻게 그럴 수 있겠어요? 피해자가 한때 판사의 정부이자 범죄의 공범이었으니까 변호인 측이 법원에 담당 판사를 기피해 달라고 요구할 수 있다고 생각해요? 법정에서 요구해서는 안 되는 일도 있어요. 정말로요. 러스티. 회의주의자로 보이려고 일부러 이런 말 하는 게 아니에요. 직업윤리에 대해서는 당신 생각에 동의해요. 다시 한 번 말하지만, 당신은 지금 급작스러운 사태 변화에 충격을 받은 거예요. 아무리 그렇더라도 이렇게까지 꼼꼼히 따지고 드는 것은 좀 놀랍군요."

"따지고 들 생각은 없었는데 그렇게 보였다면 미안해요. 하지만 난 형식이나 세부적인 절차에 대해 걱정하는 게 아니에요. 일이 이상하게 꼬였다는 느낌이 들어서 그래요."

스턴은 시가를 입에서 떼며 몸을 뒤로 젖혔다. 놀라움을 표시하려는 듯 행동이 느렸다. 오늘 처음 보는 모습도 아니었다. 그동안 스턴의 여러 가지 동작을 보아 왔지만 이건 별로 마음에 안 들었다.

"스턴, 나는 지난 몇 시간 동안 있었던 일을 곰곰이 되짚어 봤어요. B파일의 전모가 폭로됐다면 리틀 판사의 생명은 끝이 났을 거예요. 그리고 당신은 기회가 있을 때마다 그에게 폭로하겠다는 언질을 주었고요."

"대단하군요. 러스티. 당신은 나도 모르는 일을 알고 있는 게 틀림없어요. 나는 리틀 판사가 그 파일의 중요성을 충분히 알고 있다는 것을 보여 주는 어떤 조짐도 알아차리지 못했거든요. 법정에서는 그 파일의 내용이 전혀 드러나지 않았다는 사실은 기억하죠?"

"스턴, 아직도 당신이 내게 숨기고 있는 게 있다고 말하면 기분 나쁘겠어요?"

스턴이 말했다.

"아, 이 일 때문에 당신과 내가 너무 오래 함께 있었나 보군요. 클라라같이 말하기 시작하네요. 러스티."

그가 미소를 지었다. 나는 이번에도 화제를 다른 데로 돌리려는 그를 따라가기를 거부했다.

"스턴, 이 일을 완전히 이해하기까지는 꽤 오랜 시간이 걸렸어요. 그건 인정해요. 한동안은 이상한 우연일 뿐이라고 생각했어요. 당신이 그 파일에 대해 언급했는데 운 좋게도 리틀 판사가 제 발이 저렸던 거라고 생각했어요. 하지만 지금은 그게 아니라는 걸 알겠어요. 당신은 의도적으로 판사의 관심을 유도했어요. 당신이 계속 그 파일에 대해 언급한 것을 달리 어떻게 설명할 수 있겠어요? 마지막으로 파일에 대해 언급할 때는 리프랜저가 증인으로 나왔을 때인 것 같은데, 그때 몰토에 대해 의문을 제기하는 문제에 있어서 일이 아주 잘 풀려가고 있었어요. 그땐 이미 구마가이의 전모가 드러나 있었고요. 그것만으로도 몰토를 날려 버릴 수 있다는 걸 당신도 알고 있었어요. 그런데 당신은 뜬금없이 때가 되면 그 파일에 대한 증거를 공개하겠다는 얘기를 판사에게 했어요. 표현은 달라도 그런 얘기를 대여섯 번은 더 했을 거예요. 당신은 리틀 판사가 우리가 그 파일을 공개하려 한다고 믿게 하고 싶었던 거예요. 레이먼드에 대한 반대 심문 때, 사건 조작설을 제기한 것도 그 때문이고요. 당신은 리틀 판사가 당신을 막을 방도가 없다고 생각하게 되기를 바랐던 거예요. 그리고 내 옆에 앉아 변론에 대해 이야기를 나눌 때는 그 파일에 대해서는 한 마디도 하지 않았어요. 특별히 할 얘기가 없었던 거죠."

스턴은 잠시 말이 없다.

"대단한 수사관이군요, 러스티."

마침내 그가 말했다.

"그리고 당신 말을 들으니 괜히 우쭐해지네요. 사실 요즘 내가 꽤 멍청하다는 생각이 들었거든요. 이해하지 못하는 일들이 아직도 많아서요. 조금 전에 당신이 말한 것 같은 거요. B파일이 자기가 뇌물을 받아먹은 사건에 대한 것이라는 걸 리틀 판사가 어떻게 알았을 거라고 생각해요? 내가 모르는 이야기가 또 있나요?"

스턴과 나는 잠시 서로를 노려봤다. 그는 어느 때보다 심각하고 복잡 미묘한 표정이었다. 지금 그가 당황해 하고 있는지 모르지만 표정만 보면 잘 모르겠다. 마침내 그가 말했다.

"더 이상 해줄 말이 없어요, 러스티. 어림짐작을 했던 건 사실이에요. 특히 레이먼드가 증인석에 앉았을 때 판사가 보인 반응을

보고 말이죠. 그 둘은 아주 가까운 사이잖아요. 그리고 아까 말했
듯이 레이먼드는 그 파일이 몰고 올 영향에 대해 아주 세심하게
대책을 마련했을 거라고 생각했어요. 그와 리틀 판사가 과거 언젠
가 그 파일에 대해 이야기를 나눈 것이 틀림없다는 생각이 들었고
요. 하지만 구체적으로 알고 있는 사실은 없어요. 변호사의 직감
일 뿐이죠."

레이먼드 호건. 내가 미처 생각하지 못한 것이 레이먼드였다.
그는 이미 오래전에 그 파일에 대해 리틀 판사에게 알려 놓았을
것이다. 스턴의 말이 맞다. 이 깨달음에 따른 다른 생각들이 두서
없이 떠올랐다. 하지만 지금은 이런 생각을 하고 있을 때가 아니
다. 우선 스턴과의 이야기를 끝맺어야 했다.

"내 말이 맞으면 맞다고 해줘요."

내가 그에게 말했다.

"당신은 파일의 전모를 폭로하겠다고 직접적으로 판사를 위협
할 생각은 전혀 없었어요. 그건 역효과를, 아주 끔찍한 역효과를
낼 수 있으니까 말이죠. 그리고 당신의 방식도 아니고요. 당신은
당신 뜻을 전할 당신만의 완벽하고 미묘한 방법을 찾아야 했어요.
당신은 리틀 판사가 그 파일에 대해 걱정하면서도, 그 문제를 알
고 있는 사람은 자기뿐이라고 생각하기를 바랐어요. 그래서 기회
있을 때마다 우리가 겨냥하는 것은 토미 몰토라고 생각하게 만들
었죠. 당신은 그 파일이 폭로할 나쁜 놈은 토미 몰토라고 생각하
고 있는 것처럼 행동했어요. 그리고 판사도 거기에 동조했고요.
판사는 우리를 다른 방향으로 이끌어 가기 위해 최선을 다했어요.
몰토의 열정에 음흉한 꿍꿍이속이 있는 것처럼 보이게 하기 위해

애를 썼죠. 몰토의 성격을 조롱했고 공개적으로 망신을 줬어요. 그가 증거를 조작하고 증인들에게 무언의 지시를 하고 있다고 비난했죠. 하지만 거기엔 예상치 못한 부작용이 있었죠. 몰토가 나쁜 놈으로 보일수록 B파일을 공개하겠다는 당신의 주장은 더 강경해졌죠. 그 파일이 사비치가 몰토의 구린 과거를 파헤치는 것을 막기 위해 몰토가 만들어 낸 조작된 증거처럼 보이기 시작했기 때문이죠. 이제 리틀 판사에게는 재판을 하루속히 끝내는 일이 시급해졌어요. 당신은 계속 폭로하겠다는 언질을 주고 있는데, 정말로 당신이 그 파일을 폭로하게 내버려 둘 수는 없었으니까요. 일이 어떻게 될지는 리틀 판사도 잘 몰랐지만 진실이 밝혀지는 것이 그에게는 최악일 테니까요. 몰토가 북부 지원에서의 어두운 과거에 대해 무엇을 알고 있든 간에 그것을 자기만 알고 넘어가지는 않을 것이 분명하니까요. 캐롤린을 위해서라면 잠자코 있을지 모르겠지만, 자기를 희생하면서까지 리틀 판사를 구하려 하지는 않을 테니까요. 그래서 우리 쪽에서 신청을 하지도 않았는데 리틀 판사는 판정승을 선언하고 나를 집으로 돌려보낸 거죠. 그리고 스턴, 법정 안에는 일이 이렇게 될 수밖에 없을 거라는 것을 알고 있는 사람이 딱 한 사람 있었는데요, 바로 당신이에요. 당신은 일이 이렇게 될 것을 미리 알고 있었어요."

스턴이 눈을 둥그렇게 뜨고 엄숙한 표정으로 나를 바라봤다.

"꼭 그렇게까지 심하게 나를 매도하고 싶어요, 러스티?"

"아뇨. 난 당신과 같은 생각이에요. 유혹을 뿌리칠 수 있는 사람은 아무도 없다는 생각 말이에요."

이 말에 스턴이 미소를 지었다. 약간 슬픈 표정이다.

"그건 그래요."

"하지만 기준이라는 것이 없어야지만 아량을 베풀 수 있는 건 아니죠. 내가 아주 배은망덕한 놈으로 보일 거라는 건 알지만, 그래도 당신의 행동에 찬성할 수 없다는 말은 해야겠군요."

내가 말했다.

"나 좋자고 그런 게 아니에요, 러스티."

그는 턱을 아래로 끌어당겨 눈을 치뜨는, 그 익숙한 자세로 나를 바라봤다.

"그럴 수밖에 없는 상황이었어요. 내가 상황을 그렇게 만든 것도 아니고요. 방금 전에 당신이 말한 그런 문제들이 재판을 진행하면서 하나둘씩 새롭게 떠오르기 시작하더군요. 처음에는 몰토를 겨냥했어요. 니코 델라 가르디아보다 훨씬 더 쉬운 표적이었으니까요. 어떤 식으로든 과거의 경쟁 관계를 드러낼 필요가 있었어요. 다른 문제들이 떠오를 때에도 당신이 말했던 대로 일을 계속 진행하는 것이 편리했어요. 하지만 판사를 협박하거나 강요하려는 의도는 전혀 없었어요. 몰토를 표적으로 삼은 것도 그런 이유에서였죠. 몰토가 당하는 것을 보고 리틀 판사가 경솔한 일을 하지 말아야겠다는 생각을 하게 하기 위해서 말이죠. 이것이 리틀 판사에게도 어떤 무언의 압력을 가할 거라는 걸 내가 알고 있었을 거라고 생각해요?"

스턴은 예의 보일 듯 말 듯한 미소를 지었다. 그 미묘한 남미인의 표정이 이번에는 인정하기 싫지만 인정할 수밖에 없다는 뜻을 전하고 있다.

"당신 말대로 난 판사의 약점을 노렸어요. 하지만 전반적으로 볼 때 당신은 내가 어떤 인간도 가지고 있지 못한 복잡다단한 마음을 가졌다고 생각하는 것 같은데요. 난 즉흥적으로 그때그때 판단을 내렸어요. 절대로 미리 계획하고 한 일이 아니에요. 전반적으로 내 직감과 판단에 의존했죠."

"그래도 의문은 계속 남을 것 같아요. 결과에 대해서 말이죠."

"그러지 말아요, 러스티. 지금 당신이 우려하는 것은 이해해요. 하지만 판사의 최종 판결에 대한 견해는 받아들이기가 어렵군요. 판사가 이 사건을 다룬 태도는 전반적으로 공정했다고 믿어요. 그가 재판을 중단할 편리한 방법을 찾으려 했다면 유리컵이 사라진 상황에서 검찰이 지문 증거를 제시하는 것을 막았을 거예요. 심지어 니코 델라 가르디아도 실망하는 기색이기는 했지만 리틀 판사의 오늘 결정이 판사의 재량권 안에 있는 것임을 인정했잖아요. 판사의 판단이 근거가 없다고 생각했다면, 공소 취소를 요청하는 그런 멋진 행동을 보였을 것 같아요? 리틀 판사는 적절한 판단을 내린 것이고 그렇지 않았다 하더라도 당신은 무죄 석방이 되었을 거라고 확신해요. 배심원들도 언론에 그렇게 말하지 않았던가요?"

정말 그랬다. 배심원 3명이 법정 계단에서 기자들에게 자신은 유죄 평결에 표를 던지지 않았을 것이라고 했다. 하지만 담당 판사가 검찰을 비난한다는 것을 알게 된 평범한 시민 세 사람의 반사적인 견해는 그다지 주목할 가치가 없고, 다른 9명도 그와 같은 결정을 내렸을 거라고 유추할 수 없다는 사실은 우리 둘 다 잘 알고 있다.

스턴이 말을 계속했다.

"말했듯이, 나는 그때그때 판단을 내렸어요. 우리 둘 중 누구라도 되돌아보며 그런 판단에 대해 의혹을 가진다면, 그건 당신이 아니라 내 양심에 부담으로 남을 일이에요. 당신은 다른 생각하지 말고 찾아온 행운을 받아들여야 해요. 이것이 무죄 석방이 지니는 의미예요. 이제 이 사건은 완전히 종결되었어요. 이 일에 집착하지 말고 제발 앞으로 나아가요. 당신의 직업에 드리운 이 그림자를 거뜬히 극복해 내요. 당신은 유능한 검사예요, 러스티. 난 항상 당신이 레이먼드가 거느린 최고의 검사들 중 하나라고, 아니 최고 중의 최고라고 생각해 왔어요. 작년에 레이먼드가 물러나고 당신을 후계자로 삼는 정치적인 결단을 내리지 않았을 때 얼마나 실망했는지 몰라요."

그 말에 나는 미소를 지었다. 최악의 일은 끝이 났다는 것이 이제야 실감이 났다. 그 진부한 칭찬을 실로 오랜만에 듣게 되니 말이다.

"나는 당신이 잘 지낼 거라고 믿어요, 러스티. 분명히 그럴 거예요."

나는 스턴이 뭔가 유감스러운 말을 할 것만 같다. 어쩌면 이번 일로 내 몸값이 올랐다는 말을 할지도 모르겠다는 생각도 들었다. 나는 그런 말을 할 기회를 주지 않기로 했다. 이곳에 놔 뒀던 서류 가방을 챙겨 들었다. 스턴이 문 앞까지 따라 나왔다. 우리는 문 앞에 서서 악수를 하고 서로 연락하고 지내자고 약속을 했다. 하지만 다른 어떤 일이 생기더라도 앞으로 서로 연락하고 지낼 일은 별로 없을 거라는 것을 우리 둘 다 잘 알고 있다.

가을

　자유라는 그 달콤하고 흥분되는 감정에 대해서 제대로 표현할
수 있는 사람은 시인밖에 없을 것 같다. 이제까지 나는 모든 위험
이 지나간 감미롭고 완벽한 이 황홀의 순간을 모르고 살아왔다.
끝났다. 다 끝났다. 이 일 때문에 앞으로 어떤 일이 벌어지든, 다
른 사람들이 내 면전이나 등 뒤에서 비웃거나 비난을 하거나 모욕
적인 말을 하거나 경멸하더라도, 상관없다. 공포는 끝이 났다. 잠
들지 못한 채 새벽을 맞으며 앞으로의 일을 상상해 보는 일도, 내
가 감옥에 보낸 수감자들처럼 낮 동안에는 아무 생각도 못한 채
노동에 시달리고 밤에는 어떤 변태가 덮칠지 모른다는 공포에 시
달리며 잠 못 이루고 뒤척이는 모습을 상상해 보는 일도, 그 상상
이 가져오는 공포도 이제 끝났다. 어렵게 얻어 낸 안도감이 느껴
졌다. 내 인생의 모든 죄는 진정으로 속죄가 된 것 같다. 내가 속
한 사회가 내게 죄가 없다고 어떤 벌도 받을 필요가 없다고 판단

했다. 태산 같은 짐을 덜었다는 진부한 말이 새삼스레 와 닿았다. 하늘로 날아오를 것 같은 기분이다. 진정한 자유를 느꼈다.

그러고 나면 마음속에 어두운 그림자가 드리워지고 이제까지 겪은 일을 떠올리며 나는 엄청난 분노와 씁쓸함과 우울증에 시달리게 됐다. 그동안 나는 검사로서 많은 재판에서 패배했고 무죄가 확정된 피고인이 승리의 순간을 맞는 것을 많이 지켜보았다. 대다수는 눈물을 흘렸다. 혐의가 위중한 사람일수록 더 많이 울었다. 나는 안도감과 죄책감에서일 거라고 생각했다. 하지만 그것은 이 시련을 겨우겨우 견뎌 냈는데, 앞으로 남은 것은 불명예와 보상받을 수 없는 상처뿐이라는 사실 때문이었다.

일상으로의 복귀는 느리게 진행됐다. 나는 산들바람이 불고 있는 외딴섬이 된 것 같은 기분이다. 처음 이틀 동안은 전화가 쉴 새 없이 울려 댔다. 지난 넉 달 동안 연락 한 번 없었던 사람들이 내가 자기들의 호들갑스러운 축하 인사를 받아줄 거라고 상상했다니 그저 놀라울 뿐이다. 어쨌든 그들은 전화를 걸어왔다. 그리고 나는 그들의 도움이 다시 필요하게 될지도 모른다는 계산 하에 아무렇지도 않은 듯이 축하 인사를 받았다. 하지만 대부분의 시간은 홀로 지냈다. 나는 여름이 스러져 가고 가을 분위기가 완연한 바깥으로 나가고 싶은 마음이 간절하다. 어느 날은 수업을 마치고 나오는 냇을 데리고 카누를 타고 낚시질을 하러 갔다. 날이 저물도록 우리는 거의 아무 말도 하지 않았다. 하지만 나는 아들과 함께 있는 것이 행복하고 아들도 그 사실을 알고 있다고 생각했다. 다른 날은 몇 시간이고 숲으로 산책을 나갔다. 아주 천천히 주변이 눈에 들어오고 그동안 보지 못했던 것이 보였다. 지난 넉 달 동안 나는 밖이 보이지 않는 광포한 감정의 소용돌이 안에서 살았다. 내 마음에 떠오르는 얼굴들은 저마다 회오리바람이 되어 내게 엄청난 타격을 미쳤지만 이제는 서서히 잠잠해지고 있다. 그러나 시간이 지나면 바람은 다시 거세어질 것임을 알았다.

당분간 나는 집에 처박혀 지낼 생각이다. 지인들은 책을 써 보라고 권하지만 어떤 일도 시작할 준비가 되어 있지 않다. 벌써부터 바바라는 내가 집에 있는 것을 성가셔 하는 것 같다. 오랫동안 참고 있었던 나에 대한 짜증이 독특한 방식으로 다시 나타나기 시작했다. 아내는 자기 속내를 털어놓지 못했다. 드러내 놓고 불평을 하거나 신랄한 말을 쏟아 붓지도 않았다. 결국 그녀가 자기 안에 갇혀 지내는 시간이 과거 어느 때보다 많아진 것 같았다. 그녀가 화난 눈으로 나를 노려보았다.

"왜?"

내가 물었다.

그녀의 표정이 불만스러운 듯 뾰로통해졌다. 그녀는 한숨을 쉬더니 고개를 돌렸다.

"다시 직장을 잡을 생각이 있긴 한 거야?"

어느 날 그녀가 물었다.

"당신이 집에 있으니까 뭐 하나 제대로 할 수가 없어."

"귀찮게 하지도 않는데, 왜 그래."

"당신이 자꾸 정신을 산만하게 한단 말이야."

"그냥 거실에 앉아만 있는데? 아니면 정원에서 일을 하고 있을 뿐인데?"

내가 그녀를 도발하려 하고 있다는 것을 나도 인정했다.

그녀는 고개를 들어 천장을 쳐다보더니 걸어 나갔다. 아직까지
는 미끼를 덥석 물지 않았다. 이 싸움은 침묵 속에 진행될 것이 틀
림없다.

내가 직장을 알아보려는 아무런 노력도 하지 않고 있는 것은 사
실이다. 2주에 한 번씩 검찰청에서 봉급이 계속 나오고 있었다. 물
론 니코 델라 가르디아에게는 나를 해고할 정당한 이유가 없다.
그렇다고 내가 복귀한다면 검찰청에 일대 혼란이 빚어질 게 뻔했
다. 니코는 지금 언론의 집중포화에 시달리고 있었다. 충분히 지
역적인 불미스러운 일로 끝날 수 있었는데, 전국 신문들이 대대적
으로 떠들어 대는 바람에 일이 어렵게 됐다. 군 행정 기관의 무능
력으로 치부되고 지나갈 수 있었을 일이 전국을 들썩거리게 만드
는 대대적인 스캔들이 되어 버린 것이다. 니코 델라 가르디아는
킨들 군민들을 시대에 뒤떨어진 멍청한 어릿광대들로 보이게 만
들었다. 신문 논설위원들과 몇몇 야당 정치인들은 니코에게 특별
검사를 임명해 토미 몰토를 수사하라고 압력을 넣고 있다. 킨들
군 변호사 협회는 몰토의 변호사 자격 박탈 건을 논의하기 위해
진상 조사 위원회를 구성했다. 일반적으로 사람들은 시장직을 탐
낸 니코가 지나치게 일을 밀어붙였고 몰토는 이에 부응해서 무고
통 구마가이와 함께 증거를 조작했다고 믿었다. 니코의 공소 취소
가 그런 사실을 고백한 것으로 받아들여지고 있는 셈이다. 다른
동기들이 언급될 때도 가끔 있다. 스튜 두빈스키는 어느 일요일자
기사에서 B파일과 과거에 북부 지원에서 뇌물 수수 행위가 있었
을 가능성에 대해 언급했다. 그러나 그뿐이었다. 일반인들이 어떻
게 생각하든, 내가 나서서 진실을 밝힐 생각은 추호도 없다. 니코

나 몰토 혹은 구마가이에게 씌워진 혐의를 풀어 주지는 않을 것이다. 나는 아직도 내가 알고 있는 것을 밝히고 싶은 생각이 없다. 캐롤린의 몸에서 나온 정액이 내 것이었다는 사실과 그 유리컵에서 나온 지문들이 내 것이었다는 것을, 검출된 카펫 보푸라기들이 우리집 카펫에서 나온 것이라는 것을, 통화 기록에 나온 전화 통화가 모두 내 전화로 이루어졌다는 사실을 밝힐 생각이 없다. 이런 사실을 인정함으로써 치르게 될 대가를 감당할 준비는 앞으로도 절대 되지 않을 것이다. 그리고 여기에는 일종의 보복 심리도 자리하고 있다. 토미 몰토가 상황적으로 분명해 보이는 것을 부인하느라고 애쓰는 것을 보고 싶다. 그래서 나는 꼬박꼬박 봉급을 챙기며 가만히 있다.

맥이 판사가 되기 전에 검찰청 사무부 수석 부장 검사로서 마지막으로 한 일은 내 봉급 지급 중단 일을 협상하는 것이었다. 니코는 앞으로 6개월을 더 주겠다고 제안했다. 나는 일종의 보상으로서 1년을 요구했다. 결국 9개월로 합의가 됐다. 이 문제에 대한 마지막 협상 자리에서 맥은 내게 판사 취임식에서의 연설을 부탁함으로써 우리의 우정을 십분 과시했다. 나로서는 첫 공식 나들이였다. 판사 취임식 사회를 맡은 에드 멈프리는 나를 '정의에 대해 너무나 잘 알고 있는 사람'으로 소개하고 자리에 모였던 3, 400명의 사람들이 모두 자리에서 일어나 내게 박수를 보냈다. 이제 나는 이 지역의 영웅이다. 킨들 군의 드레퓌스(프랑스 제 3공화정 당시의 장교로 독일군에 기밀을 넘긴 반역 혐의로 기소되어 종신형을 선고받았지만 12년 후 혐의가 풀려 사면됨.—옮긴이). 사람들은 내가 고난을 겪는 것을 보며 즐거워했던 것을 미안해하고 있었다. 그러나 나는 사람들 속에서 불편함을 지울 수가 없었다. 재판은 아직도 딱딱한 껍데기처럼 나를 감싸고 있었기에 집 밖으로 나갈 수가 없었다.

내가 3명의 연사들 중 하나로 예정되어 있었기 때문에 니코는 취임식에 불참했다. 그러나 레이먼드는 어쩔 도리가 없었을 것이다. 나는 그를 피하려고 애를 썼지만 나중에 호텔에서 나온 전채 요리 테이블 사이로 왔다 갔다 하는 동안, 누군가 내 팔을 잡았다.

레이먼드는 예의 그 사람 좋은 미소를 짓고 있다. 악수를 청하는 짓은 하지 않았다.

"잘 지냈나?"

그가 부드러운 목소리로 물었다.

"네."

"언제 점심이라도 같이 하자고."

"앞으로는 당신이 하자는 일은 어떤 것도 하지 않을 거예요."

내가 돌아서서 걸어가는데 그가 따라왔다.

"표현이 좀 그랬나? 러스티, 언제 나와 점심 한번 같이 먹어 주면 고맙겠네. 정말로."

오랜 친분과 호감. 매정하게 끊기가 어렵다. 뭐 크게 해될 것도 없을 것 같고. 나는 약속 날짜를 정하고 그의 곁을 떠났다.

내가 레이먼드가 일하는 법률 법인으로 찾아가자, 그는 괜찮다면 밖으로 나가지 말고 안에서 식사를 하자고 했다. 레이먼드 호건과 무죄 석방된 전직 수석 부장 검사가 시내 식당에서 화해를 했다는 식의 신문 기사가 나오는 것을 둘 다 원치 않을 것이기 때문이랬다. 대신, 레이먼드는 출장 요리를 시켜 놓았다. 우리는 거대한 회의실 안, 상류층을 위한 경매대처럼 생긴 2미터 가까이 되는 거대한 대리석 하나로 만들어진 테이블에 앉아 슈림프 레물라드를 먹었다. 그는 의무적으로 바바라와 냇의 안부를 묻고 자기 회사 일을 이야기했다. 그러고는 내 근황을 물었다.

"예전과는 달라질 거예요."

내가 말했다.

"그럴 거라고 생각했어."

"당신이 상상하는 것 이상일 걸요."

"내게서 미안하다는 말을 듣고 싶나?"

"미안해 할 것 없어요. 그런다고 달라질 게 아무것도 없으니까요."

"그래서 미안하다는 말을 하지 않았으면 좋겠어?"

"당신한테 어떻게 하라는 충고는 이젠 안 할 거예요."

"미안해."

"그렇겠죠."

그는 별로 불쾌해 하지 않았다. 이런 반응을 예상했나 보다.

"왜 미안한 줄 아나? 니코와 몰토의 말을 그대로 믿었기 때문이야. 그들이 증거를 가지고 장난을 칠거라곤 꿈에도 생각 못 했어. 배운 대로 행동할 줄 알았지. 법원에서 니코를 소환할 거야. 재판도 있을 거고. 지금 재판을 요구하는 탄원서가 돌고 있어."

나는 고개를 끄덕였다. 나도 신문을 읽어서 알고 있는 사실이었다. 니코는 지난주 특별 검사를 임명할 근거가 전혀 없다고 선언했다. 몰토에 대한 신임도 표명했다. 그러자 신문과 TV 논설위원들은 그를 다시 도마 위에 올렸다. 주 하원 의원은 연방 하원 의회에서 이에 관한 연설을 했다. '은폐'라는 말이 이번 주 유행어가 되었다.

"니코가 당면한 문제가 뭔지는 자네도 알지? 볼캐로야. 볼캐로는 더 이상 그를 밀어주지 않을 거야. 이번 소환에서도 팔짱 끼고 구경만 하고 있을걸. 니코는 혼자서 견뎌 내야 해. 볼캐로는 자기가 니코를 밀어줬다고 생각해. 그런데 알고 보니 니코가 시장직을 탐내고 있는 거야. 어디서 많이 듣던 말 같지 않아?"

"음흠."

지루해 한다는 걸 드러내고 싶었다. 불쾌해 한다는 것도 드러내고 싶었다. 오늘 여기 온 것은 내 분노를 그대로 드러내기 위해서였다. 그래서 어떻게 될지에 대해서는 신경 쓰지 말자고 다짐했다. 욕을 하고 싶으면 할 것이다. 주먹을 날리고 싶으면 날릴 것이고 접시를 던지고 싶으면 던질 것이다. 어차피 더 내려갈 밑바닥도 없다.

"한번 내 입장이 되어봐. 이 일은 모두에게 힘든 일이었다고."

레이먼드가 불쑥 말을 꺼냈다.

"나한테 무슨 짓을 했는지 알기나 해요? 12년 동안 헌신적으로 당신 뒤치다꺼리를 해온 사람한테 말이에요."

"그래, 알아."

"내 생명을 끊어 놓으려고 했어요."

"말했잖아, 니코 말에 속았다고. 일단 한번 믿기 시작하면 나도 모든 일에 있어서 피해자가 된다고."

"엿이나 먹어요. 그 엿 다 먹으면 하나 더 먹어요."

나는 면으로 된 냅킨으로 입가를 닦았다. 아직 떠날 생각은 없었다. 이건 시작에 불과했다. 레이먼드는 그 불그레한 얼굴에 씁쓸함과 놀라움을 담은 표정으로 나를 바라봤다. 그러다가 목소리를 가다듬더니 화제를 바꾸려고 했다.

"이제 직장은 어떻게 할 건데, 러스티?"

"몰라요."

"어떻게든 자넬 돕고 싶어. 원한다면 여기 자리가 있는지 알아봐 줄게. 다른 곳에 관심 있는 일자리가 있으면 알려 줘. 내가 할 수 있는 일은 뭐든지 할게."

"검찰청 일 말고 괜찮게 들렸던 유일한 일자리는 당신이 언젠가 말했던 판사 일이에요. 판사 자리 하나 줄 수 있어요? 내 과거의 삶을 되돌려 줄 수 있다고 생각해요?"

나는 그를 노려봤다. 이 상처는 어떻게 해도 회복될 수 없다는 것을 알게 해주고 싶었다. 그래서 가능한 한 냉소적인 어투로 말을 했다. 살인 혐의로 기소된 전력이 있는 자가 판사 후보가 되는 것은 불가능한 일이다. 그러나 그는 움찔하지 않았다.

"좋아. 그걸 알아봐 줄까? 판사 자리 하나 있는지 알아봐 줄까?"

"정신 차려요, 레이먼드. 당신에겐 이젠 그런 영향력이 없어요."

"그건 자네가 뭘 모르고 하는 얘기야. 볼캐로는 이젠 나를 제일 친한 친구로 생각한다고. 공직에서 물러나니까 이젠 쓸모 있게 보이나 봐. 일주일에 두 번은 전화를 해서 상의를 한다니까. 농담이 아니야. 나를 원로 정치인이라고 부르던걸. 대단하지 않아? 원한다면 볼캐로하고 상의해 볼게. 리틀 판사에게 상의해 보라고 부탁해도 되고."

"그러지 말아요. 당신 도움은 원치 않아요. 리틀 판사의 도움도 필요 없고요."

"라렌 리틀 판사한텐 왜 그래? 그를 존경할 거라고 생각했는데."

"무엇보다도 당신 친구니까요."

레이먼드가 웃음을 터뜨렸다.

"자네 오늘 한 가지 생각만으로 여기 온 거군, 안 그래? 나한테 쌓인 걸 풀겠다는 생각 말이야."

그러고는 접시를 옆으로 치워 놓더니 말을 이었다.

"지난 12년 동안 쌓인 것을 5분 동안 쏟아 내고 싶은 거로구만. 좋아, 그럼 어디 한번 해봐. 하지만 내 말 좀 들어 봐. 자넬 그렇게 만든 건 내가 아냐. 누군가한테 돌을 던지고 싶은가? 그럼 몰토에게 던져. 아니면 니코에게 던지거나. 남들처럼 그러란 말이야. 원하면 변호사협회에 연락을 해봐. 그러면 두 사람한테 돌을 던지는 일에 자네가 앞장을 서게 해줄걸."

"벌써 그쪽에서 연락이 왔어요. 난 할 말 없다고 했고요."

"그런데 나한텐 왜 그래, 응? 내가 증인으로 나서는 걸 원하지 않았다는 사실은 알고 있어. 하지만 내가 거기서 한 마디라도 거짓말을 했느냐 이 말이야. 일어나지 않은 일을 일어났다고 했냐고. 그렇지 않았다는 건 자네도 잘 알고 있잖아."

"나한테 거짓말을 했잖아요, 레이먼드."

"언제?"

처음으로 놀란 기색을 보였다.

"B파일을 줄 때요. 캐롤린이 어떻게 해서 그 파일을 손에 넣게 되었는지 말해 줄 때요. 그게 다 말도 안 되는 주장이라고 했잖아요."

"아."

그가 천천히 말했다. 잠시 생각을 정리하는 것 같았다. 그러나 주춤하는 기색은 전혀 없었다. 역시 레이먼드 호건은 강적이다.

"그래, 이제야 알겠군. 어떤 친구한테서 무슨 말인가 들은 모양이지, 안 그래? 누구야? 리오넬 케넬리? 그 친구 자네 일이라면 물불을 안 가리고 나섰지. 그 친구에 대해서도 얘기 좀 해줄까? 털어서 먼지 안 나는 사람 없어, 러스티. 알면 다칠 텐데, 그래도 듣고 싶겠지? 좋아. 나도 그렇게 깨끗한 사람은 못되지. 다른 사람들도 그랬고. 하지만 그건 자네가 살인 혐의를 받은 것 하곤 아무 상관이 없어."

그가 손가락으로 나를 가리키며 말했다. 여전히 당당하다.

"그럼 내가 공정한 재판을 받았다고 생각해요? 그런 생각해 봤어요? 리틀 판사가 그 일을 덮어 두고 싶어서 나를 집으로 돌려보내리라는 것을 알고 있었어요?"

"그는 그런 사람이 아니야."

"어떤 사람이 아니라는 거예요? 지금 우린 자기 법복을 팔아먹은 사람 이야기를 하는 거라고요. 제기랄, 그 문제와 관련해서 리틀 판사와 당신의 유일한 관심사는 아무도 모르게 덮어 두는 거였어요. 하나만 물읍시다. 리틀 판사가 어떻게 내 사건을 맡게 된 거예요? 누가 에드 멈프리에게 전화를 한 거죠?"

"그런 전화 한 사람 없어."

"그럼 순전히 우연이란 말인가요?"

"내가 알기로는 그래."

"그런 부탁한 적 없어요?"

"자네 재판에 대해서 얘기한 적은 없어, 전혀. 내 기억으론 한 번도 없어. 난 증인이었고 이상하게 들릴지 모르겠지만 둘 다 적절하게 행동했다고. 이봐. 자네가 무슨 생각하는지 알아. 내 말이 어떻게 들릴지도 알고. 하지만 러스티, 자넨 지금 말도 안 되는 이야기를 하고 있어. 9년 전에 일어난 일을, 그 친구가 완전히 휙 돌았을 때 일어난 일을 이야기하고 있는 거라고."

"그때 일은 어떻게 된 거예요?"

이 순간에는 호기심이 분노를 누르고 있다.

"러스티, 나도 어떻게 된 건지 정확히는 알지 못해. 그 문제로 그와 이야기를 나눈 것도 딱 한 번이고. 그때도 이야기를 길게 한 것도 아니고. 그 당시에 그는 거의 술에 절어 살았어. 자네도 알다시피 캐롤린은 보호 관찰관이었고. 이러저런 범죄로 걸린 사람들이 그녀에게 하소연을 하곤 했지. 그녀는 그 말을 판사에게 전하기 시작했고. 그리고 그는 그 말에 흔들리기 시작했지. 그녀의 부탁을 들어주면 다리를 벌리게 하기가 더 쉬울 거라고 생각했나 봐. 하루는 그런 사람들 중 하나가 그녀에게 도와줘서 고맙다고 100달러짜리 지폐를 건넸지. 그녀는 그걸 어떻게 해야 하나 싶어 리틀 판사에게 가져갔고. 그는 재미있는 일이라고 생각했지. 그녀도 마찬가지고. 둘은 나가서 푸짐하게 저녁을 먹고 그 돈을 날려 버렸지. 알겠지만 처음이 어렵지, 다음부턴 쉬워져. 둘 다 제정신이 아니었던 것 같아. 그는 그런 일을 친구들 사이의 장난처럼 생각했지. 둘 다 그랬던 것 같아."

"그런 사실을 알고서도 그녀를 고용했어요?"

"러스티, 그런 사실 때문에 고용한 거야. 리틀 판사는 그녀가 보호 관찰관으로 받은 쥐꼬리만 한 봉급을 법대 등록금으로 쓰고 나면 빈털터리가 된다고 그러면서 내게 취직자리를 알아봐 달라고 했어. 난, 좋다, 봉급을 두 배로 올려주겠다, 하지만 이런 짓은 그만두라고 했지. 처음엔 그녀를 말단 검사로 그냥 거기에 남겨둘 생각이었어. 하지만 다들 반대하더군. 그리고 다른 검사들의 눈총을 받으면서 그녀가 뭔들 제대로 할 수 있었겠어? 그런데 알고 보니, 일을 꽤 잘하더군. 정말이야. 그다지 양심적이진 않은 것 같았지만 대단히 명석했어. 결국 나는 리틀 판사가 시내로 전근을 오게 다리를 놓았지. 그 후로 그는 완전히 다른 사람이 되었어. 난 죽을 때까지 그렇게 믿을 거야. 중범죄 재판에서 그가 보인 공정성에 문제를 제기할 사람은 아무도 없을 거야. 1년이 지나니까 둘 다 각자의 자리에서 존경받는 사람이 되었고 서로 연락도 하지 않게 되었지. 지난 5, 6년 동안 그녀가 리틀 판사와 열 마디 이상 나눈 적도 없을걸. 그리고 알다시피, 시간이 지나면서 나도 그처럼 그녀의 매력에 눈을 뜨게 되었지. 그래서 어떻게 됐는지는 이미 자네도 알고 있는 일이고."

물론 그의 말은 지난 봄 내가 몹시도 궁금해 했던 문제에 대해 답을 해주고 있다. 캐롤린은 왜 레이먼드가 아닌 내게 먼저 접근을 했던 것일까? 곧 검찰 총장 자리가 공백이 될 것을 알고 있었을 때 말이다. 내게 남자다운 매력이 있었다거나 외모가 출중했기 때문은 아니었다. 그녀는 레이먼드가 다시 재선에 나서지는 않을 것이라고 판단했을 것이다. 레이먼드도 그러지 말아야 한다는 것을 알았어야 했다. 아니 어쩌면 알고도 재선에 나섰는지도 몰랐다. 그래서 그녀는 원하던 것을 얻지 못했던 것이고, 레이먼드는 상처를 받았다는 내색을 전혀 하지 못했던 것일지도 몰랐다. 그는 그녀가 다가오는 것을 알았고 무엇을 얻을 수 있는지 알았다. 내가 말했다.

"정말 대단하지 않아요? 모든 일이 잘 풀렸죠. 당신이 익명의 편지를 받기 전까지는 말이죠. 당신은 편지를 받고는 캐롤린에게 없애 버리라고 파일을 넘긴 거고요."

"아니. 아니야. 그냥 넘겼어. 무슨 내용인지는 몰랐다고. 그녀에게 읽어 보라고 했어. 그리고 누가 다가와서 어깨 너머로 훔쳐볼지 모르니까 조심하라고 주의를 줬지. 그게 전부야. 나한테서 원하는 게 뭐야, 러스티? 그때 나는 그 여자랑 사귀고 있었어. 아닌 척해야 하나? 내가 정말 형편없는 놈이었다면 자네가 말한 대로 했을 거야. 내가 직접 없애 버렸겠지."

나는 고개를 저었다. 그가 이런 문제에 대해서는 지나칠 정도로 조심스럽다는 것을 우리 둘 다 잘 알고 있다. 그 편지를 살피러 오는 사람이 아예 없게 만들 것이다. 그리고 레이먼드같이 높으신 분은 이런 일에 직접 관여해서는 안 된다는 것을 잘 알고 있다. 자기에게 불똥이 튀지 않도록 미리 단속을 잘 했을 것이다. '아주 세심하게 말이다. 조사해 봐. 무슨 일인지 알아보라고. 그리고 리틀 판사와 당신이 관련된 일이면 조심해서 해결하고.' 직접적으로 말은 안 했더라도 그런 뜻을 전했을 것이다. 그리고 캐롤린은 그렇게 하려고 노력했다. 이제는 32구역 경찰서에서 레온의 파일을 가져간 사람이 누군지 알겠다.

"그리고 그녀의 몸이 식어 버리니까, 달려가서 파일을 찾아온 거군요?"

"자네 표현대로 그녀의 몸이 식어 버리니까 리틀 판사한테서 전화가 오더군. 편지를 받았을 때 판사한테 말했거든. 그녀의 시체가 발견되자마자 그가 전화를 했더라고. 그는 참 순진한 사람이야. 항상 그랬지만. 나한테, 그 편지가 정치적으로 민감한 문제가 될 수 있으니까 가서 파일을 찾아오는 게 어떻겠냐고 하더군."

레이먼드가 웃었다. 혼자. 나는 표정을 풀지 않았다.

"이봐, 러스티, 자네가 물었을 때, 난 그걸 자네한테 건네줬잖아."

"다른 방도가 없었겠죠. 그리고 내 관심을 딴 데로 돌리려고 했잖아요."

"이봐. 리틀 판사는 내 친구야."

그 사실 때문에 레이먼드가 동조했을 것은 사실이다. 레이먼드가 라렌 리틀을 기소했다면, 아니 다른 누군가가 기소하게 했더라도, 그는 재선에 나서기는커녕 검찰 총장 자리에서 불명예 퇴진을 해야 했을 것이다. 하지만 나는 그런 말은 입 밖에 내지 않았다. 어느 정도 분노가 사라진 자리에 혐오감이 자리를 잡고 있었다.

내가 자리에서 일어섰다.

"러스티. 오늘 내가 한 말은 모두 진심이야. 자넬 돕고 싶어. 나한테 도와 달라는 신호만 주면 자네가 원하는 일은 뭐든지 할게. 대낮에 시내 한 복판에서 볼캐로의 발에 입이라도 맞춰서 판사가 되게 해 달라면 그렇게 할게. 돈을 많이 벌고 싶다면 그런 일도 알아볼게. 자네한테 빚이 있다는 거 나도 알아."

지금, 과거 어느 때보다도 더 나를 기쁘게 해주고 싶다는 뜻이다. 그의 아부는 마음에 위로가 됐다. 무릎을 꿇은 사람을 계속 때려 줄 수는 없는 일이다. 나는 아무 말도 하지 않은 채 고개를 끄덕였다.

레이먼드는 문을 향해 가며 다시 벽에 걸린 현대 화가의 그림들을 가리키며 설명했다. 예전에 스턴과 내게 설명했다는 사실을 잊은 게 분명하다. 엘리베이터 앞에서 헤어질 때는 내게 다가오더니 안으려고 했다.

"자네한테 일어난 일은 정말 유감이야."

나는 그를 살짝 밀쳐 내며 뒤로 물러섰다. 주변에 사람들이 있는데 레이먼드는 그들을 못 본 척했다. 엘리베이터가 도착했다. 레이먼드가 손가락을 맞부딪쳐 소리를 냈다. 뭔가 생각난 게 있나 보다.

"있잖아. 오늘 자네한테 물어봐야겠다고 생각한 게 하나 있었어."

"뭔데요, 레이먼드?"

나는 엘리베이터 안으로 발을 들여놓으며 물었다.

"누가 죽었을까? 내 말은, 자네는 누구라고 생각하냐는 거야."

나는 아무 말도 하지 않았다. 별 관심이 없는 척했다. 그리고 엘리베이터 문이 닫히기 시작하자 레이먼드 호건에게 부드럽게 고개를 끄덕여 인사를 했다.

10월의 어느 날 정원에서 일을 하고 있는데 이상한 느낌이 들었다. 나는 울타리를 고치는 중이다. 기둥을 빼내고 새것으로 박아 넣은 다음, 시멘트로 마무리하고 못을 치는 중이다. 그러던 중 잠시 들고 있는 공구를 유심히 봤다. 이름을 모르겠는 공구. 내 장인의 유품이다. 돌아가신 후, 장모는 장인이 쓰던 공구를 모두 우리 집에 가져다 놓았다. 들고 있는 이 공구는 검은 쇠로 만든 것으로 망치의 발톱과 쇠지레를 합쳐 놓은 듯하다. 어떤 용도로도 쓸 수 있다. 4월 1일 밤에는 캐롤린 폴헤무스를 살해하는데 사용되었다.

재판이 끝나고 얼마 안 되어 나는 공구의 두 개의 날 중 하나의 끝에서 말라붙은 핏자국과 금발 머리카락 한 올을 발견했다. 나는 오래도록 공구를 노려보다가 공구를 들고 지하실로 내려가 세탁통에 담가 씻었다. 그러고 있는데 바바라가 내려왔다. 그녀는 날 보자 계단에서 얼어붙은 듯 멈춰 섰지만 나는 유쾌하게 보이려고 애를 썼다. 뜨거운 물을 틀면서 휘파람을 불기까지 했다.

그 후로 열두 번은 더 공구를 집어 들었을 것이다. 나는 어떤 물건을 숭상하거나 금기시하는 사람이 아니다. 잠깐 생각해 보니, 유령처럼 내게 속삭이는 것은 그 공구가 아니라는 결론이 나왔다. 잔디와 가시 돋친 장미꽃들과 지난 봄 바바라를 도와 함께 심었던 채소밭을 보고 있자니, 내게 속삭이고 있는 것은 이 집, 회복할 수 없을 정도로 황폐화된 이 땅이라는 생각이 들었다. 마침내 나는 오래도록 생각했던 변화를 실천에 옮길 준비가 된 것 같다. 주방으로 들어가니 바바라가 식탁에 앉아 학생들 숙제를 채점하고 있었다. 보고서들은 그 옛날 라디오 토크쇼에 활발하게 참여하던 어머니가 쌓아 놓은 잡지들과 메모장들처럼 식탁 한 쪽에 차곡차곡

쌓여 있다.

"다시 시내로 이사 가는 걸 생각해 보자고."

내가 말했다.

나는 이 말을 듣고 바바라가 기뻐할 거라고 생각했다. 아내가 몇 년 전부터 시내로 들어가자고 주장해 왔기 때문이다. 그러나 바바라는 펜을 내려놓더니 이마를 짚으며 말했다.

"맙소사."

나는 기다렸다. 뭔가 끔찍한 일이 일어나리라는 걸 알았다. 두렵지는 않다.

"아직은 이런 얘기 하고 싶지 않았는데, 러스티."

"무슨 얘기?"

"미래에 대한 얘기. 당신에겐 너무 심한 일일 것 같아서. 너무 빠른 것도 같고."

"괜찮아. 당신은 항상 더 나은 삶을 원해 왔으니까. 자, 무슨 생각을 하고 있는지 말해 봐."

"러스티, 그러지 마."

"뭘 그러지 마? 당신 생각을 들어 보자는데."

그녀가 팔짱을 낀다.

"1월 학기부터 웨인 스테이트에서 학생들을 가르치기로 했어."

웨인 스테이트는 킨들 군 안에 있는 대학이 아니다. 이곳 600킬로미터 안에 있는 곳이 아니다. 내 기억으로 웨인 스테이트는 언젠가 한번 가 본 적이 있는 디트로이트라는 도시에 있다.

"디트로이트군, 맞지?"

"응."

"날 버리겠다는 건가?"

"그런 식으로 말하고 싶진 않아. 일자리를 찾았을 뿐이야. 러스티, 지금 당신에게 이런 말을 하는 건 정말 싫어. 하지만 해야 할 것 같아. 사실 가을 학기부터 가르치기로 됐거든. 지난 4월에 당신에게 얘기할 생각이었는데, 이 난리가 나는 바람에……."

그녀가 눈을 감은 채 고개를 흔들었다.

"고맙게도 대학에서 연기를 해주더라고. 그동안 마음이 대여섯 번도 더 바뀌었을 거야. 하지만 이게 최선이라는 결론을 내렸어."

"냇은 어디 있을 건데?"

"물론 나와 함께지."

그녀는 갑자기 날카로운 표정이 되어 있다. 다른 생각은 하지도 말라는 뜻이었다. 갑자기 반사 작용처럼 소송을 해서라도 이 일을 막아야 한다는 생각이 들었다. 하지만 지금으로선 소송이라면 진절머리가 났다. 희한하게도 이런 생각을 하고 있자니 미소가 떠올랐다. 잠깐 떠올랐다 사라지는 슬픈 미소. 이런 내 모습을 본 바바라는 어느 정도 안도하는 표정이 됐다.

"일자리를 찾은 거지, 나를 버리는 건 아니라는 말은 무슨 뜻이야? 나도 디트로이트로 같이 가자는 거야?"

"따라갈래?"

"그럴 수도 있지. 새롭게 출발할 때도 된 것 같고. 이곳에 남아 있으면 불쾌한 일들이 따라다닐 것 같기도 하고."

이 말을 듣자 바바라는 즉시 내 생각을 바꾸려 들었다. 이런 문제에 대해 많이 생각해 본 것이다. 양심의 가책 때문일 수도 있겠고, 세상 일이 수학 공식처럼 명쾌하게 답이 나오기를 바라는 마음에서일 수도 있을 것이다.

"당신은 영웅이야. 《뉴욕 타임즈》와 《워싱턴 포스트》에도 당신 기사가 나왔던데. 난 조만간 당신이 공직에 출마할 생각을 할 줄 알았어."

나는 아내의 이 슬픈 농담에 큰 소리로 웃음을 터뜨렸다. 이제까지 바바라가 한 말 중에서 우리 사이가 얼마나 벌어졌는가를 가장 잘 보여 주는 말이다. 우리 사이에는 대화가 중단된 상태였다. 나는 정치판에서 벌어지는 일을 얼마나 혐오하는가를 아내가 이해할 수 있을 만큼 충분히 내 속내를 드러내지 않았다.

"냇을 볼 수 있게 디트로이트 가까이로 이사 가면 어떨까? 우리가 한집에서 함께 살 게 아니라면 말이야."

그녀가 나를 바라봤다.

"그건 곤란해."

그녀가 말했다.

나는 잠시 벽을 바라봤다. 오, 하느님. 이런 일이 생기다니. 그러고는 요즘 들어 자주 그렇듯이 이 모든 일이 왜 시작됐는가를 생각하며 가슴을 쳤다. 오, 캐롤린. 당신에게서 뭘 바랐던 걸까? 내가 무슨 짓을 한 거지? 그러나 할 말이 전혀 없는 것은 아니다.

이제 내일모레면 마흔이다. 더 이상 세상을 모르는 척, 내가 본 일을 마음에 들어 하는 척 할 수는 없다. 부전자전이다. 나는 아버지의 모습을 통해서 인생은 우리가 생각하는 것보다 잔인한 면이 더 많다는 것을 알게 되었고 아버지처럼 회의론자가 되었다. 내 인생이 제일 고통스럽고 내가 제일 슬픈 놈이라고 생각한다는 뜻은 아니다. 하지만 이제까지 아주 많은 일들을 지켜보았다. 인류

가 저지른 최악의 범죄들 중 하나에 희생되어 절름발이가 되어 버린 내 아버지의 영혼을 보았다. 고통과 갈망과 광포한 분노에 사로잡혀 끔찍한 범죄를 저지르는 사람들을 많이 보았다. 검사로서 나는 그런 범죄에 맞서 싸우고자 했고 범죄자들의 절름발이 영혼에 맞서 싸우는 적이기를 자처했다. 하지만 오히려 내가 나가떨어지고 말았다. 부정적인 면들만 보고 살면서 낙관적인 생각을 유지할 수 있는 사람이 있을까? 세상에 우연히 찾아오는 불행만 없더라도 그럴 수 있을지 모르겠다. 우리 이웃에 사는 골란 샤프의 아들은 장님으로 태어났다. 맥과 그녀의 남편은 가장 행복한 순간에 강물에 처박혔다. 행운이라는 것이 우리에게 최악의 상황이 닥쳐오는 것을 막아 줄 수 있다고 해도, 삶은 너무나 많은 사람들을 주저앉혔다. 재능 있는 젊은 남자들은 그 재능을 썩히고 날려 버렸다. 명민한 젊은 여자들은 아이를 낳고 중년을 향해 나아가면서 엉덩이만 넓어지고 희망은 점차로 사그라지고 만다. 모든 이들의 삶은 하나하나의 눈꽃송이처럼 저마다 독특한 불행을 담고 있고 기쁨과 희망은 보기가 드물다. 불이 나가고 어두워졌다. 이 칠흑 같은 어둠을 끝까지 견뎌 낼 사람은 없다. 내가 캐롤린을 사랑하게 된 것이 우연이었다고 뜻밖에 찾아온 행운이었다고 거짓말을 할 수가 없다. 그것은 내가 원하던 일이었다. 내가 하고 싶은 일이었다. 내가 캐롤린에게 손을 내밀었다.

지금 나는 여전히 벽을 응시한 채로 절대로 말하지 말자고 다짐했던 일들을 말하기 시작했다.

"원인에 대해서 생각 많이 해봤어."

내가 말했다.

"그 원인들을 완전히 이해할 수 있는 사람은 아마 없을 거야. 인간이 다른 인간을 죽이게 만드는 분노와 광기의 혼합을 뭐라고 부르든 간에, 어떤 한 방식으로 쉽게 이해할 수 있는 일은 절대 아니야. 누구라도, 그런 일을 저지른 사람을 포함해 누구라도 모든 것을 완전히 이해할 수는 없을 거야. 하지만 난 노력했어. 무엇 때문인지 어떻게 그런 일이 생겼는지 이해하려고 정말로 무진 애를 썼어. 그 얘기를 시작하기 전에, 당신에게 사과부터 해야 할 것 같군, 바바라. 내가 이런 말을 하면 다들 웃겠지. 하지만 미안하다는 말부터 하고 싶어.

그리고 당신이 알아야 할 게 한 가지 더 있어. 그녀는 내게 당신보다 더 중요한 존재는 절대로 아니었어. 내 말 믿어 줘. 절대로 아니었어. 아주 솔직하게 말하자면, 다른 곳에서는 찾을 수 없는 무언가가 그녀에게 있다고 생각했던 건 사실이야. 그건 내 판단 착오였어. 인정해. 하지만 언젠가 당신도 말했듯이, 난 그녀에게 굉장히 집착하고 있었어. 그 이유를 설명하자면 꽤 오랜 시간이 걸릴 거야. 그녀에게는 나를 끌어당기는 힘이 있었고 난 터무니없이 약했어. 그 여자가 살아 있는 동안에는 그녀를 완전히 잊을 수는 없었을 거라는 거 잘 알아. 지금 변명을 하거나 내 행동을 정당화하자는 건 절대로 아니야. 그럴 생각은 추호도 없어. 하지만 적어도 어떤 상황에서 그런 일이 있었던 건지는 둘 다 알고 있어야 한다고 생각해.

난 항상 이런 이야기를 하는 게 누구에게도 좋을 게 없다고 생각했어. 당신도 그렇게 생각할 거라고 믿었고. 지나간 일은 지나간 일이니까 말이야. 하지만 그동안 도대체 어떻게 그런 일이 일어났는가에 대해 오래도록 생각하게 됐어. 당연한 일이겠지. 어쩔 수가 없었어. 검사라면 누구나 우리가 바라는 것보다 죄악에 훨씬 더 가까이 살고 있다는 사실을 알고 있을 거야. 환상은 사람들이 말하는 것보다 훨씬 더 위험해. 어느 순간 어떤 생각이, 아주 세밀 하고 신중한 계획이 머릿속에 떠오른 거야. 그런 생각을 하고 있 으면 짜릿하고 흥분이 되지. 그러면 그런 생각을 계속하게 돼. 그 러다가 실행에 옮기기 시작하는 거야. 그러면 짜릿함과 흥분감은 더 커지지. 그러면 계속하는 거야. 결국에는 그런 식으로 환상을 하나하나 실행에 옮기게 되고, 그러면서도 실제로 누군가에게 피 해를 준 건 없다고 자위하지. 하지만 이런 걷잡을 수 없는 흥분 속 에서 환상이 이끄는 대로 움직여 가다 보면 어느 순간 환상 속의 그 일이 실제로 일어나 버리지."

　여기까지 말을 마친 나는 뒤를 돌아봤다. 바바라는 의자 뒤에 서 있었다. 놀란 표정이 역력하다. 그럴 만도 하다. 이런 이야기를 듣고 싶지 않았을 것이다. 하지만 나는 말을 계속했다.

　"아까도 말했듯이, 난 이런 일을 입 밖에 내서는 안 된다고 생 각했어. 그런데도 지금 말을 하는 건 한번은 이야기를 해야 할 것 같아서야. 지금 협박을 하자는 게 아니야. 그럴 생각은 전혀 없어, 알겠어? 당신 같은 입장의 사람들이 어떤 생각을 하는지는 하나 님만이 아시겠지. 바바라, 다시 한 번 말하지만 지금 협박을 하자 는 건 절대로 아니야. 그냥 모든 것을 터놓고 이야기하고 싶을 뿐 이야. 서로가 무엇을 알고 있는지, 무슨 생각을 하고 있는지 계속 궁금해 하면서 살긴 싫어. 당신은 내가 이런 이야기를 하는 걸 보 고 놀라고 있지만, 솔직히 나는 우리가 계속 잘살기를 바라. 이유야 많지. 우선 냇 때문에라도. 당연하지, 안 그래? 그리고 이 일이 우리 삶에 미치는 피해를 최소화하고 싶어서이기도 해. 그러나 무엇보다도, 그 미친 짓이 우리 삶을 더 망치게 하고 싶지는 않아서야. 그리고 근본적으로, 그녀가 왜 어떻게 살해되었나를 이해하려고 애쓰는 동안, 그 일에 이성적인 동기는 전혀 없었다고 해도, 아니 그런 동기가 있었지만 설명할 가치는 전혀 없다고 해도 말이야. 그 일이 부분적으로는 우리 둘을 위한 일이었다는 생각을 하게 되었어. 우리를 위한 일. 우리 두 사람의 행복을 위한 일 말이야. 많은 부분은 나 때문이었을 거야. 이런 말을 하자니 양심의 가책이 느껴지지만 일종의 복수 같은 거였을 거야. 하지만 그 일이 부분적으로는 우리 두 사람을 위한 일이기도 했다는 생각이 들었어. 이 말을 꼭 하고 싶었어. 이 말이 당신에게 어떻게 받아들여질지, 당신의 생각을 어떻게 바꿔 놓을지 보기 위해서라도 말이야."

말을 끝내고 나니 희한하게도 만족스러운 기분이 들었다. 생각했던 것보다 훨씬 더 말을 잘 한 것 같다. 내 아내 바바라는 조용히 울고 있었다. 고개를 숙인 채 눈물을 뚝뚝 흘리고 있다. 그러더니 숨을 들이쉬었다.

"러스티, 미안하다는 말밖에 할 말이 없어. 언젠가는 당신이 날 믿어 주기를 바라. 정말정말 미안해."

"이해해. 지금도 난 당신을 믿어."

"그리고 나는 진실을 밝힐 준비가 되어 있었어. 언제라도 말이야. 일의 전모를 밝힐 생각이었어. 증인으로 불려 나갔다면, 그 자리에서 이야기했을 거야."

"알아. 하지만 난 그러기를 원치 않았어. 솔직히 말해서, 바바라, 그래 봤자 아무런 도움이 못 됐을 거야. 필사적인 변명처럼 들렸을 거야. 당신이 나를 구하기 위해서 기를 쓰는 것처럼 보였을 거야. 당신이 그녀를 죽였다고 믿는 사람은 아무도 없었을 거야."

이 말에 바바라는 다시 눈물을 흘리더니 얼마 후 안정을 찾았다. 내 말을 듣고 안도하는 것 같았다. 바바라는 손등으로 눈가를 훔쳤다. 숨을 깊이 들이쉬었다 내쉬었다. 그러고는 식탁을 내려다보며 입을 열었다.

"미쳤다는 게 어떤 느낌인지 알아, 러스티? 정말로 미쳤다는 게? 자기 자신을 조금도 통제할 수 없다는 게? 너무나 불안한 느낌이야. 매순간 늪 위를 걷고 있는 느낌이야. 곧 그 속으로 빠져들고 말 것 같아. 그런 식으로 계속 살 수는 없어. 당신과 함께 살면 다시는 정상인으로 되돌아갈 수 없을 것 같아. 내 결심이 당신에게 얼마나 끔찍한 일인지 알아. 나한테도 끔찍해. 하지만 내가 아무리 마음을 다잡더라도, 이런 일이 있은 후에 예전의 삶으로 되돌아갈 수는 없어. 러스티, 어떤 것도 내 예상대로 되지 않았다는 말밖에 해줄 말이 없어. 재판이 있기 전까지는 그 일이 어떤 현실로 나타날지 전혀 알지 못했어. 내가 법정에 앉기 전까지는 몰랐어. 그곳에서 당신에게 벌어지는 일을 보니까 아차 싶은 거야. 이런 일이 벌어지는 건 절대로 원치 않았거든. 하지만 이건 내가 극복할 수 없는 것의 일부일 뿐이야. 이곳에서는 항상 미안해하며 살 수밖에 없어. 그리고 두려워하면서. 부끄러움은 아닌 것 같아. 죄책감일까?"

그녀가 고개를 숙인 채 천천히 고개를 저었다.

"내 마음을 정확히 표현해 줄 말이 없네."

"함께 짊어지고 갈 수는 있겠지, 사람들의 비난을."

나도 모르게 신랄한 어조로 말해 버렸다. 바바라가 놀란 듯 숨을 헐떡이더니 입술을 깨문다. 그러고는 잠시 고개를 돌리더니 다시 울음을 터뜨렸다. 다시 고개를 저었다.

"아닐 거야. 재판은 예상대로 결과가 나왔어, 러스티."

이 말을 끝으로 그녀는 입을 다문다. 더 말을 해줬으면 좋았을지 모르겠지만 이것으로도 충분했다. 그녀는 방을 나가려다 말고 내가 끌어안자 잠시 가만히 안겨 있었다. 꽤 오래 그러고 있다가 방을 나갔다. 위층으로 올라가는 소리가 들렸다. 나는 바바라가 뭘 할지 알았다. 침대 위에 누워 좀 더 눈물을 흘릴 것이다. 그러고는 다시 일어나 짐을 싸기 시작할 것이다.

추수감사절 직후의 어느 날, 크리스마스 선물을 사기 위해 시내에 나갔다가 킨들 대로에서 니코 델라 가르디아를 발견했다. 레인코트를 깃까지 세워 꼭꼭 여며 입고 걷고 있는 그의 얼굴에는 근심이 어려 있었다. 길 양쪽을 두리번거리고 있다. 내가 있는 쪽으로 걸어오고 있지만 아직까지는 나를 못 본 것 같다. 건물 안으로 피해 버릴까 하는 생각이 들었다. 그와 만나는 것이 두려워서가 아니라, 이런 만남을 피하는 것이 둘 다를 위해 나을 것 같아서다. 하지만 그가 곧 나를 발견하고는 곧장 나를 향해 걸어왔다. 웃고 있지는 않지만 내게 먼저 악수를 청하고 나도 응했다. 그 순간 불현듯 가슴을 찌르는 듯한 고통이 느껴지지만 금방 사라졌다. 나는 그곳에 서서 내 삶을 빼앗아 가려 했던 사람을 부드럽게 바라보고 있다. 중절모를 쓴 한 남자만이 이 의미심장한 만남을 눈치 채고 계속 뒤를 돌아다볼 뿐, 나머지는 우리를 스쳐 지나가고 있다.

니코가 먼저 내 안부를 물었다. 요즘 들어 사람들이 내게 말을 건넬 때 그렇듯 부드럽고 진지한 말투라서 소식을 들었구나 하는 생각이 들었다. 그래서 그냥 말해 버렸다.

"바바라와 별거하기 시작했어."

내가 말했다.

"들었어. 유감이야. 진심으로. 정말 끔찍한 일이야. 난 이혼했을 때 당신 어깨에 기대 울 수가 있었는데. 그리고 내겐 자식이 없었지. 어쩌면 당신들은 다시 잘 해볼 수도 있을 거야."

"글쎄. 냇은 당분간 나와 함께 있어. 바바라가 디트로이트에 자리를 잡을 때까지만."

"정말 유감이야. 진심이야. 정말 유감이야."

같은 말을 되풀이하는 걸 보니 니코는 여전했다. 나는 가던 길이나 계속 가라는 뜻으로 먼저 돌아서려 했다. 이번에는 내가 먼저 손을 내밀었다. 그는 내 손을 잡으며 곁으로 다가오더니 얼굴을 찌푸렸다. 지금부터 하려는 말이 하기 어려운 말이라는 것을 전하고 싶은 것이다.

"난 당신을 모함하지 않았어. 사람들이 어떻게 생각하는지 알아. 하지만 내 밑에 있는 누구도 증거를 조작하지 않았어. 몰토도, 구마가이도 말이야."

나는 구마가이를 떠올리며 얼굴을 찌푸렸다. 그는 지금 경찰청에서 사임했다. 어쩔 도리가 없었다. 범행 동조와 업무상 과실밖에 변명거리가 없었는데 그는 둘 중 피해가 덜 한 쪽을 선택했다.

302

물론 그가 정액 샘플을 조작하거나 하지는 않았다. 하지만 그가 자신의 부검 보고서를 다시 확인만 했더라면 누구도 기소되지 않았을 것이다. 누구도 그런 사실을 종합해 판단할 수는 없을 것이다. 몰토는 증거가 불충분한 사건을 지나치게 밀어붙였다고 비난받아 마땅하다. 그는 나를 희생양으로 삼음으로써 캐롤린 때문에 겪은 고통과 질투심을 잠재울 수 있을 것이라고 생각했을 것이다.

한편 니코는 어느 때보다 진지한 태도로 말을 계속했다.

"정말로 모함하지 않았어. 당신이 무슨 생각을 하는지 알아. 하지만 이 말은 꼭 해야겠어. 난 그러지 않았어."

내가 진심을 말해 줬다.

"나도 알아, 딜레이. 당신은 당신이 해야 할 일을 했을 뿐이야. 단지 밑에 사람들을 잘못 뒀을 뿐이지."

그가 나를 바라봤다.

"이 일도 오래 못할 것 같아. 소환 얘기 들었지?"

그가 물었다. 그는 다시 거리를 두리번거리며 말을 이었다.

"물론 들었겠지. 다들 알고 있으니까. 아무래도 상관없어. 다들 나도 끝장이라고 생각해."

동정을 바라는 것이 아닌 것 같다. 그는 재앙의 파도가 자기에게 덮쳐 와 자기도 삼켜 버렸다는 것을 말하고 싶은 것이다. 캐롤린은 검은 파도가 되어 우리 둘을 집어 삼켜버렸다. 나는 그를 위로했다.

"그렇게 단정짓지 마, 딜레이. 일이 어떻게 될지는 아무도 모르니까."

그가 고개를 저었다.

"아니야, 아니야. 당신은 영웅이고 나는 희생양이지. 대단해."

니코가 갑자기 미소를 짓는 걸 보니 자기 말이 웃긴다고 생각하는 모양이다.

"1년 전에는 선거에서 당신이 나를 무너뜨릴 수 있었을 거야. 그리고 지금도 나를 쓰러뜨릴 수 있고. 대단하지 않아?"

니코 델라 가르디아가 크게 웃음을 터뜨렸다. 그는 킨들 대로 한가운데서 두 팔을 벌리며 말했다.

"변한 건 아무것도 없어."

8년 이상 살아온 집의 거실은 완전히 난장판이다. 짐이 꾸려진 상자들이 입을 벌린 채 여기저기 놓여 있고 선반과 서랍에서 꺼낸 물건들이 사방에 널려 있다. 가구는 모두 사라지고 없다. 바바라가 디트로이트 외곽에 얻은 자기 아파트에 놓겠다고 소파와 러브 시트를 가져갔다. 나는 그런 건 아무래도 좋았다. 나는 1월 2일에 시내에 있는 아파트로 이사를 갔다. 그렇게 형편없는 곳은 아니었다. 부동산 중개인은 내가 운이 좋다고 했다. 집은 세를 놓았다. 나는 한 발 한 발 천천히 움직이기로 결심했다.

냇마저 떠나고 나니 짐 싸는 일이 더 지루하게 느껴졌다. 나는 이 방 저 방을 들락거렸다. 모든 물건에 추억이 담겨 있다. 모든 것에서 예전에 느꼈던 고통과 우울함이 떠올랐다. 무언가를 바라보다가 이런 기분이 극에 달하면 다른 곳으로 옮겨가 짐을 싸기 시작했다. 그러는 동안 예전에 마티에게 들려주었던 아버지의 모습이 자꾸만 떠올랐다. 어머니가 돌아가신 다음 주, 아버지가 그

보다 몇 년 전에 나가 버렸던 아파트로 돌아와 짐을 싸는 장면 말이다. 런닝 바람으로 짐을 싸는 아버지는 그동안의 삶의 흔적들을 함부로 다루었다. 방을 들락거릴 때 발에 거치적거리는 것들이 있으면 발로 툭 차 버렸다.

지난주에 마티에게서 크리스마스카드가 왔다.

"검사님께 좋은 결과가 나왔다는 소식을 듣게 되어 기쁩니다."

나는 이 글을 읽으면서 웃음을 터뜨렸다. 세상에 별 미친놈도 다 있구나 싶었다. 그러고는 카드를 던져 버렸다. 그러나 외로움은 내가 상상했던 것보다 더 고통스러웠다. 2시간 전 나는 그 카드 봉투를 찾기 위해 거실에 있는 쓰레기 더미를 뒤졌다. 답장을 하자면 주소가 필요했다.

나는 아버지에게 편지를 쓴 적이 한 번도 없다. 아버지가 애리조나로 떠난 후에는 다시는 만나지 못했다. 간혹 통화를 하기는 했지만, 그것도 바바라가 수화기를 갖다 대주어 어쩔 수 없이 했을 뿐이다. 아버지는 의도적으로 대화를 거부하고 있었고, 자기 생활에 대해 대단히 말을 아꼈기 때문에 통화를 할 때도 별로 많은 이야기를 나누지 못했다. 여자랑 동거하고 있고 일주일에 사흘은 시내 빵집에서 일한다는 정도만 알았다. 애리조나가 덥다는 말도 했다.

완다라는 그 여자가 전화를 걸어 아버지가 돌아가셨다는 소식을 전했다. 8년도 더 전의 일이지만 그때 받은 충격은 아직도 그대로다. 아버지는 건장한 사람이었다. 백세까지 살아 내 모든 결함의 원흉으로 욕을 먹을 거라고 생각했다. 아버지의 시신은 이미 화장된 후였다. 완다는 이동 주택 차를 청소하다가 내 전화번호를 발견하고 전화를 걸었고 내게 그곳으로 와서 남은 짐을 정리하라고 했다. 그때 바바라는 임신 8개월이었는데, 우리는 이 여행을 아버지가 우리에게 지우는 마지막 짐이라고 생각했다. 알고 보니 완다는 키가 크고 그다지 못생긴 편도 아닌 50대 후반의 여성으로 뉴욕시 출신이었다. 그녀는 거리낌 없이 고인에 대한 험담을 늘어놓았다. 사실 그녀는 6개월 전에 아버지와 헤어졌다고 했다. 그런데 아버지가 빵집에서 쓰러져 사망하자 빵집 사람들이 전화를 걸었다고 했다. 다른 친척을 알지 못했기 때문이었다.

"내가 왜 이런 일을 해야 하는지 모르겠수, 정말."

완다는 아버지가 술이 한두 잔만 들어가도 '개차반'이 되었다고 했다. 내가 아버지의 묘비에 그 말을 써 넣는 것이 좋겠다고 농담을 해도 그녀는 웃지 않았다.

그녀는 나 혼자 짐을 정리하게 내버려 두고 떠났다. 침대에는 빨간 양말이 놓여 있었다. 내복을 넣어 두는 서랍에서는 남성용 스타킹이 예닐곱 켤레나 나왔다. 빨간색과 노란색. 줄무늬, 물방울무늬, 마름모무늬. 아버지는 말년에 가서야 돈 쓰는 재미를 알게 된 것 같았다.

초인종이 울렸다. 왠지 모르게 가슴이 설렌다. 우편배달부나 택배원과 잠깐이라도 대화를 나눌 생각에 그런 것 같다.

"리프랜저."

나는 그의 이름을 불렀다. 그는 안으로 들어서며 발을 굴러 눈을 털어 냈다.

"아늑한 집구석이군."

그가 난장판인 거실을 바라보며 말했다. 그러고는 현관 매트에 서서 조그만 상자를 건넸다. 그 위에 매인 리본보다 더 크지도 않은 작은 상자였다.

"크리스마스 선물이야."

"와, 뭐 이런 걸."

우리는 이제까지 이런 짓을 한 번도 해본 적이 없다.

"자양강장제가 필요할 것 같아서. 냇은 잘 갔어?"

내가 고개를 끄덕였다. 어제 공항까지 바래다주었다. 승무원들은 냇을 제일 먼저 탑승시켰다. 비행기 안까지 따라가고 싶었지만 냇이 원하지 않았다. 나는 멀찌감치 서서 푸른색 파카를 입고 꿈꾸는 듯 걸어가는 아들의 모습을 오래도록 지켜보았다. 부전자전이다. 냇은 한 번도 뒤돌아보지 않았다. 그 아이의 뒷모습을 바라보고 있자니 예전의 삶으로 돌아가고 싶은 마음이 간절해졌다.

리프랜저와 나는 잠시 서로를 바라봤다. 나는 아직 그의 외투를 받아 걸지도 않았다. 이런 일은 어색하기 짝이 없지만 다들 그러고 살았다. 그동안 내게 너무 많은 일들이 일어나 정신을 못 차리겠다. 그리고 사람들은 내게 어떤 반응을 보일까? '아내와 헤어진 일은 정말 안됐지만 적어도 살인죄로 들어가지는 않았으니까 다행이네요.' 라고 할까? 그런 말은 일상의 대화 양식에 잘 들어맞지 않는 것 같다.

마침내 나는 그에게 맥주를 권했다.

"자네도 마신다면."

그가 말하더니 나를 따라 주방으로 들어왔다. 여기도 살림살이의 반은 상자 속에 들어가 있다.

내가 찬장에서 유리컵을 꺼내는 동안 리프랜저는 자기가 가져온 선물 상자를 가리켰다.

"지금 열어 봐. 한동안 내가 갖고 있었던 거야."

그가 조심스럽게 포장지를 뜯었다.

"증거물 테이프로 리본을 맨 선물은 보다보다 처음이군."

내가 말했다.

흰색 작은 상자 안에는 빨간색과 흰색의 법정 증거물 테이프로 리본이 매인 황갈색 봉투가 들어 있었다. 그걸 찢자 재판 중에 사라졌던 유리컵이, 캐롤린의 아파트에 있었던 손잡이 없는 유리컵이 모습을 드러냈다. 이걸 다시 보게 되리라고는 꿈에도 생각 못했다.

리프랜저가 주머니를 뒤지더니 라이터를 꺼냈다. 그러고는 증거물 봉투의 한 모퉁이에 불을 붙이고 타들어 가는 것을 확인하더니 싱크대로 가져가 던져 버렸다. 그러고는 유리컵을 내게 건넸다. 사방에 묻어 있는 푸른색 닌히드린 분말 속에서 부분 지문 세 개가 드러나 보였다. 어찌 보면 초현실적인 그림이 있는 도자기 같다. 나는 창문을 향해 유리컵을 들고 바라보며 내 오른손 엄지와 중지에서 나온 융선은 어떤 것일까 생각했다. 그러고는 유리컵에서 눈을 떼지 않은 채 입을 열었다.

"정말 궁금한 게 하나 있는데 말이야, 내가 감동을 받아야 할까, 아니면 화를 내야 할까?"

"왜?"

"우리 주에서는 범죄의 증거물을 은닉하는 것은 중범죄에 해당하잖아. 자네는 지금 엄청난 짓을 저지른 거야, 리프랜저."

"어차피 아무도 모를 텐데, 뭘."

그는 내가 마개를 따서 건넨 맥주를 유리컵에 따랐다.

"게다가, 난 아무 짓도 안 했어. 그 인간들이 개판 친 거지. 그들이 슈미트에게 증거물을 모두 모아 오라고 시켰던 거 기억나? 유리컵은 거기 없었어. 내가 디커맨에게 가져갔거든. 다음 날 분석실에서 전화가 와서 분석이 끝났다고 유리컵을 가져가라더군. 그래서 갔더니 누군가가 벌써 증거물 수령증에 사인을 해놨더라고. 내가 다시 가져다 줄 거라고 생각했나 보지. 하지만 난 그때 이미 사건에서 손을 뗀 상태라서 수고스럽게 가져다 줄 필요를 못 느끼겠더라고. 그래서 그냥 서랍에 던져 놨어. 조만간 누가 물어보면 전해 주려고 말이야. 그런데 아무도 안 물어보더라고. 그리고 몰토는 멍청한 다른 검사 나부랭이들하고 다를 게 없더라고. 증거물과 일일이 대조도 안 하고 증거물 수령증에 사인을 갈겨 놨던 거지. 그러고는 3개월이 지나서는 완전히 엿된 거지. 하지만 뭐, 그건 그 인간 문제고."

리프랜저는 유리컵을 들고 맥주를 거의 다 마셔 버렸다.

"그게 어디로 갔는지 다들 우왕좌왕하기만 했지. 들리는 말로는 니코가 검찰청 건물을 들었다 놨다더라고. 접착제로 붙어 있는 카펫까지 떼어 내 뒤지게 했다던걸."

니코를 잘 아는 우리는 웃음을 터뜨렸다. 니코는 흥분하면 이마가 벌겋게 달아오르고 주근깨가 더 선명해졌다. 우리는 한참을 웃고 나서 잠시 아무 말도 하지 않았다.

"내가 왜 화가 났는지는 알지?"

마침내 내가 물었다. 리프랜저가 어깨를 으쓱하더니 다시 맥주컵을 들었다.

"자네는 내가 그녀를 죽였다고 생각했어."

이 말을 예상했는지 그는 움찔하지도 않았다. 컥 하고 트림을 하더니 대답했다.

"나쁜 여자였어."

"내가 죽여도 괜찮을 만큼?"

"자네가 죽였어?"

물론 그가 이걸 알기 위해서 온 것은 아니다. 그냥 나를 친구로 생각했다면 엄청나게 물살이 빨라지는 크라운 폭포로 낚시 갈 때 유리컵을 가져가 던져 버리고 말았을 것이다. 하지만 정말 고민이 심했던 모양이다. 그래서 유리컵을 내게 건넨 것이고 이제 우리는 이 문제에 있어서는 한배를 탔다.

"내가 죽였다고 생각하지, 안 그래?"

그가 맥주를 마셨다.

"그럴 가능성도 있겠지."

"헛소리 집어치워. 화성에 생명체가 사느냐 하는 문제처럼 단지 약간의 가능성이 있다고 자네가 이 문제에 이렇게 신경을 쓴 거라고?"

그가 정색을 하고 나를 바라봤다.

"지금 도청 장치 달고 온 거 아니야."

"그렇더라도 상관없어. 난 이미 재판을 받았고 무죄 석방이 됐으니까. 일사부재리의 원칙 알지? 내일 《트리뷴》에 범죄 사실을 인정하는 고백을 실어도 나를 다시 살인죄로 기소할 수는 없지. 하지만 누구도 그런 고백을 하지는 않을 거야, 안 그래?"

나는 내 몫으로 따 놓은 맥주를 한 모금 마셨다. 리프랜저는 제 자리에 있지 않은 무언가를 찾기라도 하듯 주방을 둘러봤다.

"신경 꺼."

그가 말했다.

"신경 끌 수가 없어. 무슨 생각하는지 말해 봐. 내가 죽였다고 생각하지? 경력 15년의 형사가 이렇게 떠들썩한 사건의 증거물을 그냥 재미 삼아 숨겼겠어? 안 그래?"

"맞아. 그냥 재미 삼아 숨긴 건 아니지."

내 친구 리프랜저가 나를 똑바로 바라보며 말했다.

"자네가 죽였다고 생각해."

"왜? 자네 나름대로 경위를 추리해 보았을 것 아냐."

그는 내 예상만큼 길게 망설이지도 않고 대답했다.

"화가 나서 내리친 거라고 생각해. 나머지는 그냥 현장을 다르게 해석하게 만들려고 꾸민 거고. 그녀가 죽자마자 후회했다는 말은 할 필요도 없겠고."

"그럼 내가 왜 그렇게 화가 났을까?"

"모르지. 누가 알겠어? 자네를 차 버려서 그런 것 아닐까? 레이먼드 때문에. 그것만으로도 충분히 화날 만하지."

나는 천천히 리프랜저의 손에서 맥주컵을 빼앗았다. 그의 얼굴에 걱정스러운 기색이 떠올랐다. 내가 유리컵을 던져 버릴 거라고 생각하나 보다. 하지만 나는 그것을 식탁 위, 그가 가져온 유리컵 옆에, 캐롤린의 집에서 발견된 내 지문이 묻어 있는 유리컵 옆에 올려놓았다. 똑같다. 그러고는 찬장으로 가 나머지 컵들도 꺼내 와 그 옆에 늘어놓았다. 이윽고 식탁 위에는 똑같은 유리컵 열두 개가 두 줄로 늘어서 있다. 그중 하나는 왼쪽 가장자리에 맥주 거품이 묻어 있고 그 옆에 있는 다른 하나는 푸른색 분말이 묻어 있었다. 리프랜저의 얼굴에서 산전수전 다 겪었다는 그 특유의 표정이 사라졌다. 이런 일은 정말 드물다.

나는 싱크대로 가 물을 틀어 재를 씻어 내린 후 싱크대 물받이에 비눗물을 채웠다. 그러면서 입을 열었다.

"리프랜저, 이런 여자를 상상해 봐. 아주 정확한 수학적인 사고를 하는 특이한 여자를 상상해 봐. 아주 내향적인, 자기 안에 틀어박혀 사는 여자. 분노와 우울증에 시달리고 있는 여자. 마음속에 화산 같은 분노를 안고 사는 여자를 말이야. 인생에 대해서, 남편에 대해서, 자기가 원하는 것을 다른 여자에게 줘 버린 남편의 불행하고 슬픈 애정 행각에 대해서. 여자는 남편의 관심을 독차지하고 싶어 했지만 남편은 남의 마음을 조종하려 드는 창녀 같은 여자에게 빠져 있었지. 그 여자가 그를 노리갯감으로 여긴다는 사실을 다들 알고 있는데도 그 남편만 모르고 있었어. 그 아내는 영혼과 마음이 병들어 있지. 어쩌면 머리까지도 병들어 있을지 몰라. 숨기는 것 없이 솔직하게 얘기하자면 말이야.

아내는 혼란스러워 해. 결혼 생활에 대해 심각한 갈등을 겪고 있어. 어떤 날은 남편과 헤어져야지 하다가도, 다른 날은 계속 살고 싶어지기도 해. 어떤 선택을 하게 되더라도, 여자는 그전에 뭔가 조치를 취해야 한다고 생각해. 이런 모든 상황이 여자의 영혼을 갉아 먹고 파괴시키고 있거든. 그리고 어떤 선택을 하게 되더라도, 남편과 잠을 잤던 여자가 죽었으면 좋겠다는 은밀한 바람을 갖고 있지. 아내는 분노가 극에 달하자 남편을 버려야겠다고 결단

312

을 내려. 하지만 남편의 정부가 살아 있다면 분이 안 풀리는 거야. 왜냐면 구제 불능의 얼간이인 그 남편이 그 여자에게로 기어 들어가 자기가 원하는 대로 살게 될 테니까 말이야. 그 정부가 죽어야 복수를 하게 되는 거지.

인간은 항상 자기가 사랑하는 사람에게 상처를 주게 되나 봐. 아내는 깊은 우울증에 빠져 있는 동안, 예전의 삶을 그리워하게 되지. 좋았던 옛날로 돌아갈 수 있는 방법을 찾고 싶어진 거야. 하지만 이런 순간에도, 그 정부가 죽고 없다면, 옛날로 돌아가는 것이 더 쉬울 거라는 생각이 드는 거야. 받아줄 곳이 없어지면 마침내 남편도 집착을 버리게 될 테니까. 그렇게 되면 폐허 속에서라도 모든 것을 다시 일으킬 수 있을 것 같은 거야."

이제 싱크대 안에는 비눗물이 가득하다. 물에 닿을 때 독한 냄새가 나긴 하지만 유리컵에 묻은 닌히드린 분말은 쉽게 씻겨 나갔다. 나는 유리컵을 다 씻은 뒤 수건을 꺼내 깨끗하게 닦았다. 그일이 끝나자 상자를 하나 가져와 유리컵들을 싸기 시작했다. 리프랜저가 도왔다. 아무 말 없이 이삿짐센터 사람들이 갖다 놓은 신문지들을 찢어서 내게 건넸다.

"그러자 어떤 계획이 만들어져. 날이면 날마다 아내는 정부를 죽이는 일에 골몰하지. 분노가 극에 달해 있거나 자기 연민에 빠져 허우적거릴 때는 정부를 죽여야겠다는 짜릿한 생각이 마음속을 떠나는 법이 없지.

그리고 계획이 구체적으로 자리를 잡자, 또 다른 문제가 있는 거야. 남편이 알아야 한다는 거지. 아내가 문을 박차고 나갈 때, 사랑하는 여자가 죽고 없는 마당에 아내마저 자기를 버린다는 것을 알고 공황 상태에 빠진다면 얼마나 달콤한 복수가 되겠어. 그리고 마음이 한결 누그러져서, 어떻게든 결혼 생활을 유지해야겠다는 생각이 들 때는, 남편이 이 경이로운 헌신적 행동에 대해, 기적의 치료제를 찾기 위한 아내의 노력에 대해 감사하게 여기기를 바라게 되지. 그러니까 남편이 그 일이 그냥 사고인 줄 알고 있다면 아무런 의미가 없는 거야.

　이런 생각이 거의 강박관념이 되어 버리지. 살인을 하고, 자기가 그랬다는 것을 남편이 알게 하는 것 말이야. 어떻게 하면 될까? 가장 복잡한 수학 공식을 어렵지 않게 풀어낼 수 있는 능력을 가진 여자로서도 이것은 엄청난 난제지. 남편에게 직접 말을 할 수는 없어. 우선, 아내는 그런 일을 저지르고 나서 남편을 버려야겠다는 생각이 있거든. 그리고 물론 기본적으로 이야기를 들은 남편이 화를 내며 이 사실을 누설할 위험도 있고. 그런 위험은 무릅쓸 수 없지. 그러면 어떻게 하는 것이 가장 좋을까? 다행히도 남편이 이 사건 수사를 맡게 될 것 같은 거야. 살인 사건 담당 부장 검사는 사라지고 없고, 그 대행 검사는 누구로부터도 신뢰를 받지 못하는 사람이거든. 게다가 남편은 검찰 총장의 총애를 받고 있지. 그러니까 남편과 그의 친구, 살인 사건 담당 경력이 화려한 리프랜저 형사가 증거를 수집하고 수사하는 일을 맡게 될 것 같은 거야. 그러면 남편이 수사를 진행하면서 자기 자신이 살인범으로 보인다는 사실을 깨닫게 되겠지. 물론 자기는 아니라는 것을 알고 있지. 그리고 누군지도 알아. 세상에서 이 유리컵과 자기 정자에 접근할 수 있는 사람은 딱 한 명밖에 없으니까. 하지만 다른 누구에게 이런 사실을 털어놓더라도 믿어 주지 않을 거야. 아내가 자기를 떠날 때 아무 말도 못하고 외로움에 몸을 떨게 되겠지. 아내가 남기로 하면 이 새로운 헌신적인 사랑에 감동해서 그녀의 피 묻은 손에 입을 맞추게 될 거고. 살인 행위, 그 자체에 정화와 깨달음이 있는 거야. 다른 여자가 사라지고 나면 아내는 자기가 원하는 것이 무엇인지를 깨달을 수 있게 되겠지.

그리고 남편이 이 사건은 미제로 남게 될 거라고 발표를 하면 세상 사람들은 당연히 그렇게 믿을 거야. 남편 혼자서만 사건 전모를 깨닫고 괴로워하게 되겠지. 그래서 아내는 강간 치사로 위장하기로 결심해. 그렇게 계획이 착착 진행이 돼. 계획대로 실행하기 위해서 꼭 이용해야 할 도구 중에 하나가 바로 이 유리컵이야."

나는 싸고 있던 유리컵을 들어 보였다. 리프랜저는 식탁 의자에 앉아 공포와 경이로움이 뒤섞인 표정으로 나를 보고 있다.

"남편이 아내에게 자신의 애정 행각을 털어놓았던 그날 밤, 그는 이것과 같은 유리컵을 집어 들고 눈물을 흘렸어. 이기적인 그 남편은 거기 앉아 진실을 털어놓아 아내를 경악하게 만들었고 자기 집 유리컵이 애인 집에 있는 것과 똑같다면서 눈물을 흘렸지. 그러니까 이 컵은 완벽한 명함이 되는 거야. 누가 그랬는지를 알려 주는 완벽한 증거가 되는 거지. 어느 날 밤 그는 야구 경기를 보면서 그 컵에 맥주를 담아 마시지. 아내는 그 컵을 몰래 감춰 버려. 이제 남편의 지문을 확보한 거야.

그리고 아침에 다이아프램을 뺄 때 따라 나오는 정액을 모아 두지. 두세 번 정도 모으니까 충분한 양이 돼. 그러고는 그것을 비닐봉지에 담아서 한동안 지하실 냉동고 속에 보관한 것 같아.

일이 그렇게 된 거야. 하하하. 남편의 이해를 돕기 위해 꽤나 애를 썼지 않아? 드디어 4월 1일이 되지. 아내는 그 일이 있기 1시간 전쯤, 집에서 남편 애인 집으로 전화를 걸지. 그때 남편은 집에서 아들을 보고 있지만 바바라의 서재에서 전화를 걸면 아래층에서는 들리지 않거든. 스턴이 한 번이라도 내가 전화를 할 때 바바라도 집에 있었을 거라는 사실을 지적했더라면 니코도 그렇게 주장했을 거야. 내가 아내 몰래 서재에서 전화를 걸었을 거라고 말이야."

리프랜저가 의자를 뒤로 밀자 의자가 끌리는 소리가 났다.

"와. 잠깐만. 전화를 건 사람이 누구야? 니코가 추측하는 사람 말고 진짜로 누가 걸었어? 바바라였어?"

"응. 그땐."

"그땐?"

"그땐. 그전에 건 건 아니고."

"그전에 건 건 자네였고?"

"응."

"음."

리프랜저의 눈은 생각에 잠기는 듯 눈빛이 고요해졌다. 내가 우리집 통화 기록은 입수하지 말라고 했던, 별로 해가 될 것 같아 보이지 않던 부탁을 했던 4월의 어느 날을 떠올리고 있는 것이 분명하다.

"흠."

리프랜저가 짧게 소리를 내더니 갑자기 웃음을 터뜨렸다. 처음에는 왜 그러는지 몰랐지만, 유쾌한 표정을 보니 무슨 생각을 하고 있는지 알겠다. 우리 같은 사람들은 어쩔 수 없다. 리프랜저 형사는 내가 무언가 속이고 있다고 의심했던 자기 판단이 맞았다는 것을 알게 되어 기쁜 것이다.

"그럼 그날 밤에는 바바라가 한 거고?"

"그래."

"그전에는 자네가 걸었다는 사실을 알고서?"

"그건 잘 모르겠어. 전화를 걸 때 한 마디 말도 하지 않았으니까 엿들었을 수는 없거든. 그래도 알고 있었던 것 같아. 내 직감이 그래. 캐롤린에게 전화를 걸 때 검찰청 직원 전화번호부를 펼쳐 놓은 채 놔뒀나 봐. 바바라가 그런 걸 그냥 넘어갈 리는 없지. 아주 사소한 것까지 다 머릿속에 넣어 두는 사람이니까. 특히 집 안에서는 말이야. 그런 성격 때문에 그렇게 극단으로 치닫게 된 건지도 모르지. 하지만 확실하지는 않아. 그냥 우연일 수도 있겠지. 어떻게든 캐롤린에게 연락을 해야 했을 테니까. 갑자기 짠 하고 나타날 수는 없잖아."

"전화로 무슨 말을 했을까?"

"그야 모르지. 무슨 말인가 했겠지. 잠시 들르겠다고 했을 거고."

"그러고는 죽였군."

리프랜저가 말했다.

"그러고는 죽인 거지."

내가 말했다.

"하지만 그보다 먼저 학교에 들러서 컴퓨터에 로그인을 했어. 아무도 확인해 보진 않았지만, 분명히 아주 복잡한 어떤 프로그램에 접속했을 거야. 그래서 2시간 동안 컴퓨터가 열심히 프린트를 하고 있었을 거야. 영리한 살인범은 알리바이를 확실히 하지. 자네도 알겠지만 바바라는 자기 알리바이를 확실히 준비해 뒀을 거야. 그러고는 자기를 기다리고 있는 캐롤린의 집으로 차를 몰지. 캐롤린이 문을 열어 주자 들어가서 침착하게, 갖고 갔던 공구로 머리를 내리치지. 우리 집에 여자들 지갑에 들어갈 정도로 아주 작은 공구가 있거든. 그러고는 가지고 간 밧줄을 꺼내 몸을 묶고, 명함 역할을 하는 그 유리컵을 바에 올려 두지. 그리고 나서 주사기를 꺼내 비닐봉지에 담아 간 정액을 주사하지. 인공 수정에 관한 책에서 얻은 지식을 십분 활용해서 말이야. 그러고는 문과 창문을 모두 열어 놓고 나온 거야.

물론 범죄 수사는 바바라가 알고 있었던 것보다 좀 더 복잡하지. 그녀는 수사의 전 과정을 다 잘 알고 있지는 못했어. 예를 들어 섬유 분석 같은 거 말이야. 그녀는 생각지도 못 했던 흔적을 남기지. 우리 집 카펫의 보푸라기가 치맛자락에 붙어 있다가 떨어질 수 있다는 건 예상을 못 한 거야. 자기 머리카락도. 과학수사대가 현장에서 여자 머리카락을 발견했지만 굳이 검사하지는 않았던 것 기억나? 그녀는 정액 가지고도 그렇게 세밀한 분석을 하리라는 걸 몰랐던 것 같아. 통화 기록 수사도 예상 못해서, 자기가 우리 집 전화로 캐롤린에게 전화를 건 것이 밝혀져 깜짝 놀랐을 거야. 의도했던 것보다 훨씬 더 많이 화살이 자기 자신을 향하게 해놓았던 거지. 유리컵에 있던 세 번째 지문도 그래. 그것까지 신경을 써야 했는데 깜빡 했을 거야. 그리고 물론 캐롤린이 나팔관을 묶어 버린 상태였다는 건 아무도 몰랐고.

세상 일이 그렇게 만만치가 않아. 수학 공식처럼 예측 가능하게 풀려 나가지는 않지. 이젠 일이 그녀가 계획한 대로 풀려 나가지 않는 거야. 수사를 맡은 몰토가 그녀가 실수로 남겨 둔 증거들을 모두 잡아내는 거야. 내가 알고 처리할 거라고 생각했던 지문 같은 증거들 말이야. 상황이 남편에게 아주 안 좋게 돌아가지. 세상 사람들이 모두 남편을 의심하게 돼. 남편은 완전히 넋이 나가 있는 것 같고. 어쩌면 그는 누가 자기에게 죄를 뒤집어씌운 건지조차 모르고 있는 것 같아. 이제 그녀는 예상하지 못했던 상황에 처하게 되지. 남편을 동정하게 되는 그런 상황 말이야. 남편은 아내가 의도하지 않았던 방식으로 고통을 겪게 돼. 그리고 그녀는 정신이 들자 수치심에 사로잡히지. 그래서 남편이 시련을 겪는 동안 극진히 보살피지. 언제라도 진실을 털어 놓아 남편을 구하겠다고 결심해. 다행히도 그럴 필요는 없어지지만 말이야. 그렇다고 행복한 결말을 맞는 건 아니야. 이 이야기도 비극이거든. 이제 남편과 아내 사이는 좋아지지. 서로에 대한 열정과 애정이 되살아난 거야. 그런데 이젠 그 일이 둘 사이를 가로막고 있어. 서로에게 터놓고 말할 수 없는 일이 생겨 버린 거야. 그리고 무엇보다도 그녀는 광기에 사로잡혀 한 일에 대한 기억을 참을 수 없게 되고 심한 죄책감에 시달리게 돼."

나는 말을 마치고 리프랜저를 바라봤다. 그도 나를 보고 있다. 내가 맥주를 더 하겠느냐고 물었다.

"아니. 맥주 말고 위스키."

그가 일어서더니 싱크대로 걸어가 유리컵을 씻었다. 그러고는 다른 컵들이 들어 있는 상자에 넣었다. 그가 상자 뚜껑을 닫아 붙잡고 있는 동안 나는 그 위에 테이프를 붙였다.

내가 위스키 한 잔을 따라 주자 그는 선 자리에서 마셨다.

"언제 이런 사실을 전부 알게 됐어?"

그가 물었다.

"큰 그림 말이야? 매일 그림 조각들을 하나씩 맞춰 갔지. 냇이 학교 가고 없는 동안 난 별로 할 일이 없었거든. 그럴 때 어둠 속에 앉아서 작은 그림 조각들을 하나하나 맞춰 봤어. 몇 번이고 말이야."

"내 말은, 누가 그랬는지 언제 알게 됐느냐고."

"바바라가 그랬다는 걸 언제 알게 됐냐는 말이야? 캐롤린이 살해된 날 밤 우리 집에서 전화를 건 기록이 있다는 소리를 들었을 때 퍼뜩 그런 생각이 들었어. 하지만 그땐 몰토가 통화 기록을 조작했을 거라고 생각했지. 캐롤린의 아파트에 가서 유리컵이 전부 거기 있는 걸 확인하고 나서야 확실히 깨닫게 되었고."

리프랜저가 신음 소리도 아니고 코웃음도 아닌 것 같은 소리를 냈다.

"그때 기분이 어땠어?"

"묘했지."

내가 고개를 저으며 말했다.

"집에서 매일 아내를 봐 왔잖아. 아내는 여기 서서 나와 아들을 위해 저녁을 준비하곤 했지. 나를 어루만지기도 했고. 그런데 그런 아내가 그런 일을 저지르다니. 내가 미쳤나 하는 생각이 먼저 들었어. 도저히 믿을 수가 없었어. 한동안 믿지 않으려 했어. 한동안 몰토가 나를 모함한 거란 생각이 지배적이었어. 바바라가 한 짓이라고 믿게 만드는 것도 그의 계획의 일부라는 생각도 들었어.

레온이 몰토에게 뒤집어씌우려고 한 짓이었으면 좋겠다는 생각까지 들더라고. 하지만 어떻게 된 건지 완전히 납득할 수 있게 됐을 땐, 희한하게도 아무렇지도 않더군."

"바바라에게 죗값을 치르게 하고 싶진 않아?"

나는 입을 삐죽 내밀며 천천히 고개를 저었다.

"그럴 순 없어. 냇에게 그런 짓을 할 순 없어. 이제까지 겪은 것만으로도 충분해. 나 자신도 그런 일을 견딜 수 없을 것 같아. 누구에게도 그만큼 빚을 지진 않았고."

"아들 걱정은 안 돼? 엄마랑 함께 있는데?"

"아니. 그건 걱정 안 해. 유일하게 걱정 안 되는 일이 바로 그거야. 바바라는 아들과 함께 있을 때 상태가 제일 좋아. 아들과 함께 있으면 정신을 똑바로 차리게 되나 봐. 그리고 그녀를 정말로 좋아해 주는 사람이 옆에 있을 필요가 있어. 냇이 적격이야. 그 둘을 떼어 놓을 수 없다는 사실은 예전부터 알고 있었어. 그 둘 사이를 갈라놓으려 한다면 둘 다에게 정말 못할 짓을 하는 거야."

"적어도 왜 자네가 아내를 차 버렸는지는 이해가 가는군."

리프랜저가 다시 한숨을 내쉬었다.

"휴."

이제 그가 앉았던 식탁 의자에 내가 앉아 있다. 나는 주방 한 중간에 혼자 앉아서 말을 계속했다.

"자네가 깜짝 놀랄 만한 얘기 하나 해줄까? 헤어지자고 한 건 아내였어. 내가 바바라에게 나가라고 한 게 아니야. 같이 살면 6개월 후쯤 어느 날, 잠에서 깨어나선 자고 있는 아내의 목을 졸랐을지도 모르지. 하지만 그래도 계속 살아보고 싶었어. 정말로. 그녀가 아무리 미쳤다고 해도, 아무리 하루에도 몇 번씩 뒤집어엎고 싶어져도, 그녀가 나 때문에 그런 짓을 저질렀다는 건 부인할 수 없어. 물론 사랑 때문은 아니야. 하지만 사랑을 위해서이긴 해. 계산을 똑바로 하자는 생각은 아니지만 난 아내의 짐을 나눠지고 싶었어."

리프랜저가 웃음을 터뜨렸다.

"정말 자네는 여자를 감동시킬 줄 아는군."

"아내와 계속 살고 싶어 한 것이 미친 생각이었을까?"

"내 의견을 물어보는 거야?"

"아마도."

"없는 편이 나아. 자네는 바바라를 너무 믿고 있어. 다른 사람들은 얕잡아 보면서."

"뭐가 그렇다는 거야?"

"이 모든 일을 바라보는 시선이."

"예를 들면?"

"자네 지문만 해도 그래. 유리컵에 묻어 있었던 것 맞지?"

"그렇지."

"그런데 자네만 알고 아무도 모를 것 같아? 자네가 지문 감식을 할 수 있어? 과학수사대에 의뢰를 해야 하잖아. 그 말은 다른 누군가가 자네임을 알고 있다는 뜻이지."

"그건 그렇지만, 내가 멍청이였지. 유리컵을 알아보고 지문 감식을 의뢰하지 말았어야 했는데 안 그랬잖아."

"이렇게 큰 살인 사건에서 지문 감식을 의뢰하지 않는다고?"

나는 잠시 숨을 고른 뒤 말했다.

"바바라는 레이저로 지문 감식을 정확히 할 수 있다는 걸 몰랐을 거야. 내 지문을 거기 남겨 놓은 건 그냥 자기를 어떻게 하지 못하게 하려는 것뿐이었을 텐데."

"물론 그렇겠지. 하지만 정액도 있고 카펫 보푸라기도 있어서 신원이 밝혀지는 건 시간 문제였어."

리프랜저가 말했다.

"그런 증거들을 종합해서 나를 지목할 사람은 없었을걸."

"통화 기록은? 자네가 집 전화로 캐롤린에게 전화를 걸곤 했다는 사실을 바바라가 알고 있었을 거라고 했잖아. 자네가 집에 있는데 왜 이 전화로 전화를 걸었을 것 같아? 공중전화로 하지 않고 왜 집 전화로 했을 것 같아? 통화 기록이나 카펫 보푸라기에 대해서 몰랐을 거라고? 자네 지문이 기록 파일에 남아 있을 거라는 사실을 몰랐을 거라고? 12년 동안이나 자네 이야기를 듣고 살았는데?"

그가 남아 있던 위스키를 들이켰다.

"대장, 자네는 완전히 잘못 짚은 거야."

"그래? 그럼 자네는 어떻게 생각하는데?"

"그녀는 캐롤린이 죽고 자네가 살인죄로 감방에 가기를 바랐어. 그녀가 예상치 못했던 유일한 일은 자네가 감방행을 면할 수 있다는 거였을 거야. 아니 그거 말고 하나 더 있는 것 같네."

리프랜저가 식탁 의자 하나를 잡아끌어 그 위에 어중간하게 걸터앉았다. 이제 우리는 서로를 똑바로 바라보고 있다.

"장담컨대, 자네가 이 사건을 맡게 되었을 때 바바라는 엄청나게 화가 났을 거야. 그럴 걸 전혀 예상 못 했겠지. 요즘 같은 때 자네가 살인 사건 수사를 맡으리라곤 생각하지 않았을 테니까. 그럴 시간이 없으니까. 레이먼드가 재선을 위해 뛰어다니는 동안 자네는 검찰청을 지휘해야 했으니까. 레이먼드가 이 일을 조용히 처리할 거라고 생각했을 거야. 누구든 이 일은 경찰 특수부가 맡을 거라고 생각했을 테니까. 그녀는 어떤 똑똑한 살인 사건 담당 형사가 자네를 지목할 거라고 생각했을 거야. 문과 창문이 모두 열려 있는 점을 수상히 여기고, 정액 검사 보고서를 읽고 이 모든 것이 계획된 범죄임을 알 수 있는 누군가가 수사를 맡을 거라고 생각했을 거야. 자네가 정말로 잘 알고 있는 누군가가 말이야. 자네랑 적십자에 헌혈을 같이 해서 자네의 혈액형을 알고 있고, 자네가 죽은 여자와 사귀었다는 사실도 알고 있는 누군가가 말이지. 자네 집에 있는 카펫 색깔까지도 알고 있는 누군가가 말이야."

여기까지 말한 리프랜저가 갑자기 거실을 바라보며 하품을 했다.

"내가 수갑을 들고 자네를 잡으러 오면, 그 얼마나 기막힌 일이냐 말이야. 그녀는 그걸 바랐을 거야."

리프랜저가 나를 바라보며 고개를 끄덕였다.

"그럴 수도 있겠지. 나도 그런 생각해 봤고. 하지만 바바라는 일이 자기 예상대로 풀리지 않았다고 그러던데."

"뭐가? 자네가 감방에 가지 않은 거? 이봐, 그럼 지금 와서 뭐라 그러겠어? 자기야, 기회만 있었다면 자네를 구했을 거야, 그렇게 말하지 달리 뭐라 그러겠어? 자네 같으면 뭐라고 할 건데? 자기야, 가서 내가 그랬다고 신고해, 그럴 거야?"

"모르겠어."

나는 그를 바라보며 말했다. 그러고는 그의 어깨를 가볍게 툭 쳤다.

"15분 전만 해도 자네는 내가 그녀를 죽였다고 생각했잖아."

그가 한숨으로 대답을 대신했다.

"모르겠어. 두 가지는 믿어. 그녀가 그랬다는 것하고 미안해 한다는 것. 끝까지 그렇게 믿을 거야."

내가 자세를 바로하며 말을 이었다.

"그리고 진실을 털어놓았다고 해도 내겐 아무런 도움이 못 됐을 거야."

"그 얘기가 나와서 하는 말인데, 변호사들한테도 알리지 않았어?"

"응. 누구에게도. 일이 끝나고 나니까 스턴이 이미 알고 있었는지도 모르겠다는 생각이 들더라고. 언젠가 바바라를 증인으로 세우는 게 어떻겠냐고 한 적이 있거든. 그런데 진심은 아니라는 느낌이 들더라고. 그리고 켐프라는 친구도 어느 정도 감은 잡고 있지 않았나 싶어. 통화 기록이 어째 이상하다고 했거든. 하지만 그 두 사람이 나와 아내 사이에서 누구를 선택해야 하나 고민하게 만들 생각은 추호도 없었어. 그런 식으로 나를 변호하게 만들고 싶지는 않아. 그런다고 해도 내 혐의가 완전히 벗겨지지는 않을 거거든. 바바라가 이 모든 사실을 알고 일을 저질렀다면, 이 사실도 알고 있었을 거야. 내가 나서서 바바라가 한 짓이라고 주장한다면 니코는 나를 더 범인으로 몰아붙였을 거라는 거. 완벽한 범죄라고 말했을 거야. 불행한 결혼 생활을 하고 있는 사람이, 법조계 일을 누구보다도 잘 아는 검사가, 여성을 혐오하게 된 남자가 이런 짓을 저질렀다고 말이야. 캐롤린을 경멸하고 아내를 증오하지만 아들은 누구보다도 사랑하는 내가, 이런 일 없이 아내와 헤어진다면 절대로 양육권을 얻지 못할 것임을 잘 알고 있는 내가 이렇게 치밀한 계획을 세웠다고 주장할 거야. 아내의 계획된 범행인 것처럼 보이게 말이야. 그래서 유리컵에 아내의 지문도 남기고 피임약도 주사했다고 말이야. 혐의가 내게 씌워져 옴짝달싹 못하게 될 경우에는 아내가 의심받을 수 있도록 아내를 자동 안전장치로 이용했다고 말할지도 모르지. 배심원들 상당수가 이 말에 설득당할 거야."

"하지만 그건 사실이 아니잖아."

리프랜저가 말했다.

내가 그를 바라봤다. 다시 또 그를 불안 속에 우왕좌왕하게 만든 것 같다.

"그래, 아니야. 사실이 아니지."

불현듯 궁금한 것이 생겼다. 뭐가 더 어려울까? 진실을 말하는 것과 발견하는 것 중에서 뭐가 더 어려울까? 진실을 말하는 것과 신뢰를 받는 것 중에서는 뭐가 더 어려울까?

326

최후 진술

레이먼드가 전화를 걸어왔을 때 나는 말도 안 되는 소리라고
했다.

"즉각적인 복권이야."

그가 말했다.

"그건 불가능한 일이잖아요."

내가 대답했다.

"러스티, 양심의 가책을 느끼는 사람에게 기회를 한번 줘 봐."

자기 이야기를 하는 것인지, 킨들 군의 모두를 가리키는 것인지
모르겠다. 하지만 그는 그런 일이 충분히 있을 수 있다고 주장했
고, 결국 나는 일이 진행되는 걸 봐서 진지하게 생각해 보겠다고
했다.

다음 해 1월, 소환 탄원서의 결과로 시 의회는 검찰 총장의 해
임 투표를 허가했다. 볼캐로는 이 일을 충분히 막을 수 있었지만

니코 델라 가르디아에 대해 놀라울 정도로 중립적인 입장을 취했다. 니코는 총장직을 고수하기 위해 총공세를 펴서 어느 정도 성과가 있는 것 같았다. 투표를 2주 정도 남겨 두고는 토미 몰토를 해임하기까지 했다. 그러나 레이먼드와 리틀, 멈프리 판사를 포함하여 각계 지도자들이 그의 유임을 반대하며 나섰고, 결국 니코 델라 가르디아는 약 2000표 정도의 표 차이로 해임되었다. 하지만 그는 포기하지 않았다. 시의원 선거에 사우스엔드 후보로 나섰고 나는 그가 승리할 것이라고 예상했다.

볼캐로는 시민 위원회를 구성해서 새로운 검찰 총장 후보에 대한 추천을 받았다. 레이먼드도 위원이었다. 그래서 그가 내게 전화를 걸어온 것이다. 소문에 따르면 맥을 먼저 선택했는데 그녀가 판사직을 버리기를 거부했다고 했다. 레이먼드는 이미 언론에도 홍보를 많이 해놓았고 내가 나서면 보편적인 지지를 받게 해주겠다고 약속했다. 굳이 거부할 이유가 없었다. 그래서 캐롤린 폴헤무스 사망 1주기를 나흘 앞둔 3월 28일, 나는 킨들 군 검찰 총장 직무대행이 되었다.

나는 재선에 나서지 않을 것임을 확실히 하고 나서 검찰 총장 직무대행직을 수락했다. 시장이 한두 번 정도 내게 판사가 되어도 훌륭히 잘 해낼 거라고 말했지만 그런 말을 언론에 흘리지는 않았다. 지금 나는 새로 맡은 일을 즐기고 있다. 언론에서는 나를 '수문장 검찰 총장'이라고 불렀다. 아직도 나를 이상하게 바라보고 수군거리는 사람들이 있다. 직장에서보다 달걀을 사러 아파트 밖을 나갈 때가 더 하다. 내가 킨들 군을 떠나지 않는 이상 이럴 거라고 예상했다. 내가 용감하다거나 고집이 세서 떠나지 않고 있는 것이 아니다. 다른 곳에 가서 살아도 여기보다 더 편해지지는 않을 거라고 생각하기 때문이다. 나는 박물관에나 어울리는 사람이다. '러스티 사비치. 사상 최대의 희생양. 모함에 희생양이 될 뻔함. 니코 델라 가르디아가 몰토 옹호. 정말 애처로운 사람. 전과는 완전히 다른 모습이 됨.' 뭐 이런 설명이 붙은 채 말이다.

물론 캐롤린 폴헤무스 살인 사건은 미제로 남아 있다. 아무도, 적어도 내 앞에서는 그 사건 수사를 다시 하겠다는 말을 하지 않았다. 그리고 한 범죄에 대해서 2명을 기소하는 것은 현실적으로 불가능하다. 몇 달 전엔 교도소에 복역 중이던 어떤 괴짜가 자신이 캐롤린을 살해했다고 고백을 하려 했다. 나는 리프랜저를 보내 그의 진술을 받아 오게 했다. 리프랜저는 즉시 경찰청에 그 진술은 순전히 헛소리였다고 보고했다.

나는 주말에 자주 디트로이트로 갔다. 새로운 일을 맡고 나니 그것도 계획만큼 쉽지는 않다. 그러나 내가 가지 못할 때면 바바라가 냇을 이리로 보냈다. 두 번짼가 거기 갔을 때 바바라가 다시 합치는 게 어떻겠느냐고 제안했다. 항상 처음이 어렵지 그 다음부터는 쉬운 법이라, 얼마 안 가 우리는 화해를 했다. 그러나 그녀가 이곳으로 돌아올 것 같지는 않았다. 그곳에서의 일이 잘 되어 가고 있고 내 생각에 그녀는 나와 이곳과 거리를 두고 사는 것을 즐기고 있는 것 같다. 둘 중 누구도 이런 상태가 영원히 지속되리라고 생각하진 않았다. 조만간 부풀어 올랐던 감정도 수그러들 것이고 각자 새로운 사람을 만나기 시작할 것이다. 난 몇 년 더 젊은 여자를 만났으면 싶다. 아이를 하나 더 낳고 싶기 때문이다. 하지만 그런 일은 계획한다고 해서 그대로 되는 일이 아니다. 현재 냇은 자기 부모가 이혼하지 않고 결혼 상태를 유지하고 있다는 사실에서 위안을 얻고 있는 것 같다.

아직도 가끔씩 캐롤린을 생각한다는 사실을 인정해야겠다. 광적인 열망이나 집착이 남아 있는 것은 아니다. 그녀가 마침내 안식을 얻었다고 생각했다. 하지만 나는 아직도 가끔씩 그녀와의 일을 떠올리며 궁금해 했다. 무엇이었을까? 그녀에게서 무엇을 바랐던 것일까? 뭐가 그렇게 절박했을까? 궁극적으로 보면 그런 우리의 모습은 각자가 겪은 고통과 관련이 있었던 것 같다. 그녀는 자신의 고통을 공공연히 드러냈다. 완고한 태도에서, 잘난 체하고 싫증을 잘 내는 모습에서, 법정에서 웬델 맥가펜같이 고통받고 슬픔에 찬 사람들을 열정적으로 옹호하던 모습에서 그녀의 고통이 드러났다. 그녀 자신이 엄청난 고통을 겪고 있음에도 불구하고 그녀는 자신은 그런 고통을 완전히 극복했다고 주장했다. 그리스 신화에 나오는 영웅들이 태양 가까이 날아올랐다가 떨어져 죽는 것처럼 그녀는 자신의 과거가 지운 끔찍한 짐을 완전히 벗어 던질 수 없었다. 그렇다고 그런 일이 완전히 불가능한 일이었을까?

내가 캐롤린에게 다가갔다. 어쩌면 처음부터 불행한 결말을 예상하고서 그랬던 것 같다. 그녀의 가련한 허영심과 영혼을 위축시킨 감정의 빈곤을 알아보았던 것 같다. 그녀가 단지 거대한 환상 때문에 고통받고 있다는 사실을 알고 있었던 것도 같다. 하지만 나는 아직도 그녀가 이룩한 전설을 숭배했다. 그 영광, 용기, 결단력과 우아함. 이 어두운 고통의 세계를 벗어나려고 힘차게 날갯짓을 하던 모습. 나도 이 어둠에서 벗어나기 위해 계속 애를 쓸 것이다. 내가 캐롤린에게 다가갔다. 절름발이와 귀머거리가 예수님을 숭배하듯이 나도 그녀를 숭배했다. 그러나 내가 그토록 광포하고 완강한 욕망에 사로잡힌 채 간절히 원했던 것은 극단적인 환희, 정열, 그 한순간, 불, 빛이었다. 내가 캐롤린에게 다가갔다. 희망에, 영원히 사그라지지 않을 희망에 사로잡혀서.

〈끝〉

옮긴이 | 한정아

서강대학교 영어영문학과, 한국외국어대학교 통역번역대학원을 졸업했다. 한양대학교에서 통역
번역대학원 강의를 하였다. 주요 번역서로는 『속죄』, 『내 영혼의 리필』, 『잔의 첫사랑』 등이 있다.

무죄 추정 2

1판 1쇄 펴냄 2017년 11월 9일
1판 2쇄 펴냄 2023년 1월 9일

지은이 | 스콧 터로
옮긴이 | 한정아
발행인 | 박근섭
편집인 | 김준혁
펴낸곳 | 황금가지

출판등록 | 2009. 10. 8 (제2009-000273호)
주소 | 06027 서울 강남구 도산대로 1길 62 강남출판문화센터 5층
전화 | 영업부 515-2000 **편집부** 3446-8774 **팩시밀리** 515-2007
홈페이지 | www.goldenbough.co.kr

도서 파본 등의 이유로 반송이 필요할 경우에는 구매처에서 교환하시고
출판사 교환이 필요할 경우에는 아래 주소로 반송 사유를 적어 도서와 함께 보내주세요.
06027 서울 강남구 도산대로 1길 62 강남출판문화센터 6층 민음인 마케팅부

한국어판 © ㈜민음인, 2017. Printed in Seoul, Korea
ISBN 978-89-6017-118-3 04840(2권)
ISBN 978-89-6017-111-4 04840(set)

㈜민음인은 민음사 출판 그룹의 자회사입니다.
황금가지는 ㈜민음인의 픽션 전문 출간 브랜드입니다.